一瞬でいい

唯川　恵

集英社文庫

目次

一瞬でいい

プロローグ

冬の冴《さ》え渡った空気の中で、浅間山《あさまやま》の稜線《りょうせん》は凛《りん》と浮かび上がっていた。

頂上から湧き立つ靄《もや》のような白煙が澄んだ空に滲《にじ》み、雪でうっすらと覆われた山頂は化粧を施したように美しい。緩やかに伸びた裾野は、軽井沢《かるいざわ》の町を包み込むように大きく広がっている。

沖村稀世《おきむらきよ》はテラスに出て、しばらく眺め入った。

浅間山を見る。

それはどこか祈りに似ている。

何を願うわけでも望むわけでもないが、この町に来ると日に何度も浅間山を仰ぐ。たとえ雲や霧に覆われ、その姿を望むことができなくても、見るという行為そのもので気持ちに収まりがつく。浅間山とはそういう山だ。

冷気は容赦なく稀世の頰や指先を凍らせる。寒いというより、痛みに近い。

紅葉も盛りを過ぎた十一月の軽井沢は、今朝も氷点下だった。テラスの庭に広がる芝もすっかり枯れて、一面、白い霜に覆われている。

視線をずらすと、少し離れた通りを、少女が乳色の息を吐きながら自転車を走らせてゆく姿が見えた。高校生だろうか。短いスカートがめくれそうになるのも構わず、必死にペダルをこいでいる。

こんな寒い朝に……。

と思ったが、すぐに、自分もかつて多少の雨や雪など厭《いと》わず自転車で通っていたことを思い出す。

もう三十年以上も前の話だ。稀世はこの町の高校に通っていた。

自宅から、すっかり葉の落ちた落葉松《からまつ》やクヌギに囲まれた道を走ると、時折、リスやウサギが目の前を横切って行った。乾燥した冬の風に、耳も頬も鼻先も真っ赤に充血し、吐く息さえもちりちりと音をたてそうだった。凍りついた身体《からだ》で教室に入った瞬間の、あの息苦しいような暖かさ。強張《こわば》った身体が解き放たれてゆくのを、しばらく気が抜けたように待ったものだ。

自分にも、あの少女と同じ時間があったなんて、今では夢のように思えてしまう。

寒さに耐え切れなくなり、稀世はストールをかきあわせて、部屋に戻った。

二十畳ばかりのLDKに、寝室がふたつ付いたロッジである。リビングの隅には薪《まき》ストーブが据え付けてあり、耐熱ガラスの窓を開けて、一本、薪をくべた。橙《だいだい》色《いろ》の火の粉が舞い散る。薪が爆《は》ぜる小気味よい音が耳に広がる。三日滞在の予定で申し込んだので、壁際には必要な量の薪が積み重ねられている。床暖房も行き渡っていて、部屋の中にいる限り寒さは微塵《みじん》も感じない。

食器やグラス類は、キッチンに揃《そろ》っている。調理器具も一通りある。足りないものがあれば、管理事務所に連絡すると、大抵のものは用意してくれる。

今年の春も、ここを三日ばかり借りた。浅間山が見渡せる部屋を、と不動産屋に頼んで紹介されたのが、この塩沢湖《しおざわこ》の近くにある貸しロッジだった。希望通り、テラスからも寝室からも浅間山が一望でき、あの時は一日の大半を、外ばかり見て過ごした。

かつて、この辺りはレタスやキャベツといった高原野菜の畑が広がっていた。少なくとも、稀世の幼い頃はそうだった。祖父の仕事に連れ立って来たのでよく覚えている。やがて畑の代わりにテニスコートが設けられるようになり、初夏から秋口にかけて大学生たちが合宿や遊びに大挙してやってくるようになった。今も、以前ほどのブームではないにしても、シーズン中は学生たちで賑《にぎ》わっているようだ。

「会いたいの、できたら軽井沢で」

と、半月ほど前、未来子《みきこ》から連絡があった時、すぐにこのロッジを思い浮かべた。

稀世は昨日、到着した。東京からは車を使った。四谷《よつや》にある自宅マンションを出てほぼ三時間。都内が混んでいたのと、凍結のことを考えてスピードを抑えて来たせいで、予定より多少時間がかかってしまった。速さから言えば、一時間少々で着く新幹線を使った方が便利だとわかっている。それでも、軽井沢での移動を考えて車にした。セダンの国産車は四駆で足回りもいい。久しぶりに、ひとりでドライブを楽しみたいという気持ちもあった。

昨夜はひとりで静かに過ごした。未来子と会う前に、もう一度、整理しておかなければならないことがたくさんあるように思っていた。しかし実際には、遠い昔のこともほんの半年前のことも、混然となって頭の中を交錯するばかりで、考えるというより、消えては浮かぶ映像をただぼんやり眺めやるばかりだった。

腕時計に目をやると、午前九時を少し過ぎていた。

今日の予定は決まっている。十時にスーパーに出掛けて、夜の食事のための買い物をする。車で五分ほどの場所に大きなスーパーがあり、四季を通して東京に劣らない食材が揃っている。

時期は少し逃してしまったが、できれば地元のキノコを手に入れたい。リコボウかクリタケかヤマドリタケ。バターで炒《いた》めてワインを注ぎ、ほんの少し味噌《みそ》を加える。歯応えといい香りといい山の豊かさが十分に感じられるはずだ。それから柔らかな信州牛を焼いて、茹《ゆ》でたパスタにはバジルとガーリックのソースを絡めよう。チーズも幾種類か揃えて、パリッと皮が焼かれたパンも欲しい。

それから三時過ぎに未来子を駅まで迎えにゆく。ついでに果物とシャーベットを少し。ワインは未来子が持ってくることになっている。

「とっておきのを持ってゆくわ、三本でも四本でも」

と、昨夜の電話でも言っていた。

未来子と会うのは一年ぶりだ。最後に会った時、何も言葉が出なかった。話すことがなかったわけではない。むしろ、身体中に言葉が満ち過ぎていて、そこからいったい何を選んで口にすればいいのかわからなかった。ただ互いを見つめ、頷《うなず》き合っただけだった。

　予定通り、スーパーに行き食材を揃えた。残念ながら欲しいキノコが手に入らず、少し迷って、農協の直売所まで足を延ばした。そこでナラタケと天然のシメジを見つけて手にすると、背後から声を掛けられた。

「稀世ちゃんじゃないか」

　振り向くと、髪が半分ほど白くなった七十絡みの女性が立っていた。

「ああ、やっぱり稀世ちゃんだ。久しぶりだねえ」

　稀世がまだこの町で暮らしていた頃、近所に住んでいたおばさんだった。

「はい、本当に。ご無沙汰してます」

　稀世は丁寧に頭を下げた。

「今は東京かい？」

「そうなんです」

「そうかい。あんたも、こっちでいろいろ大変だったからねえ」

　と、言ってから、後に続く言葉をおばさんは見つけられなかったらしい。稀世も同じだった。避けるつもりはないが、ここで腰を据えて話し込むような余裕もなかった。

「それじゃ、おばさん、お元気で」

「ああ、あんたも」

　稀世は店を出て、車に乗り込んだ。店先でおばさんがまだこちらを見ている。直売所には地元の人間もよくやって来る。こういうこともあるかもしれないと覚悟はしていたが、少なからず気持ちは動揺していた。懐かしさと困惑。その感覚は稀世にとって、軽井沢の町そのものだった。

いったんロッジに戻り、料理の下ごしらえをし、コーヒーを飲んでひと息ついてから、軽井沢駅に向かった。

新幹線は定刻通りに到着した。すぐに大きなボストンバッグを手にした未来子がエスカレーターに乗って現れた。未来子は稀世に気がつくと、軽く手を上げて合図した。

「やっぱり寒いわね」

改札口を出て来た未来子が首をすくめている。

「今朝も氷点下だったから」

「東京と十度は違う」

「仕方ないわ、標高千メートルだもの」

「ああ、そうだった、ここは山なのよね。それにしてもあんまり近いんでびっくりよ。昔とは大違い。あの頃は三時間以上もかかって、ものすごく遠くに来るような感じだったのに」

「新幹線混んでた？」

「まああってとこかしら。駅もこんなに変わっちゃって、何だか違う所に来たみたい」

未来子は珍しそうに辺りを見回している。

「南側はもっと変わったのよ。大きなショッピングプラザがあって、一年中、人でいっぱい」

　それから稀世は改めて視線を向け、頬を緩めた。

「よかった、元気そうで」

「そう？」

「一年前は、どうなるのかしらって不安になるくらい痩せてたから」

「ごめんなさいね、心配かけちゃって」

「馬鹿ね、何言ってるのよ」

　稀世は笑って「車はこっちよ」と、未来子を駐車場に促《と》した。

　北口駐車場に停めた車の、後部座席にボストンバッグを入れ、国道を西に向かって走り始める。

「あら、モデルハウスがいっぱいじゃない。警察署、新しくなったのね。こんなところにマンションが建っちゃって。ねえ、以前、この辺りに大きなお屋敷がなかった？」

　と、未来子はひとつひとつに歓声や驚きの声を上げている。

　稀世や未来子が過ごした三十年以上も前の軽井沢は、もはや記憶の中にしか存在しない。お洒落《しゃれ》なレストランも便利なコンビニエンスストアもなく、木立ちと、鳥の啼《な》き声と、瑞々《みずみず》しい風で満ちていた。不便なことは確かだったが、みなそれを楽しみに来ているようでもあった。かつて軽井沢がまだ大人の町だった頃の話だ。

中学校の前の交差点が近づいて来ると、未来子が声を高めた。

「浅間山だわ」

駅からしばらくは離山《はなれやま》が遮って見えないが、ちょうどこの辺りから視界が開ける。左折して塩沢通りに入ればロッジに近いが、稀世はそのまま直進した。

「少し、回るね」

「ええ」

緩いカーブに入ると、浅間山の全貌が見て取れた。

「きれい……」

未来子の語尾が、ため息と共に曖昧に崩れてゆく。澄んだ空気のおかげで、山肌の低木さえも確認できるような近さで浅間山が視界を埋め尽くす。

「見るのは何年ぶり？」

「あれ以来、初めてよ」

「そう」

「どうしても軽井沢に来られなかったの。怖かったし、悲しかったし、責められるような気がして」

「今見て、どう？」

「町はこんなに変わったのに、浅間山だけはあの時と同じ。何だか、泣けてきちゃう」

「借りたロッジからも、浅間山が見えるのよ。窓いっぱいに」

「楽しみだわ」

「天気がよくてよかった」

車は中軽井沢《なかかるいざわ》を過ぎ、最初の信号を左折してゆく。

浅間山は背後になるが、未来子は身体をひねり、まだ窓に顔を寄せて眺めている。

「ねえ、稀世ちゃん」

「なに？」

「もし、あの一瞬がなかったら、私たちはどんな人生を送っていたのかしら」

すぐには返事ができなかった。それは稀世自身、何度も繰り返してきた質問だった。

答えがないことはわかっている。生きられなかったもうひとつの人生を、今更手繰《たぐ》り寄せるようなことをしていったい何になるだろう。それでも問わずにはいられない。

もし、あの一瞬がなかったら。

「今夜は、稀世ちゃんと一晩中、語りたい」

未来子はようやく身体を前に向け変えた。

「ええ、私も」

稀世は頷く。

それからふたりは黙った。

今夜は、長い長い夜になるだろう。

第一章

稀世

一九七三年（昭和四十八年）二月一日、浅間山が噴火した。

およそ十二年ぶりの、大きな噴火だった。

噴煙は高さ千メートルにも及び、軽井沢では商店や民家の窓ガラスが割れるという被害が出た。

町中は強い硫黄《いおう》の匂いと、パウダーのような白い灰に包まれ、誰もがハンカチやタオルで顔を覆いながら出歩かなければならなかった。道端には小指の先ほどの火山弾が散乱し、北側で小規模な火砕流が発生したこともあって、町は緊張した雰囲気に包まれた。

しかし、それでもその姿を一目見ようと、群馬や東京から見物客が大挙して訪れ、国道146号線は大混雑したものである。

その年の夏、いつものように嶋田《しまだ》未来子と相葉《あいば》創介《そうすけ》が別荘に遊びに来た時、稀世は石《いし》井英次《えいじ》と共に彼らと顔を合わせた。

稀世と英次は軽井沢の、未来子と創介は東京の高校に通っていて、四人とも来年卒業を迎える三年生である。

当然のように、話題は浅間山の噴火に及んだ。久しぶりの噴火に、町全体がどんなに驚き、どんな騒ぎになったかと説明しているうちに、話に触発されたかのように、創介と未来子が「浅間山に登ろうよ」と言い出した。

地元とはいえ、稀世も英次もまだ登ったことはない。ふたりとも迷うことなく話に乗った。

ただ、噴火した翌日より火口から四キロ以内は立ち入り禁止の規制がされていて、登っても、山頂までの登山は無理ということになる。だったら、せめて紅葉を楽しもうという話になり、日程は十月中旬に決めた。コースは、樹林帯に覆われた山道を登る小諸《こもろ》側を選んだ。登山前日に登山口にある山荘に宿泊し、翌朝早くに出発する。

高校生活最後の記念ということもあって、呆気《あっけ》ないくらい話は簡単にまとまった。

やがて短い夏は終わり、未来子と創介は東京に帰り、秋の気配が瞬《また》く間に軽井沢を包み込んでいった。

十月に入って、稀世と未来子は登山の日を決めるために、何度か連絡を取り合った。

しかし未来子に、学園祭があったり模擬試験の予定が入ったりして、結局、十一月の半ば過ぎの週末まで延びることになった。

「ごめんね、私の都合で」

「いいのよ、気にすることないって。創介くんもそれでいいって言ってるんでしょ」

「仕方ないなって。ちょっと怒ってたけど」

軽井沢は例年よりも暖冬で、紅葉も遅れていた。うまくいけば、その時期でも山から麓の紅葉を楽しめるかもしれない。

浅間山は、白い煙を吐き続けている。

時に深く、時に柔らかく、日々姿を変える。噴煙は、浅間山の息遣いそのものだ。


そして登山当日。

その日は朝から雪がちらついていた。

稀世はザックを床に置くと、山荘の待合室の窓に目をやった。午前七時少し前。すっかり葉を落とした広葉樹の枝先に、雪がまとわりつくように散っている。

「降ってきたよ」

未来子に声を掛けると「あら、ほんと」と、窓に近づき、肩まである髪を指先で払って小さくため息をついた。

「昨日まで、いい天気だったのに」

確かに昨日は、この季節ではめずらしく気温が十三度近くまで上がった。小諸駅からバスで浅間山登山口まで行き、そこから山荘まで歩いて来たのだが、その間にすっかり汗をかいてしまうほどだった。

「でも、これくらいなら大したことないよね」

未来子が戻って来た。

「ほら、あの人たちも出発するし」

玄関先で、数人の大学生たちが賑やかにドアを開けて出て行くのが見える。昨夜、食堂で一緒だったグループのうちの一組だ。

「他の人たちもみんな出発したみたい」

「あっちは山岳部だもの」

「でも、せっかくここまで来たんだから、これくらいの雪なら私は登りたい」

「ふたりは何て言うかな」

「絶対、登るって言うに決まってる」

浅間山を登山するには、自分たちのような山を知らない者にとっては少々遅すぎる時期だということはわかっていた。それでも、今年は暖冬で雪も遅いだろうと言われていて、決してタカをくくっていたわけではないが、少し甘い考えを持っていたのも確かだ。

やがて、ザックを抱えたふたりがやって来た。

「降ってきたなぁ」

快活に言ったのは創介だ。背が高く、手足が長い。いかにも都会の高校生といった感じだ。手にした赤いザックは新品である。

それとは対照的に、古びたザックを右肩に担いだ英次が後ろから現れた。創介に較《くら》べると少し小柄だが、いくらか癖のある一重の目が、どこか大人びた雰囲気をかもし出している。

「どうする、英次」

創介が振り向いた。

「そうだな」

英次は窓を見やり、ザックを肩から降ろした。

「確かに大した雪じゃないけど、別に無理することもないんじゃないか」

英次はあまり乗り気でない返事をした。それをからかうように創介が言い返した。

「何だよ、その弱気な発言は。このコースは地元の小学生でも遠足で登るっていうじゃないか」

「でも、こんな日じゃない」

創介は肩をすくめ、今度は稀世たちに顔を向けた。

「おまえたちはどうなんだよ。言っておくけど、途中でバテたって、荷物は持ってやらないからな。それは覚悟しておけよ」

「そんなこと、ぜんぜん期待してないわよ」

未来子が意気揚々と答えた。

「私は行きたい。ちゃんと雨具も用意してきたし、これくらい平気よ。稀世ちゃんはどう？」

稀世は迷った。山荘は標高千四百メートルほどの位置にあるが、浅間山はそれから千メートル以上も高い。初心者でも楽しめる登山ルートであるとはいえ、軽井沢の町中にある離山に登るのとは訳が違う。

黙ったままの稀世をいくらか見縊《みくび》るように、創介が言葉を投げた。

「何だ、稀世は反対なのか」

「そんなわけじゃないけど」

稀世は創介を見ないまま言った。稀世にしても、楽しみにしていた登山である。できるなら登ってみたい。

それに、登山規制は十月十日には火口から二キロまでに緩められていて、しかも自主規制程度のものなので、火口まで登る登山者も少なくなく、自分たちも可能なら覗《のぞ》いてみたいという思いもあった。

「大丈夫だって、このくらいの雪なら」

創介がはっぱを掛けるように言う。

「そうよね。だってこの機会を逃したら、もうチャンスはないかもしれないんだから」

その未来子の言葉は、稀世だけでなく、英次の気持ちも後押ししたようだった。

稀世、未来子、創介、英次。

それぞれに、高校を卒業した時点で、今までのような付き合いができなくなることはわかっていた。互いの環境や生活の違いは小さい頃から承知していたが、これからは更に、具体的な形となって生きる方向性が決められてゆくだろう。もう軽井沢の森の中で無邪気に遊んだ日々は終わったのだ。

「じゃあ、とにかく登れるところまで登ってみよう。これ以上雪が降るようなら、引き返す。絶対に無理はしない。それでどうだ?」

英次も納得したようだ。

「わかった」

「未来子と稀世もいいか?」

「賛成」

「ええ、私も」

それで決まりだった。

厚めのセーターの上にレインウェアを羽織り、四人が出発の準備をしていると、頼んでおいた弁当を持って、山荘の主人がやって来た。

「やっぱり登るのか」

四十がらみの、締まった身体でいかにも山男らしい風貌をしている。

「はい」

創介が答える。

「この雪、そんなに降りませんよね?」

未来子が期待を込めた声で尋ねた。

「まあ、積もることはないと思うが、足場は滑りやすくなる。それに浅間山は独立峰だ。外輪山が途切れた辺りでは、かなり強烈な突風が吹くかもしれない。油断はできないぞ」

「やばそうだったら、すぐに引き返してきます」

「ああ、そうした方がいい」

それからふと、主人は英次の足元に目をやった。

「君は、それで登るのか」

「はい」

英次がシューズの紐《ひも》を結ぶのを止《や》めて、主人に顔を向けた。

後の三人は、質の違いはあるにしても登山靴を履いている。英次だけがバスケットシューズだった。

「それだと滑るだろう。足元が雪だと、ちょっと危ないかもしれないな」

主人の表情がわずかに曇った。

「大丈夫です、これ、履き慣れてますから」

「そうか」

主人は仕方ないように頷いて、四つの弁当を差し出した。

「じゃあ、くれぐれも気をつけて」

「行ってきます」

四人は弁当をザックにしまい、玄関から雪がちらつく登山道に向かって歩き始めた。

予定では、山荘から一《いち》ノ鳥居《とりい》、二《に》ノ鳥居《とりい》、長坂《ながさか》を登り、火山館《かざんかん》を経て湯《ゆ》ノ平《だいら》高原に出る。更に前掛山《まえかけやま》から山頂へ、そこから小浅間山《こあさまやま》を目指して縦走し、峰《みね》の茶屋《ちゃや》へ下りる。行程は途中の休憩を入れて、たっぷり八時間取ってある。峰の茶屋から午後四時台のバスに乗って駅に行き、稀世と英次は軽井沢にある自分たちの家に、創介と未来子はそのまま電車で東京に帰る段取りになっている。

登り始めて、すぐに石橋に出た。

先頭を歩く創介が川を覗き込んで声を上げた。

「すげえ色だな」

続く未来子も驚いている。

「ほんと、こんな色の川、初めて見た」

葉の落ちた雑木の根元を流れる川は黄土色だ。硫黄分が濃く混ざっているのだろう。浅間山が火山であることを今更ながら実感する。

落葉が積み重なった道は、足裏に柔らかい感触をもたらした。しかし、登り始めはペースを摑《つか》むまで結構きつく、ピッチが速いせいもあって四人とも息が上がった。葉を落とした樹林帯の隙間から、わずかにちらつく雪が頰を濡《ぬ》らしても、むしろ心地よいくらいで、寒さはほとんど感じない。

いくつかの橋を渡り、二十分ほどで一ノ鳥居に到着した。そこここに大きな岩があり、樹林に閉ざされた空間の中に、木製の鳥居がぽつんと立っている。

「じゃあ、まずはここで休憩するか」

「ああ、疲れた」

未来子が大げさに息を吐いてザックを降ろし、岩に腰を下ろした。

「何だ、もうバテたのかよ。口ばっかりだな」

「うるさいな、言ってみただけよ」

未来子が遠慮なく創介に返す。ふたりはいつもそんな調子だった。

稀世は楽しげにやり合うふたりの姿を眺めながら、昨夜のことを思い返していた。

昨日は東京から来る創介、未来子と、英次と共に小諸の駅で待ち合わせた。

そこからバスと徒歩で、山荘に到着したのは、午後四時を少し過ぎた頃だった。

山荘は木造の寄宿舎のような造りで、同じ木造のバンガローがいくつか点在していた。

紅葉見物するには少し遅い時期でもあり、泊まり客は稀世たち四人と、大学生や社会人の山岳部が数組という程度だった。

夕食を終えて、七時過ぎに部屋に戻った。三畳ほどの小部屋で、男女別、隣同士だ。未来子と部屋に入ると、すぐに創介と英次が飲み物を持ってやって来た。未来子と稀世が用意した菓子を広げて、四人は車座になった。

「ついに来たなぁ」

創介が意気込んだ顔つきで三人を眺めた。

「ずっと楽しみにしてたんだ。どうせなら火口まで行きたいよな」

未来子が頷く。

「私も見てみたい。火山の火口ってどうなってるのかな。やっぱりマグマがぐつぐつ煮立ったりしてるの？」

創介が噴き出した。

「いくら何でも、そんなとこまで見えるわけないだろ」

未来子が口を尖《とが》らせながら言い返す。

「だって、今年噴火したのよ。見えるかもしれないじゃない、ね、稀世ちゃん」

「どうかな、私もそれは無理って気がする」

稀世も笑いながら首を振った。

英次は黙って聞いている。不機嫌なのではなく、もともとそういう性質だ。いつも必要なことしか口にせず、学校にいる時もあまり他の生徒とつるまない。笑う時は、どういうわけか困ったような顔になり、創介にいつも「無愛想って、英次のためにある言葉だな」と、からかわれている。

「そう言えば、英次、前に長野の造園会社に就職するようなこと言ってたけど、どうなった？」

創介が尋ねた。

「ああ、そこに決めた」

稀世は思わず英次に顔を向けた。以前、それらしい話は聞いたことがあるが、決めたとは知らなかった。家業の農業を継ぐか、好きな造園の仕事に就くか。英次は夏を過ぎた頃から迷っていた。

「いずれは軽井沢に戻るのか」

「まあな。地元で独立するのが夢だから」

「おまえなら、きっと腕のいい職人になるよ」

照れたのか、英次はめずらしく口元をわずかに緩めた。

「私たちも、そういう時期に来ちゃったのよねえ」

未来子がスナック菓子を口の中に放り込んで、小さく息を吐き出した。

「おまえはどうするんだよ」

「私は進学する。とりあえず教師を目指してるんだけど」

「未来子が教師！」

創介が大げさな声を上げた。

「あら、それどういう意味？」

「おまえに、人を教える能力があるとは思えない」

「教師は能力じゃない、愛よ」

「はいはい、愛ですか、よく言うよ」

創介が揶揄《やゆ》するように、未来子の口真似《くちまね》をしている。

「だったら創介はどうなのよ」

未来子がやり返した。

「俺も一応進学する。でも、いずれはアメリカに渡る。そこで世界を見る」

「もしかして、ジャーナリストになるっていう、あれ？」

「おまえに言ったっけ？」

「小学校四年生の時にね」

「信用してないんだろ」

「当たり前じゃない、そんな夢みたいな話」

「今は夢の話をしてるんだろ」

「じゃあ、会社は継がないつもりなの？」

「あれは親父《おやじ》の会社で、俺とは関係ない」

「創介のお父さん、何て言うかなぁ」

「どう言おうと、俺の人生は俺が決める」

それから創介は稀世に顔を向けた。

「稀世はどうなんだ」

「私？」

稀世は返答に詰まった。まだ何も決めていない。母の昌枝《まさえ》は「進学してもいい」と言ってくれているが、あまり経済的な負担をかけたくなかった。就職も考えているし、何か手に職をつけるために専門学校に行こうかという思いもある。

家族は祖父の佐吉《さきち》と母と三人で、父親はいない。生まれた時からそうだ。父親が誰なのか、どういう人なのか、稀世はあまり考えないようにしている。

「まだ、わからない」

稀世は少々投げやりに言った。

将来の夢とまではいかなくても、卒業後の身の振り方ぐらいもう決めなければならない。それがわかっているのに、まだ何も決められないでいる。そのことに、焦りがないわけではなかった。

「ふうん」

創介の素っ気ない反応に、非難されたような気がして、稀世は居心地悪く視線を逸《そ》らせた。

一ノ鳥居を出てからの道は、登りが少しきつくなったが、休んだせいで身体が軽くなり、ついペースが速くなった。未来子は気分良さそうにお喋《しゃべ》りを続け、時々創介に「そんなんじゃバテるぞ」と呆《あき》れられている。

樹林の中をくぐり抜けるように、落葉に覆われた土の道が続いている。時々石を踏んで滑りそうになったが、道幅は割とあり、互いに言葉を交わし合いながら、楽しんで進むことができる。辺りは、濃いガスに包まれたかと思うと、また視界が開けるといった具合だ。雪も降ったり止んだりを繰り返していた。

しばらく行くと、道の反対側の岩壁に不動滝《ふどうたき》が見えて来た。高さも水量もあり、四人は思わず立ち止まって滝を見上げた。

「きれいねえ」

未来子が感嘆の声を上げている。

水が岩肌を滑るように落ちて来る。水飛沫《みずしぶき》と舞う雪のせいで、景色に薄くヴェールがかかっている。それはどこか神聖な気配も見せていて、四人はしばらくの間、無言のまま眺め入った。

自分たち四人の関係は、傍《はた》から見れば奇妙に映るだろうと、稀世は思う。

東京に住む創介と未来子、軽井沢で生まれ育った稀世と英次。

見た目も、明らかに都会っ子と、田舎《いなか》育ちといった違いがある。

軽井沢には別荘が建つ地区が数多くある。旧軽井沢《きゆうかるいざわ》や追分《おいわけ》が有名だが、その他にも点在していて、軽井沢と中軽井沢のちょうど中間辺り、国道18号線の南側にもいくつかの別荘群がある。

稀世の祖父、佐吉は庭師で、その中のひとつ、南原《みなみはら》という別荘群の庭を管理していた。

伸び過ぎた枝の伐採から、樹木の植え替え、芝の手入れ、落葉の始末など、受け持っていたのは三十軒ほどだろうか。繁忙期は、別荘客が訪れる前と帰った後の春先や初冬だが、夏場もそれなりに仕事がある。花壇に花を植えたい、草むしりを頼みたい、時には、軒先にできた蜂の巣を始末して欲しい、というものもあった。物心ついた頃から、稀世もよく祖父と連れ立って別荘を回って歩いた。

英次も一緒だった。英次は農業を営む両親と祖父、妹と中軽井沢に住んでいたが、祖父同士が古い知り合いということもあり、よく連れられて稀世の家に遊びに来ていた。ふたりはいわば幼馴染《おさなじ》みという仲だった。

夏場の別荘地は賑やかだ。軽井沢の町全体が華やぐ季節でもある。

稀世と英次は物珍しさも手伝って、たびたび別荘地の中を探検に出掛けた。バーベキューやガーデンパーティーを楽しむ都会の避暑客たちを眺めながら、違う世界を見ているような気になった。

そんな中で、創介と未来子に出会った。

ふたりも稀世と英次同様、親同士が知り合いで、小さい頃からの付き合いだった。別荘も近くにあった。ただ、せっかく避暑に来たものの、大人たちに囲まれた毎日に退屈していた。

顔を合わせたのは森の中だったか、川のそばだったか。

同い年ということもあって、四人はすぐ仲良くなった。虫捕りをしたり、川に魚を釣りに行ったり、花火を見物したり、小さな洞穴を見つけたりと、夏の間中、一緒に遊んだ。毎年、夏休みになると創介と未来子がやって来る。そしていつの間にか、夏を四人で一緒に過ごすというのが習慣になっていた。

そんな付き合いが十年以上も続いたわけだが、稀世は時々、自分たちの関係を友情と呼んでいいものか、考えることがある。

創介も未来子も、今まで一度も自分の生まれや境遇をひけらかしたことはない。しかし、そこには歴然とした生活の違いがあった。創介の父は東京の伝統ある中堅不動産会社の経営者だし、未来子の父親は名を聞けば誰でも知っている私立大学の教授だった。未来子が東京の友人たちのことを「気取った女の子ばっかり」と言えば、田舎者の自分を気遣っての発言ではないかと、どういうわけか胸の隅を引っ掻《か》かれたような気持ちになった。創介が当たり前に使う東京弁に、皮肉な感覚を抱いたこともある。創介の本格的なテニスラケットや、未来子の父親の外国土産《みやげ》というバービー人形を目《ま》の当たりにしたり、彼らの別荘に招かれた時に出されたメロンや、生クリームをたっぷり使ったショートケーキを前にすると、やはり庭師の娘や農家の息子とは違うのだと、幼いながらも引け目を感じた。

英次はどうだったのだろう。本人に聞いたことはないが、同じ思いがなかったとは言えないはずだ。創介の屈託ない明るさや、未来子の少し勝気で機転の利いた物言いに、ふと圧倒されたように口を噤《つぐ》む瞬間があるのは知っていた。稀世にしても英次にしても、彼らの境遇を受け入れることは、自分にないものを再確認することでもあった。

それでも自分たち四人が軽井沢の町で過ごす時は、親しみに満ちていた。それに嘘《うそ》はなかったはずである。

不動滝を過ぎ、二ノ鳥居から長坂に出ると、道は急な登り坂に変わった。立ち止まって顔を上げるといつの間にか雪は止んでいて、雲の切れ目から薄日が差し込んでいる。

「ここ、やばいぞ。気をつけろよ」

先頭の創介が振り向き、声を上げた。

道幅が急に狭くなり、右側が深い崖になっている。五十メートル、いやもっとあるだろう。覗き込むと、下には大きな岩が転がり、濁った色の川がうねうねと不気味な曲線を描きながら谷底に向かって流れてゆくのが見える。

「こんなとこ、落ちたら死んじゃうかも」

未来子は冗談めかして言ったが、声は笑っていなかった。稀世も緊張しながら、ゆっくりと足を進めた。

やがて、前方の奥に存在感のある牙山《ぎつぱやま》が姿を見せた。文字通り牙を連想させる形で、その独特な佇《たたず》まいは、山というより陰鬱で巨大な黒い塊と言った方がいい。

「見ろよ」

英次が指差す方向に、三人は顔を向けた。急斜面の木立ちの中に、丸々と太ったニホンカモシカの姿があった。距離にして三十メートルくらいだろうか。

「大きい、牛みたい」

未来子が驚きながら見入っている。

「ニホンカモシカって、牛の仲間だからな」

英次の説明に「へえ、そうなの」と、未来子は感心したように頷いている。カモシカはこちらを窺《うかが》うようにしばらく立ち止まっていたが、やがてゆっくりと斜面を下りて行った。

それを合図に、再び登り始めた。

稀世は先頭を歩く創介の赤いザックがやけに鮮やかに映り、戸惑っていた。今日、稀世がいつもより口数が少ないことを、英次や未来子が気づかないでいるのが有り難かった。

昨夜、創介から受けたくちづけを、振り払おうと苦心しながらも、稀世は思い返さずにはいられなかった。

就寝前、山荘の浴場に入り、長湯の未来子より先に出て来た時だった。

廊下で創介と顔を合わせた。

「ちょっと、いいか」

と、言われ、足を止めて、稀世は創介と向き合った。

「なに？」

「さっき、進路はまだ決めてないって言ってたろ」

「うん、まあね」

「だったら、東京に来いよ」

唐突に言われて、目をしばたたいた。

「え……」

「大学ならいろいろある」

創介の表情は思いがけず硬い。

「でも、進学するって決めたわけじゃないから」

「就職するのか？」

「だから、まだ何も決めてないの」

「就職するにしたって、いろいろある」

「東京に行ってどうするの？」

稀世は瞬きを繰り返しながら創介を見た。薄暗い廊下の明かりに、ふたりの影が壁に曖昧に映し出されている。

「そしたら、もっと会えるだろ」

稀世は不意打ちをくらったような思いで、改めて創介を眺めた。躊躇《ためら》いながらも、決心を滲ませたような眼差《まなざ》しとぶつかった。

「でも……」

「いいから、そうしろよ」

言葉の端に苛立《いらだ》ちのようなものが含まれて、稀世は口を噤んだ。

もしかしたら……という思いが、今までまったくなかったわけではない。創介の稀世に向ける目に、時々、腹立たしさに似た強いものを感じる時があった。気づかないようにしていたのは、それが自惚《うぬぼ》れでしかないと、思い知らされるのが怖かったからだ。

「だって、創介くんはアメリカに行くんでしょう」

稀世の口調がいくらか邪険になった。

「アメリカにも一緒に来ればいい」

指先がちりちりと焦げてゆくような感触がある。戸惑いと甘美さで息が苦しくなる。どう答えればいいのだろう。言葉が見つからない。

ちらりと未来子のことが頭を掠《かす》めた。未来子が、幼い頃から創介だけを見ていたのは知っていた。それに対する後ろめたさと、密《ひそ》やかに広がる優越感、同時にそんなことを感じている自分への嫌悪がないまぜになって、稀世は言葉を失っていた。

創介が一歩近づいた。反射的に稀世は後ずさりした。背中が壁にぶつかった。

「だから、東京に来いよ」

創介の顔が近づいてくる。稀世は目を逸らせない。これから自分たちに起ころうとしていることが何かわからなくても、自分は決して嫌がってはいない、むしろ望んでいる、それだけは知っていた。

「絶対、来いよ」

稀世は何か言おうとしたが、唇は創介によって塞がれていた。

火山館に到着したのは、山荘を出てから二時間ほど過ぎた頃だった。

二月一日の噴火以来、火山館は閉鎖され無人だが、出入りは自由にできるようになっている。木製のドアを引くと、中はがらんとしていた。そこで二十分ほど休憩し、温かいお茶を飲んだり菓子をつまんだりした。

火山館を出て、少し登ってゆくと、平らな道の続く湯ノ平に出た。そこを過ぎると広葉樹は姿を消し、落葉松や樅《もみ》といった針葉樹林が広がってゆく。やがて森林限界を越えたのか、樹木がなくなり、前掛山の登山口に入る頃には、道はガレ場に変わっていた。岩が露出し、浮石が多く、慎重に足を進めないとすくわれそうになる。風景から色彩が消え、山全体が息を潜めたかのようなモノトーンの世界に包まれていた。

左に外輪山となる蛇骨岳《じゃこつだけ》、仙人岳《せんにんだけ》、虎《とら》ノ尾《お》、鋸岳《のこぎりだけ》、Ｊバンドと険しい尾根が連なり、右に前掛山が見える。稜線はたおやかだが、斜面にはクレーターのような大きな穴がいくつもあり、溶岩が流れた跡か、深い溝が何本も走っている。

しばらく止んでいた雪が、再び舞い始めた。ガスも濃くなっている。そろそろ標高二千四百メートルを越えた辺りだろうか。気温も急激に下がっている。

未来子はさすがに疲れたのか、さっきから黙ったままだ。稀世も思い通りに動かない身体の重さと、普段感じたことのない息苦しさに戸惑っていた。

そんなふたりに気づいたらしく、英次が先頭を歩く創介に声を掛けた。

「創介」

「どうした」

足を止めて、創介が振り返った。

「ここら辺りでいいんじゃないか」

「下りるっていうのか」

「ああ」

「何でだよ、もうちょっとで前掛山の頂上だぞ」

「無理はしないって約束だろ。未来ちゃんも稀世もだいぶバテてる」

「何だ、やっぱりバテたのかよ」

創介が不満気な顔をした。

「バテてなんかないわよ」

未来子が口調だけは強気で答えている。

戻るなら、それで構わないと稀世は思ったが、自分が言い出すのは気が引けた。都会育ちの未来子より先に音を上げるのは、さすがに格好がつかない。

「わかった、じゃあおまえたちはとりあえず火山館まで下りてろよ。俺はもうちょっと登って来る。せっかく来たんだから、火口まで行けなくても、せめて前掛山の頂上ぐらいは制覇しておきたいからな。三十分で戻るから、それから天候を観《み》て山荘に引き返すか小浅間に行くか決めよう」

「私も行くってば」

未来子も後には引かない。

その言葉には、創介の選んだことには必ず自分もついて行く、というひとつの意志のようなものが窺えて、稀世の胸はざわついた。

未来子が英次と稀世を振り返った。

「私も創介と一緒に登ってくるから」

英次はさすがに困った顔で稀世に声を掛けた。

「どうする？」

創介が、いや未来子が登るなら、自分もそうしたい。

「私も行く」

稀世は言っていた。

「じゃあ前掛山の山頂までだからな」

英次は念を押すように言い、四人は再び登り始めた。

道は前掛山の中腹を巻くように続いている。傾斜が激しくなり、大きな石を踏まないよう気をつけていても、足元が不安定でぐらつく。目的地まで想像していたよりずっと距離があるようだ。膝が揺れ、だんだんと足全体に力が入らなくなってきた。一歩を踏み出すごとに呼吸も乱れ、息苦しさが増してくる。

創介は逸《はや》る気持ちを抑えきれないのか、ひとりで先へと進んでゆく。英次は稀世や未来子と歩調を合わせている。気がつくと、創介とは三十メートル以上もの距離ができていた。

ちょうど外輪山が途切れた辺りだった。不意に動物の低い唸《うな》り声にも似た音が聞こえて、何だろうと足を止めたとたん、着ていたレインウェアが大きく膨らんだ。同時に、身体が浮き上がるような感覚に見舞われた。

飛ばされる。

稀世は慌ててフードを押さえて、風下に身体の向きを変えしゃがみ込んだ。英次と未来子も同じ姿勢で蹲《うずくま》っている。

突風だった。山荘の主人が言っていた通り、こんな強風が突然やって来るのだ。それは驚きというより恐怖に近かった。稀世はしゃがみ込んだまま自分の両膝をしっかりと抱きかかえた。風が止んでも、しばらくその姿勢を崩せなかった。

顔を向けると、傍《そば》でまだしゃがんでいた未来子も、すっかり表情を変えていた。

「私、諦める……」

小さく呟《つぶや》いた声が震えていた。

「稀世ちゃんはどうする？」

「私も限界、ここで下りる」

「うん、その方がいい」

英次がホッとしたように頷いている。

創介に声を掛けようと、三人は斜面を見上げたが、そこに姿はなかった。風が吹く前は確かに見える位置にいたはずだ。岩陰か斜面の窪《くぼ》みにでも避難したのだろうか。

「創介！」

英次が声を上げたが、返事はない。

「創介ったら、そんなに先に行っちゃったのかしら」

未来子がいくらか不安な声を出した。それを聞きながら、稀世は何気なく斜面の下に目を向けた。視界いっぱいに灰色の石が重なり合うようにして広がっている。その中に、場違いの鮮やかな赤色が目に飛び込んで来た。

「あれ……」

稀世は声を震わせた。

「どうした」

「あれ、創介くんのザックじゃ——」

しかし声は続かなかった。稀世は腕を伸ばしてその方向を指差した。ふたりが同時に目を向けた。

「創介！」

英次は怒鳴るような声を張り上げ、と同時に、斜面を滑りながら一気に駆け下りて行った。稀世と未来子も後を追った。足を滑らせ何度も地面に手をつきながら、やっとの思いで辿《たど》り着いた時、英次が創介の足元に屈《かが》み込んでいた。

創介は顔を歪《ゆが》めている。

「どうしたの！」

未来子が叫んだ。

「足をくじいたらしい」

英次が創介の足首に触れ「痛むか？」と尋ねる。

「いや、大丈夫だ」

そう答えながらも、創介の表情は苦痛をこらえるように引きつっている。

「どうしてこんなことに……」

未来子が泣きそうな声で創介に寄り添った。

「さっきの風に煽《あお》られた」

創介は突風に飛ばされて滑落してしまったのだ。

「でも、大したことはない。足の捻挫《ねんざ》だけだし、これくらい」

創介は英次の手を振り払って立ち上がろうとしたが、やはり痛みに耐え切れなかったらしく、顔をしかめて蹲った。

「無理するな。とにかく下りよう。稀世、俺のザックを頼む」

「わかった」

稀世は英次のザックを受け取り、未来子は創介のそれを手にした。

「創介、俺の肩につかまれ」

「歩けるって言ってるだろう」

「いいから、つかまれよ」

英次は強い口調で言い、躊躇う創介の腕を強引に自分の肩に回した。

「悪いな……」

「気にすんな」

英次は創介の身体を抱き寄せるように、しっかりと腰に手を回し、四人は山道を下り始めた。

足場は不安定だ。登りの倍の時間をかけながら、慎重に一歩一歩足を進めてゆく。誰も、口をきく余裕もなかった。時折、強い風が吹く。前掛山から湯ノ平へと、途中、何度も立ち止まり、短い休憩をしながら、何とか火山館まで辿り着いた。

中に入ると、創介は英次の肩から腕をはずし、どさりと床に腰を下ろした。

キャラバンシューズを脱ぐと、足の甲から踝《くるぶし》にかけてひどく腫れ上がっている。

創介は顔をしかめ、それでも痛いなどとは口が裂けても言わない、と決めたかのように唇をきつく結んでいる。

「骨折してるかもしれないな」

英次が呟いた。

「ただの捻挫だって言ってるだろ」

「山荘まで下りられそう？」

ずっと未来子は創介の傍から離れない。

「当たり前だろ」

「いや、無理だな、これじゃ」

それから英次はしばらく黙り込んで考えていたが、やがて意を決したように顔を上げ、創介を見つめた。

「正直言って、俺だけじゃ山荘まで下ろすのは無理だ。背負うことはできるけど、山道を下る自信がないんだ。だから、山荘まで戻って助けを呼んでくる。走って下りれば一時間もかからずに下に着く。救助の人と一緒にここに来るのに二時間。三時間待っててくれ。今は十二時少し前だから、遅くとも午後三時までには必ず戻って来る」

それから英次は創介と未来子、稀世に、確認するように念を押した。

「それでいいな」

英次の言葉に従うしかなかった。他に方法など思いつかなかった。稀世と未来子は黙って頷き、創介は英次から目線を外し、俯《うつむ》いたまま「すまない」と短く呟いた。

「身体を冷やさない方がいいぞ」

英次はレインウェアの下に着ていたセーターを脱いで、創介に差し出した。

「いいよ」

創介が首を振る。

「走れば、暑くてそんなの着てられない」

英次は押し付けるように創介に渡し、その上、身軽がいいからと、ザックも火山館に置いたまま外に出た。

「稀世、ちょっといいか」

ドアを半分しめたところで、英次が呼んだ。

稀世は立って外に出た。

「どうしたの?」

「あのな、昨日、言ったことだけど」

「え?」

「長野の造園会社に就職を決めたって」

「ああ」

何故《なぜ》、こんな時にそれを言い出すのか、わからないまま稀世は頷いた。

「俺、おまえのじいちゃんの跡を継ぎたいと思ってるんだ」

「え……」

「それで、いつかは稀世と一緒になりたい……俺はそのつもりでいる。こんな時に、こんなこと言うのもどうかと思うけど、何だか今言わないと、言い出せる機会がなくなりそうな気がして」

稀世は答えられなかった。英次がそんな気持ちでいたなんて、考えてもいなかった。あまりに小さい頃からの付き合いで、異性というより肉親と同じ感覚だった。英次も同じだと思っていた。造園会社に就職すると聞いた時も、祖父について回っているうちに、その仕事が好きになったのだろうぐらいに考えていた。

「英次、私……」

「返事は帰って来てから聞くよ」

「うん……」

「じゃあ、とにかく行って来る」

「気をつけて――でも、できるだけ早く」

「任せとけって」

英次は、いつものように怒ったように顔をくしゃりとさせ、雪がちらつく中を勢いよく下山して行った。

その気持ちに応えられるか。

後ろめたいような気持ちで英次の後ろ姿を見送りながら、稀世は自分に問い掛けた。英次の無愛想なところも、それでいて細やかな心遣いを持っているところも、小さい頃から知っている。英次は家族も同然だった。自分にとってかけがえのない存在であるのは確かだ。けれどもそこに恋や愛という思いを絡ませると、戸惑いが先に立ってしまう。

東京に来い、と言った創介の言葉に、自分の胸の中が大きく占領されている今、英次にいったい何と答えればいいのだろう。

館内に入ると、未来子が創介にぴたりと寄り添っていた。囲炉裏《いろり》があるが、燃やすものは何もない。

「寒いけど、我慢するしかないね」

稀世の言葉に、未来子は頷き「そうだ、魔法瓶に温かいお茶が残ってる。それにお弁当も」と、ザックの中を掻き回した。

「創介、食べない？　お茶は？」

差し出したが、創介は「いらない」と、あっさり首を横に振った。

「じゃあ、チョコレートでも」

創介はもう答えない。自分がしでかしてしまった事態を、ひどく恥じ、悔やむだけで精一杯のようだった。そんな創介を見るのは初めてだった。

結局、交わす言葉もないまま時間だけが過ぎていった。

未来子は身体を丸めてじっとしている。創介は痛みをこらえて、苦しそうに短い呼吸を繰り返している。逸る気持ちで腕時計を見ると、午後二時を過ぎようとしていた。

英次がもうすぐ救助の人と一緒に戻ってくる。あと少し、もうちょっとで……その時、ドアの外に人の気配を感じて、稀世は未来子と顔を見合わせた。

ふたりが立ち上がるのと同時に、外からドアが開けられた。入ってきたのは、見るからに山岳部員といった若い数人の男たちだった。

「おっ、先客か」

と、呑気《のんき》な声で言ってザックを降ろしてから、男たちは館の隅でぐったりしている創介に目を向けた。穏やかだった表情が変わった。

「どうしたんだ」

彼らは、英次が呼びに行った救助の人たちではなかった。

「前掛山で足をくじいてしまったんです」

稀世が立ったまま答えると、男たちは創介の傍に行き、靴下を脱がして捻挫した足に目を落とした。腫れた部分が大きく盛り上がり、稀世の目にもさっきよりひどい状態になっているのがわかった。

「こりゃ、折れてるな」

男のひとりが言った。彼らは互いに顔を見合わせ、短く話し合った後、すぐに次の行動に出た。

「これじゃ歩いて下りるのは無理だ。俺たちが背負っていこう」

「いいんですか」

未来子が安堵《あんど》の声を上げた。

「よかった、よろしくお願いします」

稀世も頭を下げた。

「あの」

創介が躊躇いがちに彼らに顔を向ける。

「何かあるのか」

「今、友達が下の山荘まで助けを呼びに行ってくれてるんです。もうすぐ戻ってくると思うんですけど」

「だったらルートを手分けして下りよう。どこかで必ず出会うから大丈夫だ」

話している間に、男のひとりが外に出て、木切れを拾ってきた。それを手際よく創介の足に添え、ザックの中から出してきた包帯で固定した。

「俺の背中に乗れ」

リーダー格らしき男が言った。

「でも……」

創介はまだ抵抗があるらしい。

「もう雪も止んだし、君ひとりぐらい背負っても山荘まで下りられる。遠慮なんか必要ない。山の中では持ちつ持たれつ。俺だって、この仲間に背負われて下りたことがあるんだ」

男は穏やかな口調で諭すように言った。その隣で自分のザックに創介のザックをザイルで固定していた男が「そういや、あの時は俺が担いで下りたっけ」と、笑っている。

リーダー格の男は照れ臭そうに頭を掻いた。

それで創介もようやく決心がついたらしい。

「申し訳ありません。お言葉に甘えさせていただきます」

創介は男の背に身体を預けた。

山荘に到着したのは、もう辺りが薄暗くなり始めた頃だった。途中、誰にも会わなかった。別ルートで下りて来た男も同じだった。

山荘に着くと、奥から主人が飛び出して来た。事情を聞いて、手早く包帯をはずし、創介の足を処置し始めた。

「あの、すみません、ちょっといいですか」

稀世は主人に尋ねた。

「どうした」

「友達のひとりが、先に山荘に下りて来たはずなんです」

「いいや、誰も来ていないが」

「そんなわけありません。火山館から助けを呼びに行くって……」

顔を上げた主人の表情が見る間に強張っていった。

「あのバスケットシューズを履いてた子か」

「はい、そうです」

「どれくらい前だ」

「もう五時間ぐらい前になります」

「五時間だって！」

主人は目を大きく見開いた――。

それからの事の成り行きを、稀世はよく覚えていない。

緊張と興奮と慌しさが山荘に渦巻き、自分が何をすればいいのかもわからず、稀世はただ、不安と戦いながら人々が動き回るのを見つめていた。

「英次が戻るまで病院へは行かない」

と意地になる創介を、主人は強引に車に乗せ、奥さんが麓の病院に連れて行った。

創介のことは未来子に任せ、稀世は山荘に残った。

創介を担いで下りてくれたのは、高峰《たかみね》高原から縦走して来た大学山岳部のパーティーだった。彼らは英次の捜索に加わり、そのまま主人と共に再び山に登っていった。稀世は待合室のベンチに、身を硬くして座り込んでいた。

もうすぐ英次が現れる。「心配かけたな、ちょっと道に迷ったんだ」と言いながら、山荘の玄関に、いつもの笑っているのか怒っているのかわからないような顔つきで入ってくる。

稀世はそう呟き、想像し、何度も自分に言い聞かせた。

しかし、一晩中、待合室で玄関を見つめ続けた稀世の前に、英次は現れなかった。

翌日、火山館から二ノ鳥居に向かう途中の崖下で、うっすらと雪をかぶり、冷たくなった英次の遺体が発見された。

創　介

人生が変わる一瞬がある。

創介はそのことを思い知らされていた。

英次の死。その現実は紛れもない事実であり、自分の浅はかな行動が招いた結果だった。創介を助けるために、英次は自分の命を犠牲にしたのだ。

通夜と葬式の、家族たちの悲嘆にくれる姿と号泣に、深い後悔が大きな波のように押し寄せ、同時に、自分には後悔などという感情を持つ資格さえないのだと、創介は思った。

ギプスと松葉杖《まつばづえ》、その上、東京から駆け付けた両親の支えを借りるという無様な格好で、創介は言葉もなく、英次とその家族の前で深く頭《こうべ》を垂れた。

英次の母親は、絶望に満ちた眼差しと叫びを、容赦なく投げつけた。

「あんたのせいだ、あんたのせいで英次は死んだんだ。世の中は不公平過ぎる。お金も名誉もある人からは何にも取らないで、私たちみたいなところから大切な息子を奪ってゆく。あんたは何を失った、何にも失っちゃいない。それなのに英次は命を失い、私たちは大切な息子を失った。不公平だ、不公平過ぎる」

そう言って、泣き崩れた。英次の祖父はうなだれたまま肩を震わせ、まだ小学生の妹は、兄の死が実感できないのか、怯《おび》えたように父親にしがみついている。

「申し訳ありません」

こんな言葉しか口にできないのか。こんなありきたりの謝罪で、自分は許しを請おうとしているのか。何故、下りよう、という英次の言葉を受け入れなかったのか。何故、決して無理はしない、という約束を守れなかったのか。

英次、英次……。

何度呼び掛けようと、英次は二度とかえらない。そうとわかっていても、呼び掛けずにはいられない。

英次……、みんな俺のせいだ。

「仕方のないことだったんだ。自分を責めることはない」

英次の父親が、必死に自分の感情を宥《なだ》めるように言ってくれたが、その心遣いは、却《かえ》って創介に重くのしかかった。

責めて欲しい。罵倒して欲しい。胸倉を摑んで思いっきり殴って欲しい。いっそ、殺して欲しい。

俺は取り返しのつかないことをしてしまったのだ。あの時、死ねばよかった。前掛山で突風に煽られて、崖を転げ落ちて、岩で頭を打ち砕き、そのまま死んでしまえばよかった。

英次、俺は死んでしまいたい――。

二日後、小諸の救急病院から東京の父の知り合いの外科病院に移った。

入院の間、創介は窓の外ばかり見て過ごした。級友たちの面会はみな断り、ほとんど誰とも口をきかず、呆《ほう》けたように日々を過ごした。

浅い眠りで夜を過ごし、目覚めると、それでもやはり眠ってしまった自分に気づき、ひどく厚顔な人間のように思えて、苦い思いを嚙《か》み締めた。

英次に会いたい、話したい、謝りたい。

しかし、どれだけ望んでも、英次は夢の中にさえ現れるのを拒否していた。

母の秋子《あきこ》は毎日顔を出してくれたが、携えてきた果物やケーキを口にする気になど到底なれなかった。病院の食事も、無理に喉に押し込むと、吐いてしまうこともたびたびだった。

父の重道《しげみち》は一度だけ顔を出したが、言葉はほとんど交わさなかった。もともと、通い合うものが希薄な関係だった。面立ちも気質も、十年前に他界した祖父に似た創介を、父はどこかで疎《うと》んでいるようなところがあった。

創介のすべての思いは行き場を失っていた。

何をどう考えようとも、それは結局、自分に戻って来る。そうして、崩れ落ちた石をひとつずつ積み上げてゆくように、また後悔を重ねてゆく。

十二月に入って、予定通り退院したが、左足を固定したギプスはまだはずせず、世田《せた》谷《がや》区にある高校には父親の車を使って登校した。

松葉杖で現れた創介に、級友たちは好奇と同情がないまぜになった目を向けた。

浅間山で転落して骨折したこと、その創介を助けるために一緒だった仲間の一人が死んだこと、噂《うわさ》はすでに広まっていた。

「大変だったな」

森田修《もりたおさむ》が前の席に座った。

クラスは別だが、森田とは三年生の春まで同じ硬式テニス部に所属していて、気安く付き合って来た。

「いろいろ言う奴《やつ》もいるけど、気にするなよ」

どう答えればいいのかわからなかった。慰めの言葉は、むしろ非難されているように聞こえた。

「当分、それは取れないのか」

森田がギプスに目をやった。石膏《せっこう》で白く固められた左足は机の下に納まり切らず、松葉杖と一緒に通路に投げ出されている。

「ああ、二カ月ぐらいかかるそうだ」

「じゃあ、大学受験の頃には取れるってわけだ」

「受験か……」

創介はぼんやりその言葉を受け止めた。

浅間山に登山する少し前、担任と面談した。志望大学は二校に絞り込んでいた。全国模試の成績から、両方共、何とか合格範囲だと言われ、創介はすっかりその気になっていた。教養課程を終えたらアメリカの大学に留学したいとの夢を告げると、三十代半ばの担任は眼鏡《めがね》の向こうで温和に目を細めて、頷いた。

「若いってことは、可能性に満ちてるってことだ。頑張れよ」

はい。

胸を張って答えたはずだった。

あれからひと月もたっていない。それなのに、そんな自分がいたことが今は信じられない。違う誰かの記憶のような気がする。

「最初の受験は俺も同じ大学だしな。もし、そこに行くようになったら、またテニスをやろうぜ。こんな男子校と違って、可愛《かわい》い女の子もいっぱいいるだろうし、混合ダブルスなんていうのもいいよな。堂々とスコートの中を覗ける」

そう言って、森田はからからと笑った。

心遣いがわからないわけではなかった。森田なりに、創介の背負ったものを少しでも軽くしてやろうと、心を砕いてくれているのだろう。

それでも、今の創介にはむしろそれが煩《わずら》わしく感じられた。

放っておいてくれ。

それが正直な気持ちだった。しかし、そんな言葉を口にすれば、森田がどんな心持ちになるか想像がつく。

「そうだ、たまには帰りに映画に行かないか。『燃えよドラゴン』すげえ面白いらしいぞ」

「いずれな」

創介は首を横に振る。

森田が慌てて頷いた。

「そうだな、その足じゃ席にも座れないからしょうがないよな。また今度にするか」

やがてチャイムが鳴り、森田は自分の教室に戻って行った。

一限目は古典の授業だ。教師が入ってきて、出欠を取る。創介の名前を呼んだ後に、間と呼ぶには短過ぎる沈黙があり、教室の馴染んだ空気に小さな亀裂のようなものが走った。

創介は窓の外に目をやった。

冬のやけに澄んだ空が目に痛い。色づいた木々の葉が、乾燥した風に吹かれてはらはらと舞い散っている。校庭の隅には錆《さ》びた緑色のライン引きが放置され、サッカーゴールのネットの影が、濃くグラウンドに映っている。

塀の向こうで、信号が青から黄色に変わった。赤いラーメン屋の看板と、昼間というのに派手に点滅しているパチンコ屋のネオンサイン。クラクションの音。喧騒《けんそう》。生きた町の様子が、手にとるようにわかる。

不意に、目の前から色彩が消えてゆくのを感じた。

舞い散る雪と露出した岩。足元を揺るがすガレ場。樹木が姿を消し、険しい山道が続く。動物の唸り声にも似た突風。煽られ、唐突に身体を持ち上げられたあの瞬間。なす術《すべ》もなく岩場を転落していく自分の身体。英次の声。英次の腕。英次の温《ぬく》もり。英次の最後の笑顔。

「相葉」

声を掛けられ、創介は顔を上げた。

「行かないのか」

隣の席の山下だ。普段、言葉を交わしたことはほとんどない。

「次、日本史だろ」

「ああ、そうか」

もう古典の授業は終わっていた。日本史の授業は教室を移動しなければならない。

「教科書、持ってやろうか」

「いや、いいんだ」

「そうか」

山下は困ったように頷き、がたがたと椅子を鳴らして教室を出て行った。

正直言って、今まで山下にあまりいい印象を持っていなかった。返されたテストはいつも固くガードして決して他人には覗かせないし、休み時間は常に単語帳を開いているような奴だった。内心、このガリ勉野郎と思っていたところがある。こんな気遣いをされるなんて思ってもいなかった。

自分には山下の本当の姿なんて見えていなかったのかもしれない。いや、山下だけじゃない。俺はずっとそうだった。

人の気持ちや、気遣いというものに対して無頓着だった。相手に何を言われようと、結局は自分の主張を通していた。自分は正しいと思い込んでいた。

英次はどうだっただろう。英次は、俺のことをどう思っていたのだろう。

英次に対して、優越感など持ったことはない。それは断言できる。英次も、劣等感など抱くような奴ではなかった。環境の違いはあったが、自分と英次の間に、捻《ね》じ曲がった感情が絡むようなことは一度もなかったはずだ。

けれどあの時、英次の「下りよう」という言葉に自分は従わなかった。それは、どこかで決定権が自分にあると自惚れていたからではないか。自分が決めたことに、英次が異議を唱えるはずがないとタカをくくっていたからではないか。

創介は机から日本史の教科書とノートを出し、脇に抱えた。

松葉杖を引き寄せ、立ち上がろうとした時、不意に強い違和感を覚えた。

まるで半透明の膜のようなものが自分を覆ってしまったような感覚だった。

生徒たちが教室を出てゆく。最後のひとりの姿が見えなくなっても、創介は動けなかった。

俺は何故ここにいる。

英次の未来も、可能性も、すべて奪った自分が、のうのうと今まで通りの生活を続けようというのか。やがてギプスが取れ、年が明ければ受験して、どこかの大学に潜り込み、二年後には留学か。将来はジャーナリストか。

俺は本当にそんなふうに生きてゆくのか。英次はそれを許してくれるのか。何より、そんな自分を俺が許せるのか。

夕方四時、何とか六限の授業を終え、家に帰ると、未来子が来ていた。玄関横にある応接間のソファに、身体を小さくして座っていた。学校帰りに寄ったらしい、制服姿だ。

英次の葬式以来、顔を合わせるのは初めてだった。ソファから顔を向けた未来子は、すでに目の縁を赤くしていた。かつての快活な表情もすっかり影を潜めていた。

「お帰り」

「うん」

「お見舞いに行きたかったんだけど、誰にも会いたくないって聞いたから」

創介の母の秋子が、紅茶とクッキーを持って来て、ふたりの前に置いた。

「昨日、電話貰《もら》って、あなたが今日から学校に行くことを伝えたの。入院中も、未来ちゃん、心配してくれて何度も連絡をくれたのよ。なのに、あなたったら会おうともしないんだから」

母の声が妙に耳に障る。

「未来ちゃん、ほんとにありがとう。創介ったら、あれ以来すっかり殻に閉じ籠って、どうしようか困ってたの。少し元気付けてやって」

母の、自分の言葉にどんな無神経さが込められているか気づきもしないところが、創介は堪《たま》らなかった。

「あっち行ってくれよ」

「はいはい」

母は、まるで駄々をこねる子供を宥めるような口調で、応接間を出て行った。

「足の具合はどう?」

「順調に治ってるよ」

「そう、よかった」

沈黙がふたりの間に横たわる。何を話せばいいのかわからないまま、紅茶から立ち上る湯気を目で追っている。

「ずっと、何を考えてた？」

未来子がようやく尋ねた。

創介はしばらく考え、正直に思いを告げた。

「何をどう考えていいのか、今もわからないままだ」

「そうね……私も同じ。ただ、英次くんに申し訳ないって、それしかなくて」

未来子は堪《こら》え切れなくなったように、顔を覆った。

「未来子のせいじゃない」

創介はその震える肩を見ている。

「ううん、私のせい。あの日に決めたのは私だもの。ほんとはもっと前に登るはずだったのに、私の勝手な都合であの日になったの。朝だって、雪が降っていたのに、私がそれでも行くって言ったから、だから登ることになったの」

そう言って、溢《あふ》れる涙を何度も指先で拭った。

「そうじゃない」

「だって……」

創介は思わず口調を荒らげた。

「違うって言ってるだろ」

未来子は怯えたように創介を凝視した。

「ごめん、悪かった」

創介は自分に舌打ちしたい気持ちで、未来子から目を逸らせた。

「いいんだ、俺を慰めてくれなくても」

未来子が息を呑《の》む。

「私、そんなつもりで言ってるんじゃない」

「わかってる」

創介は未来子に視線を戻した。

「俺は、自分の責任を誰にも押し付けるつもりはないんだ。何をどう考えたって、みんな俺のせいだ。英次を死なせたのは俺だよ。そのことは、俺がいちばんわかってる」

「創介、そんなふうに言わないで。何もかも、自分で背負い込んでしまわないで」

それはきっと、思いやりと呼んでいいのだろう。未来子が、少しでも創介の負担を軽くしたいと考えてくれているのはわかる。けれども、そうされればされるほど、創介の気持ちは塞いだ。まるで罪を分担し合うように、未来子を巻き込むつもりはなかった。

「俺は事実を言ってるだけだ。だから未来子が自分を責めることはないんだ」

未来子は俯いたまま、短く息を吐き出した。

「稀世ちゃんも、創介と同じこと言ってる」

「連絡、取ったのか？」

稀世の名を耳にして、胸が衝《つ》かれるような思いが広がった。

「うん、何度か電話した」

「どうしてる？」

「自分のせいだって」

創介は唇を噛む。

「何でそんなこと」

「あの時、助けを呼びに行く英次くんに『早く』って急《せ》かしたんだって。崖から落ちたのはそのせいだって」

馬鹿なことを、と思い、同時に稀世らしいとも思った。

稀世には子供の頃からそんなところがあった。何もかも自分で引き受ける。誰にも頼らない。ある意味、誰も信じていないのかもしれない。

「でも、稀世ちゃんは強い。私なんて、電話口ですぐ泣いちゃうのに、稀世ちゃんはいつも黙って話を聞いて、慰めてくれる。稀世ちゃんだって、すごく辛《つら》いのに、そういうことぜんぜん口にしないで、いつも冷静に、悪いのは自分だって」

稀世は芯が強い。そして、英次は無口だが行動力のある奴だった。しっかりしているようで、脆《もろ》いところを持つ未来子。口ばかりで、結局、世間知らずの無力な自分。

創介は登山の前の晩に交わした、稀世との短いくちづけを思った。稀世が好きだった。

しかし、こうなった今、もうそんな思いを持つ資格がないのも、創介は知っていた。

クリスマス、正月と、慌しく日々が過ぎて行った。創介は音声の消えた画面を観るように毎日を見送った。

一月の半ば過ぎにギプスが取れた。筋肉を失い、すっかり痩せ細った自分の足を創介は眺めた。まるで今の自分を象徴するような、何の力もない、ただの棒切れのようだった。

リハビリが始まり、週に三回、学校帰りに病院に行くようになった。もう、送り迎えの車も松葉杖も必要ない。歩き方はぎこちなく、歩いていても追い越されてばかりだが、電車を乗り継いでひとりで通った。

二週間もすると、脹脛《ふくらはぎ》が盛り上がり、以前の感覚が戻っていた。階段の上り下りに、手すりを頼るようなこともなくなった。人間の身体というのは、図太くできているものだと、創介は思う。どれだけ英次への後ろめたさが残っていても、傷は着々と回復してゆく。

「明日、帰りに新宿《しんじゆく》に行かないか」

帰り支度をしていると、森田がやって来た。

「明日？」

創介は思わず顔を上げた。

「試験が済んだ後にさ。俺、欲しいレコードがあるんだ。ローリングストーンズの『山羊《やぎ》の頭のスープ』。イカれたタイトルだろう。去年出たの、まだ手に入れてなくてさ」

明日が、森田と同じ私大の入試日だということを忘れていた。

「悪いけど、俺、受けないんだ」

あっさり言うと、森田が驚いた表情で創介を見直した。

「志望校、変えたのか？」

「そうじゃない」

「じゃあ、何で」

「大学には行かない」

森田は一瞬、何か言いたげに唇を動かしたが、躊躇うように言葉を呑み込んだ。

「本気なのか」

何も話してはいないが、たぶん森田は、あの日から創介が胸に宿らせ続けている硬いしこりの存在をわかっているはずだ。

「ああ」

「そうか」

森田は、それ以上、何も言わなかった。

しかし、夕食の席で家族にそれを告げると、母は気色《けしき》ばんだ顔つきでダイニングテーブルに身を乗り出し、森田と同じことを言った。

「創介、本気なの」

父は無言で、向かいの席から創介を眺めている。三歳下の弟、慎也《しんや》は箸を止めたまま動かない。

「大学に行かないで、いったい何をするの」

母の声が裏返る。

「働こうと思っている」

「働くって、どこで」

「それはまだ決めてない」

「そんなこと、創介、どうして」

「俺は、親の脛《すね》をかじるんじゃなくて、自分の力で生きていきたい。それが、英次も納得してくれる生き方だと思う」

「英次くんのご家族には、うちでできることはちゃんとしたわ。もう、納得してもらっているの」

両親が、英次の両親にそれなりの金を渡したことは知っていた。金額はわからないが、用心深い父のことだ、後々面倒が起きないよう念書を一筆書かせるぐらいのこともしただろう。

「金のことは申し訳ないと思ってる」

「だって仕方ないじゃないの、あなたはまだ高校生なんだもの、親が代わりをするのは当たり前よ。そのことは、ちゃんと話もついたし、あちらのご両親も納得してくれてるの」

母の反応はわかっていた。

「金は、働いて返すから」

「やめてちょうだい」

母はくしゃくしゃと表情を崩した。

女学校を出て、一度も社会に出ることなく父と結婚した母は、たぶん、高卒で働くということに対してどこか悲壮な感覚を抱いているに違いない。母は悪い人ではないが、学歴や家柄というものを、魂と同じレベルで扱ってしまうような、苦労のない育ち方をしている。

「英次くんのことはあなたのせいじゃない。あれは不幸な事故だったのよ。あなたが英次くんに申し訳なく思うのはわかるわ。でもね、英次くんに償いたいって気持ちがあるなら、英次くんの分まで一生懸命生きればいいじゃないの。英次くんだって、きっとそれを望んでいるはずよ。このことであなたが進路を諦めたりしたら、英次くん、きっと悲しむわ」

創介は改めて母を眺めた。そんな飾られた言葉で説得ができると、本気で考えている母の見縊《みくび》りに、身震いしたくなった。

何もわかっちゃいない。そんなことを真に受けて生きてゆけと、俺に言うのか。

「だって、あなたは長男なのよ、いずれはうちの会社を継いでいく立場にあるんだから」

「もともと、継ぐ気なんてなかった」

「何てことを」

怒りともつかない叫びが食卓にこぼれ落ちる。そんな母を見ながら、創介はむしろひどく冷静になってゆく自分を感じた。

「英次は人生を失い、英次の両親は息子を失った。だから親父もお袋も、俺を失ったと思ってくれ。俺もすべてを失ったところから、人生を生きようと思う」

それから、創介は父へと視線を滑らせた。

「俺、卒業したら、家を出るから」

「ジャーナリストになりたいと言ってたくせに、今度は高卒で働くか。甘ったれるな」

父親が吐き捨てるように言った。

「働くなんて簡単に言うな。子供の頃から勝手気ままに何不自由ない生活をしてきたおまえに、いったい何ができるんだ。一時の青臭い感傷にかられて、できもしないことを口走るんじゃない」

「生きてさえいれば、何だってできる」

「私たちが出した金のことを負担に思っているのなら、大学に行って、会社を継いで、それで返せばいいだろう」

「金の問題じゃないんだ」

父は苛々した表情で眉を顰《ひそ》め、創介を見据えた。

「じゃあ何なんだ。おまえが家を出て、訳のわからん仕事をすれば、あちらは喜んでくれるのか。おまえが不幸になれば、お互い様だというのか。おまえのやろうとしていることは、償いでも何でもない、安っぽい自己満足だ」

創介は言葉に詰まった。

そうなのか、父の言っていることが正しいのか。これは感傷か、自己満足か。

父は創介を見下ろしている。その目は父親というより、支配する者の眼差しに見えた。

その時、ふと、父が死んだ祖父と重なった。明治生まれの祖父に、父が逆らったところなど見たことはない。父は昭和三年に生まれ、祖父が設立した不動産会社の跡取りとして、従順に仕事を受け継ぎ、今もそれをまっとうしている。

「どう思われても構わない。俺はもう決めたんだ」

「馬鹿野郎！　たわけたことをぬかすな」

父の怒鳴り声が響いた。

あの頃、父は祖父に対していつも敬語を使っていた。それは祖父が息を引き取る瞬間まで続いた。祖父と父の関係は、親子というより師弟であり、もっと言えば支配する者とされる者でもあった。

それを父が自ら選択したのか、葛藤の末でのことなのか、創介にはわからない。ただ、祖父を怖《おそ》れていたのだけはわかる。祖父の他界を知らされた時の、父の安堵した顔を、創介はよく覚えている。

創介は祖父に似ている。もしかしたら、祖父から受けたものを、父はそのまま息子へ向けようとしているのか。

「俺は、俺のやり方で償う」

父は怒りで頬を紅潮させ、椅子から立ち上がった。

「私に逆らうのは許さない」

父は持っていた箸を投げつけた。弟の慎也が、呆気に取られたように父を見上げている。

「俺は親父とは違うんだ。黙って命令に従うつもりはない」

それが、祖父との関係を指していることだと、父はすぐに気づいたようだった。

「おまえは、私を馬鹿にしているのか」

父は震えた声で言い、食卓の向こうから回って来た。何をされるか、想像はついた。

「立て」

創介はゆっくり椅子から立ち上がった。母がおろおろと半分腰を浮かしている。

父の腕が振り下ろされた。左の頬が張られ、乾いた音が広がった。しかし、痛いとは思わなかった。

「創介、謝りなさい。お父さんに、ちゃんと謝りなさい」

母が甲高い声で叫んだが、創介は従わなかった。謝れば、自分の意志を翻すことになる。身勝手はわかっていた。英次の家族に金を出したのは父であり、それは大きな借りである。それでも、父の言うなりになる自分が、創介は許せなかった。

「あなたは今、気持ちが混乱しているだけなのよ。落ち着いてちょうだい。家を出るなんて言わないで。あなたはうちの大切な息子なのよ」

「英次だってそうだった」

母の自分への執着を目の当たりにすればするほど、いっそう英次や、英次の両親に対する申し訳なさと、呵責《かしやく》が募ってゆく。

「俺は、自分のことは自分で決める」

創介は父から目を逸らさず言った。

「勝手にしろ」

父の背がドアの向こうに消えて行った。

未来子

夕食は大概、母の芙美子《ふみこ》とふたりでとる。

「どう？　今日のシチュー」

テーブルの向かい側から、母が未来子の手元を覗き込んだ。

「おいしいよ」

未来子は笑顔で大きく頷いた。

「よかった。たくさん作ったから、何杯でもおかわりしてね」

「やった！」

たとえ何があっても、母の前では屈託ない娘でいなければならない。

それが自分の務めであることは、もうずいぶん前から身についていた。

英次の葬式に母は来なかった。父と兄が駆け付けてくれたが、正直なところ、母がいないことに未来子はほっとした。そんな状況を母が受け入れられるはずがなかったし、動揺した未来子の姿を見れば、たぶん、母はそれ以上に取り乱してしまっただろう。

「サラダも食べてね。未来ちゃんの嫌いなセロリは入れてないから大丈夫」

それから、いつものように母はとりとめのない話をした。

今日の天気がどうだったか。新しい洗剤の落ち具合がどうか。スーパーの店員がレジを打つのが下手《へた》なこと。クリーニングからうちのものでないコートが戻ってきたこと。

一日の出来事を、まるで日記に綴《つづ》るように、母は喋り続ける。そして、未来子は辛抱強く聞き役に徹する。

父親の隆直《たかなお》は私立大で古代史の教授をしているが、ほとんど研究室に泊まり込んでいて、家に帰ってくるのは週末ぐらいだ。五歳上の兄、彰夫《あきお》は学生運動にもみくちゃにされた同世代を見て来たせいか、物事を少し皮肉に見据えているところがある。去年、三田《みた》にある私立の大学を卒業した時も、官僚か、父と同じような学者の道を望んだ両親の言葉には耳を貸さず、公務員は給料が安いから、という理由で大手銀行に就職した。銀行員になってからは毎日残業続きで、夕食に間に合ったことは、まずない。

「彰夫は五黄《ごおう》の寅《とら》だから」

と、母はため息まじりによく言った。

九星術と干支《えと》から来る年回りで、運気が強いが、自我も強いということらしい。

確かに、兄は自分のペースで生きてきた。決して冷たいわけではないのだが、自分のことにしか興味がないように、未来子には見えてしまう。

「それでね」

家の中にはふたりしかいないというのに、母は周りを気遣うように声を潜めた。

「今日、うちの門に犬のおしっこが掛けてあったのよ。きっと、誰かが嫌がらせをしたんだわ」

「まさか」

未来子は笑って首を振った。

「だって、門の真ん前なのよ」

「犬なんて、どこでも平気でおしっこするって」

「でもね」

「気にしない、気にしない」

「そうかしらね……」

母は言葉を途切らせ、仕方ないようにシチューを口にした。それでも、きっと胸の中では、誰かの嫌がらせに違いないと信じ込んでいるだろう。

以前の母はこうではなかった。明るく社交的で、近所との付き合いも活発だった。知り合いを招いてパーティーをしたり、父の研究室の学生たちを呼んで食事を振る舞ったり、自宅で茶道教室を開いていたこともあった。家に帰るといつも誰かがいて、笑い声が飛び交っていた。

父もここまで家を空けたりはしなかったし、兄も友人たちをよく連れてきていた。今となると、この家にそんな頃があったなんて夢のようだ。

翌朝、いつものように朝食を食べ、母の作った弁当を持ち、未来子は駅に向かった。

通勤や通学の乗客で、駅は相変わらずの混みようだ。やがてホームに電車が入って来て、ドアが開き、乗客たちが先を争うように乗り込んでゆく。それを見ても、未来子の足は動かなかった。

行かなければいけないとわかっている。それなのに、足も気持ちも前に出ない。

次の電車も同じだった。そしてまた次も。未来子は乗りそびれたまま、それからも数本の電車を見送った。

学校に行きたくない。けれども、このまま家にも帰れない。帰れば「どこか具合でも悪いの？」と、母はきっと大騒ぎするだろう。

姉さんに会いたい。

ふと、思い立った。

姉の瞳子《とうこ》は藤沢《ふじさわ》市の辻堂《つじどう》にいる。前に会ったのは浅間山に登る少し前だった。それに行き着くと、未来子は自分がもうずっと前からそれを望んでいたことに気がついた。

未来子はホームから離れ、公衆電話から母親の口調を真似て学校に欠席の連絡を入れると、そのまま向かい側に通じる地下道に向かった。

姉の瞳子は昭和二十二年生まれ、未来子とは八歳違いである。

姉は、未来子にとって完璧な存在だった。美しく、優秀で、誰からも愛された。勉強だけでなく、スポーツも絵を描くのも、とにかく何をさせても抜きん出ていて、友人や教師たちからのどんな期待にも確実に応えるだけの力を持っていた。

相当の倍率を突破して、難関の名門私立中学に合格し、大学も名門の国立女子大に入学を決めた。両親にとって、特に母にとって、姉は自慢の娘だった。

姉にかなわないのは、子供の頃からわかっていた。もちろん比較されて拗《す》ねたりもしたが、姉はいつも優しかった。

姉と同じ私立中学の受験に失敗した時、呆れ嘆く母に「勉強だけがすべてじゃない」

と強く抗議してくれたのも姉だった。

そんな姉が変わったのは、大学二年生をそろそろ終えようとする頃だった。

まだ十三歳だった未来子には、事態の経緯はよくわからなかったが、東大の医学部学生自治会がインターン制に代わる登録医制度導入に反対して、無期限ストに突入し、それが発端となって、紛争は見る間に各大学に広がって行った。やがてその学生運動の中に姉も巻き込まれて行った。

その頃、付き合っていた姉の恋人が、学生運動に関係していたのは間違いない。姉は家に帰らなくなり、講義に出なくなり、代わりに、学生たちの集会に熱心に参加するようになった。

父は憂い、母は嘆いた。たまに姉が帰ると、両親と激しい口論になった。あんなに素直で家族思いだった姉は、まるで神からの啓示を受けたかのように、滔々《とうとう》と自分たちの運動の正当性を主張した。両親が何を言おうと、姉の耳には知らない国の言葉のようにしか聞こえないようだった。

しばらくして、姉は家を出て行った。

「お姉ちゃん、行かないで」

小さなボストンバッグを手に、玄関を出てゆく姉を、未来子は泣きながら引き止めた。

その時だけ、姉はいつもの柔和な眼差しに戻って、振り返った。

「未来ちゃんも、いつかきっとわかる時が来るわ」

あれは闘士の目ではなかったと、未来子は思っている。

あれは恋をしている目だ。

姉の不在は、家族の形をいびつなものにした。父は常に不機嫌に黙り込み、母は喪失感と裏切られたという思いから、情緒を安定させられず、泣いたり激昂《げきこう》したりを繰り返した。受験を控えた兄は、しらけたようにいつも自室に籠った。

未来子は不安だった。このままでは家族が崩壊してしまう。姉の不在を埋める何か、姉の代わりができる何か。いったいそれが何なのか、十三歳だった未来子は必死に考えた。

たまたまテストの点数がよかった時、母が久しぶりに笑顔を見せた。それは姉が出て行ってから初めて見る笑顔で、未来子はようやくその何かを見つけたような気がした。姉には及ばないのはわかっている。それでも、少しでも姉に近づけば母の失ったものを埋められるのではないか。それが家族の関係を修復できる糸口になるのではないかと思えた。

私立の女子高を受験するのを決めたのも、そのせいだ。

姉の通っていた学校には及ばなくても、それなりに名のある高校に行けば、母もきっと喜んでくれるに違いない。母の笑顔を見たいがために、未来子は必死に勉強した。

その年の十月、新宿で一万人以上の学生が新宿駅東口を占拠した。翌年一月には東大安田《やすだ》講堂が封鎖され、機動隊が出動した。そして東大の入試が取りやめになった。

姉の友人と名乗る女性から連絡があったのは、未来子が十四歳になった時である。電話を受けたのは未来子だった。

「瞳子さんを迎えに来てくれませんか」

電話の向こうで、その女性は掠《かす》れた声で言った。それはまるで呟きのようでもあった。未来子は慌てて母を呼んだ。母は動転しながら相手と短いやりとりをした。

「わかりました。すぐ行きます」

それから研究室にいる父に連絡し、ふたりで指定の場所に出掛けて行った。

帰って来た姉は別人だった。

虚《うつ》ろな目と、それ以上にからっぽになった心を携えて、自分で歩くこともできずに、両親に両脇を抱えられるようにして玄関に入って来た。

それから二日間、姉は眠り続けた。

このまま死んでしまうのではないかと、未来子は何度も部屋を覗きに行った。姉はベッドの中で、虫のように小さく丸まり、苦しげに眉を顰めていた。口元に手をやると、生温かい息がかかり、それを確認すると、未来子はようやくホッとして部屋を出た。

目が覚めても、姉は誰とも口をきかず、食事は自室でとり、それも半分も食べられないという状態だった。

しばらくそっとしておこう。

父が言った。

そうするしかなかった。家族の誰もが、その他にどんな手立ても思いつかなかった。帰って一週間目、姉は突然、発作を起こした。呼吸困難になり、救急車で運ばれる騒ぎになった。検査の結果、身体に異常はないとの診断が下されたが、発作はそれから数日間隔で姉を襲い、そのたび救急車を呼ぶことになった。

結局、自律神経失調症、というのが、姉に付けられた病名である。

それ以後、姉は薄暗い部屋の中で、いつも宙に視線を泳がせて、一日を終わらせるような日々が続いた。

何度も救急車が来たせいで、近所では噂が流れ始めていた。

「嶋田さんところの瞳子ちゃん、ちょっと頭がおかしくなったみたい」

以前の姉の優等生ぶりを知る近所の人たちが、そのギャップに興味を抱いたのは、当然だったろう。

しかし、母にとっては耐え難い苦痛だった。母もまた、姉の変わりようを受け入れられず、心を閉ざすようになっていた。周りに対して「うちの悪口を言っている。陰口をたたいている」と、茶道教室を閉め、近所付き合いをやめ、やがて誰ひとり近づけなくなった。

藤沢にある辻堂の療養所を紹介してくれたのは、父の友人である。夏が終わる前、両親が姉を連れて行った。

未来子は玄関に立ち尽くしたまま、兄は階段に腰を下ろした格好で、その頼りなげな後ろ姿を見送った。

「お姉ちゃん」

呼んでも、姉はもう、最初にこの家を出て行った時のような、柔和な眼差しを向けてはくれなかった。

あれから四年がたっている。

電車からバスに乗り継ぎ、湘南《しょうなん》の海沿いに建つ療養所に着いたのは、十時少し前だった。

潮の匂いが建物全体を包み込み、冬の澄んだ日差しに映えて、いつも感じられることだが、そこは病院というより、とても神聖な場所のように思える。

受付を過ぎ、ナースセンターに挨拶をして、未来子は二階にある姉の病室へと向かって行った。

廊下で何人かの入所者とすれ違った。パジャマや寝巻き姿ではなく、誰もがこざっぱりした私服を着用しているせいで、とても病んでいるようには見えなかった。それでも、彼らのむしろ穏やか過ぎる眼差しに、未来子は時折怖くなった。未来子の見えないものが見え、聞こえない声を聞いているように感じた。

ここの入所者は、たぶん三十人ほどだろう。老人もいれば、姉のような年代もいる。窓に鉄柵が付いているのを除けば、海沿いに建つ、こぢんまりしたマンションのようにも見えた。

月に一、二度の割合で、両親か未来子か兄の彰夫か、めったにないが時には家族揃って、ここを訪れている。その時だけは、母は母らしく、父は父らしく、そして姉は姉らしく、不思議なほどに、穏やかな時間が過ぎていった。

それでも、家族が帰った後、姉は軽い発作を起こすらしい。それを聞くと、姉が本当のところ、家族の面会を喜んでいるのかどうか、今も未来子にはわからない。

病室となる個室に入ると、姉は前に会った時と同じように、窓のそばの椅子にひっそりと腰を下ろし、海をスケッチしていた。

「お姉ちゃん」

未来子が声を掛けると、指を止めてゆっくりと顔を向け、わずかに目元を緩ませた。

「あら未来ちゃん、どうしたの、学校は？」

「ズルしちゃった」

「何かあった？」

姉の頬にわずかに影が差す。

「ううん、何にも。ちょっと勉強するのが嫌になっただけ」

「そう」

姉はほっとしたように頷いた。

本当は何もかも話してしまいたい。姉の膝に顔を埋《うず》めて泣きたい。しかし、神経が剝《む》き出しになっているような今の姉は、どんな小さな動揺にも、たやすく傷ついてしまうのを未来子は知っていた。

泣いてはいけない。母の前で元気な娘を装うように、姉の前でも同じでなければならない。

「もう大学の推薦も決まったし、少しぐらいサボってもいいかなって」

「そうね、たまにはね」

姉はくすくすと小さく笑った。

表情は平静で、最近は発作も落ち着いているようだ。日常生活や身の回りはすべて自分でしているし、絵を描くという趣味も持ったし、時には、他の入所者の食事や着替えを手伝うこともしているようだ。

快方に向かっているのは確かだが、この療養所をいつ出られるのかとなるとまったくわからない。

この四年の間に、姉は三度、退院した。

そして三度とも、家に戻って三日もたたずに発作に襲われ、再入院した。

姉にとって、すでにこの療養所が自分を守る唯一の砦《とりで》なのかもしれない。ここを出ての暮らし——世間の目や、毎日畳み掛けるように流される情報や、めまぐるしく過ぎ去る時間の流れに、姉はどうにも馴染めず、呼吸すらできなくなるのだろう。

そして、その原因のひとつに、母もあるのではないかと未来子は思っている。

母の期待と信頼に応えられなかった自分に、姉は今も、強い呵責の念を拭いきれないでいるのではないか。

しばらく姉ととりとめのない話をした。話したそばから忘れてゆくような、言葉がただひらひらと舞っているだけの、まるで気配のような会話だった。

昼食は食堂で一緒に食べた。

姉は病院から出される食事を、未来子は母の作った弁当を広げた。姉が弁当を見て動揺するのではないかと懸念したが、意外なことに「おかあさんの卵焼き、久しぶり」と、頬を和らげた。

「食べる?」

「いいの?」

「もちろん」

未来子が弁当を差し出すと、姉は箸で摘《つま》み上げ、懐かしそうに目を細めた。

「私のお弁当にも、いつも入ってた」

そうして、またくすくすと笑った。

そんな姉と、窓の外に広がる海を眺め、さらさら降り注ぐ冬の日差しを受けていると、自分の中にある英次の死という固い結び目が、わずかながら緩まったような気がした。未来子は久しぶりに寛《くつろ》いだ気持ちになっていた。

太陽が西に傾き始めた頃、未来子は鞄《かばん》を手にした。

「じゃあ、そろそろ行くね」

「来てくれてありがとう。すごく楽しかった」

玄関のロビーまで姉は見送りに出てくれた。

「駅までタクシーで行く？」

「ううん、バスに乗るから」

何気なく言うと、姉は不意に目元に翳《かげ》りを忍ばせて「ごめんなさい」と、立ち竦《すく》んだ。

「え……」

未来子は驚いて立ち止まった。

「私だけ楽させてもらって、みんなにはすごく申し訳ないと思ってるの。ここのお金だってかかるのに、私ったらいつまでたっても……」

姉の表情はすでに強張っている。どんな些細《ささい》な言葉でも、時に、姉をこんなふうに追い詰める。未来子は慌てて首を振った。

「やだ、そんなんじゃないの。ほら、タクシーだと車酔いするかもしれないでしょ。私、小さい時から車に弱いから、大きいバスの方が楽なの」

「でも……」

「お姉ちゃん、気の回し過ぎ。そんなことぜんぜんないって」

何とか姉の気持ちをなだめ、玄関先で別れて、未来子はバス停に向かった。

振り返ると、姉はまだそこに立っていて、胸の前で小さく手を振っていた。それに大きく手を振り返しながら、未来子は再び、胸が塞いでゆくのを感じた。

療養所は姉を守る唯一の場所だと思っていた。しかしここにいる限り、家族に対する後ろめたさは消えないだろう。かと言って退院すれば発作が起きる。姉にとって、心休まる場所はいったいどこなのだろう。

もしかしたら、今の姉と自分は同じなのかもしれない。未来子自身、家にも学校にも、居場所を見つけることができなくなっていた。

夜、ひとりになると未来子はたまらず涙ぐんでしまう。

英次のことが頭から離れない。いったいどうして償えばいいのかわからない。

あの日以来、眠れぬ夜が続き、寝返りとため息とで朝を迎えることもしばしばだった。たとえ浅い眠りについても、黒い塊のような牙山や、荒涼としたガレ場、見てもいないのに英次が崖を転げ落ちて行く姿が、フラッシュバックするように夢に現れて、未来子を追い詰めた。

どうしてあの日に登山を決めたのだろう。どうしてあの時「下りよう」と言わなかったのだろう。

後悔は日ごとに深まってゆく。それは恐怖にも似て身体を縛り上げてゆく――。

数日後、未来子は学校からの帰宅途中、創介に会いに行った。

そろそろ、創介が受験した私大の結果が出ているはずだった。

その大学は、推薦が決まっている未来子の大学とそう離れておらず、内心では、そこに決めて欲しいという思いがあった。そうすれば講義が終わってから待ち合わせをするにも便利だし、創介がテニスを続けるなら、練習を覗きに行くこともできる。

こうなった今、大学生活を天真爛漫《てんしんらんまん》に楽しむなどできないし、そうしたいとも思わない。

それでも、せめて創介のそばにいたいという気持ちだけは捨てられずにいた。

いや、こうなったからこそ、いっそう思いが深まったと言った方がいいかもしれない。

もう、今の自分には創介しか残されていないように思えた。

しかし、創介から聞かされた言葉は、未来子の望みをあっさりと打ち砕いた。

「大学には行かない。卒業したら家を出る」

それはあまりに唐突で、未来子は呆けたように創介の顔を眺めた。

「それ、どういうこと……？」

創介の家の、いつもの応接間のソファである。

「だから、そのままだよ」

「どうして」

未来子は思わず声を張り上げた。

「大学に行かなくてどうするの？　家を出てどうするの？」

「働く」

創介は淡々としている。

「働くってどこで？」

「まだ決めてない」

「何のために？」

未来子の畳み掛ける質問に、創介は困惑したように短く息を吐き出した。

「説明するのは難しい」

「英次くんへの償いってこと？」

「償えるなんて思っていない。俺が何をやろうと、所詮は自己満足だってことぐらいわかってる。それでも、そうしたいんだ」

「ジャーナリストになるっていうのは？」

創介は唇の端に他人行儀な笑みを浮かべた。

「親の脛をかじってか。そんなことできるはずがない」

小さい時からずっと一緒だった。すでに家族よりも不可欠な存在になっている創介が、未来子を置いてひとりで行ってしまう。

「じゃあ、私はどうなるの？」

尋ねる自分の声が掠れている。

「未来子は学校の先生になるんだろう」

未来子は黙った。

「自分の夢をかなえろよ」

創介の将来の中に、未来子は組み込まれていない、それを宣言されたような気がした。

行かないでと泣いたら……ずっとそばにいて欲しいとすがりついたら……創介は願い

を聞き入れてくれるだろうか。

しかしそれを確信することができず、未来子は自分を稀世に置き換えた。

「稀世ちゃんだって、そんなこと聞いたら、きっと反対するに決まってる」

いいや、と、創介はわずかに首を横に振った。

その仕草が、未来子を動揺させた。

「え、稀世ちゃんにはもう話したの？」

「ああ、この間電話した」

創介はすでに稀世に連絡を入れていたのだ。自分に告げる前に。もし、今日家を訪ねなければ、創介はずっと未来子に告げるつもりはなかったのだろうか。

いや、そんなはずはない。きっと私を思って、後でゆっくり話そうと考えていたに違いない。未来子が、気が強いように見せていても、実はとても脆い一面を持つのを、創介は小さい時から知っている。

「稀世ちゃんは何て？」

「稀世はわかってくれてたよ。俺らしい選択だって言ってくれた」

そして創介らしくない仕草で、ゆっくりと視線を窓へと滑らせた。

その時、初めて未来子は気づいた。創介は稀世に思いを寄せている。そんなことなど、今まで考えたこともなかった。自分たち四人は、どう考えても自分と創介、稀世と英次、その組み合わせ以外にあるはずがないと思っていた。

「未来子、何度も言うようだけれど、英次のことはおまえのせいじゃない。だから、おまえが責任を感じる必要はないんだ」

この言葉は創介の優しさなのだろう。そうであっても、今の未来子にとっては、むしろ残酷な仕打ちのように思えた。

英次の死を、創介と一緒に背負ってゆきたかった。一生分かち合いたかった。

「いい先生になれよ」

それは紛れもなく、別れの言葉だった。

その夜、めずらしく兄の彰夫が仕事から早めに帰宅した。父の隆直は相変わらず研究室だが、三人で食卓を囲むのは久しぶりだ。

テーブルには母の料理が並べられている。ロールキャベツに、桜海老《さくらえび》の掻き揚げにポテトサラダ。ハムステーキは、兄が早く帰って来たことで、慌てて加えられた一品だ。

母の芙美子はすっかり上機嫌で、いつにも増して喋り続けている。

「ねえ、去年の石油ショックはどうなの？　もうトイレットペーパーを奪い合うのはこりごりよ」

兄はテレビでニュースを観ながら、淡々と母の話を聞き流している。

「街からネオンも消えちゃって。何だか寂しいわねえ」

未来子はそんな母の言葉を、上の空で聞いていた。

頭の中は、創介と稀世のことで埋め尽くされていた。ふたりはいったいいつから、そんな間柄になっていたのだろう。最近だろうか。それとも、まだ無邪気に別荘地を探検していた頃からだろうか――いや、そんなことより、自分が考えなければならないのは英次のことだ――ごめんなさい、ごめんなさい、私は取り返しのつかないことをしてしまった――以前、稀世に創介への気持ちをそれとなく明かしたことがある。稀世はそれをどんな気持ちで聞いていたのだろう。もしかしたら、内心、私を笑っていたのだろうか――どうしたらいい？　どうしたら英次くんに償える？――創介と稀世ちゃんが、どうして――ああ、何をどう考えていいのかわからない。

「ね、未来ちゃん」

母に言われて、未来子は我に返った。

「え……」

「だからね、あなたは何の教科を専門にする教師になるつもりでいるのかしら」

「専門って？」

「やっぱり英語がいいと思うのよ。これからは、何をおいても英語ができなくちゃ。だから、ね、英語の教師になりなさい」

「私、西洋史を専攻しようと思っているんだけど」

「そんなの、今から変えればいいでしょう」

「そうかもしれないけど」と、答えたものの、教師になるというのはいったい誰の話だろうと、未来子は他人事《ひとごと》のように聞いていた。

「将来は、〇〇学園か、××女学院に行くのがいいと思うのよ。通っている子供たちの質が違うでしょう」

未来子はぼんやり母を眺めた。母はそれを、未来子の自信のなさと受け取ったらしい。

「大丈夫、未来ちゃんならなれるわ。お父さんにも関係者の方を紹介してもらうとかして、必ずそこで教師ができるよう頼んであげるから、お母さんにみんな任せておいて。だいたいお父さんなんて、いつも研究室に籠りっぱなしで父親らしいことは何にもしていないんだから、そういう時ぐらいは役に立ってもらわなくちゃ」

兄はテレビニュースから目を離さない。

母はうっとりと宙を眺めた。

「あなたが名門学校の教師になったのを知ったら、きっとご近所の人とか、お茶のお弟子さんとか、昔の友達も、孫を入れて欲しいなんて、頼みに来るんじゃないかしら」

母は、ふふ、と含むように笑った。

姉が入院してから、母の期待は未来子一身に向けられてきた。姉には到底及ばないが、だからこそ母をこれ以上失望させたくなくて、未来子なりに精一杯頑張ってきたつもりである。

「ああ、楽しみだわ。今はそれが私の生きがいみたいなもの」

未来子は笑った。いや、自分では笑ったつもりだった。こんな時、明るく笑う方法でしか、やり過ごす方法を知らなかった。

「未来ちゃん、どうしたの」

不意に、母の声が戸惑った。

「いやだわ、未来ちゃんたらどうして泣いてるの？」

「え？」

テレビを観ていた兄が、ようやく顔を向けた。その顔がぼんやり霞《かす》んで見えた。

頬に手を当てると、指先が濡れ、未来子はそれを改めて眺めた。それから不意に、恐怖にも似た感覚が広がった。

失敗してしまった。

あんなに注意してきたのに、母の前で決してしてはいけないことを、自分はついにしでかしてしまった。

母の顔には驚きと不安が満ちている。

「未来ちゃん……」

母を失望させている、その現実が未来子を追い詰めた。

「何でもない、何でもないの」

うまく言い訳しようと言葉を探したが、どうにも見つからない。涙も止まらない。いや、いっそう溢れてくる。焦りといたたまれなさに、未来子は身の置き場をなくし、椅子を蹴るように立ち上がると、二階の自室に駆け上がった。

部屋に入って、しばらく呆けたように床に座り込んだ。

考えなくてはならないことも、考えたくないことも、考えてもどうしようもないことも、まぜこぜになって未来子を押し潰そうとする。

混乱して、どうにかなってしまいそうだった。いっそのこと、このままどうにかなってしまえばいいのに、という思いもあった。

その時、ドアがノックされ、未来子は身体を緊張させた。

母だったらどうしよう。何と言って、さっきの失態を繕おう。まだ上手な言い訳は何も考えていない。

「俺だけど」

彰夫の声だった。

未来子はほっとして、頰に残っていた涙を拭うと、兄を部屋に招き入れた。

「どうぞ」

入ってきた兄は、背を丸くして、きまり悪そうな表情で、自分の座るべき場所をしばらく探していたが、結局、未来子の勉強机の椅子に腰を下ろした。

「大丈夫か」

兄の言葉を、未来子は満面の笑みで受け取った。

「平気、平気。私ったら馬鹿みたい」と、未来子はおどけた仕草で肩をすくめてみせた。

「何で泣いたりしちゃったのか、自分でもわかんない。やっぱり私も多感な年頃ってことなのかも。ああ、カッコ悪い」

精一杯茶化して言ったつもりだが、兄は笑うことなく、代わりに「悪かったな」と、ため息混じりの呟きが返って来た。

未来子の頰が強張った。

「何で謝るの？」

「お袋のこと、みんな未来子に押し付けて」

未来子は言葉に詰まった。

「このままじゃいけないのはわかってたんだ。お袋が、未来子を姉さんの代わりにさせてるのも知ってた。ただ、未来子が嫌がってるわけじゃないんだから、それはそれでいいじゃないかって、俺も親父も仕事にかこつけて知らん顔を通してたんだ。でも、そんなわけないよな」

未来子は膝に視線を落とした。

「さっきの未来子を見て、自分がどんなにひどいことをしていたか、思い知らされたよ」

未来子は唇を嚙み締める。何て言っていいのかわからない。肯定も否定もしてはいけないように思える。

「未来子、お袋と少し離れてみたらどうだ」

未来子は驚いて顔を上げた。

「もちろん未来子次第だけれど、大学に入ったら、留学するとか、休学してしばらく別の場所で暮らすとか、考えてみてもいいんじゃないかな。このままじゃ、姉さんと同じようにストレスで参っちまう。親父には俺から話すからさ」

「でも……」

ようやく、恐る恐る未来子は尋ねた。

「そんなことしていいの？」

「いいさ。いや、その方がいいと思う」

「でも、お母さんが」

姉を失い、未来子まで離れて行ったら、母はいったいどうなるだろう。

「後のことは心配するな。お袋は、俺と親父が引き受ける。おまえはもう、自分のことだけ考えればいいんだ」

その言葉は、まるで呪文のように未来子を解き放った。

肩から力が抜け、そうなってみて、今までどんなに力が入っていたか、ようやく気づいた。未来子は肺の中がからっぽになるほど大きく息を吐き、それから、ゆっくり頷いた。

稀世

英次の死から四カ月近くが過ぎた。

それは気の遠くなるような時間のようにも、まだあの瞬間と背中合わせにいるようにも思えて、稀世は現実と折り合いのつけられない日々を過ごしていた。

一時は、級友たちから腫れ物にでも触るような接し方をされたが、今はもうそんな様子もない。以前と同じように声を掛けられ、時には、遊びに誘われたりもする。

しかし、稀世はそうされるたび、却っていたたまれなくなった。

火山館から救助を呼びに行く時、英次は言った。

「おまえのじいちゃんの跡を継ぎたい……いつかは稀世と一緒になりたい……」

その英次の言葉に、何も答えられなかった。戸惑う私の表情を見て英次はどう思っただろう。どんな気持ちで、あの雪道をひとりで下って行ったのだろう。

あれからほとんど毎日、稀世は下校の途中、千《せん》ケ滝《たき》にある英次の眠る墓地に行く。

しかし、墓の前で掛ける言葉はなく、ただうなだれて、自分を責めるしかない。

どうしてあの時、英次に「早く」なんて言ってしまったのか。普段の英次なら、安全なペースで山荘まで下山することができたはずだ。自分の安直な言葉が、英次に必要以上の負担をかけたのだ。

理由はわかっている。あの時、胸の中にあったのは、何よりも創介を助けたいという思いだった。だから雪の中を下山する英次の危険にまで意識が及ばず、急かすようなことを言ってしまったのだ。

それは自分だけが知っている。

だからこそ、身体を絞り上げられるような後悔に包まれる。

英次、ごめんなさい。

この言葉の他に、自分はいったい何を口にすることができるだろう。

——いつかは稀世と一緒になりたい。

そう言ってくれた英次を、死に追いやったも同然の自分に。

「そろそろ、荷物をまとめないとね」

夕飯の席で、母の昌枝が言った。

「うん、わかってる」

「そうか、もうそんな時期か」

祖父の佐吉が箸を止めて、稀世を眺めた。

酒好きの祖父は、晩酌の焼酎を何よりの楽しみにしていた。しかし、英次が死んでからはぴたりと止めている。それを見るたび、稀世はつらくなる。

「やだ、おじいちゃん、そんな顔しないでよ。すぐ隣の街じゃない」

稀世は努めて明るく言った。

来週、稀世は卒業式を迎える。その後は、軽井沢から数十キロ離れた佐久《さく》市にある看護学校への進学を決めていた。学校には寮が完備されていて、家から離れることになる。

「わかっとるさ」

祖父は瞬きしながら視線を膝に落とした。薪ストーブの上では、やかんがさかんに白い蒸気を上げている。

仕方ないとはいえ、英次の家とは疎遠になった。しょっちゅうこの家に顔を出し、佐吉と酒を飲んでいた英次の祖父も、姿を見せることはなくなった。その上、稀世までいなくなってしまうとなると、祖父の寂しさもわからないわけではない。

それでも、稀世にとってはやっと見つけた道だった。

看護学校への進学を決めたのは、もう二学期も終わろうとしていた頃である。英次の死があって、しばらく自分の将来や未来を考えることさえ後ろめたく感じられていたが、母や担任教師から、進路について幾度も尋ねられるようになり、稀世も考えざるを得なくなった。

望んだのは、何か資格を取りたいということだ。手に職をつければ一生ひとりで生きてゆける。それはつまり、一生ひとりで生きてゆく、という決心の表れでもあった。十八歳という若さが、一途《いちず》な思い込みに拍車を掛けたのかもしれない。しかし、今の自分には、そうするのが当然に思えた。

そして理由はもうひとつある。

稀世には父親がいない。死んだのではなく、もともと父親のない子として生まれてきた。身元や素性にうるさいそれなりの企業への就職は難しいだろう。そのためにも、身上書ではなく、資格や技術で認められる職業に就きたいと思ったのだ。

看護婦を選んだのは、やはり英次の死が大きく影響している。人の命を助ける仕事ができたら。そうすれば、少しでも罪滅ぼしができるのではないかと、稀世には思えた。

夕食の後、部屋で荷物を整理していると、母が顔を覗かせた。

「いい?」

「うん、どうぞ」

母は部屋に入ってきて、稀世の前に新しい半纏《はんてん》を差し出した。

「これ作ったから、持って行き」

赤い絣《かすり》のいかにも温かそうな半纏である。母が二週間ほど前から、夜中にそれを作っていたのは知っていた。

「サンキュ」

照れ臭いような気持ちで稀世は手にし、丸めて段ボール箱の中に納めた。

母が手を伸ばし、出しっぱなしになっていたタオルや枕カバーなどを畳み始めた。

「週末は帰って来られるんだろ」

「うん」

「おじいちゃんも寂しがってるから、なるべく帰って来てあげて」

「わかってる」

佐久の看護学校に行きたいと告げた時、母は黙って頷いただけだった。たぶん、内心ではホッとしていたのではないかと思う。

かつて、父親のない子を産んだことで、母はずいぶん苦労したと聞いている。稀世も子供の頃は、いや正直に言えば今も時折、特異な目で見られる。そんな事情もあって、母は、稀世が英次のことで再び肩身の狭い思いをするのではないかと憂慮し、しばらくこの町から離れた方がいいと考えているようだった。

ただ進学となれば、これから三年、授業料が必要となる。

「ごめんね」

稀世の言葉に、母が怪訝《けげん》な顔を向けた。

「何が？」

「だって、もうしばらくお金がかかるから」

母が呆れたように首を振った。

「馬鹿なこと言わないの」

「就職も考えたんだけど」

「いいの、お金のことは何とかなるから、稀世が心配することじゃないの。あんたには、ちゃんと自分の足で歩いてゆける人生を送って欲しいの。私にできるのは、その手助けだけなんだから」

母は今年、四十歳になる。

普段は軽井沢銀座にある土産物屋で働いていて、休みの日は、祖父の仕事である別荘の庭の手入れや管理を手伝っている。生活が決して楽ではないのは、稀世ももちろん知っていた。

稀世の目から見ても、母はまだ若く美しく、縁談もそれなりにあったらしいが、すべて断ってきたと聞いている。

「布団はもうすぐ打ち直しが終わるから」

「うん」

「毛布は新しいのを買うからね」

「今使ってるのでいいのに」

「そしたら、ここに帰って来た時に使うのがないだろ。それより、タオルをもう二、三枚持って行った方がいいんじゃないの」

「足りなかったら、また取りに来るって」

「そうか、そうね」

母とこんなふうに、どうということのない話をするのは久しぶりだった。

小さい頃、稀世は母のそばを片時も離れないような内気な子だったという。

町中から少しはずれた地域に住んでいたのと、稀世の生い立ちのせいもあって、友達と呼べるような相手はなかなかできず、一緒に遊ぶのは英次ぐらいのものだった。小学校に通うようになってからも、稀世の人見知りは直らなかった。誰かといるより、ひとりで本を読んだり人形遊びをする方が楽しめたし、祖父に連れられ、花を摘んだり蝶《ちょう》を追い掛けたりする方が性に合っていた。

やがて、夏の別荘地で創介や未来子と知り合い、それから稀世は少しずつ人と接することに慣れ、家族とは別の世界を持つようになった。

あれからいくつ夏が過ぎただろう。

今はもう、英次はいない。創介や未来子もそれぞれに自分の道を歩き始めようとしている。

「あと、何か用意するものはないの？」

「うーん、送るまでにまだしばらく時間があるから、ゆっくり考える」

「そうか」

それから、母は躊躇いがちに付け加えた。

「稀世、何もこれでお別れというわけじゃないけど」

「なに？」

「あんたが知りたいことがあるなら、私はいつでも何でも答えるつもりでいるから」

父親のことを言っている。

それに気づいて、稀世はいくらか緊張した。

「わかってる」

「なら、いいの」

母が部屋を出て行ってから、稀世はしばらく宙に視線を漂わせた。

父親のことは、だいたい知っている。親切なふりをして、知らなくてもいいことまで耳打ちするようなお節介な人間は、どこにでもいるものだ。

母は高校を卒業すると、旧軽井沢にある別荘に手伝いに出たという。

その頃、学校を出たばかりの娘が、行儀見習いを兼ねて、それなりの家柄の別荘で働くのはそう珍しいことではなかったらしい。そこで母は、食事の用意や掃除洗濯という家事の他に、花の活《い》け方、茶の心得、来客への応対や礼儀作法などを仕込まれた。

しかし、三年目に母は手伝いをやめた。

稀世を身籠ったからだ。そして、その頃まだ健在だった祖母方の、新潟にある親戚に身を寄せ、稀世を産んだ。

「別荘の主《あるじ》に手をつけられた」

小学校に入ったばかりの頃、級友の母親がそう口にしたのを聞いた。意味はわからなくても、嫌な言葉であるのはわかっていた。まるで、自分が生まれながらにして汚れていると言われたような気がした。

家に帰って、泣きながら訴えると、母は静かに笑って、稀世を抱き寄せた。

「稀世のおとうさんはとてもいい人だよ。それは、おかあさんがいちばん知ってる。だから、よその人が何を言おうと気にすることはないの」

稀世はそれ以後、父親のことを一度も尋ねてはいない。母の静かな笑みが、泣き顔よりも悲しげに見えて、幼心にも、これ以上聞いてはいけないのだと察せられた。

ただ一度だけ、夏休みに、かつて母が手伝いに行っていたという旧軽井沢の別荘を、ひとりで見に行ったことがある。

ひときわ目立つ大きな大山桜の木が植わっていること。玄関扉に美しいステンドグラスが嵌《は》め込まれていること。知っているのはそれだけだったが、あてもなく歩き回っているうちに、ぴたりと当てはまる別荘に行き着いた。噂で聞いたよりずっと大きい屋敷で驚いた。周りは落葉松や楓《かえで》、白樺《しらかば》の木で囲まれ、庭には瑞々しい芝が敷き詰められていた。

どんな人が住んでいるのか、胸を高鳴らせながら中を窺ったが、そこには金色の毛に包まれた外国人家族の姿があった。別荘はすでに人手に渡っていた。

その時、稀世は悟ったのだ。

自分にはもともと父親なんていないのだと。

その方が、想像したり、憎んだりするより、よほど人生を楽に生きられるに違いない。母と祖父がいればそれでいい。自分にとって、それが完璧な家族の形なのだと、その時、稀世は心から思った。

翌週、卒業式が行われた。

進学する者、就職する者、親の仕事を継ぐ者。みな、それぞれに期待と不安が入り混じった顔で、体育館に整列している。

英次がここにいてくれたら。

それを思わずにはいられなかった。そうであったら、稀世も周りと同じように『仰げば尊し』や『蛍の光』を、躊躇《ちゆうちよ》なく歌うことができただろう。

式が終わったのは、十二時を少し過ぎた頃だった。下級生に花を渡され、卒業証書を手にして学校を出ると、級友のひとりに声を掛けられた。

「稀世ちゃん、じゃあ後でね」

夕方から、公民館で卒業パーティーが催されることになっている。

いったん家に帰って私服に着替えてから、みなで集まってお菓子とジュースで乾杯という、高校生活最後の催しだ。

「うん、後で」

校門を出ると、稀世はまず英次の墓に向かった。

佐久の看護学校に行けば、今までのようにそうたびたび参れなくなる。卒業の報告をし、それを詫《わ》びるつもりだった。

軽井沢の三月はまだ春と呼ぶには遠い。風は冷たく、ところどころに雪が残り、落葉松の枝先も硬く尖ったままだ。浅間山の白煙が、凍えた空にゆったりと昇ってゆくのが見える。

墓には花が供えられていた。英次の母親だろうか。生きていたら高校を卒業していたはずの息子を思い、またここで涙していたのだろうか。

墓の前で、稀世は屈んで手を合わせた。

「ごめんね、英次、私だけ卒業して」

締め付けられるような後悔が、また胸を覆ってゆく。答えのない、繰り返されるだけの問いのように、この思いは一生、消え去ることはないのだろう。

「稀世」

その時、不意に声を掛けられ、稀世は振り返った。

そこに予期せぬ姿があって、目を見開いた。

「創介くん」

冷気のせいか、それとも驚きのためか、自分の声が掠れている。

「しばらくだな」

創介がわずかに目を細めた。

「どうして……」

「今日が卒業式だって聞いて、最後に英次にもう一度ちゃんと謝っておこうと思って」

それから、創介は少し言い澱《よど》んだ。

「稀世にも会いたかったたし」

稀世はどう答えていいのかわからない。胸に広がる温かなものを、英次の前では認めてはいけないと思えた。

創介の頬は寒さのせいで紅潮している。きっとずいぶん長く、ここで待っていたに違いない。

ザックと共に、手に提げられた大きめのボストンバッグに稀世は目をやった。

「創介くん、それ」

「ああ」

「本当に家を出たの？」

創介はゆっくりと頷いた。

確かに、前の電話でその決心は聞かされていた。あの時「創介くんらしい」と、稀世も言ったはずである。しかし、正直に言えば、まさか本当に創介が家を出るとは思っていなかった。

「これから、どうするの」

「働く」

「どこで」

「まだ、決めてない」

「未来ちゃんは何て？」

「何も言わなかったよ」

そんなはずはない。未来子が黙って創介を行かせてしまうはずがない。未来子は子供の頃から、創介だけを見つめてきたはずだ。

「未来子は留学するそうだ」

稀世は改めて顔を向けた。

「進学する大学の姉妹校がフランスのリヨンにあるらしくて、そこに行くって」

初耳だった。

「何も聞いてなかったのか?」

「ええ」

未来子からの連絡は、ひと月ほど前からぱたりとなくなっていた。稀世から電話しても、どこか上の空のような受け答えしかなかった。

ふと、創介の瞳に影が落ちた。

「ごめんな、あの時言ったことを実行できなくて」

東京に来いよ。

あの夜、山荘の廊下で創介は言った。一途で強引で、それでいて少年のような怯えを見せながら、真っ直《ます》ぐな目を向けた。

稀世は何も言えなかった。驚きと戸惑いばかりが先に立ち、どう答えればいいのかわからなかった。しかし、気持ちは決まっていた。浅間山から下りたら、稀世は創介にこう答えるつもりだった。

私、東京に行く。

もし英次の死がなければ、間違いなく自分はそうしただろう。たとえ母や祖父から反対されたとしても、創介のそばにいることを選んだだろう。今まで経験したことのない情熱が、あの時、確かに稀世を包んでいた。

「稀世は、看護学校なんだってな」

「そう」

「頑張れよ」

「うん」

稀世は答える。そう答えるしかない。

「じゃあ、俺、行くから」

唐突に話を打ち切るように、創介がザックを肩に背負った。

「もう？」

「墓参りもできたし、稀世にも会えた」

「そんなに急がなくても」

「今から山荘のご主人と奥さんに挨拶しに行くんだ。いろいろ世話になったお礼をまだきちんとしてなかったからな。それから、できたら少し登ろうと思ってる」

英次が落ちたあの崖に行くつもりなのだ、とわかった瞬間、口に出ていた。

「私も行きたい」

しかし、創介はあっさり首を振った。

「無理だよ。稀世が用意するのを待ってたら遅くなってしまう。今から登って日が暮れるまでには下りて、南原の別荘に戻る予定にしてる。悪いけど俺ひとりで行く。ひとりで行きたいんだ」

言葉は穏やかだったが、そこには有無を言わせぬ強い響きがあった。

「そう……」

「じゃあ、これでさよならだな」

稀世を見つめる創介の視線に、一瞬、激しさに似たものが広がったが、それは呆気なく散っていった。

稀世の胸に、もどかしさが広がった。

「元気で」

創介が稀世の横を通り過ぎて行く。

稀世は遠のいてゆく創介の気配を背中で感じていた。

英次に対して、それぞれのやり方で償いをするしかないとわかっている。それが自分たちに科せられた罰であり、約束でもある。

あの時、稀世は大切な英次を失った。でも、それだけではなかった。それは同時に、創介も未来子も失うことだった。もう、四人で無邪気に遊んだ夏は永遠に返って来ない。

今更ながら、それを稀世は思い知らされていた。

その日の夕方、稀世は自転車に乗って、卒業パーティーの会場に向かった。

気持ちは弾まなかったが、級友たちには出席すると約束している。

ジュースでの乾杯が終わると、みんな一気に浮かれてしまったようだ。どうでもいいようなことに歓声を上げたり、笑いが止まらなくなったりした。誰が持ち込んだか、テーブルの下にはビールが忍ばせてあり、酔った勢いで、男の子がクラスで人気だった女の子に「ずっと好きだった」と告白したりした。それで拍手が起こり、また場が盛り上がった。

表情だけは周りの雰囲気に合わせていたが、やがてそれも限界に近づいていた。いつか、稀世はひとり水の底に沈んでいるように、周りの声が耳に入らなくなっていた。

創介が行ってしまう、もう二度と会えない。

その現実が、否応《いやおう》なしに迫ってくる。

仕方のないこと、と、何度も自分を説得しようとした。創介には創介なりの償い方と生き方がある。英次が死んでからどれだけ創介が悩み、苦しんで来たかも知っている。創介が決めたのなら、それを受け入れなければならない。今の自分にできるのはそれしかない。

それでも、気持ちがどうにも収まらないのだった。理性とは別の感情が次から次へと湧いてきて、稀世を追い詰める。

今頃、創介は山荘から戻り、南原の別荘にいるはずだ。ここから自転車を走らせれば、十五分ほどで着いてしまうあの別荘に。

　それが、頭から離れない。

「稀世ちゃん」

　隣に座る級友に肘《ひじ》で突《つつ》かれて、稀世は我に返った。

「え……」

「ほら、稀世ちゃんの番よ」

「何の？」

「やだなあ、聞いてなかったの？　最後の告白タイム。稀世ちゃんが好きだった男の子は誰だったのか告白するの。みんな、したのよ」

　稀世は周りを眺めた。誰もがみな、屈託ない笑みを浮かべている。卒業パーティーのほんのちょっとした余興だとわかっている。それでも、稀世はこれ以上、この場にい続けることにたまらなくなった。

「ごめん、私、帰る」

　稀世は立ち上がり、級友たちの怪訝な眼差しを受けながら、逃げるようにその場を後にした。

　外に出ると、空に星が散っていた。冷たく澄んだ空気が肺の中に流れ込んでくる。

　稀世は自転車の鍵をはずした。ペダルに足を掛けた時にはもう、自分を駆り立てるものから目を逸らすことができなくなっていた。

ドアの向こうで、創介が戸惑いの表情を浮かべた。

「どうした」

夜になると、気温は零度近くまで下がる。寒さで唇が強張り、稀世はすぐに言葉がでなかった。

「とにかく、入れよ」

創介の別荘には、何度か遊びに来たことがある。見慣れたリビングの中央にある薪ストーブには、火が入れられていた。

「コーヒー飲むか、インスタントだけど」

稀世が頷くと、創介はキッチンからカップを持って来た。

粉を入れ、ストーブの上のやかんから湯を注ぐ。

「ほら」と、渡されたコーヒーを口に含んで、身体が少し温まった。

「わからない」

稀世は言った。

「え?」

「今、創介くん『どうした』って聞いたでしょう、その答え」

創介が肩をすくめた。

「何だよ、それ」

「来ちゃいけないのはわかってた。でも、どうしても来たかったの」

創介はストーブの前に行き、耐熱ガラスの窓を開けて薪を一本放り込んだ。ぱっと炎が立ち上る。

「私……」

呟くと、稀世の胸の中に、英次の翳りのある眼差しが浮かんだ。たぶん今、自分は英次にひどいことをしようとしている。それがわかっていても、もう戻れなかった。

「私、創介くんが好きだった。たぶん、子供の頃に夏の別荘地で初めて会った時から、ずっと」

創介は稀世に背を向けて、ストーブの炎を見つめている。

「山荘では何も言えなかったけれど」

「あのことは忘れてくれ」

「…………」

「その方がいい」

「そんなこと、できない」

「できなくても、そうしてくれ」

創介は話をこれで打ち切ろうとするように、語尾を強くして言った。

「創介くんと、もう会えないのはわかってる」

創介は黙って、燃える炎を見つめている。

「だから、ひとつだけでいい、創介くんを好きだったという証《あかし》が欲しい」

稀世は自分の言葉を間怠《まだる》こしく思った。言えば言うほど、創介に真意が伝わらないような気がした。稀世にまだ性の体験はない。どういうものであるかも、よくわからない。

それでも、今、確かに自分は創介を求めている。それだけは、はっきりと自覚していた。

揺れる炎が、創介の横顔を照らしている。それは無表情と呼んでいいものだ。

「だから……そうなりたい」

創介がわずかに顔を向けた。

「創介くんと、そうなりたいの」

創介の表情が強張り、頬が上気している。

「馬鹿なこと言うな。自分が何を言ってるのか、わかってるのか」

「わかってる」

「そんなことできるはずないだろ。俺たち、これから別々の人生を生きるんだ。もう二度と会うことはないんだ」

「だからこそ」

「やめてくれ」

「私、ひとりで背負ってゆけない」

稀世は叫んだ。自分の感情が抑えられなくなっていた。

「もう会えないのはわかってる。その覚悟もついてる。でも、どこかで繋《つな》がっていたいの。ひとりになった時に、帰れる場所が欲しいの。この夜をそうしたいの」

気がつくと、涙が溢れ、頬を伝わり落ちていった。

「もう会えないから、そうしたいのよ」

最後はほとんど言葉にならなかった。

ふと、炎が遮られた。

顔を上げると、目の前に創介の顔があった。その腕が、ためらいながらもゆっくりと伸び、気がつくと、包み込まれるように、稀世は抱き寄せられていた。

「ごめんな、稀世。俺が無茶をしたばっかりに、すべてを台無しにしてしまった」

創介は泣いていた。

「今は何もかも忘れたい」

「そんなこと、俺たちにできるのか」

「お願い、今だけは」

薪の爆ぜる音がする。揺れる炎が創介の瞳に反射している。まるで灼《や》かれるように、すべてが炎の色に包まれる。

たどたどしく唇を合わせると、歯が触れ合ってかちりと音がした。恥ずかしいなんて思わなかった。着ているものを脱ぎ捨ててゆく。大人と変わらない身体を持っていても、どこか不完全な肉体は、今から起こるすべてのことを、まだ現実として受け止められずにいた。しかし、直《じか》に肌が触れ合った時、稀世は今まで感じたことのない安堵を覚えた。

それは欲望とは遠い、まるで傷ついた動物が身を寄せ合うような感覚だった。後は言葉を失い、失《な》くしたものを埋めるように、ふたりはぎこちなく身体を重ねた。

窓の外は、すべてを溶かすような闇と、孤独な星の瞬きに満ちている。

決して忘れない、と稀世は呟く。

創介の声も、匂いも、ためらう指も——弾力ある背中の筋肉も、尖った骨の硬さも、悲しげに震える胸の鼓動も——その瞬間の痛みも、燃えさかる炎も、しんしんと深まる夜の気配も——。

決して忘れない。

第二章

稀世

夜十一時過ぎ、呼び出しブザーが鳴った。ナースセンターにいた夜勤の看護婦たちが一斉に、点滅する番号表示に顔を向けた。

「405号室の木村さんよ」

まだ二十歳《はたち》を過ぎたばかりの若い看護婦が、露骨に眉を顰めた。

「きっと、同室の堅田《かただ》さんが、また何かしたんだわ」

405号室はふたり部屋で、足を骨折した木村という老人と、一週間ほど前、喧嘩《けんか》で腹に刺し傷を受けた堅田という三十一歳の男が入っている。

「いやだな、あの堅田って人、注意するとヤクザみたいに絡んでくるんだもの」

経験の浅い看護婦が、堅田を敬遠するのも無理はなかった。堅田は入院してから、毎日のようにトラブルを起こしてきた。先日も、夜中に女性を病室に引っ張り込んで、夜勤の看護婦と揉《も》めたばかりだ。

「いいわ、私が行って来る」

稀世は席を立って、ナースセンターを出た。

一九八四年（昭和五十九年）、稀世は二十九歳になった。長野県佐久市の看護学校を卒業し、市内のこの総合病院で働き始めてから、整形外科に配属され八年が過ぎていた。

ここは救急指定病院でもあるので、事故などの患者が運ばれて来ることも多い。勤め始めの頃は、夥《おびただ》しい出血や、骨折した腕や足を目の前にして、ただおろおろするばかりだったが、今ではそれくらいでは動じなくなった。それどころか、研修医が処置に手間取っているのを見ると、思わず活を入れる時もある。八年というキャリアは、それなりの度胸と技術を稀世に与えるようになっていた。

ナースセンターを出た稀世は、病室に向かう廊下を歩きながら耳を澄ます。

心電図や呼吸器といった機械音。寝息や吐息や鼾《いびき》。エアコンディショナーから流れる風。それらが、病院の外から聞こえてくる木々の擦《こす》れ合う音や、遠くを走る車の音と調和し、そのすべてが、稀世には生命を営む鼓動そのものに思え、病院という職場にいる自分に確かな手応えを覚えるのだった。

やがて405号室が近づいて来た。と同時に、稀世の耳に場違いな雑音が入って来た。テレビの音だ。

「失礼します」

ドアをノックして、中に入ると、木村という老人が、憤慨したような顔を稀世に向けた。

「何とかしてくれ」

「すみません、今、注意しますから」

稀世は窓に近い、奥のベッドのカーテンの前に立った。

「堅田さん、入りますよ」

返事はない。稀世はカーテンを引いた。

堅田は無精髭《ぶしょうひげ》に包まれた顔から、癖のある眼差しを向けた。

「何か用かよ」

「テレビを消してください。消灯の時間はとっくに過ぎてます」

「眠れないんだから、しょうがねえだろ」

横柄に言い、視線をテレビに戻した。

「だったら、イヤホンを使ってください」

「イヤホンだとテレビを観てる気がしないんだよ」

「お隣に迷惑を掛けてるのがわからないんですか」

「じゃあ、あっちに耳栓をさせろよ」

堅田はいつもこんな調子だった。

稀世はベッド横を通り過ぎ、テレビに手を伸ばしてスイッチを切った。

「何すんだよ」

堅田が気色ばむ。痩せてはいるが、大きな身体は固そうな筋肉に覆われていて、凶暴さを感じさせる。

「イヤホンをつけないのなら、こうするしかありません」

「あんた、俺をなめてんのか」

稀世は動ぜず、堅田を真っ直ぐ見下ろした。

「そういう問題ではありません。ここは病院です。ここにいる以上、ルールは守っていただきます。それができないなら、このテレビは撤去します」

「何だよ、楽しみはテレビしかないんだぞ」

「だったらイヤホンをつけてください」

「ふん」

堅田は小さく舌打ちして、顔をそむけた。

「わかっていただけましたね」

言ってから、稀世はふと、堅田の顔を眺めた。青白い顔色に、ほんのりと赤味が差している。

「堅田さん、ひょっとして、お酒、呑んでるんじゃないですか」

「え？　何のことだ」

堅田の表情に少しばかり狼狽《ろうばい》が覗く。

堅田を無視してベッドの下を覗き込むと、案の定、缶ビールが空き缶とともに数本転がっていた。

「まったく、ここを……」

「どこだと思ってるんだ、だろ。ああ、ああ、持って行けよ」

「では、預からせていただきます」

稀世はビールを拾い集めて胸に抱え、カーテンを閉める。

「ナースステーションで、飲んでいいぞ」

悪ふざけの声が投げられるのを無視して、木村老人のベッドに近づいた。

「木村さん、ごめんなさいね」

「部屋、替えてもらえんかな」

不満に満ちた顔で、老人は口を尖らせている。

「明日、先生に言ってみますから、今夜は我慢してくださいね。何かあったら、いつでもブザーを押してください」

「頼んだよ」

「おやすみなさい」

稀世は病室を出て、大きく息を吐き出した。まったく子供のように無茶を振る舞う堅田には手を煩わされるばかりだ。

ふと、廊下の窓に視線をやると、月明かりに照らし出された浅間山がくっきりと浮かんでいた。

ここから見える浅間山は、軽井沢から見る雄大で孤高な姿とは違い、外輪山の黒斑山《くろふやま》や高峰山《たかみねやま》、三方ケ峰《さんぽうみね》の稜線が緩やかに連なって、柔らかく穏やかな印象がある。

それでも、浅間山を見ていると、自分がいるべき場所にちゃんといる、という思いに包まれて稀世は気持ちが安らいだ。

英次が亡くなってから十一年がたつ。

英次を忘れたことはなくても、時間は確実に刻まれていた。

祖父の佐吉は三年前に他界した。母の昌枝は、今も軽井沢銀座の土産物屋に勤めていて、最近では、改装して大きくなった店舗の店長として休日を返上して働いている。

高校の友人たちは多くが結婚し、子供も生まれ、年を追うごとに家族写真の年賀状が増えてゆく。英次の妹も、今年結婚して婿養子を迎えた。ふたりで家業の農業を継いでゆくと聞いている。

そんな中で、稀世は時折、未来子や創介を思い出した。

ふたりの消息は知らない。家を出てしまった創介はともかく、リヨンに留学したという未来子のことは、知ろうと思えばできなくはないが、稀世はことさら行方を尋ねたり、連絡を取ろうとはしなかった。

未来子と創介が、それぞれに選んだ人生なら、きっとどこかで、彼らなりに英次に対する思いを胸に抱きながら、毎日を生きているだろう。それだけで十分に繋がっているように思えた。

すべての出来事は、過去となりつつあった。それでも、自分はできる限り、英次が眠りについた浅間山の見える場所に居たい、と稀世は思っている。

十八歳の時、創介を背負って下山してくれた山岳部の学生のように、稀世は人を助けられるような仕事に就こうと決めた。迷ったあげくに決めた進路だったが、今は天職だと感じている。

確かに看護婦の仕事は、時間的にも体力的にもきつく、緊張も強いられるが、その分、やりがいもある。仕事に慣れれば慣れるほど、この職業に就いてよかったと思う。一生続けていこうとも決心している。

翌日、担当の医師である柏原《かしわばら》に、405号室の件を相談した。

「そうかぁ、確かに堅田さんは癖があるから、一緒の部屋にいるのは大変かもしれないなぁ」

診察室の椅子の背にもたれて、柏原がのんびりした口調で答えた。整形外科の医師は、荒っぽい性格の人間が多いと言われているが、柏原はどちらかというとおっとりしている。同時期にこの病院に来たのもあって、柏原は稀世にとっては数少ない気心の知れた医師だった。

「一週間ほどで408号室の患者さんが退院する予定です。六人部屋ですけど、木村さんに移ってもらうことができます」

「じゃあ、そうしてもらおう。手配しておいてください」

「わかりました」

「それから」と、部屋を出ようとした稀世を、柏原が呼び止めた。

「沖村さん、軽井沢出身だよね」

「はい」

「今度、大学時代の友人と軽井沢でゴルフをやるんだけど、その後、飯を食うのに手頃な店を知らないかな。小洒落たレストランっていうより、土地のものを食べさせてくれる気楽な居酒屋みたいな店がいいんだけれど」

「友達に聞いておきましょうか」

「助かる、頼むよ。で、よかったら食事の時、沖村さんも一緒にどう？　何しろ、ほら、野郎ばっかりだから」

稀世は思わず笑った。

「私なんかより、もっと若い女の子の方がいいんじゃないですか」

「いやいや、もう若い子にはついてゆけない。よかったら、ぜひ」

「ありがとうございます。とにかくお店は探しておきます」

診察室を出ると、ドアのすぐ横に長原純子《ながはらじゅんこ》が立っていた。彼女は一歳下の後輩である。

「沖村さん、サボってないで、早く検温に行ったらどうですか」

純子は挑みかかるような口調で言った。まだ検温の時間ではない。それに一歳とはいえ、後輩の純子からそんなことを言われる筋合いもない。しかし、カッとなって反論し、揉めたくはない。稀世は冷静に頷いた。

「そうね」

この仕事に就いてよかったと思う稀世にも、ひとつだけ悩みがあった。この同僚の看護婦、長原純子とうまくいっていないことだ。

純子は神経質なところがあり、感情にも波がある。後輩たちも疎んじているが、仕事上は、みなうまく調子を合わせている。稀世も他の看護婦と同じように、波風立てぬよう接しているつもりなのだが、どういうわけか、何かにつけ稀世の言動が純子の癇《かん》に障るようだった。看護婦はチームワークが必要とされる仕事である。スムーズな関係を築きたいと、稀世なりに気を遣っているのだが、なかなか嚙み合わない。

純子の背をため息混じりに見送っていると、別の後輩の看護婦がやって来た。

「長原さん、相変わらず沖村さんにつっかかってますねえ」

稀世は小さく首を振った。

「気にしてないから」

稀世は後輩と並んで、ナースセンターに向かって歩き始めた。

「もしかして、沖村さん、わかってなかったりして?」

後輩の言葉に、稀世は顔を向けた。

「何が?」

「だから長原さんのこと」

「何かあるの?」

「やだ、ほんとに何もわかってないんだ」

若い看護婦は、呆れたように瞬きした。

「長原さん、柏原先生を狙ってるんですよ」

稀世は目をしばたたいた。

「みんな知ってますよ。有名だもの」

「そうなの？」

「長原さん、妬《や》いているんです。柏原先生が沖村さんに気があるものだから」

稀世は思わず笑っていた。

「そんなわけないでしょう」

「やだなぁ、それも気づいてないんですか。柏原先生、絶対に沖村さんのこと好きですよ」

若い看護婦はますます呆れ顔をした。

「勘繰り過ぎよ。柏原先生とは同時期に病院に来たから、他の先生方より少し親しくしてもらっているだけ」

若い看護婦はため息をついた。

「沖村さんって、変わってる」

「え？」

「だって、看護婦のいちばんの出世が医者との結婚だと思っている人、いっぱいいるじゃないですか。ま、私もそのひとりなんですけどね。せっかくのチャンスなんだから、この際、柏原先生と付き合っちゃえばいいのに」

「あのね」

「沖村さん、来年三十でしょう。もう、崖っぷちですよ。仕事一筋もいいけど、それだけじゃ人生の半分しか楽しんでないんじゃないですか。恋愛だってしなくちゃ。私だったら、迷うことなく柏原先生に決めるけどなぁ」

あっけらかんと後輩は言う。稀世はどう返せばいいのかわからず、ただ苦笑するばかりだ。そして最後に、後輩は耳打ちするように小声で呟いた。

「とにかく、長原さんには気をつけた方がいいですよ。ほら、長原さんって思い込みの激しいところがあるから」

その日、日勤だった稀世は、準夜勤のメンバーに申し送りをして、夕方五時少し前に仕事を終えた。ロッカー室で着替えをしながら、さっき後輩から言われたことを思い出していた。

人生の半分しか楽しんでいない。

他人から見れば、そう思われても仕方がないのかもしれない。

稀世の毎日の生活は、寮と病院の往復で成り立っている。優先順位はまず仕事、それから睡眠。日勤、準夜勤、夜勤のローテーションに、常に同じ体調と精神状態で臨むためには、何よりも睡眠が必要となる。休日は軽井沢の実家に帰り、母と過ごす。その他に出歩くなどほとんどないし、趣味と呼べるようなものもない。化粧や服に関しても、礼儀程度の必要性しか感じていない。ましてや恋愛なんて、自分とは関係のない世界で起きることのように思う。

このままでいいのだろうか。

二十九歳の独身の女なら、そんな疑問を自分に向ける時期が来ているのかもしれない。でも、今の稀世には何の不満もなかった。怪我《けが》や病気をした人のために、自分にできることがあり、それでお給料を貰える。それ以上、望むつもりはなかったし、もともと望むものもなかった。

病院の通用口から外に出ると、すっかり夕方の気配が広がっていた。

梅雨《つゆ》に入る前の乾いた風が、疲れた身体を心地よく包み込む。澄んだ空気は風景を鮮やかに浮かび上がらせ、木々も山々もいつもより濃く縁取られているように感じる。

ふと、稀世は足を止めた。焼却炉のすぐそばに、蹲《うずくま》る男の姿が見えた。ここからは背中しか見えないが、それが誰であるか、すぐに気づいた。

堅田だ。

また何かトラブルでも起こすのではないか。

ついそんな気持ちが湧いて近づいて行くと、思いがけない光景が目に入った。堅田は野良猫に餌を与えていた。背後の稀世にまったく気づかず、堅田は猫に話しかけている。

「ほうら、もっと食っていいぞ。たくさん食って、ここらでいちばん強いボス猫になれよ」

そのまるで赤ん坊をあやすような和らいだ口調に、稀世は思わず頬を緩めた。

「なれるといいですね」

後ろから声を掛けると、堅田はびくんと肩を震わせ、振り返った。

「何だ、あんたか。驚かすなよ」

言ってから瞬く間に、表情に不機嫌さが広がってゆく。

「もしかして、これも規則違反か」

「もちろん、そうです」

「野良猫も撤去するか」

「本来なら……でも、私は今、勤務時間じゃないし、猫も可愛いし」

「ふん」

堅田は小さくちぎったハムを猫に差し出した。昼食の残り物のようだった。

「病室の窓から、こいつの姿が見えたからさ」

稀世もしゃがんで、猫を眺めた。白と茶色のブチで、ひどく痩せている。喧嘩したのか、耳に噛まれた傷が見える。それでいて弱々しさも媚《こ》びもなく、むしろ虚勢を張っているように見える。その姿が、どことなく堅田に似ていた。

「こう言っては何だけど、餌をあげるなんて意外です」

「俺だったら、石をぶつける方か」

「どちらかと言うと」

「はっきり言うな」

とはいえ気を悪くした様子はなく、堅田は声を上げて笑った。

それから、ふと思い出したように続けた。

「あんたさ、あの時、俺をよくまあ、思い切りひっぱたいてくれたよな」

「やっぱり、怒ってます？」

稀世は首をすくめた。

「当たり前だろ」

この病院に救急車で運ばれて来た時、堅田は酔っているのと喧嘩の興奮とで「治療なんかするな」「相手の野郎はどこに行った」と、散々暴れたのだった。看護婦や医師にも食って掛かり、まともに処置もさせない有様だった。

「いい加減にしなさい！」

そして、稀世は思わずその頰を張ったのだ。

堅田は呆気に取られたようにしばらく稀世の顔を眺めていたが、やがてぶつぶつ言いながらも静かになった。

「今まで、俺を殴った女はお袋とあんただけだよ」

「時に、看護婦は患者さんのおかあさんにもなりますから」

「俺より年下のくせに」

「でも、あの時の堅田さんは小学生みたいでした」

参ったな、と堅田は小声で言った。

「あんた、見かけによらず度胸があるんだな」

「看護婦ですから」

「女にしとくのはもったいないな」

「それ、褒め言葉ですか？」

「そんなわけねえだろ」

ハムをやり終わり、堅田は左脇腹を押さえながらゆっくり立ち上がった。

「じゃあ、またな」

「テレビを観るなら、必ずイヤホンを付けてくださいね」

稀世の言葉に、堅田は眉を顰めて呟いた。

「いちいちうるせえな」

堅田がゆっくりと病室に戻ってゆく。

足元を見ると、猫もいつの間にか姿を消していた。

翌週、予定通り、木村老人を４０５号室から４０８号室へ移動させることになった。ベッドにはキャスターが付いているので、老人を載せたままの移動である。たまたま他に手のあいている看護婦がいなくて、長原純子とふたりで行った。

「まったく、何で私がこんなことをしなくちゃならないのよ」

純子は不満ばかりこぼしている。稀世に対する態度も相変わらずだ。

稀世は気にしないようにした。相性というのは誰にだってある。仕事さえ滞りなくこなせるなら、これくらい我慢できる。何も友達になろうというわけではない。

とにかく、ふたりでベッドを移動した。狭いドアを抜け、廊下を通り、何とか408号室に収め、最後にベッドの頭側を壁に押し付けようとした。その時ふと、呼び出しブザーのコードが挟まっているのに気がついた。稀世は手を伸ばし、それを取り除こうと壁とベッドパイプの間に手を差し入れた。

その時だった。いきなりベッドが力任せに押し付けられた。稀世の右手に強い衝撃が走り、同時に骨の軋《きし》むような音がした。

「きゃっ！」

稀世は声を上げ、慌てて挟まれた右手を抜いた。それを左手で庇《かば》いながら、思わずしゃがみ込んだ。

「あら、すみません、挟みました？　だって、沖村さんたら急に手を入れるんだもの」

ベッドの足側に立っていた純子が澄ました顔で言い、蹲る稀世に「私、点滴の準備がありますんで後はよろしく」と、病室を出て行った。

「大丈夫かい？」

木村老人がベッドから身体を半分起こし、しゃがんでいる稀世に不安そうに尋ねた。

稀世は挟まれた右手を押さえて、ゆっくりりと立ち上がった。

激しい痛みがあったが、患者の前で弱音は吐けない。

「ええ、大丈夫です」稀世は背筋をしゃんと伸ばした。

「それより、大部屋なので、しばらく慣れるのも大変かと思いますけど」

「夜中にテレビで起こされるより、ずっとマシだ」

「そうですか、じゃあ何かあったら呼んでくださいね」

稀世は右手を押さえたまま病室を出て、ナースステーションに戻った。挟まれたのは、右の人差し指と中指の第二関節あたりで、脈打つようにじんじんと痛む。少し関節部を動かそうとしてみたが、痛みがひどくて動かせない。かと言って、さほど腫れているわけでもない。きっと関節の靭帯《じんたい》を痛めたのだろう。すぐに氷で冷やして、痛みを騙《だま》し騙し、その日は何とか仕事を終えた。

しかし、寮に戻った頃には驚くほどに腫れ上がっていた。湿布をしたが、腫れと痛みは消えるどころかますます増してゆく。

痛みで眠れぬ夜を過ごし、翌朝起きてみると、腫れは右手全体に広がっていた。

これでは、患者の脈を取るのも難しい。ちょうど準夜勤ということもあって、稀世は柏原医師に電話を入れた。手の腫れ具合を説明すると、診察するからすぐ来るように言われ、稀世は早めに寮を出て勤務前に診《み》てもらうことにした。

柏原は現像された稀世の右手のレントゲンを見ながら、くぐもった声で言った。

「両指とも、第二関節部が粉砕骨折している」

「え……」

稀世はレントゲンを覗き込んだ。

「ここだ。基節骨《きせっこつ》の先端で、関節部にかかる所が砕けているだろ。それに靭帯も損傷している」

柏原は困惑しながら眉を寄せて「参ったな」と、独り言のように呟いた。それから稀世へと身体の向きを変えた。

「ただ、幸いにも折れた骨が転位していないから、しばらく固定して様子を見よう。それにしてもこんなにひどい状態になるなんて、いったい何があったんだ？」

稀世は昨日起こった病室でのトラブルを言うべきか、迷った。しかし、そうなれば純子の名を出すことになる。純子にすべて責任があるわけではない。あの時、稀世が一言「挟まったコードをどけるから」と声を掛ければ、こんなことにはならなかったかもしれない。それを考えると、自分にも不注意な点がある。

「ちょっとミスしてしまいました」

柏原は一瞬、訝《いぶか》しげな眼差しを向けたが、稀世は気づかないふりで言葉を続けた。

「治るのにどれくらいかかりますか」

「しばらくギプスで固定して、リハビリをして、順調に回復すれば六週間から八週間で何とかなるだろう」

「そうですか……」

「仕方ないよ、これじゃ」

整形外科で八年も看護婦をしているのだから、柏原の説明で自分の指の状態がどうかぐらいはわかる。しかし、あえて聞いた。

「完治しますか？」

柏原はゆっくりと腕組みをした。

「沖村さんもわかっていると思うが、ここまでの損傷となると１００パーセントの回復は難しいかもしれない。もちろん、日常生活に支障があるほどではないから、それを心配する必要はないけど」

看護婦は指先を使う仕事だ。脈を取る、血圧を測る、包帯をする、ガーゼを換える、消毒をする、注射や点滴の針を刺す、手術の助手をする。

思うように利き腕の指先が使えなくては、どれもできない。

「私……」

稀世は、真っ直ぐに柏原を見た。

「看護婦を続けられますか」

柏原は一瞬戸惑ったような顔をした。

「そう結論を急ぐなよ。しばらく様子を見よう」

未来子

六年前、リヨンの大学を卒業した時、未来子は日本に帰らなかった。

母からは、何度も帰ってくるよう催促されたが、どうしてもその気になれなかった。

十八歳で留学した時の、今にも崩れてしまいそうだった自分を、未来子は思い出してしまう。英次への贖罪感《しょくざいかん》と創介への喪失感、そして稀世に対する不信感でいっぱいだった。その上、母との関係にも心底、疲れていた。

そんな未来子を、リヨンでの学生生活がどれだけ慰めてくれただろう。

大学でフランス語を必死に学び、専門的な課程に入ってからは眠る時間も惜しんで勉強した。クラスメイトとの交流も楽しかった。

その夢中になってがんばった四年間が、日本から引きずってきた辛い思いから立ち直らせてくれた。日本を離れることで、ようやく自分らしさを手にすることができたのだ。

それなのに、帰ればまた以前の自分に戻ってしまうのではないか。そんな不安が拭えなかった。結局、そのままパリに本社がある化粧品会社『ラ・メール』に就職し、広告部のスタッフとして働き始めたのである。

戸惑いもあったが、そこでの毎日は思いがけず楽しく、刺激的だった。

六年は、本当にあっという間だった。

マレ地区にある未来子の部屋からは、シテ島のノートルダム大聖堂がよく望めた。パリの空が薄く色づく夕暮れは、とろけるように美しく、自分がここに住めるのを感謝せずにはいられなかった。

だから、上司から日本支社への異動の打診を受けた時は迷った。

近々『ラ・メール』は画期的な美容液を発売する予定がある。社の方針として、景気が上昇しつつある日本の市場に力を入れたいと考えていて、そのスタッフとして広告を任されるのはある意味、社員のひとりとしてとても名誉なことでもあった。

悩んだし、考えた。

今年、未来子は二十九歳になる。

フランスは年を忘れさせてくれる国である。未来子も年齢など意識していないつもりだったが三十歳という年を目の前にして、やはり自分の中に何らかの変化があったのかもしれない。仕事もプライベートも、そろそろひと区切りをつけてもよさそうに思えた。

結局、未来子は帰国を決心し、慌しく荷物を整理してパリを後にしたのである。

しかし、本社と違って日本支社は、未来子が考えていた以上に保守的で閉鎖的だった。アイデアひとつ、企画書一枚提出するだけでも、若い、まだ支社に来て日が浅い、という理由で認めてもらえない。もちろん、簡単には考えていなかったが、ここまで受け入れられないとも思っていなかった。

今日の会議でもそうだ。

「今までのやり方ではなく、美容ジャーナリストや美容ライターへの発表会にもっと予算を割いて、豪華な催しにしてもいいのではないでしょうか」

未来子の意見に、上司たちは一斉に渋い顔をした。

「金を掛けるのなら、何と言っても、女性誌の広告が最優先だろう」

と、部長が返す。

「もちろんそれも大切ですが、実際に使ってもらって、その感想を書いてもらうことで、より女性たちに伝わるものがあると思うんです」

「書いてくれるかどうか、わからないじゃないか。無駄になるってこともある」

「確かに、リスクはあるかもしれません。でも、それに勝る結果も期待できます。モデルを使った広告で華やかなイメージを盛り上げる、それだけで女性に化粧品を買ってもらう時代はもう終わったと思います」

しばらく沈黙があって、部長は口の端に皮肉な笑みを浮かべた。

「さすが、フランス仕込みは言うことが違うね」

それにつられるように、あちこちから揶揄ともとれる笑いが漏れた。

未来子は黙った。会議に出席しているメンバーは七人。みな、未来子より年上だ。部長は二十歳以上も上である。

「とにかく、もう少しデータを検討してから結論を出そう」ということで、会議は終了した。

さっさと会議室を出てゆく上司たちの背を眺めながら、未来子は椅子に腰を下ろしたまま、長く息を吐き出した。フランスよりも言葉が通じないように思えた。

会議室を出て、自分のデスクに戻っても、出るのはやはりため息ばかりだった。

すでに三時近くになっていたが、昼食もまだとっていない。連絡ボードに記載されてある自分の名前の欄に、「ランチ。帰社4pm」と書いて、未来子は気分転換を兼ねて、外に出た。

『ラ・メール・ジャポン』の社屋は六本木《ろっぽんぎ》にある。

最近、防衛庁の近くに、居心地のよい小さなカフェを見つけた。会社のポットのコーヒーは飲み飽きてしまい、香りのいいカプチーノを飲みたくなると、その店に向かう。

信号が赤に変わり、横断歩道の前で未来子は足を止めた。

こうしていると、改めて驚いてしまう。未来子が離れていた十年の間に、東京はすっかり変わってしまった。街並みも、人も、空気も、空の色もだ。特に、この六本木辺りは外国人の姿が目立ち、時々、ここが本当に日本なのかわからなくなってしまう。

その時、ふと向かい側に立つ人影に目が留まり、どきり、と心臓が鳴った。

創介……。

しかし、すぐに人違いだとわかり、肩から力が抜けてゆく。日本に帰ってから、時折、こんな間違いをしでかした。

今頃、創介はどうしているだろう。

目の前を洪水のように走り去る車を眺めながら、未来子は考える。

行方は知らない、高校を卒業と同時に家を出て、それから何をしているのか、どこに住んでいるのか、噂も聞いてない。英次を死に追いやった後悔を、今もひとりで背負っているのだろうか。自分を責めながら、知らない土地で暮らしているのだろうか。

信号が青になり、向かい側に渡ると、銀行のＡＴＭコーナーから出て来た男が、未来子の前に立った。

「未来子……？」

未来子は足を止め、顔を上げた。

「やっぱり未来子じゃないか。いつ、こっちに戻って来たんだ」

男が驚きの表情をしている。

「公一《こういち》」

未来子もまた驚きを隠せない。

「半年ほど前よ。それにしても、こんなところで会うなんて」

「ほんとだなぁ」

男は広瀬《ひろせ》公一という。商社マンだ。彼がパリに赴任していた時に知り合った。

もちろん、知り合っただけではない。

「二年、いや三年ぶりか？」

「そうね、もうそんなになるのね」

「帰国したなら、会社に連絡くれたらよかったのに」

広瀬の、そのちょっと拗ねたような言い方は、あの頃と少しも変わらない。

「そうしようかと思ったんだけど、つい仕事でばたばたしちゃって」

「相変わらず仕事第一主義かい？」

広瀬はからかうように、いくらか目を細めた。

「まあ、そうかな」

未来子は首をすくめる。

「ゆっくり話したいんだけど、今から人と会わなくちゃいけないんだ」

そう言って、広瀬は胸ポケットから名刺を取り出した。

「これ、渡しておくよ。未来子のもくれるだろ」

「ええ」

未来子もまた、バッグの中からそれを取り出し、手渡した。

「歓迎会をしよう。近々、電話してもいい？」

未来子は頷いた。断るつもりなら、名刺なんか渡さない。

「それじゃ」

広瀬は足早に去って行った。

カフェに入って、未来子はどこか面映《おもは》ゆい気持ちで、カプチーノとサンドイッチを注文した。まるで古い映画のように、脳裏に広瀬と過ごした日々が蘇《よみがえ》って来る。

広瀬との恋に、悪い思い出はひとつもなかった。広瀬は優しかったし、未来子を大切にしてくれた。ふたりでパリの街中をあてどなく歩き回り、レストランで顔を寄せ合って食事をシェアし、休暇には南プロヴァンスに小旅行に出掛けた。

長くフランスで暮らしてわかったのだが、残念なことに、日本人を見下しているフランス人はまだ多い。黄色い肌の人間を、白人は根本的に受け入れられないのかもしれない。

皮肉を言われることもよくあった。しかし、どれだけ努力しても、未来子レベルのフランス語では、彼らの鼻をあかすほどには切り返せない。何度も悔しい思いをした。

もちろん、お喋りや食事を共にするフランス人の親しい友人も何人かできたが、いつも緊張感に包まれながら生活していた。そんな未来子を、広瀬と過ごす時間が寛がせてくれた。広瀬のおかげでどんなに救われただろう。

一年ほどして、広瀬の帰国が決まった時「一緒に帰らないか」と言われた。それはプロポーズの言葉でもあった。

しかし、未来子は首を横に振った。広瀬は好きだったが、あの頃の未来子は、せっかく摑んだ仕事を辞める気にはなれなかった。それに加えて、まだ日本に帰る自信もなかった。

「そうか、仕方ないな……」

広瀬は、責めるようなことは何も言わず、短く呟いただけだった。

未来子はそれを思い出し、少々感傷的な気分になった。広瀬にとって決していい思い出ではないはずなのに、こうして再会しても、変わらぬ接し方をしてくれたことが素直に嬉《うれ》しかった。

その週末、未来子は実家に向かった。

帰国してから、毎週のように実家に顔を出している。父は二年前にかつての大学を定年退職した後、私立の女子短大でのんびりと講義をしている。兄は結婚し、子供がふたりいる。今は家族で大阪に赴任中だ。

そんな中でも、いちばんの変化は、姉の瞳子が一年前から家に戻っていることだろう。パリでそれを聞いた時は、信じられなかった。母が、姉を受け入れられるはずがないし、姉の方も、発作をぶり返すに決まっていると思えた。

しかし意外にも、今のところは平穏に暮らしているらしい。

その原因のひとつに、姉の絵描きとしての才能が開花し始めたことがある。

姉は、辻堂の療養所で描いていた湘南の海の絵を、日本の名のある展覧会に応募した。三年ほど前である。やりがいのある趣味を持った方がいいという、医師の勧めでもあった。

そこで初入賞を果たしたのだが、それだけではなかった。たまたま展覧会を鑑賞に来た人気小説家の目に留まり、それがきっかけで、作品の装画として使われることになったのだ。珍しい出来事だったらしく、新聞の学芸欄でちょっとした話題にもなったという。それがあって、母は姉の才能への期待を一気に取り戻したようだった。

それでも、未来子はまだ不安を拭い去れずにいた。母の期待が膨らむことで、却って姉の精神状態に再び悪い影響を及ぼすのではないかと思えた。

しかし、姉は絵という自分を表現できる場を得たせいか、以前と違ってずいぶんと落ち着いたようだった。自信も取り戻したのだろう。家に戻って一年が過ぎた今も、母とは良好な関係を築いている。ふたりの様子を見ていると、あれだけ負担だった母の自分への依存が懐かしくさえ感じるほどだ。

今日もケーキを携えて、夕方に玄関をくぐった。

「ただいま」

居間のドアを開けると、ゴルフ番組を観ていた父が顔を向けた。

「おう、おかえり」

「おかえりなさい、早かったのね」

キッチンからも、母の愛想よい出迎えがあった。

「今夜はすき焼きにしたのよ。それと、瞳子が好きな茶碗蒸《ちゃわんむ》し」

食卓にはすでにコンロと鍋が出されている。

「ケーキ、買って来た」

「あら、ありがとう。じゃあ、そろそろ瞳子を呼んで来てくれるかしら」

未来子は二階に上がって、姉の部屋をノックした。

「ねえさん、私」

「どうぞ」

穏やかな声で返事があった。部屋に入ると、姉はベッドに腰を下ろして画集を広げていた。窓際の大きなキャンバスには、描きかけの湘南の海が見えた。

「ご飯だって」

「今、行く」

姉は画集を閉じ、ベッドから立ち上がった。

「未来ちゃん、もうこっちには慣れた？」

「うん、まあね」

「マンションなんかじゃなくて、ここに住めばいいのに」

未来子は今、会社が借り上げた青山《あおやま》のマンションで暮らしている。長い一人暮らしにすっかり慣れてしまい、とても実家に戻る気にはなれない。

「時間も不規則だし、ひとりの方が気楽だから」

「そう」

ふたりでダイニングルームに下り、賑やかに夕食が始まった。

父はビールを飲んで、目の周りを赤くしている。母と姉は白ワインにほんの少し口をつけただけだが、未来子はもう三杯目のグラスを空けている。とりとめのない話をしながら、食事は和やかに進んだ。

後片付けを終えると、コーヒーを淹《い》れ、すっかり酔ってソファで横になっている父を除いて、三人で再び食卓を囲んだ。

母が、未来子の持って来たケーキを口に運びながら、姉に言った。

「ねえ、瞳子。あの話、どうする？」

「ああ、あれね。どうしようかと思って」と、姉が困ったように、首を傾けている。

「何なの？」

未来子が尋ねると、聞かれるのを待っていたかのように、母は相好《そうごう》を崩した。

「実はね、瞳子に個展をやらないかって話が来ているのよ」

「へえ、すごいじゃない」

未来子は姉の顔を見直した。

「でも、個展なんてまだ早過ぎるわ」

姉が伏目がちに答えて、母はテーブル越しにその顔を覗き込んだ。

「そう言うけれど、描いてる年数はもう相当のものじゃないの。作品だってたくさんあるんだし」

「ほとんど人に見せられないような絵ばかりよ」

「個展って、どこでやるの？　銀座《ぎんざ》の画廊とか？」

「まさか、渋谷《しぶや》の小さなギャラリーよ」

未来子の問いに、姉は恥ずかしそうに答えた。

「そんなに小さくもないわ。結構な広さがあるの。そのギャラリーのオーナーがね、瞳子の絵を大層気に入って、声を掛けてくれたのよ」

母は自分のことのように自慢気に言い、それから、うっとりと口元に笑みを浮かべた。

「三年前に、瞳子の絵が展覧会で入賞した時は、そりゃあ、みんなびっくりしたものよ。それに加えて、本の表紙になったでしょう。新聞で取り上げられたりしたものだから、もう、ご近所から声は掛けられるわ、昔の友達から電話が来るわで、大変だったのよ」

母は興奮気味に声を高めた。

「手のひらを返すって、こういうのを言うのね。ほんとに人って身勝手なんだってつくづく思ったわ。でも、いいの。もう昔のことは忘れるわ。周りなんかどうでもよくて、私は瞳子のせっかくの才能を、このまま終わらせたくないだけなの」

姉は、母の言葉に戸惑いがちに笑みを浮かべている。

「それで、ねえさんは個展をする気があるの？」

「そうね……」と、しばらく考えてから、姉は答えた。

「私は、好きな絵を描いていられればそれでいいの。後のことは、みんなお母さんに任せるつもり」

「じゃあ、決まりね」

母は満足そうに頷いた。

「今度、画廊のオーナーにうちに来ていただくわ。出品する作品を選んでもらわなくちゃならないもの。正式に決まったら案内状を出さなくちゃね。とにかく、たくさんの人に見てもらいたいから、知っている人にはみんな出すつもりよ。未来ちゃんも頼むわよ。友達や会社関係の人に、たくさん出してちょうだいよ」

そう言われても、未来子は困ってしまう。

「私、ずっと日本を離れてたから、知ってる人ってそういないのよね」

「それでもいいから、とにかく頼んだわよ」

母は意気込んで言った。

翌週、広瀬と会った。

二日前に電話があり、西麻布《にしあざぶ》のレストランで顔を合わせた。

「ほら、あのパン屋を覚えているかな。バゲットが死ぬほどうまかった」

「もちろん。休みの日は朝から行列したもの」

「歯も磨かずに」

「それでいいて、アパートに着くまでに半分は食べちゃうの」

パリで過ごした日々を、ワインと共に広瀬と語り合うのは楽しかった。白は瞬く間に空いて、すぐに赤を注文した。

「それで、未来子はまだひとり？」

「まあね。公一は？」

「実は……」

と、少々口籠ってから、広瀬は笑った。

「帰国してすぐに見合いで結婚した」

「へえ」

未来子は思わずグラスを持つ手を止めた。驚いたものの、考えてみればそれは少しも不自然なことではないと、すぐに思い直した。

「それは、おめでとう」

「でも、一年しかもたずに、離婚になった」

今度はワインにむせそうになった。

「ほんとに？」

「ああ」

「どうして」

「よくわからない。ただ、奥さんだった人に言われたよ。結婚ってもっと楽しいものだと思ってたって。確かに、僕は仕事が忙しくて、毎晩午前様って有様だったからね」

「だからって」

「お嬢様でさ、僕のいない時はいつも実家に帰ってたんだ。それは構わないんだけど、ある日会社に、やっぱり実家の方が居心地がいいからもう戻らないって電話があって、それきり」

未来子は何と言っていいかわからない。

広瀬は仕事もできるし、人間的にも穏やかなタイプだ。未来子にしたらいい夫になるに違いないと思っていたが、すべての女性がそう思うわけではないらしい。

「パリで未来子にはふられるわ、帰国して結婚したら奥さんに離婚されるわ、今の僕は、ほとんど女性不信だよ」

広瀬は冗談めかして言った。

しかし、それはなまじ冗談ばかりではないようにも思えた。広瀬は未来子より三歳年上の三十二歳。もう青年ではなく、かと言って中年でもない。大人の男としてのプライドと、少年のようなナイーブさが混在している年代である。

食事を終える頃には、ふたりともすっかりワインとパリの思い出に酔っていた。

「今だから言うけど、実はあの頃、すごく気になってたことがあるんだ」

広瀬がふと、遠くを見つめるような目をした。

「でも、どうしても聞けなかった。聞いちゃいけないような気がして」

「何？」

「怒らないと約束する？」

「いやね、何なの」

「未来子、よくうなされていたよ。眠りながら泣いてる時もあった。起こした方がいいのか、そのままの方がいいのか、わからなくて困ったよ。何かよほど、辛い思い出があるんだろうなって思ってたんだ。僕の勝手な憶測だったら、ごめんだけど」

「ううん」

未来子は手元に視線を落とした。

酔いが冷たく引いてゆく。消そうとしても、消えることのない、いや消せるはずもない後悔は、どんなに時間がたっても胸の内側に張り付いている。

自分の中に、幸せになることに対する後ろめたさがあったのだと思う。だから広瀬と夜を過ごす時にはよく、黒い塊のような山々の夢を見た。

「やっぱり言わない方がよかったな」

広瀬が申し訳なさそうな顔をした。

「いいの。もう昔のことだもの」

未来子は静かに答えた。

「さあて、デザートは何にするかな」

広瀬が店の人に手を上げて、メニューを取り寄せた。

「ここは、クレームブリュレがうまいんだ。未来子、好きだったろ」

それ以上聞き出そうとしない広瀬の気遣いに感謝しながら、未来子はメニューを受け取った。

マンションに戻ったのは十時半を少し過ぎた頃だった。

郵便受けの中に、ダイレクトメールに混ざってB5判の封筒が入っていた。部屋に入って開封すると、百枚ほどもある葉書の束と、母のメモが出てきた。

『今日、瞳子の個展の案内状ができました。それを取りに行ったついでに、未来子のところにも入れておきます。たくさん出しておいてね。期待してますから、よろしく』

ふう、と未来子はため息をつく。この間「知り合いは少ない」と言っておいたのに、母は何にも聞いてなかったらしい。

会社関係の人とは、あまりプライベートで繋がりを持ちたくない。となると、高校時代かその前の友人になるが、突然、姉の個展の案内状を受け取っても、相手も困惑するばかりだろう。

それでも、とりあえず引き出しの奥にしまい込んであった昔の住所録をひっぱり出して来た。

ひとつひとつ確認するように名前を追ってゆく。懐かしさもあれば、顔を思い出せない名前もある。その時ふと、未来子の視線が止まった。

その名を目にして、痛みのような、泣きたいような、せつない思いが身体に満ちていった。

「稀世ちゃん……」

呟くと、軽井沢の風の匂いが鼻先をくすぐった気がした。

荷物は午前中に実家へ送った。

担当していた患者は、すでに後任の看護婦に引き継いでいる。院長や婦長、世話になった医師や、同僚の看護婦たちへの挨拶も済ませた。やるべきことをすべて終え、稀世はがらんとした部屋の中に立った。

まさか看護婦を辞めることになるなんて、考えてもいなかった。

柏原医師は「結論を急ぐ必要はない」と言ってくれたが、粉砕骨折をした指はこれから二カ月ほどもまともに動かすことができない。完治して、たとえ日常生活に支障なくとも、もう看護婦としての仕事は続けられないだろう。必要な繊細な動きができないからだ。それは、稀世自身の看護婦としてのキャリアからも理解していた。ましてや、使えない看護婦を置いておくほど、病院に余裕はない。職場にも迷惑がかかる。

診断が下された数日後には、稀世は退職の決心をしていた。

そして今日、佐久を離れ、軽井沢に帰ろうとしている。

八年間、ここで過ごした。婦長に叱られて泣いたこともある。初めて担当した患者の死に激しく動揺したこともある。「ありがとう」と元気に退院する患者の笑顔に感動したこともある。人間関係のややこしさに頭を悩ましたこともある。

今となっては、そのすべてが懐かしい。

これから自分がどうなるのか、稀世はまだ何も考えられないでいる。わかっているのは、ここがもう自分の居場所ではなくなったということだけだ。

玄関に行くと、寮母さんと、準夜勤に出る前の数人の看護婦が見送りに出てくれた。

「元気で」

「また、遊びに来てね」

送り出す顔は、みな沈みがちだ。こんな形での退職だからこそ、湿っぽい別れになりたくなかった。稀世はできる限りの笑顔で礼を言った。

「お世話になりました。みなさんもお元気で」

外に出ると、今にも雨がぱらつきそうな厚い雲が広がっていた。そんな空模様が、今の自分にはいかにも似合いに思えて、ギプスの手を見ながら稀世は苦笑した。

傘を出そうともたつきながらバッグに手をやると、稀世の脇に車が止まった。窓から顔を覗かせたのは柏原だ。

「送るよ」

「先生……」

「外来が早めに終わって時間が空いたんだ。さあ、乗って」

躊躇していると、ぽつりと雨が頬に当たった。それをきっかけのように、アスファルト道路に小さなシミが広がってゆく。

「ほら、降ってきた」

「すみません。じゃ、お言葉に甘えて」

稀世は助手席側に回って、車に乗り込んだ。

車はすぐに発進したが、しばらくふたりとも黙ったままだった。どんな言葉を口にすればいいのかわからないのは、柏原も同じのようだった。

信号で車が止まり、ようやく柏原が口を開いた。

「残念だよ、こんな結果になるなんて」

「先生にもいろいろご迷惑をお掛けしました」

「怪我の事情は聞いた。４０８号室の木村さんが教えてくれたんだ。長原さんにも確かめた」

稀世は何と答えていいのか、わからない。

「長原さんもさすがに反省していた。まさか、君に看護婦を辞めなければならないような怪我を負わせるとは思ってもなかったって」

「あれは、私の不注意もあったんです」

確かに、柏原から診断を受けた時は恨みがましい気持ちにもなった。しかし、今はもう何の感情もない。ちょっとした心の行き違いが、こんな結果を招いてしまったのだ。

「長原さんは、ずっと君を誤解してたらしい。もしかしたら嫉妬なのかな。女性の感情は、僕にはちょっと計り知れないところがあるけど、沖村さんがあまりに優等生に見えて、つい反発を感じていたようだ」

そこに柏原の存在が絡んで、いっそう純子の気持ちがこじれたのだろう。加えて、稀世にはどこか人を寄せ付けない頑《かたく》なな面がある。そういう性格が、彼女の気持ちを逆撫《さかな》でていたのかもしれない。

「君が、母親ひとりの手で育てられて、看護婦として生きてゆくことだけを目標に頑張って来た人だって言ったら、言葉をなくしてた」

「いいんです、私はもう何とも思っていませんから。先生からも、長原さんにそれを伝えてください。それから、いい看護婦になってくださいって」

「そうか、わかった。彼女もそれを聞いたら、ずいぶん気が楽になると思う」

信号が青に変わり、車が発進した。

「それで、君はこれからどうするの？」

「まだ、何も決めていません」

「そうか」

呟くように言ってから、柏原は短く間を置いた。

「急にこんなことを言うと、驚くかもしれないけれど」

稀世は柏原に顔を向けた。

「僕との結婚を考えてくれないか」

「えっ」

唐突な言葉に、目をしばたたいた。

「やっぱり驚いた？」

「え、ええ……」

「本気だよ。できたらそうして欲しいと思ってる」

　稀世は言葉に詰まったまま、自分の膝に視線を落とした。

「僕は病院で八年間、沖村さんを見てきた。君の一生懸命なところや、まじめに仕事に取り組む姿勢を知っている。それだけじゃなく、思いがけず気の強いところなんかもね。沖村さんも、僕をずっと見てて、優柔不断で、あまりしっかりした男じゃないってことはわかっていると思うんだ。情けないけど、だからこそ、沖村さんがそばにいてくれたらどんなに心強いだろうって、ずっと思ってた」

　その柏原の飾らない言い方は、思いがけず稀世の心を動かしていた。

　そんなふうに自分を見ていてくれたのかと思うと、気恥ずかしさと同時に、嬉しさが湧いた。医師たちの中では、稀世はたぶん、生意気な看護婦だったはずである。

「沖村さん、言っていたよね。自分は一生看護婦を続けるって、結婚するつもりはないって。それを聞いていたから、僕も無理だろうって思ってたんだけど、手の怪我で事情は変わったと思うんだ」

　柏原のことは信頼している。医師と看護婦として、いいパートナーだったと思う。柏原への好意はあるが、恋愛感情とは別のものだ。すぐに結婚など考えられるはずもない。

「でも、私は……」

「待って」

　稀世の言葉を、柏原は慌てて押しとどめた。

「すぐに答えを出さないでくれないか。せめて『少し考えさせて欲しい』ぐらいのことを言ってくれると有り難い」

柏原が冗談めかして言ったので、稀世も気が楽になった。

「はい」

「よかった」

やがて車は駅に到着した。

「わざわざありがとうございました」

「うん」と、柏原は目を細め、少し照れ臭そうに頷いた。

稀世は車を降り、もう一度頭を下げた。

「じゃあ、ここで失礼します」

「今度、家に電話してもいいかな」

柏原が躊躇《ためら》いがちに尋ねた。同じように躊躇いながら、稀世も頷く。

「はい」

「よかった。それじゃ」

柏原が車を発進させる。

稀世は立ち止まったまま、小さくなるテールランプを見送った。

軽井沢の家に帰って、ひと月ほどが過ぎた。

稀世は今、仕事に出掛ける母の代わりに、料理や洗濯、掃除といった、家事全般を引き受けている。ギプスは取れたものの、まだ指は思い通りに動かないが、時間をかければだいたいのことはできる。

いい年をした娘が働きもせず家の中にいるのは気が引けたが、母はあまり気にしていないようだった。

「八年間、頑張って働いたんだから、しばらくゆっくりすればいいの。家事をやってくれるなら、私も助かるから」と、言ってくれている。

もちろん、このままのわけにはいかない。しばらくは保険も下りるが、指が動くようになれば、新しい仕事を見つけなければならない。しかし、看護婦しか経験のない自分に何ができるだろう。その不安も拭いきれない。

そんな時、ふと、柏原の言葉が蘇ってくる。

「結婚を考えてくれないか」

柏原は医師としても優秀だが、人間的にも温かい。医者の中には、看護婦を見下している人も多いが、柏原は決してそんなことはなかった。もちろん患者に対しても同じだった。面倒がらずに、愚痴めいた話でも親身になって聞いていた。

柏原のような人を夫にしたら、きっと穏やかな暮らしができるだろう。

そう思うと同時に、しかし、こうも思ってしまう。

自分が結婚などしていいのだろうか。そんな幸せを手にする資格があるのだろうか。

英次が死んでから十一年がたつ。

長いのか短いのか、稀世にはわからない。後悔に区切りはないが、ただ、いつの間にかその質は変わってきたように思う。最初は、泣くばかりだった。ごめんなさい、呟く言葉はそれしかなかった。けれど今、気がつくと、英次に語りかけている自分がいる。

英次はどう思う？　英次ならどうする？

誰よりも遠くに行ってしまったはずの英次が、誰よりも身近にいる。

柏原は二日に一度は電話をくれた。

「指はどう？」

穏やかな口調で、まずそれを尋ねた。

今は、地元の病院で経過を診てもらっている。

「順調です」

「そうか、よかった」

そして、いつも他愛《たわい》ない話を十分ばかりする。柏原は決して、答えを急がせたりはしなかった。それにホッとしつつも、いつまでも答えを長引かせるわけにはいかないこともわかっていた。それでも今はもう少し、身勝手な思いだと自覚しつつ、柏原の優しさに甘えていたいという気持ちがあるのだった。

それからしばらくして、指の包帯が取れた日、稀世は郵便受けに一枚の葉書を見つけた。個展の案内状である。最初は誰かわからなかった。余白に書き込んである見覚えのある字に、思わず胸が躍った。

『稀世ちゃん、どうしてますか。私は今年、フランスから帰国しました。葉書にもあるように、姉が個展を開きます。もし時間があったらいらっしゃいませんか。初日に簡単なパーティーをします。東京と軽井沢だから、そう簡単にはいかないでしょうけど、でも、会えたら嬉しいです。話したいことが山のようにあります』

未来子だった。

二度、読んだ。懐かしさに身体が熱くなった。

もう会うことはないと思っていた。未来子もきっと、この葉書を出すのは勇気がいったろう。未来子にとって稀世と会うということは、十一年前の忌まわしい出来事を思い出すことでもある。それでも、こうして連絡をくれた。

会いたい、と稀世は思った。

「行ってくればいいじゃない」

夕食の席で、母は言った。

「いいの？」

「いいに決まってる。こっちに戻ってからずっと家にばかりいるんだし、いい気分転換になるんじゃないの」

「じゃあ、行って来ようかな」

個展のオープニングパーティーは、来週の土曜日、夕方六時からと書かれている。

未来子の姉、瞳子のことは正直言うとあまり覚えていない。小学生の頃に数回会ったはずだが、年がずいぶん上だったせいで一緒に遊ぶ機会もなかった。いつしか別荘にも来なくなり、未来子も、姉の話題にあまり触れたがらなかった。

それでも、とにかくこうして案内状を送ってくれたのだ。その気持ちが嬉しかった。

翌日、早速、稀世は東京駅近くのホテルに予約を入れた。電車の切符を買いに行き、ついでに洋品店でブラウスを買った。久しぶりに、気持ちが華やいでいた。

上京を柏原に伝えると、「いいなぁ、僕も一緒に行きたいくらいだ」と、呑気な返事があった。

旅行なんて何年ぶりだろう。看護婦をしていた頃は、まとまった休みを取ることなどできなかった。たとえ取れても、気になる患者がいる限り、いつ呼び出しを受けてもすぐ戻れる場所にしか出掛ける気になれなかった。稀世は、まるで小学生が遠足を待つような気持ちで、その日を待った。

そして当日、慌しく出発の準備をしていると、電話が鳴った。

「はい、沖村です」

「えっと、私は堅田という者ですが、そちらに佐久の病院で看護婦をしていた……」

やけに緊張した口ぶりだが、それが病院で厄介ばかり引き起こしていた堅田であるとすぐに気づいた。

「堅田さん、どうしたんですか」

「何だ、あんたか。だったら早くそう言えよ」

気が抜けたように、堅田はいつものぞんざいな口調になった。

「病院からですか?」

「そんなわけねえだろ、あんたが辞めたのと同じ頃に退院した」

「そうですよね。それで何か?」

「あんたにちょっと話したいことがあるんだ。今から時間ないか? どうせ看護婦をクビになって、ヒマにしてるんだろ」

相変わらず口が悪い。

「私、これから東京に行くんです」

「ふうん、じゃあ、その前でいいよ。小一時間もあれば終わる話だから。何時の電車だ?」

稀世は壁時計に目をやった。午前十時を少し過ぎたところである。

「二時頃ですけど……」

「じゃあ、一時に駅前のAって喫茶店で待ってる」

「ちょっと待ってください」

稀世は慌てて言った。

「何だよ」

「話って何ですか?」

「だから、会って話すって言ってるだろ。わかんねえ奴だな」

強引に言って、堅田は電話を切った。

堅田の用事とは何だろう。

当然だが、警戒心が湧いた。堅田はとてもカタギには見えない。もしかしたら、因縁でもつけようというのだろうか。しかし、自分に堅田に付け込まれるような弱みはない。何を言われても毅然《きぜん》としていればいい。喫茶店なら人目もあるし、堅田も度が過ぎたことはできないだろう。

とにかく、会ってみなければ何もわからない。

稀世は腹を決めると、予定より一時間早く家を出て、待ち合わせの喫茶店に向かった。一時ちょうどに店に入ると、堅田は大きな身体を丸めるようにして、奥の席でコーヒーを飲んでいた。

店に入ってきた稀世を見るなり、周りの視線など気にする様子もなく「おう、ここだ」と、大声を上げた。稀世は緊張しながら堅田に近づいた。

「あんたもコーヒーでいいか？」

「はい」

堅田が店の人に、再び大声で「おい、コーヒー追加な」と呼びかける。

「それで、話って何ですか？」

面倒なことは早く済ませてしまいたい。

「まあ、そう急ぐなって。まだ時間はあるんだろう。コーヒー、飲めよ」

コーヒーが出て来て、稀世はカップを手にした。

「突然、俺から電話なんか掛かってきたから、驚いただろう」

稀世は頷く。

「ええ、よくうちの番号がわかりましたね」

「下っ端の看護婦を脅して、聞き出したんだ」

それを聞いて、ますます警戒した。

「それでお話って何ですか」

堅田はちょっと困ったような顔で、稀世の右手を顎でしゃくった。

「指、どうなんだ」

「えっ、ああ、これですか。もう大丈夫です」

稀世は左手で右の指先を、隠すように覆った。

「あんたには、申し訳ないことをしたと思ってるよ」

不意に殊勝な顔つきになり、堅田が頭を下げたのでびっくりした。

「その指、あのじいさんを別の部屋に移した時に怪我したんだってな。じいさんを追い出したのは俺だからな、俺にもいくらかの責任がある」

「堅田さんには関係ありません」

「看護婦、もうできなくなったっていうじゃないか」

「それは、そうですけど……」

「次の仕事は見つかったのか」

稀世は黙る。

「やっぱりな」

堅田は、彼には似合わないため息をついた。

「あんたなら、看護婦としてどこへ行っても働けるだろうけど、それ以外となると、ただの年食った女だからな。そう簡単に仕事は見つからないだろう」

稀世はムッとして堅田を睨《にら》み返した。そんなことを言われる筋合いはない。

「余計なお世話です」

「で、だ。話っていうのはそれなんだ」

「それ？」

稀世は改めて堅田を眺めた。

「実は、俺のお袋がこの近くでパブをやってる。『ゆうすげ』って言うんだけど、十五坪ぐらいの広さで、アルバイトの女の子も常時五人ほどいる。みんな若くて、なかなかいい子が揃ってるんだ。しかしだ、仕切る人間がいないんだ。お袋も年だし、信頼できる誰かに右腕になってもらいたいらしい。いわばチイママってやつだな。で、俺は思ったわけだ」

「何をですか？」

「あんたなら、やれるってね。俺、これで結構人を見る目はあるんだ」

一呼吸置いて、稀世は呆れたように言った。

「何を言ってるんですか」

「何って何だ」

「そんなことできるわけないじゃないですか」

「いや、あんたならやれる」

「私に水商売なんて」

「なあに、病院と大して変わらないさ。客なんて患者と一緒。薬の代わりに酒を飲ませりゃいいんだ。ほら、患者だって、やたらと構ってもらいたがったり、看護婦の尻を触ったりするのがいるだろ。あれと同じさ、適当に相手をしてやればいいんだ」

「ぜんぜん違います」

稀世はきっぱり首を横に振った。

「とりあえず、やってみないか」

「いいえ、私にそんな気はまったくありません」

堅田が眉を顰めて、稀世の顔を覗き込んだ。

「あのな、誤解されたくないから、先にこれだけは言っておく。俺はあんたをどうこうしようなんて気持ちはさらさらない。あんたは俺の好みじゃない。だから、変な気は回さないでくれ」

「そんなこと考えてもいません」

つい返す声が大きくなり、他の客が振り返った。稀世は身体を小さくした。

「照れるなって」

「どうして私が照れるんですか」

意思が通じているのかいないのか、堅田と話していると稀世の方が混乱してくる。

「とにかく、店の名刺を渡しとくよ。ま、一度、覗いてみてくれ。古くからの別荘客もついていて客筋も悪くない。お袋は気が強いがあんたも負けてやしないから大丈夫、きっと気が合うはずさ」

稀世はただ呆れるしかない。

「お話は、それで終わりですか」

「まあ、そういうことだ」

「じゃあ私、失礼します」

バッグの中から財布を出し、稀世はコーヒー代を取り出した。

「いいよ、俺の奢《おご》り」

「借りは作りたくありませんから」

堅田は苦笑した。

「そうかい、じゃあ貰っておく。おっと、ちゃんと店の名刺は持って行ってくれよ」

仕方なく、稀世はそれをバッグに入れた。

「じゃあ、待ってるからな」

堅田は言ったが、稀世は振り向かずに喫茶店を後にした。

夕方に東京のホテルに着き、チェックインを済ませて部屋に荷物を置くと、すぐに、渋谷のギャラリーに向かった。

場内にはすでにかなりの招待客が来ていて、稀世は圧倒されたように、入り口付近でまごまごした。場違いなのは否めない。こんなパーティーに出席するのは初めてだ。ようやく、会場の奥に未来子の姿を見つけてほっとした。同時に、未来子も稀世に気づいて、こちらに向けた表情がぱっと輝いた。

人波をくぐって、未来子が足早に近づいて来た。

「稀世ちゃん、来てくれたんだ」

未来子が懐かしい笑みで、稀世の手を取った。

「招待してくれてありがとう。どうしても未来ちゃんに会いたくて」

稀世もまた、安堵感に包まれながら未来子の手を握り返した。

「稀世ちゃん、ちっとも変わってない」

「未来ちゃんも、と言いたいけれど見違えたわ。すごく綺麗《きれい》になっちゃって。もちろん、あの頃も綺麗だったけど」

実際、未来子は会場の中でも際立っていた。シンプルな濃紺のパンツスーツを着ているだけなのに、垢抜《あかぬ》けている。化粧も薄いのに表情に華がある。

「話したいことがいっぱいあるの。何しろ十一年ぶりだものね」

「私もよ。葉書を貰ってから、今日のことばかり考えてた。それなのに、どうしよう、こうして顔を合わせたら、何から話していいのかわからない」

「私だって。こういう気持ちって何かしら。嬉しくて、照れ臭くて、すごくどきどきしてる」

そうして目を合わせて、肩をすくめるように笑い合った。

「じゃあ何はともあれ、まずは絵を見てもらうことにしようかな」

未来子に言われて、ふたりは混んだ会場を回り始めた。並んだ絵のほとんどは、海がモチーフとなっている。ブルーが基調の、色彩は少ないが、それだけに濃淡のコントラストが美しく、印象的だ。

「私、絵のことは何もわからないけど、見ていると、とても落ち着いた気持ちになる」

稀世の言葉に、未来子は頷いた。

「たぶん、姉自身がそうだったんじゃないかな。絵を描くことで、落ち着きを取り戻していったから。本当に絵と出会ってよかった。そうでなかったら、姉は今も家には戻れなかったかもしれない」

稀世が顔を向けると、未来子は首をすくめた。

「ごめんね、稀世ちゃんには何も話してなかったけれど、姉は一時期、心のバランスを崩して療養所に入ってたの」

「そうだったの……」

「でも、もう大丈夫」

未来子の視線に促されるように、稀世は奥で挨拶を交わしている瞳子に目をやった。柔らかな笑みは、ここに描かれた海のように澄んでいた。

「姉は、やっと自分の居場所を見つけたみたい」

「よかったね」

「後で姉や両親にも会ってね。今は挨拶で人がいっぱいだけど」

「私のこと、覚えてくれてるかしら」

「当たり前じゃない」

画廊を一周したところで、ようやく互いに平静な気持ちになった。

「ところで、稀世ちゃんは何をしているの？」

「この間まで看護婦だったんだけど、ちょっと事情があって今は辞めてお休み中」

そう、と、未来子は頷いた。未来子は勘のいいところがある。これ以上、しつこく尋ねてはいけないと察したのかもしれない。

「未来ちゃんは？」

「化粧品会社の広告の仕事よ。パリから日本支社に転勤になったの。もう仕事漬けの毎日でうんざり。ねえ、今日はこっちに泊まるんでしょう」

「ええ」

「だったら明日、改めて会えない？　今夜はたぶん、雑用がいっぱい残って抜けられないと思うの。でも、せっかくなんだもの、積もる話をたくさんしたい」

「私だって」

　会場はますます人が増えている。初めての個展だそうだが、とてもそうは思えないくらいの賑わいだ。中には、雑誌で見たことのある小説家の姿もあった。

「姉の絵が、あの先生の本の表紙に使われたの。もう母ったら大騒ぎ」

「すごいじゃない。私もその本を買わなくちゃ」

　そんな話をしていると、背後から声を掛けられた。

「こんにちは」

　振り向くと、ジャケットをラフに羽織った男が立っている。

　稀世たちより二、三歳下だろうか。どこかで会ったような気もするが、誰かわからない。未来子も同じ思いだったのだろう、怪訝そうに挨拶を返している。

「僕のこと、覚えてませんか」

　稀世と未来子に交互に視線を向けながら、男は親しげに言った。

　答えに戸惑っていると、男は目を細めた。

「忘れられちゃったかなぁ、僕、慎也です。相葉慎也。創介の弟です」

「え、慎也くん……」

　言ったきり、未来子は言葉を失った。稀世も同じだった。

あの頃、稀世たちからすれば、三歳下の慎也は子供にしか見えなかった。どちらかというと内向的で、虫や動物が苦手ということもあって、一緒に遊ぼうと誘ってもいつも首を横に振って別荘の中に引っ込んでいた。あの慎也を、目の前の彼に重ね合わせるのには少し努力がいった。

「母のところに個展の招待状をいただいたんです。残念ながら、母に急用が入ってしまって、代わりに僕が来ることになりました」

先に平静さを取り戻したのは未来子だ。

「わざわざありがとうございます。それにしても懐かしい。慎也くん、大人になってびっくり」

稀世が後に続く。

「本当に久しぶり。よく私たちのことわかったわね」

「一目でわかりましたよ」

慎也は温厚そうな目で頷いた。

その目にふと、創介の面影が重なって、稀世は動揺した。

「おじさま、おばさまはお元気？」

未来子が尋ねる。

「ええ、おかげさまで。元気過ぎて困るくらいです」

「慎也くんは今、何をしてるの？」

「親父の下で修業中です。兄貴が家を出て行ったから、まあ仕方ないっていうか」

未来子と稀世は黙った。あまりにもラフな口調で創介が話題に上り、どう対応していいかわからない。

気を取り直したように未来子が尋ねた。

「じゃあ、創介さんは今も?」

「ええ、出て行ったきりです。でも、居場所はわかってます」

慎也はさらりと答えた。

「もちろん、親父やお袋とは音信不通の状態なんだけど、兄は高校時代の友達とだけは連絡を取ってて、僕はその人から、居場所は聞いてます。それくらいは知っておかないと、何かあった時に困るでしょう」

「そうね」と答えながら、未来子が稀世に顔を向けた。未来子の戸惑いが伝わってくる。稀世もまた落ち着かない気持ちで未来子を見返した。

期待のような、怖れのような。何ひとつ心の準備をしていない。こんな形で創介の消息を聞かされるなんて、思ってもいなかった。

慎也は言葉を続けた。

「兄貴は、高校の卒業式の日に家を出てから、沖縄に行って、海洋博の建築現場で働いていたらしいです」

「そう……」

未来子が緊張した表情で頷く。

「それから広島や大阪に行って、いくつか職を替わって、三年ほど前から東京です。蒲《かま》田《た》の製材所に住み込みで働いてるそうです。河本《こうもと》製材所っていったかな。多摩《たま》川《がわ》大橋のすぐ近くにある小さな会社だって聞いてます」

それからもしばらく立ち話は続いたが、稀世はほとんど覚えていない。ただ、上の空で相槌《あいづち》を打つしかなかった。

今更、創介のことを聞いたからといってどうしようもない。話題のひとつとして聞き流してしまえばいい。

それでいて、そうはできない。胸の動悸《どうき》が抑え切れない。記憶の底にあったものが鮮やかに輪郭を持ち始めるのを、稀世はなす術もなく受け止めていた。

翌日の昼、東京の地理に疎い稀世のために、未来子がわざわざホテルまで来てくれた。ふたりで、ホテルのレストランでランチをしている間も、未来子は落ち着かない様子だった。

「まさか、創介が東京にいるなんて」痺《しび》れを切らしたように、未来子は口にした。

「それもこっちに戻って製材所で働いてるなんて、まさかそんなことになってるなんて」

未来子は同じような言葉ばかり繰り返した。

「あんまりびっくりして、昨夜《ゆうべ》はぜんぜん眠れなかった」

未来子がサラダを食べる手を止めて、ため息をつく。

稀世も昨夜はほとんど寝ていない。ベッドの中で目を閉じると、浅間山が目の前に広がり、最後に見た英次の笑顔や、創介の打ちひしがれた姿や、未来子の泣きじゃくる様子が重なり合うようにフラッシュバックした。

そして、卒業式の日、創介と過ごした一夜の、薪の爆ぜる音と深まる夜の気配。記憶のタガがはずれてしまったように、次から次へと浮かんでは消えていった。

「私、会ってみたい」

未来子の言葉に、稀世は思わず顔を上げた。

「昨夜から、ずっとそのことを考えてたの。ねえ、稀世ちゃんはどう？　それっていけないことかな、やめておいた方がいいかな」

「そんなこと……」

稀世にわかるはずもない。

しかし、稀世もまた、同じ思いがないわけではなかった。創介が今、どんな暮らしをし、どんなふうに変わったのか、知りたい気持ちは否めない。

「稀世ちゃんと再会した日に、創介の消息を聞かされるなんて、大げさに聞こえるかもしれないけれど、これは運命じゃないかって思うのよ」

やはり稀世は答えられない。

「稀世ちゃんは会いたくない？」

「ううん、そんなことないけど、ただ、少し怖い気もする」

「そうね、あれから十一年だもの、創介がどんなふうになっているか、私だって想像もつかない。もしかしたら、会わなければよかったと思うかもしれない。でもね、たとえそうだったとしても、会わないままでいるより気持ちに収まりがつく気がするの。ずっと胸のわだかまりが消えなかった、あんな形で私たちが離れ離れになってしまったこと」

目の前の食事は半分以上も残ったまま、すっかり冷めている。

「でも、英次くんは怒るかな」

「そんなことはないと思う」

英次ならきっとこう言うだろう。

俺に妙な気遣いをするなよ。

英次はそういう男だった。時間がたてばたつほど、稀世にはそれがわかるようになっていた。

稀世は真っ直ぐに未来子を見つめ返した。

「うん、行ってみましょう。このまま軽井沢に帰っても、私もきっと後悔すると思うから」

「じゃあ決まりね」

ふたりは席から立ち上がった。

製材所は、難なく見つかった。

未来子が予《あらかじ》め、電話帳で住所を調べ、地図でその場所を確認していたせいもある。環状八号線と第二京浜《けいひん》国道が交差した地点から、多摩川に向かって一キロほど歩いた場所に、河本製材所はあった。

さほど大きくはない。作業場の前の広場には、木材が規則正しく積み重ねられていた。日曜日とあって人の姿はなく、フォークリフトやトラックが停まっている奥に事務所らしいプレハブが建っていた。しかし、そこは鍵が掛かっていた。更に奥に進むと、古い家があった。

未来子とふたり、玄関に立った。ここに創介がいるのかもしれない、と思うと、気持ちを落ち着けようとするのだが、胸の鼓動は未来子に聞こえてしまうのではないかというほど高鳴っている。

「押すね」

稀世は頷く。未来子の指が伸び、インターホンが鳴る。

しばらくして「はい」と、女性の声が返ってきた。

「あの、突然申し訳ありません。こちらに相葉創介さんがいらっしゃると聞いて来たのですが」

戸惑ったように、相手の返事に間があった。

「あの……どちらさまですか」

「友人です」

「ちょっとお待ちください」

じきに玄関の扉が開かれ、女性が現れた。さっぱりしたショートカットと、意志の強そうな目をしている。まだ若い。二十三、四歳といったところだ。

「友人っておっしゃると？」

女性は未来子と稀世に怪訝な目を向けた。

「私は嶋田と言います。こちらは沖村です。私たち創介の、いえ、相葉さんの幼馴染みというか、古い友達なんです。相葉さんにお会いしたくて伺ったんですけど、いらっしゃいますか？」

「今、出ていますけど」

「そうですか」

未来子が稀世を振り返った。

「どうする？」

「そうね……あの、何時頃お戻りですか？」

稀世が尋ねると「夕方、遅くても七時頃までには帰って来ると思いますけど……」と、女性は言葉尻を濁した。

「じゃあ、出直す？」

未来子の言葉に、稀世は頷いた。ここまで来たのだから、やはり会いたい。東京にもう一泊したって構わない。

「では、その頃にもう一度伺います。どうも失礼しました」

礼を述べて、ふたりは玄関を後にした。七時まであと数時間あるが、会えなかった十一年の長さを思えば、それくらい大した時間ではない。

製材が積まれた脇を通り過ぎようとすると、「待ってください」と、女性が追いかけて来た。

稀世と未来子は足を止め、振り返った。

「あの……」と、女性はふたりの前に立ち、紅潮した頬を緊張させた。

「創介さんに会って、何をお話しされるんでしょうか」

それから自分の言葉を恥じたように、慌てて頭を下げた。

「すみません。私、河本由美《ゆみ》って言います。この家の娘です。立ち入ったことを聞いて申し訳ないと思っています。でも、何だか不安で」

「不安？」

未来子が聞き返した。

「創介さんを、どこかに連れて行ってしまうんじゃないかって」

稀世と未来子は困惑したように由美を見返した。

「今まで、創介さんを訪ねて来た人はひとりもいないんです。創介さんも、自分は過去をなくしたと言ってました。初めてなんです、創介さんの知り合いの人と会うのは」

未来子が口調を改めた。

「さっきも言いましたけれど、私たちは幼馴染みなんです。たまたま創介さんの居場所を知って、それで会いたくなってお訪ねしただけなんです」

由美は眼差しに強い意志を漂わせた。

「こんなこと、私が言う立場ではないんですけど……ただ懐かしいという気持ちだけでここにいらしたのなら、すみませんが、このまま会わずに帰っていただくわけにはいきませんか」

さすがに未来子は声を尖らせた。

「どうしてあなたにそんなことを言われなくてはならないのかしら。創介と会われたら困ることでもあるんですか?」

「私たち、結婚するんです」

唐突に、由美は言った。未来子は声にならない声を上げ、稀世もまた驚きで息を呑んだ。

「約束してるんです」

返す言葉が見つからない。由美の黒目がちな目にいっそう強さが広がった。

「創介さんが、いろいろ事情を抱えているのはわかってます。詳しいことまでは知りませんが、ずいぶん苦しんで、あっちこっちで放浪するように働いて、ようやくうちで落ち着いた生活ができるようになったんです。今も、昔のことはいっさい話そうとしません。それだけ辛い出来事があったんだと、私も聞かないようにしています。私たち、今、とても幸せなんです。だから、そっとしておいて欲しいんです。今更、昔の人が現れて、創介さんの気持ちを乱すようなこと、して欲しくないんです」

そう言って、由美は身体を折るように深く頭を下げた。

「お願いします」

「でも、私たちは――」

言い掛けた未来子の腕に、稀世は手を添えた。

「未来ちゃん、帰りましょう」

「でも」

未来子が不満気に唇を動かした。

「創介さんが今、幸せならそれでいいの。知りたかったのはそのことだもの。未来ちゃんだって、そうでしょう」

未来子は稀世を見つめ返し、ふっと短く息を吐き出した。

「そうね、確かにそう……」

稀世は頷くと、由美に精一杯の笑みを向けた。

「わかりました。創介さんとはお会いしません」

「本当ですか」

「このまま帰ります。どうぞおふたりでお幸せに」

「ありがとうございます」

由美は身を硬くしたまま、もう一度、深く頭を下げた。

電車のシートに座り、規則正しい揺れに身を任せながら、ふたりともしばらく口をきけずにいた。

創介が結婚する。

そんなことは考えてもいなかった。創介も自分と同じように、結婚なんて別の世界のこと、と思っているとばかり考えていた。でも、そうではなかった。創介はちゃんと自分の人生を築き上げようとしている。

「こんなこと言っちゃいけないんだろうけど」

ようやく未来子が口を開いた。

「私、創介は不幸に生きているに違いないって思ってた。そうなっていて欲しかったわけじゃないのよ。ただ、何となく創介ならそうだろうって。だからすごく意外、結婚だなんて」

「実を言うと、私もよ」

ホッとしたように、未来子は短く息を吐き出した。

「身勝手な言い方をすれば、ちょっとがっかりもしてる」

稀世は思わず苦笑した。

「未来ちゃんは正直ね」

稀世も同じことを考えていたが、口に出す勇気はなかった。

「だって結婚するのよ、これも見当違いだけど、私たちより先になんて」

「この十一年間、創介さんはきっとすごく苦労して来たと思う。家族と縁を切って、たったひとりで、知らない町を転々として来たんだもの。あの人のところが、やっと辿り着いた安住の地なのよ」

「まあ、そう言われたら納得するしかないけどね。つまり、そんなふうに生きて来たから幸せになってもいいってことね。創介は自分を許せたんだ」

それから、未来子はゆっくり顔を向けた。

「稀世ちゃんはどう？　自分を許せそう？」

「わからない。ただ、英次を忘れたことはないわ」答える声がどうしても硬くなる。

「楽しいことがあると、私にその資格があるのかって後ろめたくなるの。おいしいものを食べた時は、英次は食べられないのにって辛くなるの」

「その分、罪が重くなりそうな気がするんでしょう」

「英次のことはこれからも忘れられるはずがない。でも、何て言うのかな、創介さんの結婚を聞いて、少し肩の荷が下りたような気もしてる」

ずっと、英次の死を背負って生きてゆこうと決心していた。けれども、今になってみると、ある意味、それが自分の支えにもなっていたように思う。

あの時、三人はばらばらになった。自分はひとりなのだと、稀世は思った。けれど離れ離れになっても、三人が同じ孤独を共有している限り、繋がっていられるとも考えていた。でも、もう創介は孤独じゃない。由美というあの女性とふたりで生きてゆく。

「私も、もう幸せになっていいのね」

未来子の声が電車の振動に、柔らかく崩れた。

「未来ちゃん、そういう人がいるの？」

「うん」

「結婚するの？」

「まだそんなんじゃないけど、もしかしたらそうなるかもしれない。稀世ちゃんは？」

「私は……」

その時、稀世の頭に浮かんでいたのは柏原だった。

不意に、柏原が具体的な存在として感じられた。そんな自分を、稀世は不思議な気持ちで見つめていた。


「おかあさん、私、結婚してもいいかな」

朝食の席で言うと、母の昌枝は箸を持ったまま、稀世に顔を向けて何度か瞬きした。

「あんた、そんな人がいたの」

昨夜遅く、稀世は軽井沢に帰って来た。

「言ってなかったけど、病院でずっと一緒に仕事をしていた先生から申し込まれているの。ちょっとびっくりなんだけど」

「相手はお医者さんなの？」

母がますます驚いたように言った。

「うん、信頼できる先生よ」

「でも……」

母の表情が曇っている。母が何を心配し、不安に思っているか、稀世にもわかる。

「先生は、うちの事情をみんな知ってる。そういうことはぜんぜん気にしない人なの、そういう先生なの」

「そうかもしれないけど」

母はまだ表情を和らげない。

「会えばおかあさんもわかると思う」

「あんた、本気なの」

「いろいろ考えたんだけど、それがいいんじゃないかなって」

母はゆっくりと箸を置いた。

「もしかしたら、あんたは一生結婚しないんじゃないかって心配してた。だから、それを聞いてホッとしているところもあるんだよ。だけど正直言って、うちとお医者さんとじゃ釣り合いが取れないし、後で稀世が傷つくことになるんじゃないかって思うと──」

「会ったら、わかるって。先生がそんな人じゃないってこと」

「そうかしらね……、そうだといいんだけど……」

表情は硬いままだが、母はもうそれ以上、何も言わなかった。

それから数日後、稀世は柏原と佐久の喫茶店で向き合っていた。

向かいの席でコーヒーを飲む柏原の緊張が、稀世にも伝わってくる。もちろん稀世の緊張も柏原は感じているだろう。

「先生、返事をする前にもう一度、確かめさせて欲しいんです」

稀世は自分を落ち着かせるように、飲んでいたコーヒーカップをソーサーに戻した。

「その先生って呼び方はやめて欲しいな」

「じゃあ、柏原さん」

「よし。それで確かめるって何を？」

柏原が顔を向ける。

「私には父親がいません」

「何だ、そのことか」

「戸籍にも、父親の名前はありません」

「わかってる」

「それでも本当にいいんですか？」

柏原は頷く。

「それに何の問題があるのかな。僕は八年間、君を見て来た。それで十分じゃないか。僕は自分の目を信じるよ」

柏原の言葉は嬉しい。しかし結婚となれば二人の問題だけではなく、お互いの家庭の事情も関係してくる。

「でも、先生、いえ、柏原さんのご両親が何とおっしゃるか」

「大丈夫さ。何も心配することはない。うちの両親はわからずやじゃない。話せばわかってくれる。何より、君と会えばいっぺんで気に入るさ」

「そうでしょうか」

「もし——そんなことは絶対ないと思うけれど、もし反対されたら、僕は家を出てもいいと思ってる」

稀世は思わず顔を上げた。

「だって、結婚ってそういうことだろう」

それから改めて、柏原は稀世に目を向けた。

「僕と結婚してくれるんだね」

稀世は真っ直ぐに柏原を見返した。

温かいものが胸の中を満たしていた。今までずっと、結婚なんて自分には関係ないと思って来た。実際、結婚したいと思ったことはないし、誰かを強く恋うたこともない。

一人前の看護婦になり、仕事を全《まっと》うして生きてゆく、それしか頭になかった。それでも今、自分を満たしている気持ちは、幸福と呼べるものだと感じられた。

「はい、よろしくお願いします」

「やった！」

柏原が喫茶店に響き渡るような大声を上げた。

「よかった、これでホッとした。ずっと不安だったんだ、断られたらどうしようって。こんなドキドキしたの、受験の時以来かもしれない。これでようやくゆっくり眠れるよ」

柏原の顔に笑みが満ちている。

「柏原さん、みんなに聞こえます」

「みんなに聞かせたいくらいだよ、僕はこの人と結婚するって」

稀世は苦笑する。柏原にこんな子供のような一面があることも、新鮮な驚きだった。

「近いうちに、僕の両親に会ってくれ。あ、その前に君のおかあさんにご挨拶に行かなくちゃな。緊張するなぁ、僕を気に入ってもらえたらいいけど」

「もちろん、大丈夫です」

「式はいつがいいかな。秋だとちょっと早すぎるかな。僕の方はぜんぜん構わないよ。でも女性はいろいろ準備もあるだろうし、やっぱり来年の春ぐらいかな。そうだ、家を探さなくちゃ。安月給だから今は小さなアパートしか借りられないけど」

「十分です」

「新婚旅行はどこにしようか。まとまった休みが取れるといいんだけど。いや、その前に式場だ、それをまず押さえなくちゃ」

すべては、怖いくらい順調に進んでいった。

週末に、柏原は軽井沢に来て、稀世の母に会い「お嬢さんと結婚させてください」と挨拶をした。母は目の縁を指先で拭いながら「よろしくお願いします」と、何度も頭を下げた。

結婚すれば、母を残して家を出ることになる。それも迷いのひとつだったが、母は「まだ娘の世話になるような年じゃない」と笑って首を振り、何より柏原が「おかあさんの面倒は一生みるから」と、言ってくれたのが心強かった。

その翌週には、長野市に住む柏原の両親の元に出向いた。

父親は、町中でこぢんまりした内科の医院を開いている。

「いつかここに戻って、親父と一緒に大きな病院にするのが夢なんだ」と、柏原は照れたように言った。

柏原はひとり息子である。両親の期待を思うと、稀世はまた不安に包まれてしまう。こんな自分が本当に受け入れられるのかと、いたたまれない気持ちになる。

しかし、その思いも杞憂《きゆう》に終わった。柏原の父親は、口数こそ多くなかったが、稀世を拒否するような態度は見られなかった。母親の方も、穏やかな笑顔で迎え入れてくれた。

「こんな息子ですけど、よろしくお願いしますね」

「こちらこそ、よろしくお願いします」

稀世は感動にも似た思いで、頭を下げた。

その夜は、母親の幸子《さちこ》の手料理で一緒に食事をし、柏原の小さい頃のアルバムを見せてもらった。今日という日まで、顔も知らなかった柏原の両親を、そう遠くないいつか「おとうさん、おかあさん」と呼ぶ日がやって来る。新しい人生が始まる。柏原という伴侶と共に、これからの人生を歩いてゆく。

もう、私はひとりじゃない。

稀世はそれを甘やかに嚙み締めていた。

英次の墓に参ったのは、それからしばらくしてからだ。

「英次、私、結婚するの」

稀世は呟くように報告した。

「ごめんね。でも、決めたの。結婚しても、私にとって英次はずっと英次だからね。それは一生、変わらないから。だから許してね」

稀世はそうやって、長い時間、英次の墓に手を合わせた。

顔を上げると、雲の切れ間から浅間山が望まれた。山肌は鮮やかな新緑に覆われ、瑞々しさを含んだ風が緩やかに流れて来る。

軽井沢に夏が訪れようとしていた。

未来子

週に一度のペースで、未来子は広瀬と会うようになっていた。

仕事に追いまくられ、上司たちとの表だってではないがぴりぴりした関係や、馴染み切れない会社の雰囲気に、身体以上に音を上げそうな心のうちが、広瀬と一緒にいると和らいだ。

パリにいた頃、広瀬は人の気持ちをきちんと読める男だったが、商社マン特有の、エリートという自信に満ち溢れたところも少なからずあった。

しかし、結婚に失敗したせいもあるのか、今はずいぶんと柔軟性を持つようになっていた。つい仕事の愚痴を漏らしても、以前なら「そういう時は、こうすればいいんだよ」と、アドバイスのような言い方が返って来たが、今はただ「そうか、大変だな」と、深く頷く。そして、その方が固く締まった結び目がほどけてゆくような、安堵を感じる。

もうすっかり常連になってしまった西麻布のカジュアルレストランで、今夜もふたりで食事をしている。

「この間のお姉さんの個展、よかったなぁ」

ワインを口にして、広瀬が言った。オープニングパーティーには出席できなかったが、広瀬は翌週には顔を出してくれていた。

「おかげさまで、思ったより盛況だったみたい」

「辻堂の海の絵、僕も一枚買おうかと思ったんだけど」

「やだ、いいのよ、そんな気を遣わなくても」

未来子は広瀬のために、白身魚のソテーを切り分け、皿に移す。

「海っていいよな。何だかホッとできる」

「そうね」

「今の僕にとっての海が、未来子だな」

「え？」

未来子がフォークを持つ手を止めて顔を向けると、広瀬は照れたように顔をくしゃくしゃにした。

「ワイン一杯で言うには、ちょっと気障《きざ》過ぎるセリフだったかな」

「ほんと、もう酔ったの？」

「いや、今夜は何杯飲んでも、きっと酔わないと思う」

「どうして？」

「未来子に聞いて欲しいことがあるから」

広瀬は短く息を吐き出し、姿勢を正した。

「いやだ、何なの？」

「僕たち、もう一度、やり直すことはできないだろうか」

未来子は黙った。

「驚くのは当然だと思う。六本木で再会してから、そんなに日もたってないしね。こんな短い時間でこんな気持ちになるなんて、僕自身、びっくりしてるんだ。返事が欲しいわけじゃない、ただ、僕がそういう気持ちでいることだけは伝えておきたかったんだ」

未来子は、パリで広瀬と別れた時のことを思い出していた。

広瀬の帰国がきっかけではあったが、それが大きな原因というわけでもなかった。

恋愛に対して、何かしらの決断を前にすると、未来子はつい後ずさりしてしまう。そこに足を踏み入れるにはどうしても躊躇があった。それが英次に対する後ろめたさだけでないことも、わかっていた。

どれだけ時間がたっても、自分の中から創介の存在を消すことができなかったからだ。所詮は幼い恋、と笑いながら、幼いままの自分が身体の隅に蹲っていて、時折、思い出したように胸を締め付ける。

忘れたかった。忘れようとした。ずっとその思いと戦い続けて来た。

それなのに、ピリオドのない小説のように、どうしても結末に辿り着くことができなかった。

でも、もう終わったのだ。創介は、あの若くて真っ直ぐな目をした女性と結婚する。英次の死を乗り越え、自分の道を生き始めている。そこに、未来子の存在はない。稀世でもない。すでに、それぞれ物語を紡ぎ始めている。

「私……」

未来子は顔を上げた。

広瀬の眼差しに不安が滲んでいる。こんな目を広瀬が持っていたと知り、愛《いと》おしさが広がってゆく。

「さっき、返事はいらないって言ったけど」

「うん」

「今、する」

広瀬は頬を緊張させた。

「私も同じ気持ちよ。あなたともう一度、やり直したい」

まず眉に、そして唇に、最後に目に、広瀬に安堵の笑みが滲むように広がっていった。

「お祝いのシャンパンだ」

広瀬は慌てて店の人に手を上げた。

創　介

一昨年春から、創介は大学の通信教育を受けるようになっていた。

殊更《ことさら》、強い決心があったわけではない。ただ、自分には趣味と呼べるようなものはなく、休日をぶらぶらと過ごすのが退屈に感じられるようになったからだ。

高校を卒業してから十年以上の年月がたち、今なら勉強も楽しめるのではないかという気もした。

そんな気楽さで始めたのだが、予想以上にレポートの提出が厳しく、休日はそれにかかりきりだった。ここのところ、週末は大概、近くの図書館に通っている。

今日も午前中から出向き、レポートを十枚ばかり書き上げ、その帰り、創介はいつものように多摩川の川べりに立ち寄った。

親子連れが水際で遊んでいる。キャッチボールをしている姿もある。犬の散歩、カップル。ただ寝転がっている人もいる。土手に腰を下ろして、創介は川の向こう側の家々の連なりや、川面《かわも》が夕日に照らされるのをぼんやり眺めた。

蒲田の河本製材所で働き始めてから、三年がたった。

従業員六人の小さな会社だ。住み込みは創介と、イラン人ふたり。三人とも、作業場の敷地内にある古いアパートを安く貸してもらっている。トイレは共用で風呂もないが、銭湯が近くにあるので不便はない。何より、経営者の河本正治《まさはる》の面倒見がよく、従業員たちは時折、やはり同じ敷地内にある母屋《おもや》で食事をご馳走《ちそう》になった。

太陽が西の彼方《かなた》に崩れ落ちてゆく。街全体が朱色に塗りこめられてゆく。

創介は深く息を吸い込んだ。

英次が死んでから十一年がたつ。

後悔と喪失感を引き摺《ず》りながら、最初に向かったのは沖縄だった。とにかく、遠いところに行きたかった。ちょうど海洋博の工事が始まっていて、その現場で働いた。信じられないほど澄み切った海と空は、孤独と肉体労働の辛さを忘れさせてくれた。それから広島、大阪などを転々とした。

東京に戻ったことに、特別な意味などない。

家に帰る気などさらさらなかった。ただ、高校時代からの友人、森田とは細々ながらも連絡を取り合っていて、その森田から「そろそろ一緒に飲めるところに来いよ」と言われ、何となく「それもいいかな」と思ったからだ。

英次を忘れたことはない。家を出てから、英次といつも一緒だった。英次が生きていた頃より、むしろずっと濃く繋がっていたように思う。

そうやってこの十一年間、創介は英次と語り続けてきた。

英次が死に自分は生きている、そこに何かしらの意味があるはずだと、その答えを模索し続けた。しかし、何をどう考えても、どうして英次が死に、自分が生きているのかわからなかった。いつも堂々巡りの末、同じ場所に行き着いてしまう。

最近、英次を遠く感じる瞬間があった。記憶の輪郭が曖昧になり、からっぽの空間に放り込まれたような気分になる。決して、英次を忘れたわけではない。むしろ、英次が自分から離れてゆこうとしているように感じてしまう。

そして、創介は狼狽《うろた》える。英次の記憶が消えることで、自分が存在する必要性もなくなってしまうのではないか。そんな焦りにも似た気持ちが、創介を満たしてゆく。

「やっぱりここだった」

その声に顔を向けると、由美が立っていた。手にスーパーの袋を三つも提げている。

「じゃないかと思ったの」

由美は創介の隣に腰を下ろした。

「今日は鉄板焼きよ、創介の分ももちろんあるから」

由美は創介より六歳年下だが、呼ぶ時はいつも呼び捨てだ。勝気な性格のせいもあるだろうが、父親の正治が呼ぶので自然にそうなってしまったとも言える。最初の頃は、時折、その生意気さが鼻についたが、今ではすっかり慣れてしまった。いや、慣らされたと言った方がいいかもしれない。

「アリとレザーも？」

「声を掛けたんだけど、今夜はみんなで集まってお祈りするんだって」

イスラム教徒である彼らは、どんな時でも、何をしていても、時間になれば祈りを捧《ささ》げ始める。その一途さが、創介には不思議でならず、同時に羨ましくもある。絶対な存在を持つ人間は、必ず迎え入れられる場所を持っている。

由美がキャッチボールをしている親子に目をやった。

「ねえ、創介も小さい頃、お父さんとあんなふうに遊んだ？」

「さあ、どうだったかな」

「高校では、何のクラブに入ってたの？」

「うーん、忘れた」

「好きな女の子なんかいた？」

返事の代わりに、笑うしかない。

「相変わらず、何にも話してくれないのね」

由美が少し拗ねたような口ぶりになった。

「話をするほどのことは何もないだけさ」

由美は短く息を吐き、しかし次の瞬間には、いつもの勝気な笑顔を向けた。

「ま、いいわ。つまりそれだけ、創介にとって昔のことなんかどうでもいいってわけよね。だったら、私にとってもどうでもいいことだもの」

それから立ち上がり、ジーパンについた葉を手で勢いよく払った。

「ねえ、帰ろう。袋、ふたつ持ってよ」

由美はくしゃくしゃと鼻の辺りにシワを寄せた。

「今日は奮発して、いつもよりちょっといいお肉を買って来たの」

その夜、母屋で鉄板焼きを囲んだ。社長で、父親の正治は五十八歳、母親の多江《たえ》は五十三歳。祖母の照乃《てるの》が八十一歳。三歳違いの由美の姉はすでに嫁いでいる。とにかく、家に男は正治しかいない。

酒の相手なら、由美も強くて十分だろうが、やはり男と飲みたいらしく、正治はナイターにチャンネルを合わせて、さかんに焼酎のお湯割りを創介に勧めた。

「今年、巨人はどうだろうなぁ。広島がやけに調子のいいのが気になるなぁ」

「山根、いいピッチングしてますよね」

「去年の日本シリーズはよかったな。巨人対西武。今年も、ああいうのを期待してるんだがな」

「大丈夫ですよ、今年から王さんが監督ですから」

「うん、王はいい。あいつは信頼できる男だ」

　正治は大きく頷く。

　きっと、こんな話をしたいのだろう。もちろん、創介にとっても寛げる時間である。ほとんど忘れてしまった家族団欒《だんらん》というものの片鱗《へんりん》を、ここで味わわせてもらっている。ナイター中継を最後まで観て、そろそろ、と腰を上げようとすると、引き止めるように正治が言った。

「ところで、勉強の方はどうだ」

　仕方なく、創介は座り直した。

「ええ、何とか続いてます」

「何の勉強をしてるんだっけな」

「いやね、お父さんったら、何回聞いてるのよ。政治経済でしょ」

　由美が茶碗を片付けながら、呆れたように言う。

「そうか、難しそうだな」

「何となくそれに決めたんですけど、確かにちょっと手こずってます。二年続いたんで、とにかくもう少し頑張ってみようとは思ってるんですけど」

と、創介は頭を掻く。

何となく決めた、と言ったものの、どこかで若い頃に夢見たジャーナリストへの思いが残っていたのかもしれない。

「まあ、しっかり勉強しろよ。おまえは、いつまでもこんな製材所で働いてるような男じゃないんだからな」

その言葉に、ふと、創介は正治を見直した。

「ここに来た時からわかってた。おまえは何か違う。何が違うのかはわからんが、やっぱり違う。ずっとここにはいないんだろうなってずっと思ってた」

「親父さん、俺は」

由美が声を高めて、話に割って入った。

「お父さん、変なこと言わないでよ。創介はずっとここにいるわよ。帰る場所もないっていうのに、追い出すようなこと言わないでよ」

正治は首をすくめて、焼酎を口にした。

「まったく、酔うとすぐ妙なこと言い出すんだから。創介も本気にしちゃ駄目よ」

それから怒ったように、由美は台所に食器を運んで行った。

正治は酔った目を向けた。

「由美、おまえに惚れてるみたいだな」

「まさか、違いますよ」

創介は慌てて首を振る。

「俺はおまえをここに縛りつけるつもりはないんだ。その時が来たら、いつでも言ってくれ。俺や由美に気を遣うことはない」

創介は思わず、膝を正した。

「親父さん、俺、ここでずっと働かせてもらうつもりですから」

「そうか」

「これからもよろしくお願いします」

「わかった、わかった」

と、正治は頬を和らげて頷いたが、すぐに「酔っ払っちまったなぁ」と、ごろんと畳に横になった。

翌週、久しぶりに森田と新宿で会った。

半年ぶりぐらいになるだろうか。居酒屋に現れた森田は、ポロシャツにジーパンというラフな格好をしていたが、時計やライターなどは一目で高級品とわかる。

「景気がよさそうじゃないか」

創介は思わずからかった。

「まあな、おかげさまで株もここのところ調子がよくて、右肩上がりが続いているよ。来年は平均株価が一万三千円を超えると、俺は踏んでる」

森田は大学を卒業後、大手の証券会社に就職していた。

「すごいな、いざなぎ景気以来か」

「さすが現役の学生だな」

今度は森田がからかった。

「しかし、今回は桁が違う」

「だろうな」

創介に実感はないが、確かに世の中が動き始めているという気配は感じる。

「ものすごいことが起きそうな気がする。今までの世の中がひっくり返ってしまいそうな」

「へえ」

「まあ、見ててみろよ。そんなことよりそっちはどうだ」

森田が生ビールを飲みながら尋ねた。

「うん、結構、楽しくやってるよ」

「そうか、それならいいんだけど」

森田はそれ以上聞かなかった。

それからしばらく、ツマミに箸を伸ばしながら、他愛ない話をした。森田は、高校時代の同級生たちの情報をよく持っていて「あいつが学校の先生になるとはな」とか「あいつは代議士の秘書をやってるらしい」など、面白おかしく、話題を提供してくれた。

話が一段落したところで、森田は慎也の名前を口にした。

「この間、慎也くんと会ったよ」

「えっ、そうなのか、元気にしてたか」

「ああ、最近、何だか貫禄《かんろく》が出て来た」

森田が慎也と繋がりを持っている話は、もうずいぶん前に聞かされていた。森田が新人の証券マンとして、創介の父親を訪ねたのが最初だった。

あの時、遠慮がちに森田から「訪ねてもいいか」と連絡が入り、創介は「俺を気にすることはないさ」と答えた。森田は顧客獲得に必死で、同級生たちのツテに頼らざるを得ない状況だった。

父親は興味を示さないだろう、と、創介は思っていた。あの人は慎重さが武器である。本業の不動産業以外に、手を出すことはないはずだ。

創介の思惑通り、父は森田の役には立たなかったが、弟の慎也は興味を持ったらしい。

「いいお客さんになってもらってるよ」と、森田は言った。

「しかし、大丈夫なのか。株って、賭け事と同じだって言うだろう」

「そんなの、大昔の話さ」

森田は一笑に付した。

「これからは何と言っても株の時代だよ。確かにリスクはあるが、儲《もう》けは大きい。預金感覚の堅実な投資もたくさんある」

「ふうん、そうなのか」

「慎也くんは、なかなかそっちの才能があるよ。俺のとこだけじゃなく、いろんな証券会社とも付き合ってるみたいだ。もう、ずいぶん利益を出しているんじゃないかな」

「まあ、よろしく頼むよ」

「創介もどうだ、少しやってみないか?」

「俺が?」

今度は創介が笑い飛ばす番だった。

「俺に、そんな金があるわけないだろ」

森田が小さくため息をつく。

「まだ送金しているのか?」

創介はビールを飲み干し、もう一杯追加した。

「送金ってほどのもんじゃないよ」

月に三万、多くて五万。わずかだが、創介は働き始めてからずっと、英次の両親に金を振り込んでいる。

「もう、いいんじゃないか。創介だって暮らしてゆくのがやっとなんだろ」

言ってから、森田は「すまん、余計なことだった」と続けた。

「自己満足みたいなもんさ」

創介はそう答えるしかない、実際、そうだと思う。自分はまだ英次と繋がっている、その感覚を失いたくないのだ。

森田が話題を変えるように、言い出した。

「そうだ、この間、慎也くんに会ったら、おまえの幼馴染みと会ったって言ってたな。何でもお袋さんの代理で、その幼馴染みのねえさんがやってる個展に行ったとか何とか」

創介はジョッキを持つ手を止めた。

「未来子か?」

「名前までは聞かなかったけれど、そこに軽井沢の友達も来てて、久しぶりだったなんて話をしていたよ」

たぶん稀世だ。

「そうか……」

胸の底に小さな波が立ち始めた。

軽井沢で過ごした最後の夜。創介の両腕に、稀世の身体を受け止めた甘やかな重みが蘇る。稀世はあれからどんなふうに暮らしているのだろう。あの時、看護婦になると聞いた。稀世ならきっと、優秀な看護婦になっているだろう。

「そこで創介の話が出たらしくて、働いてる場所を教えたらしい」

「え……」

創介は思わず森田に顔を向けた。

ある程度の情報を、森田が創介と慎也、双方に報《しら》せているのはもちろん承知している。

「誰か訪ねて来たか？」

「いや」

創介は首を振る。

稀世は俺に会いたいと思うだろうか。あの夜から長い年月が流れている。忘れるには十分の時間のはずだ。もう結婚していたって、子供がいたって不思議ではない。稀世が自分を訪ねて来る、そんな想像は自惚れの範疇《はんちゅう》に入ると思えた。

「実は俺、結婚するんだ」

唐突に森田が言った。

「へえ、そうなのか」

「相手は会社の四年後輩だ」

「社内恋愛ってやつだな」

「俺もついに、所帯持ちだよ」

森田は情けない声で、首をすくめた。自分を気遣っているのだと創介にはわかる。

「よかったな、幸せになれよ」

皮肉なんかではなかった。心からそう思った。

十時前に森田と別れ、電車に乗った。

車窓に自分の顔が映っている。見慣れたはずの顔が、ふと、知らない誰かに見える。いつの間に、自分はこんな顔になったのだろう。

かつて、森田と一緒にテニスをやっていた頃、日に焼けて真っ黒だったせいもあるが、似ているとよく言われた。間違えられることもたびたびあった。でも今の自分たちを見て、似ていると思う人間はたぶんひとりもいないだろう。

自分と較べて、森田はあまりにもまっとうだ。

決して森田の生き方を羨んでいるわけではない。ただ、森田の人生には積み重ねてゆくものがある。結婚すればいずれ子供が生まれるだろう。家を手に入れることも考えるだろう。出世のことだって頭にないわけではないはずだ。ひとつひとつ、段階を経て、人生を刻んでゆく。

しかし、自分の前にあるのは原野のようなものだ。前を見ても、後ろを振り返っても、そこには何もない。自分が立っている、この一点しか確かなものはない。

俺はいつまでこの生活を続けてゆくんだ。

答えがないとわかっていながら、それでも時折、問うてしまう自分に創介は腹立たしくなる。同時に、これでいいんだと呟く自分を持て余す。そして恥じる。そして悔いる。本当にこれでいいのか。これが望みか。果てしなく繰り返して来た迷路にまた足を踏み入れてゆく。

アパートに着いて、ぼんやり煙草《たばこ》を吸っていると、ドアがノックされた。開けると由美が立っていた。

「灯《あか》りが見えたから。これ、親戚から送って来た林檎《りんご》」

袋に入れたそれを由美が差し出した。

「ありがとう」

「剝いてあげる」

そう言うと、由美はさっさと部屋に上がって来た。もう夜も遅い。だからと言って、止めてもどうせ由美は聞かないだろう。

由美は半畳のキッチンから包丁と皿を持って来て、テーブルで皮を剝き始めた。

「飲んできたの？」

「ああ」

「誰と？」

「ちょっとした友達さ」

「創介、友達なんかいたの？」

由美の質問はいつもストレート過ぎて、呆れるより笑ってしまう。

「まあ、ひとりぐらいはね」

「ふうん」

四分の一に割られた林檎が前に出された。

「はい」

「サンキュ」

創介はそれを頬張る。甘い果汁が口の中に広がってゆく。

「女の人？」

由美の質問は続く。

「違うよ」

首を振ってから、今度は創介が質問した。

「そう言えば、最近、誰か俺を訪ねて来るようなことはなかったか？」

由美は手を止め、真っ直ぐに創介を見た。

「えっ、来たのか」

思わず、もう一度尋ねた。

「うん、来た」

創介は姿勢を変えた。

「誰だった？」

「女の人がふたり。名前は忘れたけど、創介の幼馴染みとか言ってた」

稀世と未来子は、やはり訪ねて来たのだ。

創介は動揺した。もう会うこともないと思っていた。自分と二度と重なることはない、彼女たちなりの人生を送っているものだと。そのふたりが、会いにやって来た。

「創介に言わなくてごめん。でも、創介は過去のことは忘れたって言ってたから。だから、今更幼馴染みなんかに会いたくないと思ったの」

「だからって」

さすがに由美の勝手な振る舞いに、創介は言い返そうとした。しかし由美を見ると、それ以上、言えなくなった。勝気な目に揺れるような不安が見て取れた。創介は短く息を吐き出した。

「違うの？」

「ああ、そうだよ」

「ね、そうでしょう、だからこれでよかったのよね。たぶん、あの人たちはもう二度と来ないと思う。だって私、言ったの、創介と結婚するって。だから、そっとしておいてって」

創介は黙り込んだ。

「創介には、ずっとここにいて欲しいの。お父さん、この間はあんなこと言ってたけど、お父さんだって創介にはずっといて欲しいのよ」

ここに来て三年がたった。親父さんにはもちろん、家族みんなに本当によくしてもらった。同僚たちも気のいい連中ばかりで、創介も心から寛いだ気持ちになった。できればずっとここにいたい、と親父さんに言った言葉も本心からだ。

「今、私の言ったこと……創介と結婚するって……それ口から出まかせじゃないから。

それが私の気持ちだから」

由美の気持ちにまったく気づかなかった、と言ったら嘘になる。

由美はいい子だ。それはよくわかっている。しかし、それ以上の感情はない。ひとりの女としてではなく妹のような……そんなものは言い訳だ。由美の好意を、結局は、うまくはぐらかしてきた。厄介なことになりたくなかったのだ。

「それが私の気持ちだから」

由美は自分に言い聞かすようにもう一度言った。創介は闇に塗られた窓に目を向けながら、そろそろ潮時かもしれない、と考えていた。

稀世

夏場のこの時期、土産物屋は年でいちばんの稼ぎ時である。

それでも、稀世の母、昌枝は後を店の者に任せ、午後早めに家に戻って来た。稀世から、今日の昼過ぎに柏原の母親と会うと聞かされたからだ。

「たまたま軽井沢に用事があるみたい」

と、稀世は呑気に言っていたが、もしかしたらその後、二人揃って家に来るかもしれない。正式な顔合わせはまだだが、その前に、まずは嫁となる稀世の実家を覗いておこうと思うのは、母親として自然な気持ちだろう。その時、自分が不在にしていたら失礼にあたる。

家に入ると、昌枝は早速茶の間を片付け、客用の座布団を用意し、お茶の支度を整えた。

稀世と柏原の結婚が決まった時、どんなに安堵しただろう。やっと巡って来た幸運に心から感謝した。

小さい頃から、稀世には肩身の狭い思いをさせて来た。父親のない子に対する冷ややかな世間の目。豊かとはいえない生活。昌枝は、母親として稀世に済まないと思い続けて来た。そのせいもあって、稀世は自立しようと決めて看護婦になった。けれども不運なことに、結局は怪我で辞めざるを得なくなった。それでも、あの子は気丈に耐えて来た。そして今、ようやく幸せを摑もうとしている。

最近、料理の本を買い込んだり、雑誌を広げてインテリアを考えたりと、稀世も花嫁になる実感が湧いて来たようだ。そんな様子を見ていると、昌枝は胸が熱くなる。幸せになってもらいたい。今までの不運をみんな覆《くつがえ》してしまうほどに。今はただ、それを祈るばかりだ。

玄関前を掃除していると、電話が鳴り始めた。

稀世かもしれない、と、昌枝は慌てて茶の間に戻った。

「あの、沖村さんのお宅でしょうか」

受話器を取ると、意外にも男の声がした。

「そうです」

「お久しぶりです、俺、創介です。相葉創介。おばさんですよね、俺のこと、覚えてますか?」

昌枝は驚いて声を上げた。

「あら、まあ、創介ちゃんか」

「はい、ご無沙汰しています」

昌枝の脳裏に、かつての創介の姿が蘇った。

夏になると南原の別荘に来ていた、不動産業を経営している裕福な家庭のお坊っちゃんだ。同じく大学教授のお嬢さんの未来子と、英次と稀世、どういうわけか四人は気が合って、いつも一緒に遊び回っていた。この家にもよく顔を出し、冷えた西瓜《すいか》やトマトを頬張ったものだ。

「懐かしいねえ、何年ぶりかしら」

「英次のお葬式でお会いしたのが最後です」

「ああ……そうだったね」

あれは本当に悲しい事故だった。誰もの人生に深い傷を残した。家族の慟哭《どうこく》。うなだれる創介、泣きじゃくる未来子、蒼《あお》ざめる稀世。昌枝にとっても、忘れられない出来事だ。

「創介ちゃん、元気にしていたの?」

「はい、おかげさまで」

「ご両親もお変わりなく？」

創介はしばらく口籠った。

「実は俺、家を出てるんです」

「えっ、そうなんか……」

お坊っちゃんらしく、家の跡を継いでいるものとばかり思っていた。

「どうして、また」

「親不孝をやってます。だから家のことは何も知らなくて」

恵まれた家庭にもそれぞれ事情があるのだろう。昌枝は話題を変えた。

「そうそう、この間、未来子ちゃんから連絡があって、稀世、東京に行って来たんだよ」

「らしいですね、弟の慎也と会ったみたいです。残念ながら俺は会えなくて、それでちょっと連絡してみたんです。あの、稀世ちゃんいますか？」

創介がためらいがちに尋ねた。

「あの子は今、ちょっと出掛けてるわ」

「そうですか……稀世ちゃん、看護婦になったんですよね」

「そうなんだけど、ちょっと事情があって、辞めてしまったの」

言いながら、昌枝の胸にふと、不安な影が広がっていた。それが何なのか、うまく言えない。

あの頃、創介を好きだという稀世の気持ちは、母親として感じていた。幼い恋だとわかっていた。都会の男の子に憧れていただけだとも思う。それでも、どんな些細なことでも、稀世がようやく摑みかけようとしている幸福に、何かしら影響を与えるような事態は避けたかった。

「稀世に何か?」

「いえ、別に用事ってほどでもないんです。ちょっと話ができたらって」

「稀世ね、今度、勤めていた病院の先生と結婚するの」

昌枝は言った。創介との間に、戸惑いのような短い時間が流れたが、すぐに、それを埋めるような明るい声が返って来た。

「そうなんですか。それはおめでとうございます」

「だからね、今、大事な時なの」

それだけで創介はすべてを察したようだった。

「わかりました。稀世ちゃんによろしく伝えてください」言ってから、創介は慌てて言い直した。「いや、何も伝えないでください。用事なんてないんです。元気でいるならそれでいいんです」

「そうか、ありがとう。ごめんなさいね、わざわざ電話くれたのに」

「じゃあ、おばさんも元気で」

「創介ちゃんも」

電話を切ると、舌の付け根に後味の悪さが広がった。どうしてあんな言い方をしてしまったのだろう。本当に懐かしさで連絡を寄越《よこ》しただけかもしれない。けれども、昌枝は「これでいいんだ」と、自分に言い聞かせた。心配の芽は、たとえ取り越し苦労であっても摘んでおかなければならない。それが母親としての役目に思えた。

その頃、稀世は柏原の母親、幸子と旧軽井沢にあるホテルのティールームで向かい合っていた。

幸子が、時間より少し遅れて入り口に姿を現した時から、稀世はある種の予感のようなものを感じていた。それほど、幸子の表情は硬かった。

案の定、ぎこちなく挨拶を交わした後、幸子は「実は」と切り出した。

「今更、こんなことを言い出すのは心苦しいんですけど、息子との話はなかったことにしてもらえないでしょうか」

稀世は黙った。

「あなたには、本当に申し訳ないと思っています。親の勝手な言い分だとわかっています。でも、あの子の将来を考えたら、こうするしかないんです」

稀世は前に置かれた紅茶を見つめている。表面にダウンライトが映り、細かく揺れている。

「父親と一緒に病院を大きくするというあの子の夢は、私たちの夢でもあるんです。でも、おわかりでしょう。それにはどれほど資金が必要か。あなたが素晴らしいお嬢さんだということはじゅうじゅう承知しています。ただ、あなたと結婚したら、息子も私たちも、その夢を叶《かな》えることはできません。世間知らずのところがあるあの子には、それがわかっていないんです」

稀世は黙って聞いている。奇妙なことに、気持ちはひどく落ち着いていた。

「あの子には、いくつか縁談があります。あの子と私たちの夢を叶えてくれるお話です。でも、あの子は今、あなたしか頭にありません。そんなあの子を、私が説得するのはとても無理でしょう」

それから、幸子はゆっくりと背筋を伸ばし、口調を改めた。

「それで、あなたに直接お話しした方がいいと思って、こうして恥をしのんで出て来たんです。本当に勝手な話なんですが、もしあなたが、あの子の将来を思ってくれるのなら、あの子との結婚は、諦めて欲しいんです」

稀世は短く息を吐いた。内心、幸子のその巧妙な説得の仕方に、少なからず反発を感じていた。柏原を想《おも》っているなら、と、想いを逆手に取って話を納めようとしている。ただ、そう感じる一方で、幸子の言葉に納得している自分もいるのだった。父親と共同で建てたいという病院は、その資金のほんの一部も、稀世の方で用意はできない。稀世と結婚しても、柏原の夢は叶えられない。となれば、幸子が落胆するのも無理はない。

しばらく沈黙が続いた。奥の席に陣取った若い男女のグループから、嬌声《きようせい》のような笑い声が上がった。窓の外は緑が溢れ、夏の太陽が惜しみなく降り注いでいる。

ようやく稀世は顔を上げた。

「お話はわかりました」

「じゃあ」

稀世を見る幸子の目に期待が広がってゆく。

「ただ、私にもしばらく時間をいただきたいんです。柏原さんとの結婚は散々考えて決めたことです。今すぐに気持ちはまとまりません」

「そう」

幸子の頬に不満そうな影が差した。

「申し訳ありません」

どうして自分が謝っているのだろう。

「あの子と会うつもり?」幸子が探るような目を向けた。

「あの子に、私のことを何ておっしゃるのかしら。あなたが私に反感を持たれるのは当然です。でも、どうか、私たちにシコリが残るような事態にはしないでくださいね。あなたと違って、私たちは血が繋がった家族です。それは一生変わらないんです。そこのところの配慮は、くれぐれもよろしくお願いしますね」

幸子は言葉の端々に強い意志を漂わせた。

母親として、息子に嫌われたくない。家族の関係にひびを入れたくない。つまり、稀世に悪者になれと言っている。

　稀世は、初めて柏原の家を訪ねた時の幸子の柔らかな笑みを思い出していた。あれはいったい何だったのだろう。稀世は自分に向けられたものと思っていたが、そうではなかった。しかし母親のこの身勝手は、たぶん愛情と等しいものに違いない。

「じゃあ、私はこれで」

　稀世は席を立って頭を下げた。

「しつこいようですけど、どうか、くれぐれもあの子の医者としての将来を考えてやってくださいね」

　幸子が伝票を素早く手にするのが見えたが、もう何も言う気になれなかった。

「失礼いたします」

　手付かずのまま残された紅茶が、やけに濁って見えた。

　家に戻ると、玄関先に出て来た昌枝が拍子抜けしたように呟いた。

「なんだ、あんたひとりか」

「うん」

「あちらのお母さん、いらっしゃるかと思ってたのに」

「用事があったみたい」

「ふうん。それで話って何やったの」

「世間話みたいなもの」

詮索したがる母を残して、稀世は自室に入った。

今日のことを知ったら、母はどんなに落胆するだろう。それを思うと、とても打ち明ける気になれなかった。

稀世としても要求をすぐに受け入れる気にはなれない。柏原と一緒に生きていこう、この人と幸せになろう、この結婚は自分にとっても大きな決心だった。

以前、柏原は「もし、反対されたら家を出る」と言ってくれていた。その気持ちは今もあるだろうか。柏原は優しい。その人柄に間違いはない。しかし、母親の幸子も言ったように、そこには世間知らずという育ち方があるのも否めない。

その夜、食事を済ませ、風呂に入り、稀世はいつもより早めに布団に入った。

眠れないのはわかっていたが、母と顔を合わせているのも辛かった。

そうして一晩中、迷路のような闇に目を凝らし続けた。


何をどうしていいのか、答えが見つからないまま、一週間が過ぎた。

その間、柏原と電話をしていても上滑りな会話しかできず、「週末に式場の相談をしよう」という誘いも曖昧な態度ではぐらかすしかなかった。

今度、柏原と会う時は、自分なりの覚悟をつけていなければならないだろう。

柏原の母親にどんなに反対されても結婚に突き進むか。それとも、言葉通りに従って諦めるか。

すべてはお金なのかと反発する気持ちもあるが、病院を大きくする夢を柏原に叶えて欲しいという思いもある。柏原の母親の言葉には納得できないが、息子に対する期待や思いが理解できないわけでもない。しかし、自分にも幸せになる権利はある。迷いは出口を見出《みいだ》せず、ぐるぐると同じところを回り続けていた。

週明けのお昼過ぎ、柏原から「すぐ近くにいるんだけど」と連絡が入った。

「どうしたの」

「車で来てるんだ。出て来られる？」

「すぐ行く」

稀世は慌ててTシャツからブラウスに着替え、簡単にパフで顔を押さえて、柏原の待つ場所へと急いだ。

通りに出ると、すぐにハザードランプを点滅させた柏原の白いセダンが目についた。稀世は近づき、助手席のドアを開けた。

「病院は？」

「手術がひとつ中止になったんだ。でも、四時までには戻らなくちゃならない」

稀世が席に座ると、柏原はすぐに車を発進させた。

車は国道18号線を西へと走り出したが、ふたりとも黙ったままでいる。追分宿の先にある交差点を右折して、浅間サンラインへと入ったところで、ようやく柏原が口を開いた。

「週末、長野の実家に帰って来た」

「そう」

「結婚式のことやなんか、ちょっと相談しておこうと思って」

目の前を風景が早回しのフィルムのように流れてゆく。右手は大浅間《だいあさま》ゴルフクラブだ。

「聞いたよ、お袋が君を訪ねたこと」

稀世は何と答えていいのかわからない。

「お袋の様子がおかしかったから、君と何を話したか問い詰めたら、すべて白状した」

やがて視界が開け、御代田《みよた》から佐久にかけての町並みが見渡せる場所に出て、柏原は左端に車を停めた。

「ちょっと、降りようか」

稀世はそれに従った。外に出ると、柏原が神妙な顔つきで稀世の前に立ち、頭を下げた。

「ごめん、謝るよ。まさかお袋があんなことを言いに行くなんて思ってもいなかった。君が家に来た時、すごく歓迎していただろう、だから賛成してくれているものとばかり思ってたんだ」

それから、いくらか強い口調で付け加えた。

「病院を大きくするという夢は、時間がかかっても自分の力で成し遂げる。だから、君が気にすることはないんだ」

柏原はそう言うが、開業となると資金は相当に必要だろう。勤務医の給料がどのくらいのものか、稀世は知っている。

「君がここのところずっと変だったのは、そのせいだったんだね。でも大丈夫、お袋は僕がちゃんと説得する。親父にも理解させる。みんな僕に任せておいてくれ」

「でも……」

稀世の言葉を、柏原は慌てて遮った。

「わかってる。もし、それでも納得してもらえなかったら、僕は親子の縁を切るつもりだ。それは前にも言ったよね。気持ちは今も変わらない。君と一緒ならどんな苦労でも乗り越えられる。その覚悟があるから」

覚悟、その言葉が重く、深く、稀世の胸に届いた。

柏原の母親と会ってから、稀世は確かに迷っていた。それは柏原の将来を考えてのことだと、自分では思っていた。

けれども、本当にそうだろうか。

看護婦を辞めてから、いったい次に何をすればいいかわからず、不安な気持ちを持て余していた時、柏原からプロポーズされた。嬉しかった。安堵もあった。

しかし、その嬉しさや安堵の中に計算はなかっただろうか。もう仕事を探す必要はない。相手が医者ならそれなりに安定した人生を送れる。母もさぞかし喜ぶだろう。世間もとやかく言わない。そんな心積もりがまったくなかったと言えるだろうか。

それだけではない。あの時、創介の結婚を聞かされ、未来子もまた人生を共にする相手がいることを知り、ひとり取り残されてゆくような焦燥感に包まれたのも確かだ。

柏原の気持ちに嘘がないのはわかっている。だからこそ、稀世は落ち着かなかった。柏原に応えるだけの覚悟が果たして自分にあるのか、改めてそれを考えてしまう。

「何も心配することはないから」

そう言う柏原から、稀世は目を逸らした。

柏原の思いが真っ直ぐであればあるほど、胸の底に湛《たた》えていた自分の狡《ずる》さを見せつけられたような気がした。

稀世は決心したように、柏原に目を向けた。

「私」

「うん」

「この結婚は白紙に戻した方がいいと思う」

柏原は一瞬言葉を失い、何度か瞬きして「何を言ってるんだ」と、声を高めた。

「お袋のことなんか気にしなくていいんだよ、結婚は僕たちふたりの問題だ」

「わかってる。おかあさまのせいじゃないの」

「じゃあ、何なんだ」

「今、柏原さんに言われて、やっと気がついたの。結婚というのは、これからふたりでいろんな困難を乗り越えてゆくことなんだって」

「そうさ、だから僕は君と」

稀世は言葉を重ねた。

「私には、その自信がない」

「自信？　自信なんて最初はみんなないさ。そういうのは今から少しずつ築いてゆけばいいんだ」

「愛情という裏付けがあれば、でしょう」

柏原はわずかに目を側《そば》めた。

「それ、どういう意味？」

たぶん、これから口にする言葉は柏原をひどく傷つけるだろう。思い上がっていると受け取られるかもしれない。それでも言わなければならない。それが稀世の本当の心だからだ。

「私は自分を誤解していた。看護婦として柏原さんへの尊敬する気持ちを、愛情と錯覚していたんだと思う」

柏原の頬が緊張した。

「わざとそんなことを言ってるのか。お袋は、そこまで君を追い詰めたのか」

「いいえ、違う。今になってようやくそれがはっきりわかったのよ」

「今更、何を言ってるんだ。君は僕のプロポーズを受けたんだよ」

柏原の声に怒気が含まれ、稀世は足元に視線を落とした。

「そして、君はよろしくお願いします、と答えた」

「わかってる」

「それが錯覚だったって言うのか？」

「身勝手は承知しています」

「僕の気持ちはどうなるんだ」

稀世は慎重に言葉を選んだ。

「柏原さんには感謝してます」

「感謝だって？」

「私みたいな者に心を向けてくれて」

「何てこった」

言ったきり柏原は黙った。混乱しているようにも見えた。そのまましばらく車にもたれ、考え込むように目を閉じていた。

どれくらいたっただろう。太陽は西に傾き、少しずつ色づき始めている。

稀世は腕時計に目をやった。予定の時間が近づいている。

「そろそろ戻った方がいいんじゃない？」

柏原は大きく息を吐き出した。

「ああ、わかってる……じゃあ、話の続きは車の中でしよう」

柏原が緩慢な動作で運転席に乗り込み、キーを回してエンジンをかけた。

「どうしたの、送るから乗って」

稀世は外に立ったまま、首を振った。

「軽井沢に回っていたら四時に間に合わない。私は少し先にあるバス停でバスを待つから行って」

「そんなわけにはいかないよ」

「大丈夫。この辺りは、小さい頃に祖父と一緒に山菜採りに来て、よく知っているの」

「でも」

「本当に大丈夫だから」

一呼吸置いた後、柏原は頷いた。

「そうか、わかった。じゃあ悪いがそうさせてもらう。今日は時間がなかったけれど、改めてもう一度、よく話し合おう」

「先生は、私の性格をよく知ってますよね。八年も一緒に仕事をして来たんだもの」

稀世は言った。

「先生が納得されないなら、もちろん何度でも会って話します。でも、もう気持ちが変わることはありません」

「本当に終わりなのか。考えが変わることはないのか」

「ありません」

柏原は黙った。強張った表情には、すでに諦めの気配が漂っていた。

「さあ行ってください、患者さんが先生を待っています」

柏原は最後に言った。

「また先生と看護婦の会話に戻ってしまったね」

「これでいいんです。どうぞお元気で。ありがとうございました」

車は発進し、やがて姿は見えなくなった。


母には言えないままだった。

柏原との結婚をどれだけ喜んでいるか知っているだけに、どう切り出していいのかわからなかった。今日こそ話そう、と思いながら「着物も何枚か作らないと」などと、嬉々《きき》として予定を立てている母の姿を見ると、つい言葉を飲み込んでしまう。落胆する母を見るのがつらかった。それだけでなく、母が「自分のせいだ」と責めるのがわかっているから尚更《なおさら》だった。

しかし、いつまでも先延ばしにしているわけにはいかない。こうなった以上、働き口も見つけなければならない。

夕食の後片付けをしながら、今夜こそ打ち明けようと稀世は思っていた。

茶碗を棚に納め、ふきんを干して、いよいよ話をしようと振り返ると、電話が鳴り始めた。

母が受話器を取り上げた。

「はい、そうですけど。え……ちょっとお待ちください」

昌枝が稀世を呼んだ。

「あんたにだけど」

一瞬、柏原かと思ったが、そうであれば昌枝はもっと愛想よく受け答えするだろう。

「堅田とかいう人、知ってるか？」

「ああ、堅田さん」

しかし、堅田が何の用だろう。以前、店を手伝わないかと言われたが、即座に断っている。稀世は茶の間に入って受話器を受け取った。

「もしもし、お電話代わりました」

「おぅ、俺だ」

相変わらず横柄な声があった。

「何でしょう」

稀世もつい無愛想に答えてしまう。

「実は、お袋が動けなくなった」

「えっ」

「ぎっくり腰だと思うんだが、俺にはどうすることもできない」

「痛みがひどいようなら、救急車を呼ばれたらいかがですか」

「お袋は医者を信用していない。病院には絶対に行かないと言ってる。それで、ちょっとあんたに診てもらえないかと思って」

　稀世は困惑してしまう。

「そんなこと言われても、私はもう看護婦を辞めてますから」

「わかってるよ。でも、とにかくちょっと来てくれないか。お袋の奴、動くこともできないんだ」

「困ります」

「何だ、俺のお袋を見殺しにする気かよ。目の前に助けを求めている病人がいるのに、あんたは何もしないで平気なのかよ」

　稀世は短く息を吐いた。堅田の言い分は自分勝手には違いないが、看護婦を経験している身には痛いところを衝かれる言葉でもある。

「わかりました」と、つい、言っていた。

「そうか、助かる。場所は駅前の交差点を左に折れて二軒目のビルだ。二階が『ゆうすげ』だけど、そこからは部屋に入れないんで裏に回って、外階段から上った三階の303号室だよ。じゃあ頼んだぞ」

　電話を切ると、昌枝が訝しげな目を向けた。

「誰？」

「佐久の病院で患者だった人。その人のおかあさんがぎっくり腰になったらしいの。ちょっと様子を見て来る」

「何もあんたが」

「そうなんだけど、やっぱり気になるから」

稀世は自室に行ってバッグを手にし、再び茶の間に戻って、電話台の上に置いてある軽四のキーを手にした。

「車、借りるね」

母は何か言いたげな顔をしたが、結局は何も言わず、不服そうに眉を顰めた。

駅前まで行き、駐車場に車を入れてから、稀世は教えられたビルに向かった。三階建てのビルは、一階と二階に『ゆうすげ』を含めて五軒ほど飲食店が入っている。稀世は言われた通り、裏に回り、三階に続く階段を上った。

「待ってたよ」

ドアから顔を覗かせた堅田は、ほっとしたように息を吐いた。

「どんな様子ですか?」

「横になってる。まあ、入ってくれ」

「失礼します」

部屋は2DK。あまり整理が行き届いているとは言えなかった。服が無造作に放り出され、新聞や雑誌が隅に積み重ねられている。

奥の六畳間のベッドで、堅田の母親の信子《のぶこ》が身体を丸めていた。

稀世は近づき、顔を覗き込んだ。

「こんばんは、沖村と言います。具合はいかがですか」

「行男《ゆきお》、何で赤の他人なんか呼ぶんだよ」

六十代半ばの信子は、顔をしかめながらも、声だけは気丈だった。頬の辺りが堅田によく似ている。たぶん、気性もだろう。

「だから、この人は看護婦なの、さっきも言ったろう」

堅田の言葉を、稀世は慌てて訂正した。

「いえ、以前、看護婦をしていたんです」

「ふん」

「医者は嫌いでも看護婦ならいいだろ。とにかくちょっと診てもらえよ」

「どういう状態でこうなりましたか？」

稀世が尋ねると、しぶしぶと信子は答えた。

「朝、漬物石を持ち上げたら、突然、ぎくっと来たんだ。その時は大したことはなかったんだけど、昼過ぎからだんだん痛みがひどくなって」

「どんな処置をなさいました？」

「うちにあった湿布薬を貼った」

「それ、見せてもらえますか？」

堅田が湿布薬を持って来た。

「これだけど」

温湿布だった。通称ぎっくり腰と呼ばれる急性腰痛症の場合、炎症を鎮めるためにまずは冷湿布するのが一般的だ。もちろんケースにもよるが、温めるとむしろ悪化することがある。どうやら、信子の場合、それが当てはまったようである。

「少し冷やしましょう。堅田さん、氷枕ありますか?」

「いや、そんなもんないだろ。な、お袋」

「あるもんか」

「じゃあ、ビニール袋に氷と水を入れて、タオルで包んでください」

「わかった」

堅田が台所に行き、冷蔵庫を開けた。

「やはり病院に行かれた方がいいと思います。硬膜外ブロックの注射があって、痛みによく効きますから」

「何だか知らないけど、行かないよ」

「でも」

「行かないったら、行かないんだよ」

信子は声を荒らげたが、それが腰に響いたのか、息を止めて顔をしかめた。堅田が氷の入った袋を持って来た。それを腰の下に差し込むと、ホッとしたような声が返って来た。

「ああ、気持ちいい……」

「とりあえず炎症を抑えましょう。でも、あまり冷やし過ぎるのもよくないので、当てっぱなしにはしないでください」

「わかった」

「じゃあ、とにかくこれで今夜は様子を見てもらって、明日も痛みがひどいようなら、やはり診察を受けた方がいいと思います」

信子はそれには答えなかったが、声を潜めて稀世に何か言おうとした。

「え、何ですか？」

稀世は顔を近づけた。耳元に遠慮がちの声がした。

「ちょっとトイレまで連れて行ってくれないか」

やはり、息子には頼みづらかったのだろう。老いても力が落ちても、女とはそういうものだ。稀世も病院で、夫や息子に下《しも》の世話をされるのを強く拒む女性患者を何人も見て来ている。

「いいですよ、じゃあ、私の首に手を回して、ゆっくり起き上がってください。時間がかかっても構いませんから、無理せずに」

「俺、やろうか」

堅田は言ったが、稀世は首を振った。

「いいんです、私がやりますから」

二十分ばかりもかけて、トイレを済ました時には、堅田の母親も稀世も汗びっしょりになっていた。一段落したところで、稀世は言った。

「じゃあ、私はこれで失礼します。くれぐれも、冷やし過ぎないよう気をつけてください」

「悪かったね、ありがとう」

信子はようやく笑顔を見せた。

駐車場まで、堅田が送ってくれた。

「ほんとに助かった。お袋から電話があって駆けつけた時は、どうしようかと思ったよ」

軽井沢の夏は短い。夜の風にはもう秋の気配が含まれている。

「やはり明日、病院に行った方がいいと思います」

「お袋はたぶん行かないだろうな」

「どうしてそんなに病院が嫌いなんですか」

堅田はわずかに声を硬くした。

「もうずいぶん前の話だけど、親父が脳溢血《のういっけつ》で倒れたんだ。救急車を呼んだけど、どこも手に負えなくて病院をたらい回しにされて、結局、手遅れで死んじまった。まあ、仕方のないことだったんだけど、どこも対応が冷たかったもんだから、お袋の奴、病院全部に恨みを抱いてるんだ」

稀世は黙った。脳疾患は時間との戦いだ。しかし、設備が整っている病院は、この辺りではまだ少ない。

「で、ものは相談だけど」

堅田の言葉に、稀世は思わず身構えた。面倒なことを頼まれる、そんな察しがついた。

「あのさ、悪いがしばらくお袋の面倒をみてくれないか。飯とか洗濯とか買い物とかさ」

案の定、堅田は言った。

「困ります」

稀世は首を振った。

「看護婦を辞めてヒマにしてるんだろ」

「それほどヒマってわけでもありません」

「日当はちゃんと払う。それなりに弾むよ」

「身内の方はいらっしゃらないんですか」

「俺にも仕事があるからな」

「そうでしょうけど」

「女房に来させりゃいいんだけど、お袋と折り合いが悪くてな。それにガキもまだ小さいし」

稀世は思わず声を上げた。

「えっ、堅田さん、結婚しているんですか」

堅田は口を尖らせた。

「そうだよ、悪いか」

それからすぐに付け加えた。

「それともがっかりしたか？」

相変わらずの自惚れに呆れてしまう。

「驚いただけです。とてもまともに結婚しているようには見えませんでしたから」

皮肉を込めて言い返すと、堅田は声を上げて笑った。

「まあ、確かにまともな結婚かどうかはわからないけどな。それより、手伝いのこと頼むよ。ぎっくり腰なら一週間や十日で治るんだろ」

「まあそうですけど」

「その間、頼まれてくれよ。夜は店の女の子がいるし、俺も顔を出せるから何とかなる。だから日中だけでいいんだ」

そこまで言われると断りづらい。柏原との結婚が白紙に戻った今、これといってすることもない。

「恩に着るよ。な、な、頼む」

結局、稀世はまた頷くしかなかった。

翌日から、自宅の朝食の準備を終えると、稀世は信子の元へ向かった。軽四は母が通勤に使っているので、自転車だ。

当然ながら、事情を聞いた昌枝はいい顔をしなかった。大事な結婚を控えているのに、と思っているのだろう。「一週間だけだから」と、何とか承諾させた。

柏原とのことを話さねばならない。それがわかっていながら、どうにも口に出せないでいた。明日こそは、と、思っても昨日と同じことを今日も繰り返している。そして今は、この手伝いが終わるまでには、と、思っている。

部屋のドアをノックすると「開いてるよ」との声があった。

「具合はいかがですか？」

「昨日の今日で、変わるわけないだろ」

と、ひねくれた言葉が返って来たが、稀世が来てホッとしているようにも感じられた。

「堅田さんから聞いていると思いますが」

「ああ、一週間、来てくれるんだって」

「よろしくお願いします」

「頼んだよ」

その日も、時間をかけてトイレに連れて行った。ベッドを整え、洗濯し、昼食に蕎麦《そば》を茹で、後片付けを済ませた。午後に、堅田が呼び寄せたという鍼灸師《しんきゅうし》がやって来て、それが効いたのか、ずいぶんと楽になったようだ。稀世が学んだのは西洋医学だが、東洋医学の重要さも知っている。

その後、掃除をし、夕食の用意を整えた。そろそろ六時になろうとしていた。

ない。

「じゃあ店を開けてくれないか。酒屋がウイスキーや焼酎を持ってくるから、受け取って伝票を貰っといとくれ。六時半には女の子が来るから」

さすがに抵抗を感じた。信子を看《み》る約束はしたが、店の仕事まで引き受けるつもりはない。

「あの酒屋は時々、伝票と銘柄や本数が合わないから、必ず確認するんだよ」

それでも動けない姿を見ていると、無下に断ることもできなかった。

「わかりました」

今日だけ、という思いで稀世は鍵を手に店に向かった。

店は十席ばかりのカウンターと、ボックス席が五つ。左手奥に小さな厨房《ちゅうぼう》が見えた。カウンターの中の流しにはグラスが山積みになっていた。

しばらく酒屋を待っていたが来る気配はない。じっとしているのも無駄な気がして、稀世はグラスを洗った。

「ちわー」

やがて威勢のいい声と共に酒屋が入って来た。稀世の顔を見るなり「あれ、新入りさん?」と言われ、稀世は慌てて首を振った。

「いえ、違います。今日だけの手伝いです」

「ママ、ぎっくり腰なんだって?」

「ええ、まあ」

答えながら、稀世は言われた通り、伝票と酒を照らし合わせてゆく。

「鬼の霍乱《かくらん》ってやつだな」

酒屋が笑っている。

「あの、この焼酎ですけど、銘柄が違っているようなんですけど」

「えっ、そうかい？」

酒屋は悪びれるでもなく笑った。

「あれー、ほんとだ。じゃあすぐ持って来るから」

出てゆく酒屋と入れ違いに、女の子がふたり入って来た。二十歳そこそこといった年頃だ。長い髪に目を強調した化粧。短いスカートから形のいい脚が伸びている。ここでアルバイトをしている女の子たちだろう。

「おはようございまーす」

彼女たちは稀世の顔を見ると「ママの具合、どうですか」と尋ねた。信子か堅田が連絡を入れたのだろう。

「昨日に比べたら、ずいぶんよくなったみたいですけど」

しかし、どうも身内と思われているような気がする。

「今夜、ママは店に出られます？」

「それはちょっと無理かな」

「じゃあ、今夜のお通し、どうします？」

「それと、煙草が切れてるんで買って来ます。お金、貰えます？」

「え……」

そんなことを言われても困る。稀世にわかるはずもない。

「ちょっと待って、上に行って聞いて来るから」

稀世は慌てて部屋に戻った。女の子たちから言われたことを説明すると、信子は枕の下から、古びた大ぶりの黒い財布を取り出した。

「じゃあこの中から必要な金を渡してくれないか。必ず領収書を取っておくこと、念を押して言うんだよ。あの子たち、すぐ忘れるんだから。それとトイレの掃除は手抜きしないでやれって。お通しは、一階の居酒屋に行って空豆の茹でたのを注文して、店に持って来るよう頼んどいて」

稀世は財布を受け取り、まずは居酒屋に寄って空豆を注文し、店に入って現金を渡した。トイレの掃除の件も伝えた。ちょうど酒屋が焼酎を持って来て、もう一度伝票と照らし合わせた。

「まいど」と、酒屋は帰って行ったが、ここに酒を置いたままにしておくわけにもいかないだろう。女の子のひとりはトイレ掃除をしているし、ひとりは煙草を買いに行っている。

稀世はトイレに行って女の子に酒の置き場を尋ね、それを言われた場所に納めた。今度は居酒屋が空豆を持って来て、受け取る。

そうこうしているうちに、最初の客が入って来た。サラリーマンふうの二人連れだ。何も言わないわけにもいかず「いらっしゃいませ」と、とりあえず口にした。

「瓶ビールね」

「はい、少々お待ちください」

冷蔵庫を開けてビールを取り出す。栓抜きはどこにあるのだろう。グラスはどれを出せばいいのだろう。うろうろしていると、煙草を買いに出ていた女の子がようやく戻って来た。

「あの、ビールのグラスなんだけど」

「私がやるから、お通し出してください。小鉢は、棚のいちばん小ぶりのね。それに五つぐらい」

「はい」

ようやくトイレの掃除をしていた女の子もカウンターに入った。客がまた入って来る。お通しお願いします、と言われて稀世は小鉢に空豆を盛る。灰皿、と言われて灰皿を出す。焼酎のお湯割りと言われてお湯を沸かす。カボスと言われて、厨房でカボスを探す――。

八時になって、もうふたり女の子がやって来て、稀世はようやく解放された。

家に戻った時には、すっかり疲れ果てていた。信子の世話より、慣れない店の仕事の方が堪《こた》えた。玄関先に自転車を置いて家に入ると、当然だが、すでに昌枝は帰って来ていた。

「ごめん、夕ご飯の用意もできなくて」

茶の間で母は硬い表情で座っていた。

「こんなに遅くなるつもりじゃなかったんだけど、いろいろ用事を言いつけられて。ご飯、どうしよう、チャーハンでも作る？」

母は答えない。

「あ、確かそうめんがあったっけ」

と、台所に向かうと「さっき、柏原さんから電話があった」と、母が言った。稀世は足を止めたが振り返れない。母の顔を見るのが怖かった。

「ちょっとここに座りなさい」

言われて、仕方なく稀世は茶の間に戻り、母の向かい側に腰を下ろした。

「話は聞いた。いったいどういうことだ。柏原さんとの結婚を断るなんて、あんた、何を考えているんだ」

母の声には、ありありと怒りが含まれていた。

「それがいちばんいい選択だと思ったから」

稀世は慎重に答えた。

「柏原さんのご両親が反対しているという話も聞いた。それは私のせいだから、あんたには、親として申し訳ないと思ってる……」

「言っておくけど、おかあさんのせいじゃないから。だから申し訳ないなんて言わないで」

「でも、それでも柏原さんはあんたと結婚したいと言ってくれたそうじゃないか。それを断るなんて、どういうことだ」

「私もいろいろ考えたの」

「いったい、何があったんだ。何でこんなもったいない話を断ったりするんだ」

「何もない。柏原さんがいい人だってことはわかってる」

「だったら」

「でも、愛とは違うのよ」

　母は一瞬きょとんとし、それから呆れたように、長く息を吐き出した。

「愛だって。稀世、あんた何馬鹿なこと言ってるんだ」

「馬鹿なこと？　いちばん大事なことでしょう」

　思わず言い返すと、母がわずかに身を退《ひ》いた。

「錯覚してたのよ。もっと言えば、計算してたの。柏原さんと結婚したら楽できる、そう思ってたの」

「それのどこが悪いの、女は結婚で人生が大きく変わるんだから計算するのは当たり前でしょ」

「じゃあ、おかあさんはどうして私を産んだの？」

「え……」

「結婚できない人の子供をどうして産んだの？　苦労してひとりで育てて、生活も大変で、世間にもいろいろ言われて、そういう人生をどうして選んだの？」

「それは……」母は狼狽した。「あの頃の私はまだ若くて、何がいいのか悪いのか、何もわかっちゃいなかったんだよ」

「つまりそれは、私を産んだのを後悔しているってこと？」

母は目を見開いた。

「そんなこと、あるはずないだろ」

「もし、柏原さんのご両親から反対されなかったら、何も考えずに結婚していたかもしれない。でも反対されて、柏原さんに一緒に困難を乗り越えてゆこうと言われてわかったの。本当に好きな相手じゃないと、困難は乗り越えられないんだって。おかあさんが、そうして困難を乗り越えて来たように」

母はしばらく自分を落ち着かせるように黙り込んでいた。今、母の胸の内でせめぎ合っているものが何なのか、稀世にも理解できる。でも、稀世の人生は稀世のものだ。だから自分で決める。

「それで、これからどうするの」

「働き口を見つける。また、一からやり直し」

母の口から鬱々とした息がこぼれた。

「馬鹿だね、あんたは」

「私、やっぱりおかあさんの血を引いているのよ」

それ以上、母はもう何も言わなかった。

翌日、信子の部屋に行くと、家事の他に、店のお通しを作るよう言われた。

どんなものを作っていいのかわからず、結局、きんぴらごぼうにした。味見をした信子は「ちょっと甘いね」と文句をつけながらも、それを店で出すように言った。結局、その日も六時に店を開けさせられ、遅番の女の子が出勤する八時まで手伝わされた。三日目には、店の売り上げの集計までさせられた。

「あの子たちに任せておくと、むちゃくちゃな計算をするからね」

稀世は伝票をめくり、財布に詰められたお金と照らし合わせて、帳簿に書き込んでゆく。

そんな稀世の様子を見ていた信子が、尋ねた。

「あんた、どうして看護婦を辞めたんだ」

「ちょっと手を怪我してしまって、続けられなくなったんです」

「こうして見てると普通だけどね」

「日常生活に支障はありませんから」

「年はいくつ？」

ではない。

稀世は帳簿を差し出した。自分の素性をあれこれ聞かれるのはあまり気分のいいもの

「家族は？」

余計なお世話だ。

「へえ、結構いってんだ」

「二十九です」


ではない。

「これでいいですか？」

信子はざっと目を通した。

「ああ、いいよ」

「母とふたり暮らしです。あと何をしましょうか」

「じゃあ、店のグラスを磨いておいてもらおうかね」

当然のように、その日も店の手伝いをさせられた。

ただ、店に出るようになってひとつだけ意外だったことがある。想像していたよりずっと明るい印象だったということだ。

女の子たちは、格好や化粧こそ多少派手だが、みな元気で素直だ。色っぽいというより健康的である。客は地元のサラリーマンや観光客、別荘客の他に、女性たちやこの辺りのお年寄りも顔を出し、家族的な雰囲気がある。

媚びを売って客を接待する、というやり方でないのは、もしかしたら信子の性格かも

しれない。口が悪く、ぶっきら棒のところもあるが、店の女の子にも客にも愛されている。それは誰からも、毎日のように「ママの具合はどう?」と尋ねられることでもわかる。実は裏表のない気持ちのいい人柄だというのは、日がたつにつれ、稀世もわかるようになっていた。

五日目には得意先への挨拶状を書かされ、六日目には印鑑と通帳を渡されて仕入れの振込みを頼まれた。そうやって約束の一週間が過ぎた。

その頃には、信子も日常的なことはほとんどできるようになっていた。もう、稀世の手助けは必要ないだろう。

六時に、いつものように頼まれて店を開けると、最初に入って来たのは堅田だった。

カウンターの席に座り「ありがとな、これ」と封筒を差し出した。

「こちらこそ、お役に立てたかどうか」

「謙遜するなって、お袋も感謝してるよ」

稀世は封筒を受け取った。

「いちおう、中身を確認しておいてくれ」

稀世は頷き、封筒から札を抜いた。十万入っていて驚いた。

「こんなにいただけません」

稀世は慌てて返そうとした。

「いいんだ、とっとけよ」

「この一週間、あんたはほんとによくやってくれた。当然の報酬なんだから、遠慮なくしまってくれ」

「でも……」

しばらく考え、結局、稀世は受け取った。

「そうですか、では、有り難くいただきます」

正直に言えば、今の稀世にとっては大切な収入である。退職してから、預金を切り崩してゆかねばならない生活を心許《こころもと》なく思っていた。

「お袋、元気になってホッとしてるよ。でもなぁ、ここでは立ち仕事だろ、腰にはよくないんじゃないかと思うんだ。年も年だしな」

「確かに、それは少し辛いと思います」

「だろう」と、堅田がその言葉を待っていたようにカウンターに両肘をついた。

「それでだ。ものは相談だが、あんた、このままここで働かないか？」

稀世は即座に首を横に振った。

「前にも言いましたけど、それは無理です」

「何でだよ、いい店だろ」

「それはそうだと思います」

「どこが不満だ？」

「不満とか言うんではなくて、こういう仕事が自分には向いてないからです」

「どうしてわかる」

「自分のことですから、わかります」

「じゃあ、どんな仕事なら向いてるんだ」

一瞬、言葉に詰まった。

「それは……これから考えます」

「じゃあ、その考えとやらが決まるまででもいい。その間、来てくれ。どうせ今は何もすることがないんだろう。実を言うと、お袋からも頼まれているんだ」

稀世は困惑してしまう。その困惑の中には、実は、言い当てられているところがあるから尚更だった。これから仕事を探すつもりでいる。しかし自分に何ができるだろう。看護婦を辞めてしまった今、何をすればいいのかわからない。でも、これから先のことを考えれば、どうしたって収入を得てゆかなければならない。

「あのさ」堅田がふと、見据えるような目をした。

「頭ん中でごちゃごちゃ考えているようだけど、自分が何をしていいのかわからない時は、まず、目の前にある自分のできることをすりゃあいいんじゃないか」

その言葉は思いがけず稀世の胸を衝いていた。

「この店は今、あんたを必要としている。それは、ここで働く理由にならないか?」

八時過ぎに自宅に戻ると、昌枝がすでに夕食の用意をして待っていた。

「ごめん、明日からまた私がやるから。お手伝いも今日で終わりだし」

座卓の向かいに座ると、昌枝はジャーからご飯をよそいながら言った。

「稀世、これからどうするんだ」

「仕事を見つける」

暗い口調にならぬよう、稀世は努めて明るく言った。

「だったら、うちの社長さんに頼んでみようか。ひとりぐらい、何とか雇ってくれるかもしれない」

「ううん、自分で探す」

これからシーズンオフに入り、観光客は減る。土産物屋としては人員が余る季節だ。社長に頼めば、何とかなるかもしれないが、借りができる。母も仕事がやりづらくなるだろう。

早く、仕事を見つけなければならないとわかっている。貯金は減ってゆく一方だ。やはりある程度、安定した収入がある仕事をしたい。母も五十歳を過ぎて、金銭的な負担をかけたくない。

食事の後、台所で茶碗を洗っていると、母が顔を覗かせた。

「稀世に言ってなかったけど……」

「なに？」

口籠りながら母が言った。

「この間、創介さんから電話があったんだ」

稀世は手を止め、思わず振り向いた。

「ごめんな、言いそびれて」

「創介さん、何て？」

「ちょっと話しただけだから、稀世が元気でいるならそれでいいって」

「そう……」

「もっと早く言えばよかったんだけど」

「いいの、わかってる。気にしないで」

たぶん、柏原との結婚を控えた稀世を慮《おもんぱか》って、母なりに気を回したのだろう。

その夜はなかなか寝付けなかった。布団の中で何度も寝返りを打ちながら、創介が電話を寄越した理由を考えた。由美から、創介を訪ねたことを聞いたのだろうか。それで懐かしさが蘇ったのだろうか。

それでも稀世と話したいと思ったのは間違いない。この十一年間、何の連絡もなかった創介が、自分から電話を掛けて来たのだ。

翌日、母を送り出してから稀世は電話の前に座った。掛けようか、やめておこうか。その迷いは、104で蒲田の河本製材所の電話番号を調べた今も続いている。

声が聞きたい、話をしたい。わざわざ電話をくれた理由を知りたい。いいではないか、電話くらい。幼い頃の友人なのだ。久しぶりと言って、少し思い出話に花を咲かすくらい、決して不自然ではないはずだ。できたら創介と由美の結婚を祝う言葉も口にしたい。

稀世はようやく決心して、受話器を手にした。

「ハイ、コウモトセイザイジョ、デス」

受話器の向こうから、日本人ではない、たどたどしい男の声が聞こえて来た。

「あの、相葉創介さんをお願いしたいんですが」

稀世は言った。心臓の鼓動が、相手に聞こえてしまうのではないかと思えるほど高鳴っている。

「エット、ソウスケ、ナラ、ヤメマシタ」

「え……」

肩透かしを食らったような気がした。

「辞めたって、いつですか?」

「イッシュウカン、ホド、マエ」

「それで、どちらに行かれたんでしょう?」

「サア、オヤジサンニモ、ナニモ、イッテナイミタイダカラ」

「そんな……」

では由美との結婚はどうなったのだ。由美と一緒に出て行ったのだろうか。でも、あの時の由美の口ぶりからは、製材所で一緒に暮らしてゆくという印象を受けた。いったい何があったのだ。

しかし、それ以上、稀世はどう尋ねていいのかわからなかった。

「そうですか、ありがとうございました」

また、創介はどこかに行ってしまった。探す術はない。十一年前と同じだった。

しかし同時に、これでいいのだと考えている自分もいた。十八歳の時に断ち切れてしまった糸は、もう元には戻らない。きっと自分たちは二度と会えない運命なのだ。

それから十日あまり、稀世は求人広告を見たり職安に出向いて、仕事を探した。

観光地の軽井沢は、夏場はアルバイトやパートの口が結構あるが、シーズンオフになると、急激に減ってしまう。オールシーズン、それもフルタイムで働ける仕事となると、尚更難しい。

二十九歳という年齢もあってか、問い合わせの電話を掛けるだけで、やんわりと断られた。予想はしていたが、実際にそうされるとやはりひどく落胆した。資格も特技もあるわけではないのに、何とかなるだろうと考えていた自分の甘さを、改めて噛み締めなければならなかった。

こうなったら何でもいい。とにかく働ける場所が欲しい。条件や給料について贅沢《ぜいたく》は言ってられない。雇ってくれるところがあるなら喜んで働こう。そして、ふと、思った。

あるではないか。

パブで働くと言ったら、母は何て言うだろう。呆れるだろうか、怒り出すだろうか。

親不孝が続いてしまうことに申し訳なく思いながらも、どこかで「もう、慣れっこになっているかも」という楽天的な思いもあった。というより、そう思わなければ、気持ちが決まらなかった。

あの時、堅田が口にした言葉が思い出される。

「自分が何をしていいのかわからない時は、まず、目の前にある自分のできることをすりゃあいいんじゃないか」

今の稀世にはそれがよくわかる。

思い立ったまま、稀世は信子の部屋に向かった。

チャイムを押すと、ドアの向こうから信子が顔を出し、まるで予想していたかのように、目を細めた。

「やっぱり来たね」

「はい、よろしくお願いします」

稀世は緊張しながら頭を下げた。

第三章

創介

創介はキーボードを打つ指を止めて、ライターズルームを見回した。

出版社の中にあるこの部屋は、原稿を書くためにフリーランスのライターが使用している。少し前までは数多くのライターたちが慌しく出入りしていた。室内は活気に溢《あふ》れ、席の取り合いをし、眠る間も惜しんで原稿を書き続けていた。それに比べ、今はずいぶん静かになった。

一九九二年（平成四年）創介は三十七歳になった。

八年前、河本製材所を辞めてから、しばらくアルバイトを転々とした。景気はよく、仕事には困らなかった。特にビルや家の解体工事は、肉体的にはきつかったが、いい金になった。

大学の通信教育はその間も続け、卒業の見込みがついた時に、学生課からいくつかの就職先を紹介された。しかし、サラリーマンになるという自分にどうしても実感が持てず、受ける気になれなかった。定職に就かず生きていることに、引け目を感じないわけではないが、結局、自分にはこういう生き方がいちばん似合っていると思えた。

担当の教授から「知り合いの出版社でライターを募集しているんだが」と連絡を貰《もら》ったのは、卒業してしばらくたってからだ。

「君の提出するレポートにはいつも感心していた。学術的にはともかくとして」と笑ってから「妙な説得力がある。そういう方面の仕事をしてみたらどうかと思ってね」

教授にはよくしてもらった。集中講義以外、顔を合わせることはほとんどなかったが、創介が送るレポートには、いつも丁寧な感想を書いて送り返してくれた。

書くのは嫌いではなかった。いや、むしろ楽しかった。それが仕事になるならそれも悪くない。正直言って、最初はその程度の気持ちだった。

日本中がバブルに浮かれていた時代である。

フリーランスのライターは山のようにいたが、仕事はさらに山のようにあった。取材費は潤沢に使え、飲み食いもほとんど出版社持ちだった。

要領のいいライターは、広告などの割のいい仕事をうまく回していた。高い酒を飲み、高級車に乗り、いい女と遊ぶ。自分で編集プロダクションの会社を起こした者も多かった。

その中で、創介は比較的地味な仕事を受け持った。主に人物インタビューである。特にここ二年ほどは、宮大工や、花火師、刀鍛冶《かたなかじ》など、さまざまな職人を取材して、連載記事として雑誌に執筆している。

「もっと、金になる仕事をしろよ」

と、ライター仲間に揶揄《やゆ》されることもあったが、創介はその仕事が気に入っていた。

職人たちはみな往々にして気難しく、なかなか本音を語ってくれなかったが、いったん受け入れると、こちらが困惑してしまうほど親しさを示す。何よりも、仕事に対する真摯な情熱に触れるたび、自分の背筋がしゃんと伸びるような敬虔《けいけん》な心持ちになった。

去年、バブルが崩壊した。

その時は、誰も実感がなかったように思う。しかし今年の夏、平均株価が六年ぶりに一万五千円を割った頃から、ライターズルームで意気揚々としていたライターたちの姿は、追われるように消えていた。

不思議なもので、残ったのは創介のように、地味に仕事を積み重ねてきた者ばかりである。

その時、担当編集者が顔を覗《のぞ》かせた。

「打ち合わせいいですか?」

「今、行きます」

明日から、岡山に取材に出る予定になっていた。宮板金《みやばんきん》の職人である。神社などの屋根の銅板を葺《ふ》き替える仕事だ。

編集部で編集者とカメラマンと二時間ほど打ち合わせをした。経験から段取りはだいたいわかっている。その後、中途だった原稿を書き終え、帰宅したのは十一時を回っていた。

取材先のデータを最終チェックして、ようやくベッドに潜り込むと、電話が鳴り出した。

「はい、相葉です」

返事はない。

「もしもし」

もう一度言うと、くぐもった声が聞こえてきた。

「僕だけど」

「え?」

「慎也だけど」

驚いた。弟の慎也から直接電話が掛かってくるなんて、何年ぶりだろう。

「おう、どうした」

「別に用があるわけじゃないんだ。兄貴の連載記事読んでる。面白いよ」

慎也に褒められるなんて居心地が悪い。

「おまえに言われると、ちょっと照れ臭いな」

「何か、引き込まれる。うまく言えないけど。仕事、順調みたいだな」

「まあ、おかげさまで。明日からまた取材なんだ。岡山へ行く」

「朝、早いのか?」

「ああ」

「忙しいんだな」

「そんなことより、何か話があるんじゃないのか」

返事はあっさりしたものだった。

「いや、別に大した用事じゃないんだ。また兄貴の時間がある時にでも掛け直すよ」

「いいよ、話せよ」

「またにする」

「そうか」

明日は、始発の新幹線に乗る。慎也には悪いが、とにかく眠っておきたかった。

翌日、予定通り岡山での取材を終え、その後、久しぶりに森田と会った。

大手証券会社の本店営業部で、時代の寵児《ちょうじ》のように働いていた森田は、株価暴落と共に地方の支店に飛ばされていた。それが取材場所と同じ岡山ということで、連絡を入れたのだ。

駅前の居酒屋に現れた森田の様子に大した変わりはなかったが、酔うほどに、今まで見たこともない暗い光を目の底に湛《たた》えた。

「俺の顧客にも、ずいぶん損をさせてしまったからな」

株価暴落の直後、証券会社は大規模な人事異動を行ったという。担当を替えることで、顧客の苦情の矛先をかわそうとしたわけだ。

「いずれ、本社に戻れるんだろう？」

「さあ、どうだか」

森田は焼酎をロックで飲んでいる。ピッチは速く、酔いたいために飲んでいるように見える。

「この際、こっちに骨を埋《うず》めるのも悪くないと思ってるんだ。空気はきれいだし、物価は安いし、子供を育てるにはいい環境だからな」

森田はもうふたりの子持ちだ。確か上は今年小学校に入る女の子で、下は三歳の男の子のはずだ。

「東京は時間がめまぐるし過ぎる」

それを森田の強がりと取りたくはなかった。

世の中は変わったのだ。東京だけが日本の中心ではないし、大手企業に勤めていれば安泰というわけでもない。

「ところで、慎也くんはどうしてる？」

森田が自分と創介のグラスに焼酎を注《つ》いだ。

「ああ、元気にしてるようだ」

「転勤前は、いいお客さんになってもらって有り難かったよ。創介は家を出てから、慎也くんとは一度も会っていないのか」

「ないな、何度か電話で話したことはあるけど」

「慎也くんの結婚式にも出なかったんだろう？」

「呼ばれもしなかったしな」

「呼ばれたって、出なかったろう」

創介は苦笑した。

「俺は相葉の家と縁を切った人間だから」

「創介、結婚は？」

それが自分に向けられている質問と気づくまで、少し間があった。

「俺にはまるで関係ないことのように思えるよ」

「独り身っていうのも、それはそれで気楽だろうけど」

「まあな」

森田はそれ以上は言わなかった。言われても、何と答えていいかわからない。

自分は、生きていることさえ拾い物だと思っている。それだけで十分だ。他に求めるものなど何もない。何もいらない。

「それにしてもどうした、急に慎也の話なんか」

「どうってわけじゃないけど、ただ、ちょっと心配してたんだ」

「心配？」

創介が顔を向けると、森田は慌てて首を振った。

「言っておくが、俺はそんなに損はさせてないからな。株が嫌いな親父《おやじ》さんの手前、手堅い商品ばかりを勧めてた」

「心配って何だ?」

「慎也くん、俺んとこ以外にもいろいろと手を出していたはずなんだ。たとえば、先物取引や信用取引なんかもあったと思う」

創介はゆっくり手元に視線を落とした。不安が胸を掠《かす》めてゆく。

いや、慎也は大丈夫だ。無鉄砲な自分と違って、物事を慎重に考える奴《やつ》だ。頭もいいし、目端も利く。結婚し、子供も生まれ、今では父親の跡を継いで、相葉不動産を守《も》り立てているはずだ。

岡山での一泊二日の取材を終えて、今日も創介はライターズルームで原稿を書いていた。締め切りは三日後。それまでに取材データを整理して十枚の原稿に起こさなければならない。

六十半ばの宮板金の親方は気持ちのいい人だった。面白い話もたくさん聞かせてもらった。データに不足はなく、書きたい内容はたくさんある。それなのに、創介はなかなか原稿に集中できないでいた。煙草《たばこ》を吸ったり、コーヒーを飲んだりして気分を変えてみたが同じだった。

理由はわかっている。慎也のことが気に掛かっているからだ。

何年かぶりの慎也からの電話。岡山の森田から聞いた言葉。原稿を書き終えるまでは、他のことを考えるのは止《よ》そうと思うのだが、頭の中は慎也のことばかりで埋まってゆく。

結局、明日に徹夜をすれば何とかなると決めて、早々にライターズルームを引き上げた。

帰りに新宿の行きつけの小料理屋で飯を食い、日本酒を二合ばかり飲んだ。しかし、飲んでも酔いは回らない。そこも早々に引き上げて、中野《なかの》のアパートに戻ったのは十時を少し回ったところだった。

どうしようか迷ったが、創介は思い切って連絡を入れることにした。ここでひとり気を揉《も》んでいても、埒《らち》はあかない。

携帯電話の番号を押すと、呼び出し音が数度鳴ってから、慎也が出た。

「もしもし」

「俺だよ」

「え、兄貴？　どうしたんだ」

「この間の電話が気になってさ」

「ああ、大したことじゃないって言ったろう」

「それで、何があった？」

慎也からの返事はなかった。息を潜めるような気配が距離を超えて感じられる。

「慎也？」

切れたのではないかと思うほど長い沈黙の後、慎也は掠れた声で言った。

「兄貴……僕はもう駄目だ……」

創介の胸の中に、濃い影が広がってゆく。

「会社はうまくいかないし、親父は寝込んじまったし、お袋は泣いてばかりいる」

森田の言葉が蘇《よみがえ》る。

――慎也くん、俺んとこ以外にもいろいろと手を出していたはずなんだ。

「慎也、おまえ株をやってたんだってな」

「ああ……」

「借金か?」

慎也は黙った。

「どうなんだ」

「浅はかだったと思ってるよ。でもまさか、こんなことになるなんて想像もしていなかった」

「こんなこと?」

「僕のマンションは押さえられた。親父の家はもうとっくに抵当に入っている」

「どういうことだ、会社の経営状態もそんなに悪いのか?」

「バブルが弾《はじ》けてから最悪だ」

創介は黙った。

「融資を受けていた銀行は、僕の個人的な株の焦げ付きまで持ち出して、辞任を要求している。このままだと、相葉不動産は銀行のものになってしまう」

不安は的中していた。

「……兄貴、帰って来てくれないか」

それはあまりに唐突な言葉だった。

「何言ってんだ。今更、俺が帰ってどうなる」

「親父は何も言わないが、僕にはわかるんだ。兄貴に帰って来て欲しいと思ってる」

「そんなわけない、おまえがいるだろ」

「僕は株の失敗で親父に見限られた」

返す言葉に詰まる。

「だからって今の俺には何もできない。できるわけがないだろ」

「僕は今まで、兄貴に頼み事をしたことは一度もないだろ。これからだって決してしないと約束する。だから、ひとつだけ聞いて欲しい——家に帰ってくれないか。帰って来てくれるだけでいい。もう家族しか信頼できる相手はいないんだ。それだけで親父もお袋も安心する」

「慎也……」

「頼む」

今はただ、創介は混乱を抑えるだけで精一杯だった。

未来子

毎朝、遅くとも八時には出社する。

二年前、広告部のチーフに昇進してから、未来子はそれを続けている。口さがない上司にとやかく言われたくないとか、部下たちの気持ちを引き締めたいという思いもあるが、九時までのこの一時間は、誰にも邪魔されず細かい仕事を片付けられる貴重な時間でもあった。

未来子の一日は慌しい。午前中は会議で埋まり、午後になれば部下からの報告や業者への応対、そして夜は取引先との会食が入っている。帰宅は早くて八時。十時を過ぎるのもしょっちゅうで、時には午前様になることもある。

会社近くのコーヒーショップで買ってきたカプチーノを飲みながら、未来子は、マーケティングのレポートをめくってゆく。

パリに本社を持つ『ラ・メール』の商品は、当然ながら白人女性が対象である。そのせいで、日本女性の好みを少しはずしているところがあり、香水をはじめ、口紅やアイシャドウといった商品がなかなかシェアを拡大できずにいた。

しかし、これからの主流は睫毛《まつげ》になる、と未来子は踏んでいた。どれだけ濃く長い睫毛を作れるか、最近の女性たちの興味はそこに集中している。レポートの数字もそれを示している。今こそ、低迷していた数字を挽回《ばんかい》できるチャンスに思えた。

来シーズンの広告主要商品はマスカラで行こう。先日から迷っていた件を、未来子はようやく決めて、ホッと息をついた。

それからカプチーノのカップを口にし、窓の外に目をやった。

やはり自分には仕事がいちばん似合っていると、今更ながら思う。こうしてオフィスの中で、世の中や女性たちの動向を探りつつ、広告の戦略を考えるのが楽しくてならない。仕事をしている間は、妻であることも、母であることも、頭からすっぽり抜け落ちる。

こんなだから、広瀬にも愛想を尽かされてしまうのだろう、と、ふと自嘲の笑みが漏れた。

八年前、広瀬と再会して、失《な》くした時間を埋めるように、瞬《また》く間に恋を蘇らせた。結婚の意思はすぐに固まり、話はとんとん拍子に進んで、一年後には結婚式を挙げた。

仕事は忙しかったが、その時は、家庭を大切にしたいという思いも強かった。

しかし、世の中はバブル景気に沸いていた。皮肉なことに、結婚してからの方が、却《かえ》って仕事に追われる毎日になっていた。

翌年の夏、妊娠がわかった時、今度こそ仕事をセーブしようと思った。だからこそリスクを承知で、出産後に一年間の育児休暇も取ったのだ。広瀬も大賛成だった。

つわりも軽く、お腹《なか》の中で子供はすくすく育っていった。仕事もスムーズに進み、これといったトラブルもなかった。広瀬は優しく、夫として申し分ない。何もかもが順調だった。これからも、この幸福な生活が続くものとばかり思っていた。

しかし、世の中はそううまくはいかないらしい。

妊娠六カ月に入って間もない頃から、ちょくちょく母の芙美子から不安な電話が入るようになった。実家で暮らす姉、瞳子が再び心のバランスを崩し始めたのだ。

絵が認められるようになってから、姉は見違えるほど元気になっていた。創作に力を注ぎ、次の展覧会に出品する絵を夢中になって描いていた。

その様子は、かつての姉を忘れてしまうほどだった。母もまた、そんな姉の世話をするのが嬉《うれ》しくてたまらないらしく、いつも張り切った顔をしていた。嶋田の家は以前の明るさを取り戻していた。

しかし、打ち寄せた波が呆気《あつけ》なく引いてゆくように、姉は再び、孤独の世界に戻って行った。それはあまりに唐突で、姉がタチの悪い悪戯《いたずら》をしているのではないかと思えたほどだ。

診察の結果、重い鬱と診断された。すぐさま入院し、治療の薬を服用したが、姉の症状は快方に向かわなかった。病院を替え、薬を替えても同じだった。姉から表情が消え、意思が消え、やがて感情が消えていった。

そんな姉がたったひとつ望んだことがある。それは辻堂の療養所に戻ることだった。

「あの海に帰りたい……」

医者はそれがいいと言った。両親も姉の気持ちを尊重した。未来子も賛成だった。姉の病んだ精神を少しでも癒してくれる場所があるなら、どこにでも行かせてあげたいと思った。

いつか姉はまたこの家に帰って来る。病を治して戻って来る。両親も未来子も、それを信じて疑わなかった。

しかし入所したその日の夜、姉は辻堂の海に誘われるように身を投じた。自ら命を絶ったのだ——。

スタッフとの打ち合わせで、次期の広告の目玉はマスカラで行くと告げ、すぐに重役会議に提出する資料作成を指示した。

重役たちは、単価の安いマスカラに広告費をかけることに、あまりいい顔はしないだろう。説得するには、何よりデータがものを言う。未来子は遅くまで会社に残り、会議の準備をした。

その日、家に帰ったのは十一時少し前だった。ドアに鍵を差し込み、音を立てないよう玄関を入ってゆく。ダイニングに行くと、テーブルの上にラップした夕食が置いてあった。

ガスに火をつけて味噌汁《みそしる》を温め、おかずを電子レンジでチンする。侘《わび》しいなどと思うはずもない。遅く帰って来て、夕食が用意されているだけでも有り難い。その上、娘の杏奈《あんな》を安心して任せられるのだから、文句など言えるはずもない。

一年前、広瀬のシドニーへの赴任がきっかけで、未来子は今、五歳になる娘、杏奈と一緒に実家の嶋田の家で暮らしている。

姉が亡くなって、ひと月ほどして生まれた杏奈は、姉によく似ていた。少しウェーブのかかった髪も、はっきりした目鼻立ちも、姉と共通するものだった。

杏奈を出産してから、予定通り、未来子は一年間の育児休暇を取った。その間、しょっちゅう杏奈を連れて実家に帰った。初めての育児に母の手を借りられる安心もあったが、何より、姉の死に打ちのめされている両親の気持ちを、少しでもほぐすことができたらという思いがあった。

それは正解だった。母も父も、杏奈を可愛《かわい》がることで、ぽっかりあいた心の空洞を埋められたようだった。もっと言えば、杏奈だけが心の拠《よ》り所《どころ》だった。

未来子にも、杏奈との密着した時間は今まで経験したことのない幸福感を与えてくれた。小さな手のひらや、柔らかな頬や、真《ま》っ直《す》ぐに未来子を見つめる目や、無邪気な笑みを見ていると、それだけでこの世にこれ以上大切なものなどないという気持ちになった。

しかし、自分でも驚きだったが、一年間の育児休暇が終わる頃には、いたたまれないくらい仕事がしたくなっていた。

そして、ようやく仕事に復帰するという直前になって、広瀬が言い始めた。

「もう少しの間、杏奈のそばにいられないのか」

杏奈を保育園に預けて仕事に戻るのは、前々からの約束だったはずである。

「そんなに休んだら、会社で私の居場所がなくなってしまう」

それでも、広瀬はあまりいい顔をしなかった。

杏奈を愛している。でも仕事はしたい。その思いはまったく次元が違うものなのに、広瀬は理解できないようだった。

「杏奈が可哀《かわい》そうだ」と広瀬は言い、未来子は「だったら、あなたが育児休暇を取ればいい」と返していた。売り言葉に買い言葉から出たものだったが、今思うと、それが夫婦としての亀裂の始まりだったのかもしれない。

何とか広瀬を説得した後、母がこんなことを言い出した。

「保育園になんて預けなくたって、うちがあるじゃない」

母は杏奈をどうしても手元に置いておきたいようだった。

未来子にしたら、願ってもない話である。保育所はどうしても時間の制限がある。夫婦がふたりとも遅くなる時、誰に迎えを頼めばいいかという問題もある。ベビーシッターを雇うとなれば、費用も相当に嵩《かさ》むだろう。

広瀬と話し合った結果、母の申し出を受けることにした。話し合うというより、未来子が自分の意志を通したという方が正しい。家も近い方が便利だということで、強引に実家の近くに引っ越した。

朝に杏奈を預け、夜に迎えに行く。しかし仕事が忙しい時など、杏奈はそのままよく嶋田の家に泊まった。いつか食事も風呂も、ほとんど両親に任せきりになっていた。杏奈は「パパ、ママ」よりも「ジージ、バーバ」を先に口にした。

そのことは、広瀬にとって少なからずショックだったらしい。

「こんなので、いいのか」と、時々呟《つぶや》いた。

「だって仕方ないじゃない」

未来子はそう答えるしかなかった。未来子だけでなく、広瀬も仕事に追いまくられる毎日で、週末すらも出張だ、接待ゴルフだと飛び回っていた。

杏奈が三歳になった時、未来子は広告部のチーフになった。自分で決められる案件が多くなり、ますます仕事が面白くなっていった。

広瀬にシドニー転勤の話が持ち上がったのは、そんな時である。

商社に勤める以上、覚悟していたことだ。広瀬には申し訳ないが、ひとりで行ってもらうつもりだった。しかし、広瀬の思いは違っていた。

「あっちで親子三人で暮らさないか。これをチャンスに家族本来の姿に戻ろう」

それは未来子に仕事を辞めろと言っているのと同じだ。

「そんなこと、急に言われても……」

「今だから言うけどこの転勤は僕が望んだんだ」

家に帰れば妻と娘が待っている、そんな生活を広瀬がそこまで望んでいたとは思わなかった。

仕事を辞めて広瀬についてゆけばいいのか、未来子は迷った。杏奈のためにも、そうした方がいいと思う自分もいないわけではなかった。しかし、そうしたら自分はたぶん、広瀬に対して憎しみを覚えるような気がした。いや憎しみとまではいかなくても、犠牲になった感は拭えない。これから広瀬の仕事の成功を素直に喜ぶことはできないだろうと思えた。

「こっちで、杏奈と待っていちゃいけない？」

「僕たちは今、とても難しい局面に立っている。それがわかっていて言っているのかい？」

未来子は広瀬を見た。自分たち夫婦の間に、もう情熱と呼べるようなものは消えていた。結婚して数年、それが消えて当然の時間だ。しかし、その代わりになるもの、たとえば安らぎとか寛《くつろ》ぎとか、そういったものが絆《きずな》になってくれるはずである。しかし、それさえ実感できないようになっていた。

「そんなに仕事が大事か」

「そうじゃない」

未来子は言った。家族を大切に思っているし、杏奈を心から愛している。

それはふたりとも同じなのに、どうして自分だけがそんな言い方をされなければならないのか。夫であり父である広瀬は当然のごとく仕事を優先させていい立場にあり、妻であり母である未来子にだけ、その選択が迫られる。

何度も話し合ったが、結論は出なかった。

そして、匙《さじ》を投げた形で、広瀬はひとりでシドニーに発《た》って行った。

結局、それをきっかけに借りていたマンションを引き払い、未来子は杏奈とふたり、嶋田の家で暮らすようになった。

あれから一年。具体的な変化は何もない。夫婦関係は続いている。広瀬はしょっちゅう杏奈に電話を掛けて来るし、プレゼントもよく送ってくる。三カ月に一度帰国する時は家族三人で食事をする。時間が許せば、小旅行にも出掛ける。

しかし、やはり家族の形は変わってしまった。広瀬と自分とを繋《つな》げるものが、もう杏奈だけだということは、ふたりともわかっていた。

食事を終え、食器を洗っていると、母が顔を覗かせた。

「相変わらず遅いのね」

「ごめん、起こしちゃった？　杏奈は？」

「ぐっすりよ。今日は幼稚園の後、体操教室に行って、ずいぶん運動したから」

母はここのところ熱心に、杏奈に習い事をさせていた。

「運動神経がとてもいいって先生に褒められたわ。杏奈は頭もいいから将来が楽しみよ。それでね、これなんだけど」

母が椅子に腰を下ろし、テーブルの上にいくつかのパンフレットを置いた。

「なに？」

「そろそろ、小学校受験を考えなくちゃね。それで集めてみたの」

「ああ、私も気になってたんだけど」

「目を通しておいてちょうだい」

「わかった」

母を落胆させるばかりの未来子と違って姉は自慢の娘であり、その姉を失った今、母の関心と期待は杏奈に一心に注がれていた。

母が椅子を立とうとして、ふと思い出したように振り返った。

「そうそう、相葉さんのところ、長男の創介さんが戻って来たそうよ」

未来子は母の顔を見直した。

「デパートで偶然、相葉さんの奥さんと会ったの。跡を継いでいた弟さんが手を引いて、代わりに創介さんが受け継ぐんですって」

懐かしい名前だった。もう何年も思い出すことはなかった。

軽井沢の森の中を、稀世と英次と四人、無邪気に走り回っていたあの頃。現実にあったとは思えないほど、遥《はる》か遠い昔に思える。

「いろいろ大変らしいわ。相葉さんのお宅、不動産業だったでしょう。こんな世の中になってしまったものね」

「創介さんの家族も一緒に？」

「それが、今も独りなんですって。奥さん嘆いてたわ、そろそろ四十も近いのにって」

「独り?」

「そう言ってたけど」

結婚すると言っていたあの女性とはどうなったのだろう。勝気な目が印象的だった。

しかし、今更そんなことを考えてもどうしようもない。

稀　世

『ゆうすげ』は夜七時に開店する。

アルバイトの女の子たちは六人いて、早番のふたりは六時半、遅番は八時出勤が決まりだ。早番の子たちは、開店前に掃除をしたりグラス類を拭いたり花に水をやったりする。

オーナーでママの信子が姿を現すのは早くて八時。最近は稀世に任せきりになることが多く、気が向かないと出て来ない時もある。

稀世はいつも六時には店に入っていた。運ばれて来る酒やおしぼりを受け取り、お通しの準備をする。煙草の補充に小銭の確認など、慌しく過ごしているうちに、もう最初の客が入って来る。

今夜、口開けは地元の商店街の店主たちだった。三人とももう六十半ばを過ぎている。

「いらっしゃいませ」

にこやかに迎え入れて、稀世はすぐに酒の用意を女の子に指示した。

八百屋の主人は焼酎のお湯割りに梅干をひとつ。酒屋の主人はまずは生ビールで次に焼酎のロック、雑貨屋の主人は日本酒の冷《ひや》だ。頼まれなくても、好みはほとんど把握している。どれくらいの量で酔うかもだいたいわかっている。

稀世はトレイに載ったグラスを女の子から受け取りながら、信子から言われた言葉を思い出していた。

「あんた、この仕事が向いてるよ」

あれはここに手伝いに来てすぐの頃だ。最初は意味がわからなかった。

「どうしてですか」

「一度来たお客さんのこと、私もびっくりするくらいよく覚えてるからね。大事なことだよ、こういう仕事には。看護婦の経験があるからかもしれないね」

そう言われると、そうかもしれないと稀世も思う。看護師の頃は、患者の顔や名前はもちろん、カルテの内容や投薬についてもすべて頭に入れておかなければならなかった。それがいちばん大切な仕事だった。

結局、看護師としては挫折してしまったが、その習性が今の仕事に役に立っているのだとしたら、縁というのはわからないものだと思う。

この店で働くようになってから八年がたった。

最初は、信子の手伝いとして一週間だけのつもりだったが、いつしか信子の片腕のような形で店を任されるようになっていた。

そのことで、母の昌枝とはどれほど喧嘩《けんか》しただろう。ただでさえ、興味本位に見られがちな境遇にある稀世である。水商売に身を置くとなれば、まともな人生を歩めないのではないかと心配したのも当然だろう。

けれども、稀世は母の望むような人生——結婚して、子供を持つというような生き方に執着はなかった。もともとひとりで生きてゆくのを決心して看護師になったのだ。それを辞めざるを得なくなった時、一瞬は心細さから逃げ込むように結婚に心が傾いたこともあったが、じきに身の丈違いと思い知った。

それでも、まさか自分が水商売をするなんて、と、今も時々不思議に思う。

自分には向いてないしできるわけがない。最初の頃は、酒を飲ませて媚《こ》びを売るなんて、と眉を顰《ひそ》めるような思いもあった。

しかし、実際はそうではなかった。ママの信子の性格もあるだろうが、客たちが『ゆうすげ』に求めるのは色や欲ではない。一言で言えば寛ぎだ。二時間ばかり、お酒を飲みながら、女の子たちとどうということのない話をして、笑い、歌って、ほろほろ酔って帰ってゆく。そんな客たちの姿を実際に見ると、想像していたものとまるで違っているのがわかった。

もちろん、そうでない客もいるにはいるが、そんな時、信子がぴしゃりと撥《は》ね付ける。

気風《きっぷ》と威勢のよさは、ママの証《あかし》のようなものだった。そして今では、それが稀世の役割となり、厄介な客はみんな稀世が捌《さば》くようになっている。

仕事は楽しかった。自分でも意外だが、この商売が性に合っていたのだと思う。今はもう母もすっかり諦め、時にはお通しに出す煮物や枝豆を作ってくれたりもする。

しばらくすると、仕事帰りのサラリーマンが入って来た。続けて夫婦連れの別荘客がやって来た。今夜は地元青年団の団体の予約もある。

稀世は席に着いた客にすぐ挨拶に出向き、サービスが行き届くよう女の子たちに指示をする。女の子たちもよく動いてくれる。

あちこちのテーブルから賑《にぎ》やかな笑い声が聞こえてくる。店は和やかな空気に満ち、やがて、ここが稀世にとってもいちばん落ち着ける場所になる。

午前二時、看板の灯《あか》りを落とし、今夜もようやく一日が終わった。

女の子を帰し、稀世は店に残って精算をする。その後、火の元を確認し、灯りを消してビルの裏にある駐車場に向かう。

途中、銀行の夜間金庫に現金を入れ、南原の自宅に到着するのはいつも午前三時前後だ。

バブル景気が崩壊してから売り上げは右肩下がりの状態だった。しかし、店の雰囲気はずっとよくなったと思う。一年前まで、たぶん日本中がそうだったろうが、軽井沢の町も度を超えた浮かれ方をしていた。

店には怪しげな人間が数多く現れ、高価なシャンパンやブランデーが一晩で何本も空になった。不動産屋や建設業、それから職業の見当がつかない怪しげな男たちがいつもソファを占領し、金さえ払えばいいんだろ、と言わんばかりの横柄な態度でふんぞり返っていた。

軽井沢の土地は、場所によって十数倍の値段に跳ね上がり、豪華な別荘が乱立した。高級ホテルはいつも満室で、ゴルフ場は予約が取れない状況だった。レストランも料亭もいつも人で溢れていて、その分『ゆうすげ』も実入りがよく、女の子たちへのチップも派手に飛び交っていた。

しかし、それと同じだけ、殺伐とした雰囲気に包まれていたのも確かだ。

女の子をしつこく触ったり、口説いたりする客はまだしも、客同士の虚栄心からか、イザコザが絶えなかった。席の振り分けに苦心しても、酔いが昂《こう》じてささいなことで色めき立ち、その仲裁に入るのも骨が折れた。

看護師時代にも暴れる患者には手を焼いたものだ。虚勢や怒声は怖くなかったが、そんな客ばかりが続くとさすがにうんざりだった。仕事と思って大抵のことは我慢するが、限界を超えた時は「お代はいいからお帰りください」と、啖呵《たんか》を切って追い出すこともあった。

そんな状態を嫌ってか、いつしか古くからの馴染《なじ》みだった別荘客はほとんど姿を見せなくなっていた。地元の客も顔を出すことが少なくなっていた。

だから今、あの頃とは比べ物にならないくらいの売り上げでも、稀世は気持ちよく仕事ができる。ママの信子も「やっと軽井沢らしくなった」と安堵《あんど》している。

今年の夏は、しばらく遠のいていた別荘客が戻って来てくれて嬉しかった。地元の客も、かつてと同じように通ってくれるようになった。週末には観光客やゴルフ客が、ウィークデイには出張のサラリーマンたちが「久しぶり」とやって来る。稀世はほとんど顔と名前を覚えていて、即座に酒の用意をする。

狂乱の年月はようやく過ぎ去ったのだ。

その日、最初に顔を覗かせたのは堅田だった。堅田は一抱えもあるようなコスモスの花束を抱えていた。

「おぅ、これ」

「いらっしゃいませ。いつもすみません」

堅田は十日に一度ほどの割合でやって来る。そしていつも必ず何か土産《みやげ》を持って来る。今日のように店に飾る花だったり、女の子たちへのケーキだったり、めずらしい酒だったり、山で採れた山菜やキノコだったりする。

稀世はすぐに生ビールを用意した。堅田はいつもビールしか飲まない。グラスをカウンターに置くと「ありがとよ」堅田はうまそうに口をつけた。

「この間いただいた焼酎、とても評判がよくて、お客様からリクエストされてるんです。でも酒屋に置いてなくて、何とかなりませんか？」

「ああ、あれはなかなか手に入らないからな。今度また持って来てやるよ」

「よかった、助かります」

「それよりさ」

堅田はめずらしく渋い顔で、カウンターに身を乗り出した。

「妙な噂《うわさ》を聞いたんだけど」

「噂？」

「ここのビルの持ち主、例に漏れずバブル崩壊で大損して、にっちもさっちもいかなくなってるらしいんだ」

「そうなんですか？」

「聞いてないか？」

「私は何にも」

「ふうん、まあ、それならいいけどよ」

堅田がビールを喉に流し込む。

ふと、不安が稀世の胸を掠めた。ここのところ、似たような話をちょくちょく耳にしていた。

駅前の蕎麦屋《そばや》は店を担保に銀行から借り入れして、結局、土地も家屋も失ってしまった。筋向いのクリーニング屋は保証人の判子を押して、今は家を売りに出している。息子の借金の尻拭い、商売の手を広げ過ぎて借金まみれ、そんなバブル崩壊の残骸が、今も軽井沢の町に色濃く影を落としていた。

稀世の思いを汲《く》み取ったかのように、堅田は笑みを浮かべた。

「ま、何があっても心配することないさ。俺が何とかするから」

「はい」

稀世は頷《うなず》く。堅田がそう言うのだったら間違いない、そんな安心感に包まれる。

ビールを飲み干して、堅田は天井を指差した。

「お袋、上かい？」

「いえ、今夜は、志保《しほ》さんとふたりで食事に出られました」

「何だ、あのばあさん、また来てるのか」

堅田は口悪く言ったが、本心でないのはもちろんわかっている。

花村志保は、東京の銀座で『はなむら』というクラブを経営している。信子も若い時に、しばらく銀座で働いていたことがあり、その頃からの付き合いだそうだ。

お客様とのゴルフなどで、志保は年に何度か『ゆうすげ』に顔を出した。最近は、店をチイママに任せたらしく、ひとりでふらりとやって来る。そんな時は信子と一緒に近場の温泉に行き、地元の野菜を使った料理を食べるのを楽しみにしている。

信子の方が四つほど年上ということで、志保はいつも「ねえさん」と呼んでいる。当然、堅田のことも子供の頃から知っていて、下の行男の名前から「ゆきくん」と呼ぶ。

それが堅田は照れ臭くてならないのだ。

志保には、稀世も可愛がってもらっていた。「お下がりで悪いけど」と、アクセサリーや時計を貰ったりもしている。一度、店の休みを利用して信子と一緒に銀座の『はなむら』に遊びに行ったが、想像していたよりずっと大きく豪華な店で驚いた。ホステスも二十人はいただろう。

生ビールを三杯飲み、堅田はポケットから財布を取り出した。息子といえども、勘定はしっかり払うよう信子から釘《くぎ》を刺されていて、堅田は律儀にそれを守っている。

「ほんじゃ、俺、行くわ」

「はい、ありがとうございました」

堅田は席を立ち、入って来たアルバイトの女の子とすれ違いざま「彼氏できたか」などとからかいながら、店を出て行った。

「ねえ、堅田さんって、稀世さんの彼氏なんでしょ?」

からかわれた女の子がカウンターにやって来て、稀世に尋ねた。まだ彼女はここに来て三カ月ほどしかたっていない。

「まさか、そんなわけないでしょ」

稀世は笑いながら、グラスを片付けた。

ふうん、と頷いたものの、女の子は納得しない顔をした。

そう思っている人間が、女の子だけでなく、客の中にもいるのは知っていた。ママの息子の堅田と、その堅田が店に連れて来た稀世。誤解とはいえ、構図はいかにもそれっぽい。

だからといって、堅田と自分の関係をどういうものか説明しようとしても、それはそれで稀世は言葉に詰まってしまう。

堅田は口が悪く、素行もあまりよいとは言えない。出会いも、喧嘩で刺し傷を負って稀世の勤める病院に担ぎ込まれたのが最初だった。佐久市で土木業をやっているらしいが、詳しいことは今もよく知らない。

最初は警戒していた。『ゆうすげ』で働くようになってからも、極力近寄らないようにしていた。けれどもこの八年あまりで、堅田に対する印象はずいぶん変わっていた。口の悪さは照れの裏返しで、短気ではあっても無茶を通したりはしない。規則は守れないが、約束を反故《ほご》にすることはなく、喧嘩っ早くても、自分より弱い者に手は出さない。頼まれると嫌と言えない人の好《よ》さがあり、何より、堅田は嘘《うそ》が下手《へた》だった。

しばらく姿を見せないと、ついドアが気になり、振り向く回数が多くなる自分に気づくことがあった。顔を合わせても、大した話をするわけではないが、それでも堅田がそこにいるだけで、肩から力が抜けるような安堵感に満たされた。

自分の中に、堅田に対する好意があるのを稀世は自覚していた。同時に、堅田もまた同じ思いを抱いているのではないかという気配も窺《うかが》えた。

しかし、それを男と女という観点から解釈すると、たまらなく居心地が悪くなった。自分と堅田にはいつも一定の距離がある。どんなに軽口をたたき合ってもその距離が埋まることはない。もっと言えば、埋めようとしない。それは近づくことを怖《おそ》れているのではなく、互いにどんなポジションに身を置くのが快適な関係を続けられるか、知っているからだ。

堅田には妻と子供がいるが、そのことで気持ちを押し留《とど》められているわけでもなかった。たとえ、堅田が独り身であっても同じだったろう。恋愛でもなく、友情でもない、かと言って兄妹のような親密さとも違う。

堅田の中に、稀世は時折、自分を見ることがあった。性格も生き方も正反対のはずなのに、今、堅田が何を感じ、何を考えているか、こちらに向ける目の奥に透けて見えてしまう。そしてその時は堅田もまた、稀世の思いを読んでいるのだとわかる。同じ電極が反発するように、同じだからこそ寄り添えない関係があるということを、稀世はこの八年の間で知るようになっていた。

それからしばらくして、来店した客から、気になる話を聞かされた。

「あの土産物屋、つぶれるらしいよ」

そんな話は、毎日のように耳に入っていて慣れっこだ。しかし、それが母の勤める土産物屋となれば、簡単には聞き流せない。

「本当ですか?」

稀世は思わずカウンターに身を乗り出した。

「主人が投資に失敗したんだってさ」

客は地元で古くから旅館を経営していて、軽井沢の事情は、役場の職員の給料から町外れの家の嫁と姑《しゅうとめ》の仲違《なかたが》いまで知っている、と豪語している。

「でも、老舗《しにせ》ですよね」

噂が先行している場合も多々あった。先日も、夜逃げしたと言われていた小料理屋の主人が、実はハワイ旅行をしていただけだった、という笑い話があったばかりだ。だいいち母から何も聞いていない。

確かに、母は稀世がまだ寝ているうちに仕事に出るし、稀世が帰って来た頃にはもう眠っていて、ここしばらくゆっくり話もしていない。

「老舗がいちばん危ないんだよ。経営者が世間知らずだからね。でも、もし本当にそうなったら、稀世ちゃんとこのおかあさんもいろいろ大変だろうねえ」

客は意味あり気な目を向けた。

「そりゃあ、もう長く勤めてますから」

「そうじゃなくてさ」

「え？」

客は慌てて首を振った。

「いや、いいんだ。まあ、世の中がこんなことになったんだから、いろいろあるさ」

客の言い方が気になった。何やら意味を含んだ口ぶりだった。

それを母に確かめようとしたが、しかし、相変わらず顔を合わせることのないまま、結局、数日が過ぎていった。

そして今日、いつものように昼近くに起き、茶の間に行くと、母が座卓の前でぼんやり座っていた。

「あら、今日はお休み？」と、尋ねてから、母の様子に客の言葉が蘇った。

稀世は慌てて母の向かい側に腰を下ろした。

「もしかして、土産物屋、倒産したの？」

「知ってたの？」

「噂でちょっと聞いたの。やっぱり本当だったんだ」

「ああ……」と、母は力なく頷いた。

駅前や旧軽などに五軒ばかりも店舗を持つ、ここらではいちばん大きな土産物屋だったはずである。母ももう三十年以上も勤めて来た。落胆するのも無理はないだろう。

「そう……。でも、こうなった以上、仕方ないわけだし」

稀世はとりなすように言ったが、母はうなだれたままだ。いつも溌剌《はつらつ》と働いていて、実際の年よりずっと若く見えるが、今日は頬に濃い影が落ち、急に老け込んでしまったようだった。

「ずっと働き詰めだったんだから、これを機会にしばらくゆっくり休めばいいじゃない」

考えてみれば、母ももう六十歳だ。普通の会社員であれば定年退職の年代である。十分に働いて来たと言えるだろう。

「後のことは心配ないから。おかあさんと私ぐらい何とかなるから」

それくらいの給料は貰っている。その中から、少しずつだが貯金もして来た。祖父から受け継いだこの家は、相当ガタが来ているものの、自分たちのもので借金があるわけでもない。母とふたり、つつましく暮らしてゆく分には今のところ何の問題もない。

「だから、大丈夫だって」

母は口元に頼りなげな笑みを浮かべた。

「そうか、ありがとう」

それから、だるそうに立ち上がり、茶の間を出て行った。

仕事を奪われるのは、そんなにつらいことだろうか。若い時から働き詰めなのだから、悠々自適とまではいかなくても、後はのんびり過ごせばいいではないか、と思うのだが、長年に培ってきた習性はそう簡単には変わるものではないらしい。

『ゆうすげ』には地元の商店主や経営者もやって来る。頼めば、働き口くらい何とかなるかもしれない。給料云々《うんぬん》ではなく、そういう場が、今の母にはきっと必要なのだろう。

軽井沢の秋は短い。

紅葉が過ぎれば、観光客の姿も消え、ひっそりした息遣いのように冬の気配に包まれる。そして気がつけば、もう凍える風に身を竦《すく》ませなければならない時季になっている。

しかし、稀世は冬がいちばん好きだった。

研ぎ澄まされた冷たい空気を吸うたびに、身体《からだ》の内側が洗われていくような気持ちになる。

先日、浅間山は初冠雪となった。もう冬はそこまで来ていた。

いつものように六時に『ゆうすげ』に行くと、ママの信子が顔を出した。

「ちょっと上に来てくれんか」

「はい」

稀世は三階にある信子の部屋に向かった。

部屋に入ると、信子は気難しい顔で待っていた。売り上げの計算を間違えただろうか。業者への支払いを忘れただろうか。それとも客からクレームでも来たのか。いずれにしても、いい話でないのは信子の表情を見ればわかる。

「何でしょう」

稀世は少々緊張しながら、信子の向かいに座った。

「実は、このビルの所有者が代わることになったんだ」

「えっ」

以前、堅田からもそれらしい話を聞かされたが、やはり本当だったらしい。

「今朝、書面で正式な通知が来た。聞いたら、一階の居酒屋にも蕎麦屋にも、同じものが来たそうだ」

「それで、所有者が代わると、私たちにも何か影響があるんですか？」

さすがに稀世も不安になって尋ねた。

「いや、それはまだわからないけど、でも、もしかしたら家賃の値上げなんか言って来るかもしれない。このビルはもう築三十年以上だし、家主とも長い付き合いだから、格安で貸してもらってたんだけど、そうはいかなくなるってこともあるだろうね」

「そうですか……」

そうなれば当然売り上げにも響く。

「私じゃ難しいことはわからないから、後は行男に任すつもりだけれど、稀世ちゃんにもそれだけは先に伝えておこうと思って」

「わかりました」

だからと言って、何をすればいいのか、何ができるのか、稀世にはわからない。

部屋を出て、店に戻ったものの、どことなく落ち着かない気分だった。

好景気が一瞬にして弾け、世の中が右往左往していることは、もちろんわかっている。けれど、稀世はどこか他人事《ひとごと》のように感じていた。いや、むしろ落ち着いた店に戻れて、ホッとしていた。しかし、自分には関係ないと、知らん顔で終わらすことはできないらしい。そういう世の中になってしまったらしい。

未来子

まさかここで創介と会うなんて、思ってもみなかった。

「久しぶりだな」

わずかに目を細め、懐かしげに呟く創介は、窓から降り注ぐ午後の光を背にして立っていた。

目黒《めぐろ》にある総合病院のロビーである。

確かに創介はそれなりに年を取っていたが、印象はかつてのままだ。どこか拗《す》ねたような眼差《まなざ》しも、額にかかる脂《あぶら》っ気《け》のない髪も、それと気がつかないほどの猫背気味の姿勢も。

「ほんと、何年ぶりかな。二十年くらい？　信じられない、もうそんなにたったなんて。創介元気そう。あの頃と少しも変わらない」

未来子は上擦っている自分を感じながら、つい早口で言った。

「馬鹿言え、もうすっかりおじさんだよ」

そして、くしゃくしゃと鼻の周りにシワを寄せて笑うその癖も。

「未来子もぜんぜん変わらないよ」

「やだ、そんなわけないいじゃない」

自分の言葉に甘えのようなものが含まれている。創介を前にして、未来子は瞬時にして十代の頃に戻っている自分を感じた。

聞きたいことは山のようにあった。

あれからどこで何をしていたの？　あの製材所の女性とはどうなったの？　どうして家に戻ったの？　今どんな暮らしをしているの？

そして、聞いて欲しいことも山のようにある。

しかし、口から出たのはいちばん無難な質問だった。

「おじさま、具合はいかが？」

「うん、まあ、何て言えばいいのか、もう年も年だしな」

口調から、あまり良くないらしいと窺える。

「わざわざ見舞いに来てくれたのか」

「本当は母が来るはずだったんだけど、今日は私が代わりに」

「親父もお袋も喜ぶよ」

そう言ったものの、創介の口調にはどこか他人行儀な響きがあった。母が創介の母、秋子から聞いた話だが、高校卒業と同時に家を出て以来、両親とはまったく連絡を取っていなかったという。それが突然、後継者という立場で戻ることになったのだから、そこには未来子には計り知れない葛藤や事情があったのだろう。

創介がちらりと腕時計に目をやった。

「悪い。ゆっくり話したいんだけど、今から出張に出なくちゃならないんだ」

「日曜なのに仕事？」

「このご時世だからな、仕事があるなら、休みだってて地方だってどこにでも出掛けるさ」

それから胸ポケットから名刺を取り出した。

「よければ、今度また改めて」

「ええ、ありがとう」

「じゃあ」

創介の姿が玄関から消えるのを、未来子は立ち尽くしたまま見送った。

懐かしさは切なさに似ていた。十代の頃、創介に寄せていた想《おも》いがわずかな温度を持って蘇って来た。創介が好きだった。誰にも渡したくなかった。その創介が自分ではなく、稀世に好意を持っていると知った時、未来子は自分の居場所さえ失ったような気がした。

あの時、自分たちの人生は、英次の死によって大きく変わったと思った。未来子も創介も稀世も、十八歳の時に胸に抱いていた青写真とはかけ離れた生き方を始めることになった。

けれども今、結局はそれぞれあるべき人生を選んだのだろうと思える。二十年という月日はそれを納得させるに十分な時間だった。

見舞いを終えて家に帰ると、ダイニングのテーブルで母の芙美子と杏奈が絵を描いていた。母は覗き込むように、熱心に杏奈の手元を見つめている。

その光景に、ふと、未来子の足が止まった。

「あ、ママ、おかえりなさい」

杏奈が顔を向け、椅子から飛び降りるようにして未来子に抱きついて来た。

「ただいま」

未来子は杏奈を抱きしめた。

「駄目よ、杏奈。ママじゃなくて、おかあさまでしょう」

母の声が飛ぶ。

小学校受験を決めてから、母の躾《しつけ》は細部に及んでいた。杏奈は首をすくめて「おかあさま、おかえりなさい」と言い換えた。

これぐらい、と内心で思う。これぐらいいいではないか。

しかし、杏奈の面倒を母に任せきりにしている未来子としては、強く言うこともできない。母が杏奈を思って厳しくしているとわかっているから尚更《なおさら》だ。

「どうだった？　相葉さんのご主人」

「詳しくは聞かなかったけれど、あまり良くないみたい。長居するのも申し訳ないから、早々に失礼して来たの」

「おうちの事業のことで大変だったらしいから、その疲れも出たのかもしれないわねえ」

　母には、創介と会ったことは言わなかった。別に告げても構わないが、今はこの懐かしさをひとりで味わっていたかった。

　その夜、杏奈をベッドに寝かしつけていると、急にこんなことを言い出した。

「瞳子おばちゃんって、ママのおねえさんよね」

「ええ、そうよ。おばあちゃんとおじいちゃんのお部屋に写真が飾ってあるでしょう」

　肩が出ないよう、未来子は杏奈の顎の下まで毛布を引き上げる。

「ずっと前に死んじゃったって」

「そう、杏奈の生まれる前にね」

「ねえ、杏奈はその瞳子おばちゃんのうまれかわりなの？」

「え……」

　未来子は思わず杏奈の顔を見直した。

「おばあちゃんが言ったの、杏奈は瞳子おばちゃんのうまれかわりだって。だから頭もいいし、絵も上手なんだって。私はママとパパの子供だよって言ったら、でもタマシイは瞳子おばちゃんだって。ねえ、タマシイって何？」

　どう答えていいのか、咄嗟《とっさ》に思いつかなかった。杏奈が瞳子に似ているのは、未来子もわかっている。面差しだけでなく、絵が好きなところも瞳子譲りだ。優秀で美しく優しかった瞳子に似てくれたことは、未来子も喜ばしく思っている。それでも母に生まれ変わりとか、魂などという言葉を使われるのには違和感を覚えた。

未来子は杏奈の髪に手をやった。

「杏奈はパパとママの子よ。生まれ変わりなんかじゃないし、魂だって杏奈のものよ」

直接的な答えではなかったかもしれないが、ニュアンスは通じたのだろう。

「そうよね、杏奈も変だって思ったんだ」と、納得したように頷いた。

杏奈が眠ったのを確かめてから、未来子は部屋を出た。

杏奈を混乱させるようなことは言わないで。

それを言うべきか迷いながら階下に下りると、母は居間のソファで縫い物をしていた。杏奈のお稽古用の手提げ袋だ。

「おとうさんは？」

「お風呂よ。杏奈は寝たの？」

顔を上げないまま母は言った。

「ええ」

未来子は向かい側に腰を下ろした。

「アップリケはイルカにしたの。杏奈はワンちゃんやネコちゃんより、海に住んでる生き物が好きみたい。前に作ったエプロンも、ヒトデと貝殻にしてって言ったのよ」

未来子は母の手元を見つめた。

「でも、ウサギやリスも好きよ」

「瞳子は海が好きだったから」

「チューリップやひまわりだって」

「この間もね、絵の先生に褒められたのよ。色使いの感覚がとても鋭いって。もちろん絵だけじゃなくて、運動神経もいいし、理解力も優れてるって、もうベタ褒めだったんだから。私も鼻が高かった」

そうであれば、母親として喜ばしいはずである。それなのに、未来子は素直に受け入れられないでいた。それどころか、自分の胸を覆うこの重苦しさは何なのだろう。

「それでね」と、母が顔を上げた。

「杏奈の小学校なんだけど、K女学院にしたらどうかと思うのよ」

それは姉の瞳子が進学した学校の系列校だった。あの頃から難関の私立で、未来子は逆立ちしたって入れなかった。

「でも、すごい倍率なんでしょう？」

「杏奈なら入れるわよ」

「そうかしら……」

「当たり前じゃないの、瞳子の血を引いているんだもの」

その言葉に、未来子は思わず言い返していた。

「言っておくけど、杏奈は私の娘だから」

母は驚いたように何度か瞬《まばた》きした。

「何を言ってるの、そんなの当たり前じゃない。でも、あなたにだって瞳子と同じ血が流れてるんだから、それが杏奈に受け継がれたとしても不思議はないでしょう」

「そうかもしれないけど……でも、姉さんほど優秀なわけないわ。だからあまり期待しないで」

母の目に咎《とが》めるような気配が広がった。

「母親のあなたが娘のことをそんなふうに言ってどうするの。杏奈は優秀よ、誰にも負けない。K女学院だって間違いなく入れるわよ」

未来子は手元に視線を落とした。

「大丈夫、受験のことは全部私に任せておいてくれればいいの。あなたは何も気にせず、仕事をしていればいいんだから」

「でも」

「いいのいいの、杏奈には私がついているから」

母は話を打ち切るように言って、再びアップリケを縫い始めた。

居間を出て、自室に戻っても、未来子はなかなか寝付けなかった。眼《め》を閉じると、瞳子が死んだ時のことがやけに鮮明に思い出されて、何度も寝返りを繰り返した。

あの時の両親の落胆と嘆きは凄《すさ》まじいものだった。特に母は、現実を受け入れられず、口もきけない状態が続いて、このまま頭がおかしくなってしまうのではないかと不安を覚えたほどだ。

未来子だって同じだ。瞳子の死を知らされた時の、足元がすっぽり抜け落ちてしまったような衝撃を今も忘れてはいない。

それでも、悲しみの質は母とは違っていたように思う。

小さい時から、瞳子にかなわないのはわかっていた。

瞳子を見習いなさい。瞳子はできるのにあなたはどうしてできないの。

姉を慕い、自慢に思う気持ちはあっても、そんなふうに比較され続けながら暮らして来た未来子にとって、姉は決して越えられない大きな壁でもあった。

大学に入って、学生運動にのめり込んだ姉が家を出て行き、やがて病んだ心で帰って来た時、驚きはあったが、それと同時に今まで感じたことのない親近感を覚えた。

姉も完璧ではないのだ。

それが、未来子にある種の安堵のようなものを与えた。

辻堂の療養所には何度も足を運んだ。変わり果てた姉を受け入れられないでいる母より、ずっと頻繁に通ったはずである。

そうして姉とふたり、どうということのない話をしながら海辺を散歩した。海の青さや、ぽっかり浮かんだ雲や、霞《かす》んで見えた江の島《えのしま》や、足裏を柔らかく押し返す砂の感触を今もはっきりと覚えている。あの日々は姉と過ごした唯一の濃密な時間だった。

もう瞳子はいない。美しく優しく優秀だった姉は、自らの意思で彼岸に旅立って行った。

それなのに、母はまた瞳子を作り出そうとしている。杏奈に瞳子で果たせなかった夢を託そうとしている。

このままでは、杏奈は瞳子の身代わりをさせられてしまうのではないか。

未来子は初めて強い不安を抱いた。

それから数日して、オフィスの隅から夫の広瀬に電話を入れた。

残業を終えた午後八時過ぎ、微妙な時間だが自宅に帰っているかもしれない。シドニーとの時差はあまりない。それほど期待しないでコールすると、三回ほどで繋がった。

「私、未来子」

「えっ、どうした、何かあったのか」

戸惑ったような声が返って来た。最近、電話を掛ける時はいつも先に杏奈が出る。いきなり未来子から、ということで、驚いたらしい。

「ううん、何にも。こちらはみんな元気でやってる。もちろん杏奈も」

「そうか、よかった」

「実はね、ちょっと相談したくて」

未来子は身体を窓に向けた。眼下に、六本木のイルミネーションがオフィスより明るく広がっている。

「めずらしいね、未来子が僕に相談なんて」

その言葉は、勘繰れば皮肉に聞こえないでもなかったが、今夜はそんなことにこだわるのはよそう。

「杏奈の受験のことなの」

「ああ」

「母はどうしてもK女学院に入れたいらしいんだけど、どう思う？」

「どうって言われても、僕は前にも言ったけれど、何も無理して私立の小学校なんか入れなくても、公立で構わないと思ってるよ」

　未来子は慌てて付け加えた。

「K女学院はいい学校よ、それは間違いないの。教育水準は高いし、躾も厳しいし、先生の質もよくて環境も整ってる」

「何だ、気に入ってるのか。だったら未来子に任せるよ。こっちにいる僕は、どうせ何にもできやしないんだから」

「でも、本当にそれでいいのかしらって気持ちもあるの」

　広瀬は困惑の声で言った。

「どうした、未来子らしくもない。いつも決断は速いだろう」

「だって」

「つまり、未来子はどうしたいんだ？　杏奈をその小学校に入れたいのか、入れたくないのか？」

「K女学院って、姉が通っていた学校の系列校なの」

「ああ、瞳子さん。だったら尚更いいじゃないか、未来子だって安心だろう」

「でも、もし杏奈がねえさんのようになったらって思うと……」

「何を馬鹿なことを言ってるんだ。そんなわけないだろう」

「だって、おかあさんったら杏奈に付きっ切りなのよ。まるでねえさんの身代わりをさせようとしているみたい。幼児教室も習い事も全部付き添って、私の出る幕なんかぜんぜんないの。そりゃあ、私はK女学院に入れるような頭はなかったし、仕事も忙しいから杏奈にしてあげられることも少ないけれど、でも何も、あそこまでおかあさんが杏奈にべったりになることはないと思うのよ」

広瀬はしばらく沈黙した。

「ねえ、どう思う?」

「まるで嫉妬してるみたいだな」

ぽつりと、答えが返って来た。

「嫉妬? 私がおかあさんに?」

「いいや、杏奈に」

未来子は思わず声を上げた。

「どうして私が杏奈に嫉妬しなくちゃいけないの」

慌てた声があった。

「いや、深い意味はないんだ。ただちょっとそんなふうに感じただけさ」

「言って。どうしてなの？　どうして私が杏奈に嫉妬するの？」

諦めのようなため息の後、広瀬は言った。

「じゃあ言うけど、怒るなよ」

「もちろんよ」

「小さい時から、おかあさんの関心はずっと瞳子さんだけに向いていたんだろう、そのことは時々、未来子も言ってたよな」

「ええ、そう。姉は私と違ってものすごく優秀だったもの。それは仕方ないと思ってる」

「その瞳子さんは亡くなってしまった。あの時、すっかり気落ちしているおかあさんを、未来子はよく支えたよ。娘だから当然だと言われればそうなんだろうけど、僕からすれば尋常じゃないように見えた。毎日、朝から晩まで付きっ切りだったからね」

「だって、そうでもしなくちゃ、おかあさん何をするかわからないような状況だったのよ」

「勝手な想像だけど、未来子はこう思ったんじゃないか？　そうすることで、今度こそ自分に関心が向けられるって。もう娘は自分ひとりしかいないんだから、他に向けようがないって。それなのに、未来子を飛び越えて、おかあさんの関心は杏奈に行ってしまった」

気のせいか、受話器を持つ指が冷たくなった。

「何を言ってるの」

「だから、僕の勝手な想像だ」

「勝手にそんなこと想像しないで」

「怒らないと言ったろう」

「怒ってなんかいない。呆《あき》れているだけ。よくそんなふうに考えられるものだって」

短く、けれども、投げ出したとはっきりわかる広瀬の吐息が耳に届いた。

「そうか、僕が悪かった。今の話は忘れてくれ。それより、今度、杏奈にプレゼントを贈ろうと思ってるんだけど」

広瀬は唐突に話題を変えた。これ以上、未来子と争いたくないという意思の表れだった。

「アボリジニの工芸品で、ディジュリドゥというユーカリの木で作られた笛なんだ。細工が見事で、一目で気に入ってね」

「そう」

広瀬の判断は正しい。これ以上、広瀬が何か言えば、未来子は言葉を尽くして反論しただろう。

しかし同時に、突き放されたような感覚も味わっていた。面倒なことは共有したくない、これ以上深いところで関わりたくない。それが未来子に対する今の広瀬のスタンスそのものに思えた。

「もう、杏奈は寝たのか？」

「オフィスから掛けてるから」

「残業か、あんまり頑張り過ぎて身体を壊すなよ」

「わかってる」

「じゃあ、また」

電話を切ると、不意に、途方もない孤独感に包まれた。眼下に広がる華やかな明かりも、まだオフィスに残る部下たちの姿も、目の前に置かれた書類も、現実のものとは思えず、まるで自分があてどない空間に放り込まれてしまったような頼りなさを感じた。

私はなぜこんなところにいるのだろう。

そんな答えのない質問を向けようとしている自分に気づいて、未来子はひどく狼狽《うろた》えた。

創　介

創介が弟の慎也と会ったのは、今からふた月ほど前のことだ。都心のホテルの一室だった。

「とにかく、会社の状況を詳しく聞かせてくれないか」

「ああ」

慎也はすっかり憔悴《しょうすい》していて、頬にも濃い影が落ちていた。

「数年前、親父は会長に退いて、僕が社長に就任したんだ。バブルが弾けるなんて想像もしていなかった頃だ」

そして、慎重な口調で話し始めた。

――その頃、他の不動産会社は極端な右肩上がりの業績を上げていた。しかし相葉不動産は親父の方針で、景気とは関係なく、収益率が低くても堅実な経営に徹していたんだ。でも、それが僕には不満でならなかった。この千載一遇ともいえるチャンスを利用しないなんて馬鹿げてると思ったんだ。

社長になった僕は親父の反対を押し切って、事業を広げるためにリゾート開発会社と組み、北関東のゴルフ場建設に関わった。

最初は順調だった。早々と噂を聞きつけて、会員権を何とかしてくれと頼んで来る客が何人もいた。ところが、建設中にバブルが弾けてしまった。予想外の出来事だった。そのゴルフ場を数箇所経営していた開発会社は、資金繰りが行き詰まって倒産した。その煽《あお》りを受けて、相葉不動産が多額の負債を負うことになった。

僕はその負債を、いくらかでも返済しようとした。それで今まで個人で動かしていた株売買に、会社の資金を流用した。そうでもしなきゃ資金繰りできないと思ったんだ。しかし結果的には、それが会社にとっても、僕にとっても致命傷となってしまった。株売買にも失敗し、行き詰まった僕から報告を受けた親父は激怒したよ。僕はすぐに社長を解任された。親父は体調が悪くて寝込んでいたにもかかわらず、自ら社長に復帰して、取引銀行との交渉を開始した。

祖父が十坪にも満たない小さな借り店舗から始めた相葉不動産は、親父の代になって年商百億円を超える、業界では中堅の会社にまで成長してきた。それは親父の経営方針や営業手腕が、顧客や建設会社などに信頼され支持されてきたからだ。その親父の経営者としての実績が、何とか銀行を動かした。おかげで倒産だけはまぬがれた。

しかし、取引銀行が提示した再生の条件は、相葉家が所有するすべての担保物件と、相葉不動産の優良物件の引き渡し、銀行系列の大手不動産会社との業務提携、身内の僕を完全に切り、社員のリストラを含め、今後十年間の事業再生計画の協議だった——。

相葉不動産の置かれた状況を話す慎也が、しだいに泣き顔に変わっていくのを、創介は黙ったまま見つめていた。

「倒産を避けるために、親父はすべての条件をのんだ。しかし、現実はそんなに甘くなかった。銀行は今、換金できる担保物件はすべて売り払い、相葉不動産を系列の不動産会社の子会社にして、今まで創《つく》り上げてきた親父の実績や信頼をうまく使い切ることだけを考えている。いずれ、この再生計画が軌道に乗れば、相葉不動産は切り捨てられるだろう」

「どうして、そんなに無理をしてまで会社を再生させる必要があるんだ」

思わず言っていた。創介には理解できなかった。そこまで駄目になった会社なら、いっそ整理してしまった方がいいではないか。

慎也の頬にいっそう翳《かげ》りが濃く差した。

「親父は、今まで信頼してくれた株主や関連会社、従業員に、自分の目の黒いうちはどんなことがあっても迷惑を掛けたくないと言っている。だから、自分が陣頭指揮を執ってでも、負債を返す目安ができるまでは相葉不動産を潰す訳にはいかないってね。銀行にもいくらかの負い目はある。僕が事業を広げたいと言った時、向こうから諸手《もろて》を挙げて必要以上に融資したんだからね」

「なるほどな」

「今はぎりぎりのところで均衡を保ってる。でも、明日はわからない」

創介は、椅子から立ち上がった。窓の外に広がる華やかなイルミネーションが、ひどく虚《うつ》ろに目に映る。

慎也の声が背中に聞こえた。

「僕に何の力もなくなった今、親父の体調を考えると、親父の代理として相葉不動産を引き受け、銀行とその系列の不動産会社との交渉役に、どうしても兄貴が必要なんだ。兄貴しか信頼して任せられる人間がいないんだ。だから戻って来て欲しい。何だかんだ言ったって親父は兄貴に信頼をおいてる」

「あり得ない」

創介は振り返った。

「僕にはわかるんだ」

「そんなわけないだろう」

「頼む」

振り向いて創介は言葉を荒らげた。

「無理だ。経営なんて素人《しろうと》だぞ」

「わかってる。でも──」

不意に慎也は椅子を下り、創介の前で崩れるように土下座した。

「頼む」

創介は驚き、頭を床に擦《こす》り付ける慎也に近づき、襟を摑《つか》んで立ち上がらせた。

「やめろ、俺にそんなことをするな」

しかし、慎也は力なくうなだれるばかりだった。そんな慎也を見るのは初めてだった。その姿に、創介は心を揺り動かされていた。もはや心を決めるしかないように思えた。

「そうか、わかった。会社の事情がどうであれ、こんな俺でも必要とされるのなら実家に戻ろう。俺が家出をして以来、おまえには迷惑の掛けっ放しだった。何もかもおまえに押し付けて、俺は好き勝手に生きて来たんだ。悪かったな。土下座するのは俺の方だ」

慎也は涙を手で拭いながら創介に顔を向けた。

「兄貴……」

「俺なんかに何ができるかわからないけど、できる限りのことはさせてもらう」

慎也の表情には、苦悩と安堵が入り混じっていた。

慎也との話が終わったその日のうちに、創介は世話になった出版社に出向いた。事情を説明して辞める意向を伝えると、親しくしていた編集長は困惑の表情を浮かべながら
「何とかならないのか」と呟いた。しかし創介の表情からすぐに察したのだろう。

「もう、決めてるんだな」と、ため息と共に言った。

「申し訳ありません」

「そうか。長い間、ありがとう」

「こちらこそ、ありがとうございました」

創介は深く頭を下げるばかりだった。

もうライターは続けられない。ただ、フリーランスの立場とはいえ、関わっていた仕事仲間や編集者に迷惑はかけられない。それから十日ほどかけて、仕事に支障がないよう、慌しくも念入りに引き継ぎを済ませた。

そして、すべてを整理して、創介は相葉不動産に出向いた。

「お久しぶりです」

社長室に向かい、父の重道に挨拶したが言葉は返って来なかった。今日、創介が来ることは慎也から聞いているはずである。

「俺なりに、ここで働かせてもらおうと思います」

十八歳の時に家を出て、二十年近くが過ぎていた。その間、一度も父とは顔を合わせていない。ただ、今こうして会ってみて、体調の悪さのせいもあるのだろう、まだ六十半ばというのにもう昔の面影はなく、ずいぶんと老け込んでいた。その様子に思わず胸を衝《つ》かれた。

後ろ手でドアを閉めて創介は息を吐いた。

今更、感傷に浸るのも身勝手な話だが、それでもこんな現実が自分の家族に待っていたことにいたたまれなさを感じた。そこに、家族の状況など少しも考えずひとり好き勝手に生きてきた自分自身にも責任の一端がないとは言えないだろう。それを思うと、後ろめたさにやりきれなくなった。

社長室を出た創介は、役員と社員一人ひとりに挨拶をして回った。一時は百人近くいたという従業員も五分の一の二十人ばかりになり、役員や監査役はすべて銀行系列の不動産会社から派遣されていた。

「これからお世話になります。よろしくお願いします」

覚悟はしていたが、向けられたのは戸惑いと冷ややかな眼差しだけだった。それでも創介は頭を下げ続けた。

それから必死になって仕事を覚えた。

朝は誰よりも早く出社し、過去の資料やデータに目を通した。九時までに一日のスケジュールを確認し、書類を揃《そろ》える。社員たちが出社して来ると、慌しくミーティングをして、十時には社を出る。ポジションは取締役でも、実際の仕事は一社員と変わらない。立ち退《の》きの交渉や、建築会社との打ち合わせ、物件の査定、売買の手続きなどといった雑多な仕事を黙々とこなしてゆく。幸いにも通信講座で学んだことが多少なりとも役立ってくれた。

今、相葉不動産の手掛けている仕事は、そのほとんどが親会社から回ってくる物件だった。都心の巨大なビルや工場跡地のような大きなものではなく、街中に点在する小さな土地や建物だ。どれも、銀行に担保として取り上げられた物件ばかりである。

裏社会が絡んだ曰《いわ》く付きのものもあれば、地方のひなびた商店街や住宅地の場合もある。本来なら、大手と呼ばれる不動産会社が関わるような仕事ではないだろう。しかし、親会社も不景気は同じだった。どんな小さな仕事でも、利益が得られるのであれば手を出したい。ただ大手の面子《メンツ》もあって、名前を出すのは控えたい。つまり、そういった物件を相葉不動産が肩代わりして、立ち退き交渉、取り壊し、整地をして、市場に乗せて売り捌くのである。

当然だが、気持ちのいい仕事ではなかった。自分の家や土地を取られることに対して、そこにどんな理由があるにしても、相手に素直に聞き入れられるはずがなかった。トラブルは付き物で、出向くと、居住権を主張して居座り続けられたり、逆に「取り上げないでくれ」と泣いてすがられることもあった。憎しみのこもった目で泥棒呼ばわりされたことも、人でなしと罵られることもあった。

最初は逡巡《しゅんじゅん》した。家や土地を失くして、この人たちはこの先どうやって暮らしてゆくのだろうかと、創介自身が不安になった。実際、途方に暮れる債務者を見て、いたたまれない思いで、もう少し猶予を与えられないのか、他に方法はないのかと、親会社に交渉したこともある。

だが、それには呆れた声が返って来ただけだった。

「債務者を弁護するのは結構だが、相葉は事実上倒産している会社だって、君はわかって言っているのかね。誰のおかげで飯を食ってる」

何も言えなかった。親会社がその気になれば、相葉不動産などすぐに潰されるだろう。最近、父は体調の悪さに加え、軽い脳血栓を患い、出社もできない状態が続いている。創介は父や慎也の思いを叶《かな》えるためにも、会社の利益を上げなければならない。覚悟を決めるしかなかった。これは仕事だ。たとえ自分がやらなかったとしても、他の誰かがやるだけだ。何がどうあろうと家と土地は取られ、住人は追い出される。債務者への同情なんて、いったい何の役に立つ。これが現実だ。これが世の中だ。

それから感情を殺すことを覚え、創介は自分の中にあったわだかまりをいっさい捨てた。

今日も、都下にある農家の老夫婦を訪ねた。息子の借金の保証人として、家屋と農地が担保に入っていた。その息子は姿を消し、借金だけが残ったのだ。こんな話は巷《ちまた》に溢れている。

創介は書類を揃えて、退去勧告を口にした。

「所有権はすでに私どもに渡っております。法的な手続きも済ませてあります。この家と土地は、私どもに引き渡していただきます」

書類を差し出すと、老夫婦は顔を見合わせ、しばらく沈黙した。

それから、震える声で尋ねた。

「私たちは、この家を出て行かなければならないのでしょうか」

「そういうことです」

その表情に絶望が滲《にじ》んでゆく。

「何とかなりませんか。この家を取られたら、私たちはどこに行けばいいのか……」

「私どもは不動産業ですから、アパートをお探しするくらいのことはできます」

創介はマニュアルを読むように淡々と答える。

「いつまでこの家にいられるんでしょう」

「今月中には家を解体して更地にする予定ですので、あと三週間というところでしょうか」

「三週間……」

呟きながら、老夫婦は呆然《ぼうぜん》と宙に目を泳がせている。

ふたりとも、すでに七十歳を超えているだろう。深い皺《しわ》に包まれた顔や、節くれだった指を見れば、どれだけ長く農業に携わって来たのかわかる。今になって、家も畑も取られるのは、死ねということと同じなのかもしれない。

この人たちに何の罪もない。それはよくわかっている。

恨むなら、自分の息子を恨め。嘆くなら、両親にすべての尻拭いをさせてしまうような、そんな息子に育てた自分たちを嘆け。

不必要に長居はしない。要件さえ告げればいい。創介は早々に農家を後にした。

それから二軒、回った。それぞれに事情は違っても、憎まれるか、泣かれるか、罵倒されるか、結局はどこも同じだった。

もう、何も感じない。感情に蓋をし、現実を盾にし、ひたすら事務的に事を進める。何をどう考えようと、今の自分にできるのはそれだけだ。


今夜はめずらしく、早めに社に戻って来た。

デスクに座ると、一日の疲れが両肩に圧《の》し掛かって来て、ため息が漏れた。

肩を手で揉みながら、立て続けに三本、煙草を吸った。最近、煙草の量がめっきり増えていた。デスクの灰皿には吸殻が堆《うずたか》く盛り上がっている。そのせいか、いつも喉の奥にざらついたような不快感が残っている。

同時に、酒もよく飲むようになった。仕事の後、どうにもまっすぐ帰る気がしない。これといって行き付けの店があるわけではなく、目に付いた居酒屋があればふらりと立ち寄り、そうでなければ部屋でひとりで飲む。酒で、仕事から意識を解放させなければ、とても眠りにつけなかった。

弟の慎也は今、小さな賃貸マンションに引っ越して、妻子と共に暮らしている。友人が立ち上げたIT関係の会社を手伝い始めたらしい。たまに連絡があるが、少しずつ声が落ち着きを取り戻している。父、重道の経過はあまり良いとは言えない状態だ。母の秋子はまるで今はそれが唯一の生きがいのように、毎日、父を看病している。家は抵当に入っているが、今のところ、両親が住むのに支障はない。早く抵当権をはずしたいのだが、それが叶うまでには、まだしばらく時間がかかるだろう。

創介は今も、ライターをしていた時と同じアパートに住んでいる。

仕事は受け継いでも、さすがに家に戻る気にはなれなかった。たまに実家に顔を出すが、父とは仕事以外で言葉を交わすことはなかった。母もまた、長年音沙汰のなかった息子と、どう接していいのか戸惑っている様子だった。何より、創介自身、土日もなく仕事に追われていて、ゆっくり語り合うような余裕もなかった。

いや、それを口実にしているのは、創介自身わかっていた。両親と向き合うにはまだ抵抗があった。二十年近い年月を、そう簡単に埋められるはずもなかった。

残った書類の整理をしていると、電話が回ってきた。

「三番に、嶋田さんという方からお電話です」

社員の声に、創介は受話器を取り上げた。

「はい、相葉です」

「創介？」

ためらいがちな声が聞こえた。

「私、未来子」

「おう」

懐かしさが、疲れた身体の中にするりと流れ込んで来た。

「思い切って電話しちゃった。ごめんなさい、まだ仕事中よね」

「いや、いいんだ。どうした」

「この間、病院で会った時『今度また改めて』って、名刺をくれたでしょう。それで、思い切って電話してみたの」

創介は椅子の背にもたれかかった。

「あの時は、親父の見舞いに来てくれてありがとう」

「いいのよ、そんなの。それで、いつか時間取れそう？」

「そうだなぁ……」

ぼんやり頭の中でスケジュールを追った。毎日毎日、人を追い出す予定ばかりが詰まっている。

「いつでもいいさ」

ふと、投げ遣《や》りな気持ちになった。

「あら、そうなの。じゃあ今からっていうのはどう？　時間があるならちょっと飲まない？」

「俺はいいけど、未来子は大丈夫なのか」

「うん、平気。接待が入っていたんだけど、急にキャンセルになったの。あら、ごめんなさい。だからって電話したわけじゃないのよ」

「いいさ、そんなこと」

「この間から、創介と思い出話に花を咲かせるのもいいなぁってずっと思ってたの。私も年を取ったってことかしらね」

そう言って、未来子は屈託ない笑い声を上げた。

その明るい声が耳に心地よかった。こんな邪気のない声を聞いたのは、久しぶりのような気がした。

「いいな、そうしよう」

三十分後、六本木のホテルのバーで会おうと約束した。

書類をしまいながら、他人の家を取り上げておいて自分は幼馴染みとのんびり再会か、と、自嘲的な思いに包まれたが、それすら創介はもう考えたくなかった。

未来子

「乾杯」

と、グラスを重ね合わせたとたん、照れ臭さと懐かしさが押し寄せてきて、未来子は小さく噴き出した。

「どうした？」

創介が困ったような目を向けた。

バーのカウンターは、自分たちの他にカップルが一組いるだけだ。ダウンライトが手元に降り注いでいる。そう暗くはなく、かといって明る過ぎるわけでもない。ジャズが低く流れ、寛いだ雰囲気に包まれている。

「ごめんなさい。だって、こんなお洒落《しやれ》なバーで創介と一緒にお酒を飲むなんて、何だかすごく不思議な気がして」

「ああ、本当だな」

創介も口元を緩めて、頷いた。

「あの頃は、二十年先のことなんて途方もなく遠くに思えたけど、やっぱりこうして来てしまうのね」

「時間ほど約束を守るものはないって聞くけど、今はよくわかるよ。どう過ごしたかは

「創介とは、もう二度と会うことはないって思ってた。だから、病院で顔を合わせた時はすごく驚いた」

ともかく、未来子も俺も三十七歳になったのは確かだ」

「俺だって同じさ」

「驚いたのは会えたことだけじゃないの。あの時も言ったけど、二十年近くたっても、やっぱり創介は創介だったから」

　創介は苦笑した。

「そんなわけないだろ」

　未来子は笑みを返した。創介は信じないかもしれないが、会った瞬間、十八歳のあの日に置き去りにして来た魂が呼び戻されたような気がした。それほど、創介は何の違和感もなく未来子の胸に入り込んで来た。

　未来子はグラスを口にした。スコッチウイスキーが柔らかく身体を満たしてゆく。

「この二十年近く、創介はどんなふうに暮らしてたの？」

「いろいろだよ。いろんな所に行ったし、いろんな仕事をした」

「結婚は？」

「一度も」

　やはり、あの由美という女の子とは結ばれなかったらしい。

「最初はどこに行ったの？」

「沖縄だ。海洋博の建築現場で働いた」

「聞きたいな、その時のこと」

創介がわずかに笑った。それから遠くを見るように、どれだけ海が美しかったか、周りの人に世話になったかを話し始めた。

「仕事が終わったら、毎晩、泡盛《あわもり》で宴会をするんだ。みんな歌うわ踊るわ、大変な騒ぎさ。俺がいちばん年下ということで可愛がってもらったよ。飲み方もその時に教わった。おかげで、すっかり酒には強くなった」

「楽しそう」

「ああ、すごく楽しかった」

「私、前に沖縄の国頭郡《くにがみぐん》にある水族館でジンベイザメを見たけれど」

「うん、そこだよ。海洋博の後は記念公園になったんだ。水槽、見事だったろう」

「海の中にいるみたいだった」

「あの水槽も俺が作ったんだ」

「ほんとに？」

思わず、創介は噴き出した。

「嘘に決まってるだろ。実際はちょっと手伝っただけさ」

酔いがふたりを解放してゆく。創介は確かに酒に強く、水割りからオンザロックに変えた。そうして興に乗ったかのように、沖縄での暮らしや、次に住んだ広島や大阪での生活を、冗談を交えながら快活に語った。

「俺は今でも、ボストンバッグひとつで、どこでも暮らせる自信がある」

「どんなに寒いところでも？」

「それには新聞紙が不可欠だな。あれをTシャツの下に入れておくとほんとにあったかいんだ。時々、印刷が背中に移って、銭湯でジロジロ見られるのには参ったけど」

未来子もまた、留学していたリヨンでの毎日、言葉や習慣の違いでどれだけ失敗を繰り返したかを饒舌《じょうぜつ》に口にした。

「自己主張って点で、あんなに強烈な国はないと思う。おかげで私、タクシーを待ってる列に割り込む人にははっきり『ちゃんと並びなさい』って抗議できるようになったもの」

「怖いだろうなぁ、未来子の怒った顔」

「もちろん、ものすごく怖いわよ」

そうやって、ふたりで何度も笑い、何度も乾杯した。

そこに、英次の名も稀世の名も出ることはなかった。予《あらかじ》め約束されたように、ふたりとも口にしなかった。不自然だとわかっている。決して消えることのない、忘れるはずもないふたりの存在。それでも、今はただ、楽しむためだけの会話を交わしていたかった。

「大阪ではお好み焼き屋でバイトしていたんだ。自慢じゃないが、かなりうまいのを作れる」

「広島焼きと、どっちが好き？」

創介が「うーん」と唸《うな》り声を上げる。

「その質問が、いちばん難しいんだよなぁ。たこ焼きと明石焼《あかしや》きのどっちが好きかと同じぐらい」

相葉不動産が今どんな状況にあるか、人伝《ひとづて》ではあるが、だいたいのことは聞いている。跡を継いだ創介がどんな苦労をしているかも想像がつく。しかし、創介は決してそんな素振りは見せなかった。

未来子も同じだ。姉の瞳子の死と、母への消えることのない遣り切れない思い。手を掛けてやれない娘に対する後ろめたさ。その杏奈が日に日に瞳子に重なってゆくことへの戸惑い。ため息が出るような毎日を抱えている。そして昨日、広瀬から杏奈へのプレゼントとして送られて来たディジュリドゥと共に入っていた一通の手紙。

『杏奈が無事に入学したら、僕たちもそろそろ別々の人生を歩き始めてもいいと思うんだ。今度帰国した時、ゆっくり話そう』

シドニーに付いて行かなかったのは、未来子の意思だ。その時から、いずれこんな日が来るのはわかっていた。それでも、広瀬から別れを切り出されて、未来子は衝撃を受けていた。

「もう一杯、飲もうかな」

「おいおい、大丈夫か」

「平気よ、これくらい」

「未来子って、そんなに強かったのか」

「フランスの諺《ことわざ》にあるの。酒で失敗しないために、女は常日頃からよく飲んでおけって」

「へえ、ほんとに」

「いやね、嘘に決まってるじゃない。さっきのお返し」

今の自分たちに必要なのは、悔いでも嘆きでも愚痴でもない。何も考えず、ただ笑って過ごせる時間があればいい。

その思いを、創介はわかってくれている。未来子が、創介の思いをわかっているように。だからこそ、口に出した瞬間、煙のように消えて行く笑い話を繰り返している。

私たちは、たぶん同じなのだ。

それがこの思いがけない再会の、たったひとつの救いのようにも思えた。

稀　世

開店準備をしていると、いつもは八時過ぎにならないと出て来ない信子が、めずらしく顔を出した。

「立ち退き勧告の知らせが来たよ」

稀世は思わず信子を見直した。

「本当ですか」

尋ねる声が硬くなる。

信子はカウンターのスツールに腰を下ろした。

「東京の不動産会社が言って来た。このビルは取り壊して、ホテルに建て直すそうだ」

「そんな……」

「五年後には新幹線が開通するから、それを見込んでのことだろう」

「じゃあ『ゆうすげ』はどうなるんですか」

「どうもこうもないさ、ここは絶対に譲らない。さっきも一階の居酒屋と蕎麦屋の主人と話して来たんだ、みんなで一致団結してこのビルを守ろうって」

「よかった」

稀世は胸を撫《な》で下ろした。

何も生活のことだけを思っているのではない。『ゆうすげ』を可愛がってくれている客は数多くいる。バブル後、ようやく落ち着いた店に戻り、今ではそれなりに名が広がって、わざわざ追分や北軽井沢から足を延ばしてくれる客もいる。地元の商店主や、会社員、旧軽で働く従業員たちの気軽な社交場でもあった。ここで八年あまり働いている稀世にとっても、もう自分の家のような愛着がある。

「今度、不動産屋が来るらしいけど、なあに、負けやしないよ。行男も任せておけって言ってくれてるから、とっとと追い返してくれるだろ」

「そうですね」

稀世は頷いた。堅田に任せておけば、うまく話をつけてくれるに違いない。相手が誰であろうと、決して後には退《ひ》かない。堅田にはそんな男気がある。

翌日、母の昌枝と昼食を食べていると電話が鳴った。

稀世が出ようとするのを、母が慌てて押し止《とど》めた。

「私が出るから」

受話器を手にした母は、稀世に背を向け、くぐもった声で答えている。

「わかってます……ええ、だからそこを何とか……もう少し、お時間貰えませんか……はい、はい……すみません、どうかよろしくお願いします」

稀世は箸を手にしたまま顔を向けた。母らしくない口調が気になった。

「電話、誰？」

「ああ、ちょっと、お店のことでね」

母が食卓に戻って来た。

「あの土産物屋の？　もう倒産したんでしょう、まだ何かあるの？」

「まあ、いろいろとね。長く勤めていたから、私にしかわからないこともあるんだ」

仕事を失ってから、母は朝から晩まで家にいる。家事を引き受けてもらえるのは有り難いが、ここのところ母は沈みがちだった。やはり働いていたいのだろう。どこか母を雇い入れてくれるところはないものかと、稀世も知り合いに声を掛けているのだが、この不景気と母の年齢ではいい返事は期待できそうになかった。

それから十日ほどして、店に出ると、信子が意気揚々とした顔つきで待っていた。

「いよいよ明日、不動産屋が来るんだってさ」

稀世に緊張が広がった。

「ついに対決ですね」

「来るなら来いってもんだ。こっちは三十年近くもここで店をやってて、居住権ってものがあるんだ。どんな理由があるにしろ、そう簡単に追い出せやしないって行男も言ってた」

信子は自信たっぷりだ。

「そうですよね」

稀世も同感である。

「明日、三時にここで話し合うことになったんだ。居酒屋と蕎麦屋の主人も来るし、もちろん行男も同席する。それで、できたら稀世ちゃんにも来て欲しいんだけど」

「私ですか?」

「『ゆうすげ』の今のママは、実質的に稀世ちゃんだからね。立ち会ってもらえれば、私も心強いから」

稀世にしても、この店を取られるのは何より避けたい。自分にできることがあるなら、何でも協力したいと思う。

「わかりました」

稀世は頰を引き締めて、頷いた。

翌日、二時半には店に行き、お茶の用意を整えていると、いつものように堅田が大きな身体を折り曲げるようにして入って来た。

「おぅ」

「あ、いらっしゃいませ」

「何だ、まだ誰も来てないのか」

「ママに電話しましょうか」

「いいさ、もうすぐ来るだろう」

堅田はカウンターのスツールに腰を下ろした。ビールと言おうとして、さすがにまずいと思ったらしい。「冷えたコーラをくれ」と、言い替えた。

「わかりました」

それを半分ほど一気に飲む堅田は、何やら意気揚々としていた。

「相手は何人で来るんですか?」

「ふたりとか言ってたな」

「じゃあ二対五だから、絶対に負けませんよね」

堅田が鼻で笑った。

「あのな、人数じゃないんだよ。どうせ居酒屋も蕎麦屋も何も言えず黙っちまうに決まってる。お袋も若作りはしているがもう年だしな。そんな奴ら、俺ひとりで十分さ。五分で追い返してやる」

稀世は苦笑した。こんな時の堅田はまるで虚勢を張った子供のようだ。もちろん不安もないわけではない。相手は東京の不動産業者だ。一筋縄ではいかないとも考えられる。

「気をつけてくださいね、タチが悪い人たちだってこともあるし」

堅田はグラスを手にしたまま、上目遣いに見た。

「ふん、心配してくれてるのかよ」

「そりゃあ少しぐらいは」

「ヤクザっぽいのが来たら、それこそ俺の本領発揮だろ」

「また、そんなこと」

稀世が眉を顰めると、堅田は大声で笑った。

「大丈夫さ、もう、昔の俺じゃないんだから」

看護師時代、堅田は喧嘩で傷を負って病院に運ばれて来た。あの時のことを堅田も思い出したのだろう。

「心配はいらない。みんな俺に任せておけばいいんだ。俺はこの店もお袋も……」

そこで少し、堅田は言葉を途切らせた。

「あんたも、必ず守ってみせるから」

稀世の胸に温かいものが広がった。

自分たちの在り方が、その言葉にすべて込められているような気がした。決して甘やかでも細やかでもないが、どんな言葉にもかなわない、堅田の真っ直ぐな思いが伝わってくる。

三時少し前に信子が現れ、すぐに一階の居酒屋と蕎麦屋の主人もやって来た。ボックス席に腰を下ろしたものの、三人とも表情は硬い。気丈な信子も、さすがに緊張は隠せない。堅田が場をとりなすように「心配することはないさ」と何度も繰り返している。

やがて入り口のドアに人影が立った。

「失礼します」

不動産屋だ。稀世はソファから立ち上がった。

「どうぞ、こちらへ」

午後の日が背後から差し込んで、表情がよく見えない。

ふたりの男は店の中に入って来た。そして、ようやくその姿がはっきりした時、稀世は声を失った。

まさか――。

しかし、間違いなかった。そこに立っているのは、稀世を見つめているのは、紛れもなく創介だった。創介の方も稀世に気づいたらしい。一瞬、目を見開き、稀世を凝視した。

「立ってないで、座れよ」

堅田の声に、創介は我に返ったように、表情を素早く変えた。

「では失礼いたします」

丁寧に頭を下げ、創介はソファに腰を下ろした。同行の若い男も並んだ。

稀世は、創介の父親が不動産業だったことを思い出していた。混乱が全身を駆け巡っている。戸惑いながらも、稀世もまた堅田の隣に座った。

「初めてお目にかかります。私は相葉不動産の相葉と申します。こちらは木下です」

と、創介はひとりひとりに名刺を差し出した。稀世はそれを受け取った。確かにそこに『相葉創介』の名が印刷されている。

「では、早速本題に入らせていただきます。以前、お知らせいたしました通り、このビルの所有権は私どもに渡っております。念のため登記簿のコピーも持参して参りました。どうぞご確認ください」

部下の木下という男が、鞄《かばん》からそれを取り出しテーブルに置く。真っ先に手にしたのは堅田だ。ざっと目を通して「ふうん」と鼻を鳴らした。

「だから、どうだって言うんだ」

ぞんざいな口調で返した。創介は表情ひとつ変えず、丁寧に答えた。

「ですので、このビルを私どもに返していただきたいのです」

もう稀世のことなど、気にもならない様子だった。

「取り壊して、ホテルにするんだって？」

「具体的なことは何も決まっておりません。すべては、みなさんに退去していただいてからの話です」

「冗談じゃないね」

堅田は強気の態度を崩さない。

「いくらあんたたちのものになったからって、俺たちに出てゆけなんて言えないはずだ。もう三十年近くここにいるんだ。俺たちには居住権ってものがある」

堅田の言葉に、信子も居酒屋も蕎麦屋も大きく頷いた。

「居住権っていうのは、何よりも優先される権利のはずだろ。あんたらの好きにはできないんだよ」

創介は動じるでもなく、堅田に顔を向けた。

「まず、お聞きしたいのですが、前の家主との契約書をお持ちでしょうか」

「当たり前だろ。な、お袋」

それを受けたものの、信子はうろたえるように口籠った。

「え、えっと……」

「え、ないのか？」

堅田が声を上げた。

「まあ……」

「何でだよ、ないってことはないだろ」

「最初の頃はあったんだけど、ほら、もう長い付き合いだから、そんな面倒な手続きなんかしなくても毎月ちゃんと約束の賃料を払ってくれたらそれでいいって、あちらさんも言ってくれてたから」

「おたくらも同じじゃか」

居酒屋と蕎麦屋も首を竦めるようにして頷いた。堅田はしばらく黙ったが、すぐに気持ちを切り替えたようだ。

「契約書がなくたって、家賃はきっちり振り込んでるんだから、文句を言われる筋合いはない。契約してるのと同じだろ」

「ええ、もちろんです。契約書のことは念のために確認させていただいただけです」

「ほれ、みろ」

堅田の顔に安堵が広がる。

創介は部下を促し、再び鞄から書類を取り出させた。

「それで、調べさせていただいたのですが、こちらの賃料はこの辺りの土地や建物の相場よりかなりお安く設定されているようですね」

「さっきも言ったろう、長い付き合いなんだ。大家は俺たちを信頼して、格安で貸してくれてたんだよ。おまえたちみたいな金の亡者と違って、互いに情で繋がってたんだよ」

「それでは、賃貸借にはなりませんね」

「え？」

誰もが呆《ほう》けたような顔をした。創介の言葉が何を意味しているのかわからなかった。

「これは使用貸借と考えられます」

「何だよ、それ。何がどう違うんだ」

「法律上、まったく違います。使用貸借となると、居住権を主張することはできません」

「できないだって」

堅田は色めきたった。

「何でだよ、実際にここに住んで、金を払って店をやって来たんだ。それなのにどうして居住権がないんだ」

「私に言われてもどうしようもありません。法律で決まっていることです」

堅田の口調が荒くなった。

「嘘つけ。おまえ、俺たちに法律なんてわかるはずがないって、タカを括《くく》っているんだろう。使用ナントカなんて適当なこと言うんじゃねえよ。だったら裁判を起こしてやろうじゃないか。本当に居住権が認められないのか、出るとこ出て、戦おうじゃないか。俺たちみたいな弱い者を助けてくれるために、裁判っていうのはあるんだからな」

「いいえ」と創介はこともなげに首を振った。

「裁判は弱い者を守るのではなく、正しい者を守るんです」

堅田は何か言いたそうにしたが、すぐには言葉が出て来ないようだった。

「当社には腕の立つ弁護士もおりますので、裁判となればそれも結構です。しかし本当にそれでよろしいのですか。高いお金を出して弁護士を雇い、時間とエネルギーを費やして、それでそちらさまが勝てるという保証はありません。使用貸借と認定されて、逆に慰謝料を払っていただくことになるのは目に見えています」

慰謝料と聞いて、居酒屋と蕎麦屋の顔つきが変わった。

「え、こっちが払うのか」

「そうです。ですから、どうか冷静にお考えいただけませんか」

創介は堅田を無視して、居酒屋と蕎麦屋に言った。

「今でしたら、些少《さしょう》ではありますが、立ち退き料をお支払いする準備があります。地元の不動産屋と協力して、代替えの店舗もお探しいたします。移転費用もご相談に乗らせていただきます。どうでしょう、二カ月でここを立ち退いていただくわけにはいきませんか」

居酒屋と蕎麦屋は顔を見合わせた。気持ちが揺れているのが、稀世にも見て取れた。

「そんな口車に乗るんじゃねえ」堅田がぴしゃりと撥ね付けた。

「金じゃねえんだよ。古くから馴染んだここで店を続けたいってことなんだよ。何が何でも、ここは渡さないからな」

創介は再び、堅田に顔を向けた。その表情に今までの穏やかさはなく、稀世は息を呑《の》んだ。

「失礼ですが、あなたは堅田信子さんの息子さんでいらっしゃいますね」

「ああ、そうだ。よく知ってるな」

「下調べはすべてついております。しかし、実質的に、この件とは関係ない立場でいらっしゃる」

「代理人ってことだよ。おまえたちみたいな悪党に、お袋たちが丸め込まれないようにな」

「委任状をお持ちですか?」

「え……」

「それでしたら、きちんと手続きを踏んでいただかないと困ります」

「そんなもん……」

「ないのですね。ああ、なるほど、つまりそういうことですか」

創介は口元に皮肉な笑みを浮かべた。

「そういうことって、何だ」

堅田が眉を顰める。

「こんな仕事をしていると、いろんな人が現れます。親切を装って間に入り、逆に話をどんどん複雑にする。この間も、堅田さんと同じく代理人と名乗る男が交渉の場に出て来たのですが、人前では居住者を守るようなことを言っておきながら、裏側でこちらに直接連絡して来ました。つまり、後は自分が何とかするからそれなりの手数料を払えと。まあ、そういうことを企てる輩《やから》もいるということです」

堅田が気色《けしき》ばんで席から立ち上がった。

「俺がそうだって言うのか！」

創介は動じない。それどころか、小馬鹿にするような口調で、堅田を揶揄した。

「痛いところを突かれると大声を出す。姑息《こそく》なことを考えている人間の、典型的なパターンですね」

創介の言葉とは思えなかった。それとも、これが今の創介なのか。

「おまえは、おまえは……」

堅田が拳を握りしめる。このままでは何かしでかしてしまう。稀世は堅田の腕を摑んだ。

「落ち着いてください、ソファに座って」

稀世の言葉に堅田は自分を取り戻したらしく「ああ」と小さく頷いた。

しかし、追い討ちをかけるように創介は言い放った。

「これだから、頭の悪い素人は困るんだ」

何のために、わざと堅田を怒らせるような言葉を口にするのか。まるで煽るかのように。いや、煽っているのだ。

「何だと！」

もう稀世にも信子にも止められなかった。堅田は創介のスーツの襟を掴み、拳を大きく振り上げた。顔面を殴りつけられた創介は、無抵抗のまま、カーペットに崩れ落ちた。それから、不思議なことにわずかに笑い、部下に命令した。

「すぐ警察に電話しろ。傷害事件だ」

その時、創介が何を考えていたのか、稀世は初めて気がついた。

その夜、遅くに稀世は創介の宿泊するホテルを訪ねた。

フロントで呼び出してもらい、人気《ひとけ》のないロビーで待っていると、やがて創介がエレベーターホールから姿を現した。稀世はソファから立ち上がり、緊張しながら頭を下げた。

「夜遅くに申し訳ありません」

「いえ」と、硬い声で創介は言い「どうぞ座ってください」と促した。

「失礼します」

稀世が腰を下ろすと、創介もそれにならった。

「ご用件は」

創介はあくまで事務的に言った。

「堅田信子の代理で参りました」

「そうですか」

「堅田を告訴するつもりですか?」

単刀直入に切り出した。

「それは、事と次第によります」

創介は淡々と答える。

「わざと堅田を怒らせて、殴るよう仕向けたのはわかっています」

創介は胸ポケットから煙草を取り出し、火を点《つ》けた。

「どう取ろうとそちらの勝手です。しかし、実際に私は殴られた。見た目は普通でも、口内裂傷で全治五日という医師の診断書も貰っています」

「お願いがあります」

「何でしょう」

「被害届を警察に出さないでください」

稀世はソファから身を乗り出すように言った。そんな稀世から目を逸《そ》らすように、創介は灰皿に煙草を押し付けた。

「堅田さんという方は、過去に二度ばかり傷害事件を起こされていますね。両方とも執行猶予がついたらしいが、三度目となれば実刑になる可能性は高い」

「そんなことまで調べているんですか」

「それが仕事ですから」

「ずいぶん前の話です」

少なくとも、稀世が『ゆうすげ』で働くようになってから、堅田はまじめに仕事をしている。それは稀世がいちばんよく知っている。

「警察にそれが通用すればいいですが」

不意に玄関の辺りが騒がしくなった。顔を向けると学生らしいグループが、ふざけながらロビーを横切って行った。あの頃の、自分たちと同じくらいの年代だろうか。

「何も被害届を出すと決めたわけではありません。そちらの出方次第で決まるということです」

創介の答えは端的だ。

ホテルに来る前、それについては信子とよく話し合って来た。信子は被害届が出されれば堅田がどうなるかわかっていた。何があっても、懲役になるようなことだけは避けたい。嫁や孫にも顔向けできない、と震える声で言った。

加えて、一階の居酒屋と蕎麦屋がすっかり弱気になり、店の移転を口にし始めたことで、もう結果は見えていた。

「わかりました。そちらの要求通り、二カ月後には引き渡すことにします」

「そうですか」

驚くでもなく創介は答えた。それどころか、当然だと言わんばかりに、稀世には聞こえた。

「では、明日、早速承諾書を部下に届けさせます。署名押捺《おうなつ》を確認したら、被害届は出さないことにしましょう」

「立ち退き料や移転費用の件は、約束していただけますね」

　創介はちらりと稀世に目を向けた。

「わかっています。約束は守ります」

　話すべきことはすべて話した。もうここに留まる必要はない。それでも自分の中にくすぶるものがあった。それが何なのか、突き詰めてはいけないような気がした。稀世は自分の思いを振り切るように、ソファから立ち上がった。

「では、これで失礼します」

　創介に背を向けた。

　その瞬間、ためらいがちに「稀世」と呼ぶ声が聞こえた。そこに思いがけず懐かしい響きが含まれていて、稀世は足を止めた。

　振り向くと、創介と目が合った。

「どうして、あの店にいるんだ。医者と結婚したんじゃなかったのか」

　その表情と口調が、最後に会った十八年前と重なってゆく。

「いいえ、ずっとひとりよ」

　稀世は静かに首を振りながら、自分の中の時間もまた昔に戻っていくのを感じた。

「でも、お母さんはそう言ってた」

「いろんないきさつがあったの。もう八年余り、あの店にお世話になってる」

「そうか」

「創介くんこそ、蒲田の製材所の後、どうしてたの」

「昔、訪ねて来てくれたことがあったんだってね」

「ええ、未来ちゃんと一緒に」

「あの後、すぐに出たんだ。それからライターになって……いや、そんなことはどうでもいいか」

創介は打ち切るように口を噤《つぐ》んだ。

「創介くん、変わったね」

「それが時間というものさ」

「少なくとも、こんな形で会いたくなかった」

ふたりの視線がぶつかった。

「非難の目だな」

創介は言った。

「あなたは、人を見下した目をしてる」

創介と自分の間にあるのは、過ぎ去った時間だけではなかった。さまざまな事情と状況が、人生の方向を決めていた。戻ることはできない。変えることもできない。再会した時、ほんの一瞬胸を掠めた甘い感慨など、現実を前にして瞬く間に色褪《いろあ》せていた。

「さよなら」

稀世は玄関ドアに向かって歩き出した。決して振り返らなかった。

翌日、木下という部下が承諾書を持って、信子の部屋にやって来た。

その場には稀世も同席した。信子はすでに覚悟を決めていて、言われるままに署名し、判を押した。

「これで警察沙汰にはしないでくれるんだね」

「もちろんです」

木下は簡潔に答えると、鞄に承諾書を入れて、そそくさと帰って行った。

「稀世ちゃんには、すっかり面倒かけたね」

信子が力なく呟く。

「そんなこと……」

創介と知り合いだったことは言っていない。稀世自身、創介はもう見知らぬ他人と同じだった。

「今から、私は行男に伝えてくるわ」

「私も行きましょうか」

「いや、私ひとりでいいから」

「でも……」

「行男はきっと、稀世ちゃんと顔を合わせるのが辛《つら》いと思うんだ。格好がつかないっていうか、自分が情けないっていうか。男ってそういう生き物だろう」

その言葉にハッとした。もしかしたら、稀世と堅田の間にある種の感情を、信子は感じ取っていたのかもしれない。

もちろん、堅田と何かあるわけではない。それでも、いや、だからこそ、信子のようにさまざまな男と女の在り方を見て来た経験があれば、恋愛とは違う繫がりがあるということを、知っているのかもしれない。

「ママ、新しい店になったら、私、もっと頑張って働きますから」

「ああ、頼りにしてるよ」

信子はようやく頰を緩めた。


新店舗探しはほとんど稀世に任された。

ここのところ毎日、昼過ぎに家を出て、不動産屋を回っている。場所は駅前界隈《かいわい》。家賃との兼ね合いもあるが、広さは今と同じくらいが欲しい。できるなら、ソファやテーブルをそのまま使えるようにしたい。年配の客のことを考えれば一階にしたい。女の子たちは着替えのできるスペースが欲しいと言っている。

そのすべての要望を満たせる店となると、なかなか難しい。それでも妥協したくなかった。店に対する責任感もあるが、創介への意地もあった。何としても『ゆうすげ』を前と同じく、いや、それ以上に繁盛させたかった。

今日も三つの物件を回ってから、稀世は信子の部屋を訪ねた。

「どれも一長一短で、なかなかこれと決められなくて。内装工事に十日みて、引越しと準備に三日かかるとすると、残りはあとひと月ってところだと思うんです。やっぱりママにも一緒に見てもらわないと」

信子は稀世のために緑茶を出し、テーブルの向かいに座った。

「それなんだけどね、稀世ちゃん」

どことなく、ママらしくもなく歯切れが悪い。

「あれから、私もいろいろ考えたんだ」

「はい」

稀世は茶碗《ちゃわん》を手にした。

「私、この際、引退しようと思うんだよ」

突然の言葉だった。

「稀世ちゃんがいてくれたから、何とか今までやって来られたけど、もう年も年だしね。腰が痛いわ、疲れが出るわ、正直言って、気力がなくなってるんだ」

「ママは今まで通りでいいんです。私がその分、頑張りますから。『ゆうすげ』はママがいるから、お客さんもついてくれてるんです」

「ありがとよ。でも、私の代わりは稀世ちゃんで十分だ。お客さんだって、それはわかってる」

信子は稀世の顔を見つめて、決意したように言った。

「だから、どうだい、この際自分でやってみないかい？」

稀世は面食らっていた。まさか信子からそんな言葉を向けられるとは思ってもいなかった。

「私もね、これを機に行男の家の近くに小さなマンションでも買って、孫と遊んだり、温泉巡りをして、のんびり暮らそうかと思ってるんだ」

「ママ……」

「稀世ちゃんならできる。それは私が保証する。店にあるものは、何でも使っていいよ。どうだい、自分でやってみないかい」

それから、稀世はずっと考えている。

自分の店を持つ。自分で経営する。

そんなことが本当にできるだろうか。確かにここ何年かは『ゆうすげ』を任されてきた。仕入れ先との交渉や、女の子たちをまとめるのも、稀世の役割だった。経理も全面的に任されていた。それでも、最後には必ず信子の判断を仰いだ。それがあるから何をするにも安心だった。

自分の店となれば、もう信子には頼れない。心細い。不安は拭えない。自信がない。

その迷いがありながらも、店探しは続けるしかなかった。旧軽辺りも含めれば、十件近くも回っただろうか。

そしてようやく、理想に近い物件に出会った。

駅から徒歩五分。希望していた一階だ。内装には手を入れなければならないが、どことなく『ゆうすげ』に似た雰囲気がある。少々狭いが、今使っているソファやテーブルはうまく活用できそうだ。だいいち、何もかも自分でやらなければならないとなれば、あまり広過ぎても目が行き届かない。

そう考えているのに気づき、稀世はすでに決心が固まっている自分を知った。

もう四十歳も近い。今更、他に何ができるだろう。『ゆうすげ』を離れても、結局、馴染んだ水商売に関わる可能性は高い。だったら、自分で店を持つのも悪くないではないか。

それでも更に二日、じっくり考えた。そうして自分の中にある迷いや不安をひとつずつ消していった。すべて消せるわけではないが、考えた末、最後に行き着いたのは「なんとかなる」という開き直りとも言える決心だった。

ただ、問題はある。敷金や礼金、内装費用を工面しなければならない。ママに支払われる立ち退き料はママのもので、それを使うなんてできるはずもない。となると、かなりまとまった費用が必要になるだろう。預金は三百万ほどあるが、それだけでどこまで賄《まかな》えるか。もし融資を受けるとすれば、担保が必要となる。

稀世にとって、担保となるのは南原の自宅だけだ。母の昌枝の唯一の財産を、自分のために使うのは抵抗があるが、そうしなければ店は持てない。

その週末、稀世はとにかく母に話を聞いてもらおうと、心に決めた。

「今日の夜は豪勢にすき焼きでもしない？　霜降りのいいお肉を買って、ビールでも飲んで」

「突然、どうしたの」

「いいじゃない、たまにはね」

店の話の件もあるが、最近の母はあまり外に出ようとせず、家に引き籠りがちだった。そんな母を気分転換させたい気持ちもあって、少し強引に車に乗せ、ふたりでスーパーに向かった。

日曜の夕方とあって、スーパーは混んでいた。買い物カゴに国産黒毛和牛と書かれた百グラム千円近くする肉を入れた。葱《ねぎ》と豆腐とこんにゃく、ビールも二缶手にした。久しぶりの母との買い物は楽しかった。

その時だ。

「ちょっと、あんた」

背後で、尖《とが》った声が上がった。それが自分たちに掛けられているものとは思いもよらなかった。

「返事ぐらいしたらどうなんだい」

女が前に立った。母と似たような年代の女だ。母が怯《おび》えたように身体を硬くし、稀世の腕を摑んだ。

「うちの家をめちゃくちゃにしといて、すき焼きとビールで乾杯かい。いったいどんな神経してるんだ」

女は常軌を逸したように叫んだ。

母は稀世の陰に隠れるように、ぴたりと身体を寄せている。女が、母が勤めていた土産物屋の奥さんだと、稀世は気がついた。しかし、呆気に取られていた。どうしてこんな言い方をされなければならないのか。

「いったい何なんですか」

稀世は抗議しようと一歩前に出た。

「行こう」

母が稀世の袖を摑み、レジに向かおうとする。それを阻むように女が立ち塞がった。

「逃がさないよ、あんたには一度きっちり文句を言おうと思ってたんだ」

スーパーの客たちが、買い物の手を止めて成り行きを眺めている。中には知った顔もある。

「ちょっと、こっちに顔を向けろ」

女が母に手を伸ばした。稀世は思わず振り払っていた。

「やめてください、何するんですか」

「わかってんのかい、あんたの母親はとんでもない女なんだよ。うちの亭主をたぶらかして、ずっと金をせしめてたんだ。この女がいなければ、店も潰れることはなかったたんだ」

「言いがかりはよしてください」

「言いがかりだって。図々《ずうずう》しいにもほどがある。ああ、そうか、あんたも水商売をやってるんだったね。だったら男からお金を掠め取るなんて平気だろうよ。まったく血は争えない、父親のない子を産むような女には、ぴったりの娘だよ」

怒りが全身を包み込んだ。大声で言い返してやりたかった。しかし、顔を蒼白《そうはく》にして震えている母を見ていると、とにかく今はこの場を離れるしかないと思えた。

「行こう」

稀世は母を促し、レジに向かった。

「人でなし、金、返せ！」

聞くに堪えないセリフが背中に投げつけられた。その声から逃れるように慌しく精算を済ませ、ふたりはスーパーを後にした。

車を走らせても、稀世はしばらく混乱した気持ちを整理できなかった。いったいどういうことなのか。何故《なぜ》、あの人からあんな言い方をされなければならないのか。それは母に尋ねるしかない。

バイパスに入る交差点の信号が赤に変わった時、稀世は尋ねた。

「かあさん、いったい何があったの？」

母の身体が、まるで一回り縮んでしまったように小さく見えた。

「驚かないから、言って」

「実は、何度か、ご主人にお金を融通してもらったことがあるの」

躊躇《ためら》いがちに母はようやく口を開いた。

「お金って、どれくらい？」

「わからない……」

「わからないって、どういうこと？」

「時間がたったのもあるし数百万ぐらいあるかもしれない……」

「数百万！」

思わず声が高まった。

母は黙る。

「いったいいつから？」

「ねえ、いつから借りてたの？」

強い口調で問いただした。

「……最初は、英次ちゃんのお線香代だった。相葉さんと嶋田さんとうちとで、同じだけ用意することになったんだけど、とても用意できなくて、それで頼み込んで……」

稀世の口から言葉にならない声がこぼれた。

「あの時から……」

今まで何も知らなかった。稀世に余計な心配をかけたくないと、母は自分の胸に納めて来たのだろう。母を責めるなどできるはずもなかった。あの事故を引き起こしたのは自分だ。

「ぜんぜん知らなかった……」

「できるものなら、一生言いたくなかった」

「ごめん、私のせいだったんだ……」

信号が変わり、稀世はゆっくりと車のアクセルを踏んだ。

「だったら、お金を返そう」

「それはいいのよ」

「どうして？」

「そういう約束だったから」

「でも」

それから、稀世は母に顔を向けた。

「おかあさん、まさかご主人と」

母が怯えたような目を伏せる。

「奥さんが言ってるような、つまり、そんな……」

母は答えなかった。それが何を意味しているか、聞かずともわかる。もちろん衝撃はあった。考えてもみなかったことだ。稀世は自分を抑えながら、淡々とした口調で聞いた。

「お金のために？　そのために店のご主人と？」

母は俯《うつむ》き加減に首を振った。

「いいや、違う。それだけじゃない。女だけの所帯で心細い思いをしたことは何度もあった。ご主人は、こんな私にほんとによくしてくれた。ひとりで頑張って来られたのも、あの人のおかげなの」

あの人――と言った母の声がひどく胸に染みた。

家に着いても、母は稀世と目を合わさずに居間に座り込んで動こうとはしなかった。

「稀世、もうひとつあんたに謝らなくちゃいけないことがあるの」

「何？」

「本当にすまないと思ってる。ちゃんと話さなきゃいけないと思ってたんだけど、どうしても言い出せなくて……実は、おまえに遺《のこ》すはずのこの家は、担保に取られてしまったんだ……あんたに遺せるたったひとつの財産だというのに、本当に私ったら、何てことを……」

稀世はしばらく声が出なかった。

「土産物屋の主人に、工面を頼まれたの。不渡りを出したら店が潰れるから何とか助けてくれないかって。長いことお世話になって来たし、どうしても断れなくて……。でも、結局、店は潰れてしまった。この間から立ち退きの電話が入るようになって、引き渡しを迫られてる。もうどうしようもなくて……。ごめんよ、ごめんよ、稀世……」

頭を下げたまま、母の肩が小刻みに揺れている。それは嗚咽《おえつ》となって、小さな身体全体に広がっていった。

女手ひとつで自分を育ててきた母をどうして責めることができるだろう。この家はもともと母のものだ。その母が信じた人に使っただけだ。だったら、それでいいではないか。

稀世は母に寄り添い、背中をさすった。

「かあさん、私に謝ることなんかない。この家はかあさんのものなんだから、好きにしていいのよ」

店の話をしなくて良かった、と稀世は思った。していたら、母はもっと自分を責めただろう。

稀世の決断は速かった。

週明け、夕方五時過ぎ、店の準備を始める前に信子を訪ねた。

「稀世です、ちょっとお話ししたいんですけど」

「開いてるよ」

ドアを開けると、部屋には意外な人がいた。銀座に店を持つ志保だ。

「稀世ちゃん、久しぶり。稀世ママ誕生を祝おうって、駆けつけたのよ」

屈託ない声で志保は笑った。

「これでねえさんとふたり、ゆっくり温泉巡りができるわねえって話してたところ。私もう引退しようかしら」

「それで、どうだい、新しいお店は見つかりそうかい？」

ふたりを前に、稀世は頭を下げた。

「申し訳ありません、あの話、なかったことにして欲しいんです」

「どうして、何かあったのか」

尋ねたのは信子だ。すべてを話す覚悟はついていた。そうでなければ信子に納得してもらえないだろう。恥ずかしいとは思わなかった。ただ、信子の期待に応えられないことだけが心苦しかった。

「そうか、そんなことになってたのか……」

話を聞いた後、くぐもった声で信子が言った。

「私もぜんぜん知らなかったんです。母から聞いて、やっと事情がわかって……」

「実を言うと、噂ではそれらしいことを耳にしたことはあるんだ。でも、まさか家まで差し押さえられていたなんて」

信子もこれ以上、どう言っていいのかわからないようだ。志保は困ったように何度も目をしばたたいている。

「わかった。それなら私がもう少し頑張って『ゆうすげ』を続けよう。いつか稀世ちゃんに渡せる時が来るまで」

信子の言葉に、稀世は慌てて首を振った。

「ママがそんなことを言い出すんじゃないかって、いちばん心配だったんです。ママは、行男さんの家の近くにマンションを買ってください。私のために予定を変えるようなことはしないでください。お孫さんと遊んで、志保さんと温泉にたくさん行ってくださ い」

「でもね」

「私は大丈夫です。元気だけが取り得ですから、これから何とでもなります」

「稀世ちゃん……」

しかし、信子はもうそれ以上言わなかった。

翌日から、店探しは、アパート探しに変わった。

アルバイトとはいえ、店を畳むとなれば女の子たちの身の振り方も考えなければならない。しかし、女の子たちはみな、あっさりしたものだった。「時給のいい店を自分で探します」という子もいれば「ちょうど専門学校にでも行こうかなって思ってたところ」などと言って、頼もしいぐらいそれぞれに次のことを考えていた。

不動産屋との交渉の結果、担保に取られている南原の家を出るまでに、三カ月の猶予を貰った。家は取り壊して、別荘地として分譲するという。生まれ育った土地と家を手放すのは、残念だし悔しいが、稀世の思い以上に、母はそれを悔いているだろう。しかしこうなった以上、もうどうしようもない。

自分の職探しもしなければならないが、今は、閉店まであとひと月あまりとなった

『ゆうすけ』を最後までやり遂げることだけに気持ちを砕こうと考えていた。

　仕方ないが、母はすっかり元気をなくしていた。精神的に参ったらしく、毎日、家の中でぼんやり過ごしていた。

「気にしない気にしない、別に命を取られるわけじゃないいんだもの。それに人に何を言われても、堂々としてればいいのよ」

　しかし、何を言っても、うなだれたままの母から返って来る言葉はなかった。

　それから数日して、いつものように開店準備をしていると、信子がやって来た。

「どうだい、少しは気持ちも落ち着いたかい？」

　言いながら、カウンターのスツールに腰を下ろした。

「私は大丈夫ですけど、やっぱり母は参っているみたいで」

「そうか……」

　今日も母は部屋から出て来なかった。ろくに食事もとろうとしない。夕食の用意をして家を後にしたものの、母が今、ひとりでどうしているのか考えただけで、胸が締め付けられた。

「ねえ、稀世ちゃん、余計なお世話かもしれないけれど」

　はい、と稀世は顔を向けた。

「私もいろいろ考えてみたんだけれど、この際、軽井沢を離れるっていうのも、ひとつの手じゃないかと思うんだよ」

稀世はグラスを拭く手を止めた。

「軽井沢は狭い町だから、これからも口さがなく言う人はいると思う。実際、私の耳にも入って来てるよ。稀世ちゃんはともかく、おかあさんに耐えられる気力があるのか心配なんだ。ましてや、家を手放すことになったわけだし、それならいっそ」

「でも離れるって言っても……」

「ゆうべ、志保ちゃんと電話で話してたんだ。稀世ちゃんさえその気なら銀座で働いてみないかって」

稀世は目を丸くした。

「私なんか、とても志保さんのお店なんて」

「確かに、稀世ちゃんもそろそろ四十だからね。年を考えると、そりゃあ新人ホステスってわけにはいかないさ。でも、志保ちゃんはプロだ。その志保ちゃんが言ってるんだ、きっと何か考えがあるんだと思う。悪いようにはしないさ。どうだい、考えてみないかい？」

東京に行く、この住み慣れた軽井沢を離れて。

それこそ稀世は想像もしていないことだった。しかし、迷っている場合ではないのかもしれない。こうしていても、母が何かしでかしてしまうのではないかと、本当は気が気ではないのだ。母はそれほど打ちのめされていた。

子供の頃、近所のおばさんに好奇の目を向けられたり、級友たちに苛《いじ》められたりして、泣きながら家に帰ったことがある。そんな稀世を、母はいつも黙って抱きしめてくれた。それがどれだけ心強かっただろう。

　母が子供の稀世を守ってくれた。そして今、老いが忍び寄る母を守るのは稀世の役割だ。

　軽井沢を出る。

　信子が言うように、今はもう、それだけが自分と母が心穏やかに暮らせる唯一残された道なのかもしれない。

未　来　子

　創介はひどく酔っていた。

　先日と同じバーのカウンターである。

「何かあったの？」

　創介の左隣に未来子は腰を下ろした。

「何もないさ」

　素っ気なく創介は答える。

　七時過ぎにオフィスに電話があった。まだ仕事は残っていたが、創介のどこか頼りなげな声が気にかかり「すぐ行く」と返事をした。

「マッカランの水割りをください」

バーテンダーに注文し、未来子は創介に顔を向けた。

「そんなはずないじゃない」

創介は唇の端に少しだけ笑みを浮かべた。その表情が泣いているようにも見えて、未来子は胸がざわついた。

「この間、未来子言ったよな。俺は少しも変わってないって」

「ええ」

「おまえは人を見る目がないな」

笑いながら創介がグラスを口に運ぶ。オンザロックの氷が硬質な音をたてて崩れる。どこかしら飲み方が投げ遣りに見える。

「俺は変わったよ、とんでもなく嫌な人間になっちまった」

「酔ってる？」

「もちろん」

「だったら、真剣に聞いてあげない」

「ああ、笑って聞いてくれ」

未来子は口調を改めて、もう一度、尋ねた。

「いったい、何があったの？」

創介は自嘲気味に呟いた。

「人を見下した目をしてると言われた」

「誰に？」

それには答えず、創介は続けた。

「確かに俺は今、人を見下している。特に、金のない奴には冷酷だ。路頭に迷おうが、飢え死にしようが知ったこっちゃない。同情心なんか持ったら、こっちが破滅するだけだからな。俺は自分さえよければいいんだ。会社の利益のためなら、平気で人を足蹴にできる。そんな人間なんだ」

未来子は慎重に言葉を選んだ。

「仕事なら仕方ないわ。私だって、会社では鼻持ちならない女とか、強情で可愛げのない女で通ってる。でも構わない。会社でいい人になろうなんて思ってないもの。陰口を叩《たた》かれたって平気」

外資系の会社は関係がドライだ。徹底的に実力主義であり、失敗すれば、自分のポジションはすぐ誰かに取って代わられる。油断はならない。心を許せない。

「創介は変わってない。だって本当に冷酷なら、そんなことを言われたくらいで、こんなに飲んでしまうわけがないもの」

創介は目を細めた。

「未来子は強くなったな」

「弱いところはそのままよ。ただ、それを隠すのが上手《うま》くなっただけ」

それから短く息を吐き出した。

「でも、いつも仕事に追われていると、自分がわからなくなることもあるの。時々、会社の洗面所の鏡に映る自分に聞くのよ。『いったい、あなたは誰？』って」

口にはしなかったが、それは会社だけではなかった。家族の前でも、時折、自分が誰なのかわからなくなってしまう。妻と母と娘という三役を、与えられたまま演じているだけで、未来子自身は観客席から眺めているような気がする。

「だからね、創介と出会えて、何だかホッとしたの。仕事のことも、家のこともみんな肩から下ろして、あの頃に戻れたから」

「あの頃か」

創介が宙に視線を泳がせる。

「ええ、あの頃」

「何もなかったけど、すごく贅沢《ぜいたく》な時間だったと今はよくわかるよ」

「そうね、本当にそう」

しばらく、ふたりは黙った。過去はいつも鮮明な輪郭に縁どられている。そして時に、残酷な色合いを持っている。こんなふうに生きると知らなかった過去は、こんなふうに生きている現在を容赦なく責める。

「俺は……」

言ったきり、創介は言葉を詰まらせた。未来子の目に、カウンターに置かれた創介の左手が映った。摑めるものなど何もないような、所在ない手に見えた。

未来子はその手に、自分の手を重ねた。そうするのがいちばん自然に思えた。

「もう何も言わなくていいから。私はわかっているから。他の誰が何と言おうと、創介がどんな人間かわかっているから」

創介がゆっくりと未来子を見た。それから手のひらを返し、未来子の手を握り返した。

稀　世

駅は霧に包まれていた。

浅間山どころか、町中の離山も望めないほどとろりと重い霧である。

地形のせいもあり、軽井沢が霧に覆われるのは珍しいことではない。ほんの十メートル先さえ見えなくなる時もある。

それでも今日の霧は、特別の意味があるように思えた。町自体が印象を消そうとしている。それは去らねばならなくなってしまった稀世への、この町の最後の気遣いにも感じられた。

朝早いプラットホームに人影はなかった。

稀世の隣で、母の昌枝が黒いボストンバッグを手に、我を失ったように立ち尽くしている。言葉を掛けたいと思うのだが、何も思いつかない。何を言っても、今の母にはたぶん届かないだろう。

東京で暮らすと決めた時、母は何も言わなかった。「本当にそれでいい？」と、念を押すように尋ねても、黙って頷いただけだった。

母が軽井沢を離れるのを納得しているのか、正直なところ確信はない。ただ、ここが住めない場所になったことは確かだ。母もまた、それだけはわかっているはずだった。

稀世は腕時計に目を落とした。そろそろ電車が到着する時間だ。

「稀世ちゃん」

その声に顔を向けると、紙袋を抱えた信子が小走りに近づいて来た。その後ろに、堅田の姿があった。顔を見るのは久しぶりだった。

「よかった、間に合って」息を弾ませて信子は稀世の前に立った。

「身体に気をつけるんだよ。心配することはないからね。みんな志保ちゃんに任せておけば大丈夫だからね。悪いようには絶対しないから」

「ママ、長い間ありがとうございました。何から何までお世話になって」

「それはこっちのセリフだよ。稀世ちゃんには感謝してるんだ。本当にありがとうよ」

「ママ……」

信子の目尻を湿らすものを見て、稀世も声が震えた。

「そうだ、これ」

涙を見られたくないのか、信子が慌てて紙袋を差し出した。

「お弁当をこしらえたんだ。電車の中ででも食べておくれ」

心遣いが心底嬉しかった。

「ありがとうございます」

受け取ると、信子の背後に立つ堅田と目が合った。

それに気づいたのか、信子はさらりと稀世から離れ、母へと近づいて行った。

稀世は足を進め、堅田と向き合った。堅田は目を伏せ、唇をきつく結んでいる。少し痩せたかもしれない。奥歯を嚙《か》み締めたのか、頰がわずかに動いた。

「堅田さんにも、本当にお世話になりました」

堅田は黙っている。

「どうぞお元気で」

その時、電車の到着を知らせるアナウンスが流れ始めた。事務的な口調がよりいっそう気持ちを追い詰める。

「ごめんな、約束を守れなくて」

不意に、堅田がぼそりと言った。

「え?」

稀世は堅田を見直した。

「あんたを守るって言ったのに」

そう言って、堅田はうなだれるように頭を下げた。

「守れなかった」

「そんなこと……みんな堅田さんのおかげです。堅田さんがいてくれたから、私は……」

その時、電車がホームに滑り込んで来た。

続く言葉はかき消され、霧の中に吸い込まれていった。それでも通じたはずだと稀世は思った。堅田と知り合って八年余り、この月日はふたりの間にそれを理解し合えるだけの繋がりを築いてくれたはずだ。

電車が止まり、ドアが開く。

「じゃあ、これで」

稀世はふたりにもう一度頭を下げ、母の背に手を回し、電車に乗り込んだ。

乗車口で振り返ると、信子はこらえ切れないように目頭を指で押さえている。

発車のベルがけたたましく鳴り始める。

堅田はただ真っ直ぐに稀世を見つめている。

唐突にベルは止まり、ドアが閉じた。電車がゆっくりと動き始める。

信子が手を上げ、稀世はそれを返した。

電車は徐々に速度を増してゆく。窓の向こうの信子と堅田の姿が小さくなってゆく。

さよなら、と呟く間に、ふたりの姿は霧にかき消されるように見えなくなった。

第四章

稀世

初秋の夕暮れ時。

銀座七丁目の並木《なみき》通り沿いは、夜の顔に変わろうとしていた。

仕事を終えたサラリーマンやＯＬに混じって、美容院で仕上げたばかりの髪に手をやりながら、女たちが足早に道路を横断してゆく。業者の車があちこちに停車し、酒や花をせわしなく店に運び入れている。黒服の男たちが携帯電話を耳に当て、大声で何か話している。いつもの場所で店を広げる占い師、花売りのおばさん、磯辺焼きの屋台。

街全体が華やぎ、どこかしら甘やかな匂いに包まれている。それは水商売の女たちの化粧から発せられるものばかりでなく、夜を楽しもうとする大人たちの息遣いでもあった。

稀世は、その中に紛れ込むように、店へと向かった。食事の誘いや、顔を出さなければならないパーティーがない限り、七時には店に入るようにしている。

花椿《はなつばき》通りから少し入ったところ、七階建てのビルの五階にあるカウンターバーだ。広さは二十坪ほどで、バーテンダーとアルバイトの女の子がふたりという、十二席の小さな店である。

「おはよう」

稀世がドアを開けると、バーテンダーの居村《いむら》が顔を向けた。

「おはようございます」

居村はまだ二十代後半という若さだが、腕もいいし、気配りも利く。何より酒に詳しく、カクテルはもちろん、ウイスキーもブランデーも、日本酒や焼酎までも、安心して任せておける。

「ママ、りんごジュースをありがとうございました」

居村が律儀な様子で頭を下げた。

「あら、もう届いた?」

「はい、今日」

「明日香《あすか》ちゃん、気に入ってくれたらいいんだけれど」

「ええ、そりゃあもう、おかわりして飲んでましたから」

「よかった」

二〇〇四年(平成十六年)。すでに軽井沢を離れて十年以上がたつというのに、地元でなければ物足りないものがある。そのひとつがりんごジュースだ。

市販されているものと違って、本来のりんごそのままの味を残し、濃厚だが甘過ぎない。冷蔵庫になくなると、いつもすぐに取り寄せる。ついでと言っては何だが、居村にも送っておいた。居村は結婚していて三歳になる明日香という娘がいる。

「いつも気を遣ってもらってすみません」

「いいのよ、好きでやってるんだから気にしないで」

りんごジュースだけでなく、稀世は自分が取り寄せる時は必ず居村の分も加えた。野菜や山菜、きのこ、米など、季節に応じたものだ。その他にも、明日香が気に入りそうな可愛らしい服やぬいぐるみを見ると、つい買ってしまう。

居村の娘、明日香は出産時のトラブルが原因で、障害を持っていた。詳しいことはあまり聞かないようにしているし、居村の方も、愚痴めいたことを口にはしないが、それでも親としてどれほどの葛藤があるか、子供がいない稀世にも察しはつく。

稀世は引き出しから花鋏《はなばさみ》を取り出し、店の奥に向かった。

開店の準備はすべて居村が整えてくれるが、飾る花だけは、いつも稀世が活《い》ける。昨日、花屋に注文しておいたナナカマドとタマシダ、桔梗《ききょう》がすでに届けられていて、稀世はそれを手にして丁寧に花瓶に挿し込んでいった。

大箱の店ではないからこそ、細かなところに手を抜きたくなかった。ソファ席のあるクラブとは違い、席に付いて接待するわけではない。きらびやかなドレスを着たホステスがいるわけでもない。それゆえできる限りの心遣いで客を迎えたかった。

「稀世ちゃんは、カウンターの店が合うんじゃないかしら」と、言ったのは志保だ。

「カウンターが好きなお客様って、意外と多いのよ。ひとりでふらりと立ち寄って、好きなお酒を味わいながら、ちょっと世間話を楽しむ大人のお客様。でも、残念ながらそういうカウンターバーってあまりないのよ。だから稀世ちゃん、思い切ってやってみない？」

今から五年前、志保は水商売から完全に引退した。長年続けて来た『はなむら』は、チイママだったホステスに譲られた。

その際、何人かのホステスが独立することになったのだが、稀世も岐路に立たされていた。『はなむら』に残るか、それとも自分の店を持つか。

しかし、いくら志保の勧めとは言え、とてもそんな自信はなかった。軽井沢で店を持つのとは訳が違う。ここは銀座だ。

「私なんかとても」

「何言ってるのよ、できるわよ。それができるくらい、私はちゃんと仕込んで来たつもりよ」

確かに、志保にはずいぶん鍛えられた。

田舎《いなか》出の、それも四十に近い年齢のホステスがいきなり銀座の大箱のクラブに勤めだしたのだ。最初の頃は右往左往するばかりだった。

実際、いちばんの客層となる働き盛りの年代の男たちにとって、稀世は席に呼びたいホステスではなかった。若くて美しく、会話の上手いホステスは山のようにいた。

そんな稀世を、志保はよく自分の席に付けた。志保の常連客は、志保と同世代でもある。志保がそうであるように、客たちもまたそろそろ現役から身を退く年代に入っていた。立場を譲り、接待から解放され、仕事という重荷を肩から下ろして、自分が楽しむために銀座に来る客たちだ。

「若くて綺麗《きれい》な女の子を隣にはべらせるのは、もう疲れたっていうお客様もいるの。私はね、『ゆうすげ』の時から思ってたわ、稀世ちゃんは色気より情でお客を惹《ひ》きつけるホステスだって。今、稀世ちゃんを指名してくれているお客様も、きっと付いてきてくれるはずよ」

「そうでしょうか」

「本当は私がやりたいくらい。だけど、残念ながらさすがにもう気力がなくなっちゃった。稀世ちゃんならきっとやれる」

『はなむら』を継いだチイママは、稀世より十歳ほど年下で、接客の腕は一流だ。残りたいと言えば受け入れてくれたかもしれない。しかし、自分よりずっと年上のホステスを、どう扱えばいいか困るのはわかっていた。

迷いはあっても答えはひとつしかなかった。後は自分にできることをするだけだ。志保の他にも、何人かの客からの勧めもあって、それを後押しと思い、稀世は独立を決めた。

店の名は『ゆうすげ』とつけた。

それが稀世を娘のように可愛がってくれた、信子へのせめてもの恩返しのように思えた。

開店して五年。

有り難いことに、今ではそれなりの利益を上げるようになっている。贅沢をしたいわけではない。これ以上、店を広げたいという野心があるわけでもない。従業員の給料と、店の賃料、業者への支払いが滞りなく賄え、稀世が食うに困らないだけの売り上げがあれば、それで十分だと思っている。

花を活け終えた頃、アルバイトの女の子たちが入って来た。

「おはようございます」

「おはよう、今夜もよろしくね」

店に出るのはふたりだが、実際には六人いて、それぞれに都合を合わせてローテーションで出勤している。どの子も、日中は普通のＯＬだ。入れ替わりもしょっちゅうあるが、面接の決め手としているのは礼儀正しさだ。それがきちんとできさえすれば、容姿にはさほどこだわらない。今のところ、どの女の子たちも客たちの受けがよくてホッとしている。

閉店は十二時半だが、女の子たちは終電に間に合うよう、十一時半には帰すようにしている。

当然だが、アルバイトの彼女らに同伴もアフターも強制するつもりはない。すべて本人の意思に任せている。それでも誘われた場合は、必ず稀世に報告するよう言ってある。

特にアフターの時は、どんなに遅くなっても、帰ったら稀世の携帯電話に連絡を入れる
ようにと念を押している。
この店には、女の子をどうにかしたいと考えているような客はいないと思うが、すべ
ての客の胸の内まではわからない。女の子がご馳走《ちそう》になった時は、稀世もお礼の電話を
する。そうすることが若い娘さんを預かる自分の責任だと思っている。
今夜は、十二時過ぎに灯りを落とした。後片付けを居村と共に済ませ、タクシーで四
谷にあるマンションに戻ったのは、一時を少し回っていた。
部屋に入ると、一日の終わりを確認するように、ボードの上に飾られた母の写真に顔
を向けた。
「かあさん、ただいま」
母の昌枝が死んでもう十年もたつというのに、今もまだ慣れないでいる。寝室のドア
が開いて「あら、おかえり」と顔を覗かせそうに思えてしまう。
稀世はソファから立って、風呂に湯を張りに向かった。
心筋梗塞だった。発作が起きて、呆気ないくらいあっさりと、母は彼岸に旅立って行
った。さほど苦しまなかったのだけが救いだった。
上京は母のためによかったのか、あのまま軽井沢に留まった方が長生きできたのでは
ないか、と自分を責めたこともある。正直を言えば、今も結論は出ていない。ただ、母
に感謝されたことがひとつある。

あれは上京して一年ほどたった頃だった。母が突然「一緒に行って欲しいところがある」と、言い出した。連れて行かれたのは、品川《しながわ》にある墓地だった。

「稀世のおとうさんのお墓だよ」

と、古びた墓の前で言われた時はどんなに驚いただろう。

「おとうさんって……」

「お墓参りなんて一生できないと思ってた」

そう言って、母は墓前にしゃがんで、長い間手を合わせていた。

稀世はどうしていいかわからず、丸くなった母の背中を見つめながら、立ち竦んでいた。

子供の頃は憧憬《しょうけい》にも似た思いで父の姿を想像した時がある。しかし年を重ねるに従って、それは憎しみとなり諦めとなり、いつか、自分に父親がいることとさえ忘れるようになっていた。今さら、父親の存在など受け止められるはずがなかった。

墓の前で、母は稀世に背を向けたまま、まるで独り言のようにぽつぽつと語り始めた。

「私が軽井沢のお屋敷に手伝いに行った時は、もう身体を悪くされていてね。東京に家族を残して、ひとりで療養してたんだ。いい人だった。優しくて物静かで、何にもできない私をいつも庇《かば》ってくれた。散歩のお供をするのが私の役目で、松並木を歩きながらいろんな話をしてくれたよ。私の知らない本の話や、外国の話なんかをね」

稀世はただ母の背中を見つめている。

「でも、奥さんと子供のいる人だからね。いけないことだとわかってたさ。でも、どうしようもなかったんだ。だから、あんたを身籠った時は本当に嬉しかった。あの人もとても喜んでくれてね、生まれて来る子のことはきちんとするって言ってくれたんだよ。でも、あんたが生まれて間もなく容態が悪化して、東京の病院に運ばれて、それで危篤になって……」

母は言葉を途切らせた。

「いても立ってもいられなくて、あんたをおじいちゃんに預けて飛んで行ったんだ。最期に一目だけでも会えたらって一心で。会わせて欲しいって、病院の廊下に手をついて家族の人に頼んだんだけど駄目だった。家族の人は、私とあんたのことを知っていて、どうせ金目当てなんだろうって言われたよ。何を言っても聞き入れてもらえなかった。それからしばらくして、あの人は死んでしまった」

母は手を伸ばし、墓石を愛《め》でるようにさすった。

「私はその時誓ったんだ。稀世は私ひとりで育てるって、決して誰の力も借りないって。あんたは、あの人が私に残してくれたたったひとつの形見だったからね」

初めて聞く母の心情だった。

「だからって、顔も知らないおとうさんのお墓にお参りしろって言うのは無理かもしれないけど」

「ううん」

稀世は母の隣に、同じように屈《かが》み込んだ。

「正直言って、ピンと来ないのは確か。でも依怙地《いこじ》になるつもりもないの。それくらいはもう大人になってる」

稀世は墓に向かって手を合わせた。

父親を求めた時もあった。恨みもしたし憎みもした。父のことさえなければ、狭い町の中で肩身を狭くして生きることもなかったはずだ。そんな境遇に置かれた自分と母は不運だったと思う。しかし、だからと言って、不幸だったわけじゃない。

稀世は母と祖父に十分に愛されて来た。軽井沢の森と風と鳥のさえずりの中で、のびのびと暮らして来た。こうして今思えば、足りないものなど何もないとわかる。

高野純一《たかのじゅんいち》、享年三十五。

稀世は口の中で呟いた。墓に刻み込まれた年齢は、今の自分よりずっと若い。父はもっと生きたかっただろう。死ぬのはどれほど悔しかっただろう。それを思うと、責める気持ちなど持てるはずもなかった。

「よかった」と、母が小さく呟いた。

「こうしてあんたと一緒にお墓参りができるなんて、もう何も思い残すことはないわ」

上京してから、母のこんな晴れ晴れとした顔を見るのは初めてだった。母が亡くなったのは、それから一年後だった。

今頃、母は彼岸で父と何を語っているだろう。

遺影を振り返ると、写真の母は少し困ったように笑っていた。

翌日、午後になって緒沢《おざわ》から電話が入った。

「飯でも食おうか」

緒沢の声はいつも穏やかだ。

「そろそろ誘ってくださるんじゃないかと、お待ちしてたんです」

返す稀世の声も弾んでしまう。

「丹波《たんば》からいい松茸《まつたけ》が入ったらしい」

「ほんと、楽しみ」

馴染みの新橋《しんばし》の割烹《かっぽう》で待ち合わせる約束をして、稀世は早速出掛ける用意をした。

店にはシンプルな紺やグレーといったワンピースで出ているが、今夜は華やいだ気持ちになって、萌黄色《もえぎいろ》のブラウスを選んだ。

五時半に約束の割烹に入ると、緒沢はすでに奥の座敷でビールを飲んでいた。

「ごめんなさい、遅れてしまって」

稀世は慌てて席についた。

「いいや、私が早く着いたんだ。年をとるとせっかちになっていけないな」

緒沢が苦笑する。稀世は緒沢のグラスにビールを注ぎ足した。

「やだわ、年だなんて」

「では、ご用意させていただきます」

仲居の愛想よい声に、緒沢が頷く。

「お願いするよ」

「また松茸の季節ね」

「今年はなかなか出来がいいらしい。軽井沢も松茸は採れるんだろう？」

「小諸か上田《うえだ》じゃないかしら。小さい頃は祖父が時々採って来てくれたけれど」

「山がある町はそれだけで豊かだ」

そんな話をしているうちに、もう料理が運ばれて来た。焼き松茸に土瓶蒸し。濃厚な香りが食欲をそそる。

「わぁ、おいしそう」

「稀世はうまいもの前にすると子供みたいな顔になるな」

緒沢の冷やかしに稀世はつい声を上げた。

「いやだわ、ほんとに？」

緒沢の前だと、不思議なくらい肩から力が抜けて素顔の自分が出てしまう。たぶんそれは十八という年齢差があるのだろう。緒沢は今年、六十七歳だ。

五年前、カウンターバーを持つ時、当然ながら、稀世は資金繰りに頭を抱えた。

バブル崩壊後、賃料は安くなったというが、やはり銀座である。それも七丁目の並木通りとなれば、それなりの金額はする。ましてや保証金として賃料の十カ月分を家主に預けなければならない。店の改装にも費用がかかる。グラスも灰皿も安物は使いたくない。小さくても上質な店にしたい。

そんな時、資金提供を申し出てくれたのが緒沢だった。

「私で力になれることがあるなら相談に乗ろう」

緒沢は『はなむら』で稀世をずっと贔屓《ひいき》にしてくれた馴染みの客だった。自身で起こしたファイナンス会社を息子に譲った後、趣味に近い感覚で経営コンサルタントのような仕事をしていた。

「若い人にチャンスを与える。それが学歴もコネもない自分が、何とかここまで来られたことへの恩返しだと思ってね」

若い頃の緒沢はかなり無茶もしたと聞くが、稀世にとっては、信頼できる客のひとりである。

いや、正直を言えば、それだけではない。

母に死なれた後、とうとうひとりぼっちになってしまったという孤独感から、客と恋愛におちたこともある。しかし、それは所詮一時的なもので、長続きはしなかった。そんな中で、緒沢のいつも変わらぬ穏やかさが稀世をどれほど救ってくれただろう。

緒沢の席に付くと、自分がホステスだというのを忘れてしまうこともたびたびだった。緒沢が店に現れるのを、いつも心待ちにしていた。もしかしたら、一度も会うことのなかった父の面影を重ねていたところもあったのかもしれない。

だからと言って、申し出にすぐには決心がつかなかった。好意があるからこそ、金という無粋なものが介入することによって、今までとは違う形になってしまうのではないかと不安だった。

「稀世に見返りなど求めてはいないよ」

緒沢は、稀世の気持ちを察したように言った。

「言っただろう、私は若い人にチャンスをあげたいんだ」

「でも」

稀世は自分の想いをうまく言葉にできないのを、焦《じ》れったく思った。

「いいんだ、安心して私に任せておきなさい」

緒沢の言葉に嘘はなかった。一千万という資金を、担保も取らずに提供してくれたのだ。『ゆうすげ』が、稀世の望み通りの店として開店できたのは、すべて緒沢の力添えがあったからこそだった。

旅行に誘ったのは、稀世の方だ。店が開店して半年ほどたった頃だった。

「馬鹿だね、そんなことを考える必要はないんだよ」

緒沢は笑ってはぐらかしたが、稀世は本気だった。

「いいえ、私がご一緒したいんです」

感謝だけではなかった。それだけで緒沢を旅行に誘うなど、何よりも失礼なことだと知っていた。それは飾りのない稀世の気持ちだった。

初めて伊豆《いず》の温泉に出掛けた時のことを、稀世は今もよく覚えている。

すぐ近くで波の音がしていた。月明かりに照らされて、障子に松の木のシルエットが頼りなげに揺れていた。浴衣《ゆかた》姿で、稀世は緒沢の布団の脇に座った。

「入ってもいいですか」

「もう、私は若くない。稀世を満足させられる自信がないんだ」

緒沢は呟いた。緒沢こそ、まるで少年のようだった。

「あなたと一緒にいられるだけでいいんです。それ以上の満足なんてありません」

緒沢はしばらく逡巡するように黙った。

夜の気配がふたりを包み込む。また波が打ち寄せ、引いてゆく。

「おいで」

呟くように緒沢は言い、稀世は布団の中に身を滑り込ませた。

まるで海を漂うような交わりだった。それは稀世に深い安堵をもたらした。長く自分の中で欠け落ちていたものが、温かく埋め尽くされてゆくような気がした。恍惚《こうこつ》とも快楽とも違う、まったく別のもの、しかしそれが何なのかわからないまま、稀世は静かにのぼりつめた。

緒沢との関係を後悔したことなど一度もない。むしろ、緒沢という存在を得られて、気持ちの均衡を保てるようになった。

この世界には、寂しさから男の選び方を誤ってしまう女たちが数多くいる。こんな仕事をしているからこそ、自分を支える男が必要なのだと、今となるとよくわかる。

緒沢にはもちろん家庭があるが、それは稀世の求めているものではなかった。身勝手と思われるかもしれないが、後ろめたさも感じなかった。稀世にとって、緒沢は愛人でも情人でもスポンサーでもなく、限りなく肉親に近い存在だった。

緒沢から提供された資金を、稀世は毎月、決まった額で返している。緒沢は最初、戸惑っていたようだが、それが稀世なりの筋の通し方と知って、黙って受け取るようになった。しかし、その何倍もの料金を『ゆうすげ』で使ってくれていた。新しい客を連れて来て、紹介してくれることもたびたびだった。

今となっては、緒沢と出会えたことがすべての始まりだったと思える。こうして自分の城と呼べる店を持て、緒沢と静かで穏やかな関係を続けられている。それ以上に望むものなど何もない。稀世は今、幸せだった。

未　来　子

母の芙美子が認知症の診断を受けたのは、今から四年ほど前になる。

そうと聞かされても、未来子はすぐには受け入れられなかった。確かに物忘れはひどくなったし、迷子になって交番から連絡を受けたりもしたが、年なのだから仕方ない、程度に受け流して来た。

今思えば、母の老いを受け入れるのが怖かったのだろう。未来子にとって、母はいつまでも追い越せぬ人のはずだった。

しかし、煮炊きしているのを忘れてボヤ騒ぎを起こした時はさすがに慌てた。その二年前には父の隆直が病死している。母は気丈に父を看取《みと》り、その後も落ち着いていたように見えたが、やはり喪失感もあったのだろう。考えてみれば、その頃から、少しずつ言動が乱れるようになっていた。

いやがる母を無理に病院に連れてゆき、診断が下された。

それから、母の病状は少しずつ、しかし着実に進行していった。いつもではないが、時折、トイレの場所がわからなくなったり、夜中に外に出ようとしたりした。

しかし、未来子には仕事がある。その頃、広告部のマネジャーという重要なポジションに就いたばかりだった。生活もあり、仕事を辞めてずっと付き添っているわけにもいかない。それでも、母がひとりで家にいるのが毎日気が気ではなかった。

介護認定を受けたが、すぐには受け入れてくれる病院が見つからず、ヘルパーさんに来てもらい、デイサービスやショートステイを利用した。

杏奈ももう中学生になっていて、ずいぶんと協力してくれた。だが、母の介護で部活や勉強を犠牲にさせるようなことはしたくなかった。

一年頑張った。

そうして行き着いた結論は、未来子ひとりで母の面倒を看るには限界がある、ということだった。自分の時間がなくなるだけでなく、慢性的な睡眠不足と疲れとで、未来子自身、めまいや動悸《どうき》に悩まされるようになっていた。

広瀬との離婚前から、杏奈とふたり実家で暮らしているせいもあって、両親の面倒は未来子が看ようと決めていた。それももう、ぎりぎりの状態になっていた。

思い余って、今は横浜に住む兄の彰夫に助けを求めた。

兄嫁はどう思ったかは知らないが、兄は状況をよく理解してくれ、結果、三カ月交代で横浜と東京で面倒を看ることにしようと、話はまとまった。

少なくともこれで三カ月は安心して仕事ができる。ゆっくり眠れる。自分の時間も作れる。

だが、それは母にとってあまりよい方法ではなかったらしい。兄が横浜に連れて行くと、母は兄家族の顔をすっかり忘れていて、混乱したようだった。

しばらくして、兄から連絡が入り、電話口で困り果てた声を出した。

「女房から聞いたんだけど、お袋、一日中『おかあさんのところに帰りたい』って泣くんだってさ」

「おかあさん?」

母方の祖母は、当然だが、とっくに亡くなっている。

「どうやら、今のお袋にとってのおかあさんは、未来子らしいんだ」

「え……」と、言ったきり、未来子は言葉を失った。

「俺も驚いたよ。あの気が強いお袋がそんなふうになっちまったとはすぐには信じられなかった」

予想以上に、母は深刻な病状に陥っていた。

結局、十日もしないうちに東京の家に戻って来た。しばらくして、ようやく受け入れてくれる病院は見つかったが、そこも母にとっては居心地のよい場所ではなかったらしい。看護師に「おかあさんを呼んで」と、毎日子供のように駄々をこねた。

未来子は土日はもちろん、平日も仕事の合間をぬって病院に通うようにした。

未来子を見ると、母は表情をくしゃくしゃと崩す。

「ああ、おかあさん、やっと来てくれた」

そう言って、いつもすがるように抱きついて来る。老人特有の匂いがする母の身体を受け止めながら、未来子は「ごめんなさい」を繰り返す。

それでも時間が来れば去らねばならない。そんな時「帰らないで」と、母はいつも必死の形相で未来子の服を摑んだ。

「ごめんなさい。また、すぐ来るから。だから今日は我慢してね」

その場しのぎの言葉を口にする自分が後ろめたかった。

時に、よたよたした足取りで、帰る未来子を泣きながら玄関先まで追ってくる。

「私を置いてかないで、一緒に連れてって」

そんな母の手を振り切る自分が人でなしに思えた。看護師に母を任せて、逃げるように病院を出た後、何度涙を拭っただろう。

母をこのまま病院に預けていていいのだろうか。自宅で介護した方が症状も快方に向かうのではないか。少なくとも、そうすれば母を残して帰る時の、身を絞り上げられるような罪悪感には苛《さいな》まれずに済む。

しかし仕事はどうする。日中はヘルパーに頼めても夜はそうはいかない。また眠れない夜を過ごすのか。疲れ果てた毎日に戻るのか。

ずっと母へのわだかまりを捨てられずに来た。母にとって、娘は瞳子だけだった。どれだけ頑張っても、努力を重ねても、未来子に関心が向けられることはなかった。

瞳子が死んだ時——もちろん未来子も度を失うほどの悲しみに暮れたが——どこかで、これでようやく母の娘になれたのだと思った。しかし、母の興味は未来子を通り越し、孫の杏奈に向けられた。

わかっている。もう私は子供じゃない。自分を評価してくれる仕事を持ち、自分を母と呼ぶ娘もいる。母の愛を欲しがる時代などとうに過ぎたはずだ。

それでも時折、たとえば母が杏奈に瞳子を重ね、うっとりした表情で懐かしむのを目《ま》の当たりにした時、どうしようもなく苛《いら》立《だ》ちが湧き上がった。時にそれは強い衝動となって、未来子を揺さぶった。

——どうして、そこまで私を無視するの。

どんなに年を取ろうとも、未来子の身体の片隅には、いつも幼い自分が蹲《うずくま》っているのだった。

母は、未来子が傷ついているなど、想像もしていなかっただろう。その理不尽さと、母への飢えた思いがないまぜになって、憎しみにも似た感情が芽生えることもあった。母に認められたい。褒めて欲しい。

しかし、その望みは叶わぬまま、母は老い、自我を失い、いつか未来子を「おかあさん」と呼ぶようになってしまった。

「おかあさん、待ってたの」

病院へ行くと、母はいつも子供の口調に戻って未来子にすがりつく。痩せた母の身体を、未来子は両手で抱き締める。

「ごめんね、待たせて」

しかし、そんな母と長く接してゆくうちに、不思議なことに、未来子はやがて、その中に穏やかな瞬間を見つけるようになっていた。

母にはもう私しかいないのだ。ようやく、私だけの母になったのだ。

それは初めて感じる不思議な安堵でもあった。

今日、母の四十九日の法要を終えた。

東京の空は、北から流れ込んだ冷たい風に一掃され、澄んだ青に塗り込められていた。未来子は横浜から来た兄夫婦や、親戚たちを見送って、ようやくホッと息をついた。改めて仏壇に線香を上げ、手を合わせると、母の死が実感として身に染みてくる。

もう母はいない。

瞳子と父の待つ場所へと逝《い》ってしまった。

「じゃあ私、出掛けるから」

杏奈の声に、未来子は我に返って振り向いた。

「あら、一緒に行かないの?」

「遠慮しとく。相葉のおじさまとふたりで楽しんでくればいいじゃない。私は友達と映画を観《み》る約束をしてるから」

「せっかく誘ってくれたのに」

杏奈は肩をすくめた。

「そうだけど、私も友達と一緒に遊べるのはあと少ししかないわけだし」

杏奈は来春、高校卒業と同時に、リヨンに留学することになっている。未来子が卒業したのと同じ学校だ。

言い出された時は驚いたが、反対するつもりはなかった。好きに人生を選ばせてやる、親としてできるのはそれだけだと思っていた。正直言えば、その学校を選んだことで、杏奈に認められているように思えて嬉しかった。

「じゃ、おじさまによろしく」

杏奈は背を向け、玄関に向かって行った。

「あんまり遅くならないようにね」

声を掛けると、すぐに返事があった。

「ママはおじさまのところに泊まって来てもいいのよ」

思わずどきりとしてしまう。

時代が違うと思う瞬間でもある。自分の母親が付き合っている相手を、こうもあっさりと受け入れられるものか。

いや、杏奈にも葛藤はあったはずだ。創介と初めて顔を合わせた時、一言も口をきかなかった。それでも、離婚した杏奈の父、広瀬がシドニーで再婚すると聞いてから、杏奈は少しずつ創介を受け入れるようになっていた。

留学を言い出した時は、こうも言った。

「相葉のおじさまがいてくれるから、私も決心できたの。もし、ママひとりを残してゆくのだったら諦めたかもしれない。だからおじさまには感謝してるの」

少し依怙地なところもあるが、心根の優しい子に育ってくれた。思いやりも気遣いもちゃんと身につけている。育ててくれた母には感謝しなければならないだろう。

待ち合わせた広尾《ひろお》の和食屋に入ると、カウンター席に座る創介が顔を向けた。

「あれ、杏奈ちゃんは？」

未来子は近づき、隣の席に腰を下ろした。

「友達と映画ですって」

「やっぱり友達の方がいいか」

苦笑しながら、創介が未来子のグラスにビールを注ぐ。

「仕方ないわ、もう諦めてる」

「法要は無事終わったかい?」

「ええ、おかげさまで滞りなく」

未来子はグラスを口にする。

それからお品書きを手にして、二品ほど料理を頼んだ。ふたりでもう長く通っている店なので、後は任せておけば好みのものを出してくれる。

「早いものだな、もう四十九日か」

「お葬式がついこの間だったような気がするのに」

「そうだな」

「でもね、今でも考えるのよ、本当にこれでよかったのかって。少しくらい無理しても家に引き取って面倒を看るべきだったんじゃないかって。母だって、それを望んでいたんだもの」

「仕方ないさ」

「わかってるんだけどね」

「未来子はよくやった。本当に頑張った。俺はそのことをよく知っているし、おかあさんだってわかってくれてるさ」

未来子は頷く。

創介に言われると、間違ってはいなかったのだと、心から思える。

この五年、母の介護と仕事、杏奈の世話で忙殺された。何をしていても常に次にしなければならないことが待っていて、自分のことなど考える余裕もなかった。それでも何とか頑張って来られたのは、創介がいてくれたからだ。

創介と再会してから十年余りが過ぎた。あの時、顔を合わせた瞬間、自分たちが同じ孤独を抱えているのを知った。どこにも落ち着く居場所がなくて、ふたりとも人生の中を放浪していた。まるで失くしたものを埋めるように、距離は瞬く間に縮まった。

その頃、未来子はまだ広瀬と正式に別れていなかった。しかし、もう形だけの結婚であり、未来子は創介とそうなるのは自然なことだと思えたが、創介は分別を持った判断をした。本当の意味で男と女になったのは、一年後に離婚が成立してからだ。

「創介のご両親はどう？」

「弟のところでのんびり暮らしているよ。すっかり足腰は弱ってしまったけど、孫たちに囲まれて幸せそうだ」

「慎也さん、ご活躍ね」

「ＩＴって俺にはよくわからないけど、仕事は順調らしいよ」

料理が出されて、創介はビールから冷酒に替えた。未来子が猪口《ちょこ》に冷酒を注ぐ。

離婚が成立した後、なぜすぐに創介と再婚しなかったのか。理由はさまざまにある。

杏奈のこともあったし、仕事の状況もあった。創介もまた相葉不動産再建のために奔走していた。

会えるのはせいぜい月に二度ほどだ。そのうち未来子の父が死に、母は介護の必要な身になった。ますます時間はなくなった。続くはずがない、と何度も思った。創介に何もしてあげられない。こんな状態でいるのが苦しくて、別れ話を口にした時もある。しかし、創介はこともなげに言った。

「俺は未来子に世話をやいてもらいたいわけじゃない。未来子にとって俺が負担ならしょうがないが、俺は今のままで構わない。未来子が俺を気にかけてくれている、それだけで十分に支えてもらっているんだ」

今、痛感する。もし創介と再会していなかったら、自分はどうなっていただろう。仕事と母の介護に身も心も消耗し、すさんだ中年女になっていたに違いない。

「それでね、法要の後に義姉《あね》からちょっと言われちゃった」

「何を？」

創介は猪口を口に運ぶ。酒を飲むとあまりものを食べない。

「家はどうするのかって」

「ああ、なるほどな」

創介はすぐに察しがついたようだった。

遺産分割の話である。義姉に悪気があったとは思いたくないが、それでも、聞かされた時は現実を突きつけられたような気がした。

「財産になるのはあの家だけだから、当然だとは思うんだけど」

「仕方ないさ」

「でも、やっぱりちょっとね」

「遅かれ早かれ、起こる問題だからな」

人の死は、悲しみとは裏腹に、身も蓋もない雑事を残してゆくものらしい。

「それでね、思ったの。来年の春は杏奈もリヨンに行ってしまうでしょう。私だけじゃ、あの家は大き過ぎて掃除も大変だし、ひとりで暮らすのも心細いし」

「売るつもりなのかい？」

「それがいちばんだと思うの。その時は、創介の会社で面倒見てくれる？」

「もちろん任せておいてくれ。それで、未来子はどうするんだ」

「手頃なマンションにでも移ろうかと思って」

それから、未来子は口調を改めて、決心したように言った。

「その時は一緒に暮らさない？」

思いつきで口にしたわけではなかった。いつかそんな日が来たら、という思いは前々から持っていた。ただ、叶ってももっと年を取ってからになるだろうと考えていた。

もちろん、今のままでも構わない。そうであっても揺らがないだけの関係は築いてきたはずだ。それでも、これはひとつのきっかけに思えた。

「母が死んでから、私もいろいろ考えたの。そろそろ生き方を変えてもいいんじゃないかって。私も来年は五十歳になるんだもの、人生を逆算して考えてしまう。仕事は十分過ぎるぐらいやったし、杏奈は巣立ってゆく、これからは創介との暮らしを楽しみたいって」

創介は小さく息を吐き出した。

「そういえば、俺たち、まともに旅行さえしたことなかったな」

「そうね」

「会社も何とか落ち着いたし、信頼できる若手も育ってくれているし」

それから創介は顔を向け、頬を緩めた。

「もう、いいよな、そうしても」

「ほんとに？」

弾むような声が未来子の口からこぼれた。

「ああ、二人暮らしにちょうどいいマンションを探そう」

創介の言葉に、未来子は満ち足りた思いで頷いた。

創　介

十年あまりの間、創介は相葉不動産の再建に打ち込んで来た。

冷酷な手段も厭《いと》わなかった。泣きすがられたこともある。人でなしと呼ばれたこともある。それでも、感情に蓋をして淡々とこなして来た。仕事であれば、どんな小さな契約でも、自ら出向いて商談に臨んだ。

倒産だけは何としても避けなければならなかった。相葉の名を残したかったわけではない。古くから付き合いのある株主や関連会社、残った社員たちに、どうしても報いたかったからだ。

成果は少しずつ形になっていった。

バブル崩壊後、宙に浮いていた土地がようやく流通に乗り始め、低迷を続けていた不動産業界は、都市再開発として、超高層ビルや豪華マンションの建設を活発に行うようになっていた。

だからと言って再建中の相葉不動産が直接関われるわけではないが、情報には細心の注意を払った。周辺の物件に大きな影響が及ぶのはわかっていた。都心回帰の現象もあり、中古物件の動きも見据えての戦略をたて、一件一件、足で稼ぐように回った。

そんな中、今日会計士から最近の経営状況の説明を受け、ようやく納得できる数字が得られたとわかった時、どれほどホッとしただろう。

これでやっと、辛抱強く再建を見守ってくれた株主や取引先、社員に恩返しができる。

肩から荷が下りたようだった。

それもあって、心を許した数人のブレーンたちと祝杯を兼ねて、久しぶりに飲みに出掛けた。

飲みに出るといっても、会社近くの居酒屋だ。接待以外、銀座や赤坂《あかさか》といった高級な店など使うはずもない。気楽な居酒屋の方が創介自身も寛げる。

まずは運ばれて来た生ビールで乾杯した。

「お疲れさん」

「お疲れ様です」

みんな上機嫌でジョッキを高く持ち上げた。

創介が相葉不動産に入った時からの仲間である。この十年で世代はすっかり交代し、今では創介がいちばん年長だ。正しくは部下と呼ぶべきなのだろうが、創介にその感覚はない。ゼロから、いやマイナスから始まった会社再建に、努力を惜しまず貢献してくれた同志と思っている。

酒が入るに従って、リラックスした雰囲気が広がっていった。

「この間、親会社の幹部があんまりえらそうな態度を取るんで、言ってやりましたよ。うちはもう子会社じゃない、業務提携だって」

内輪だけという気安さもあって、会話も弾む。

「よく言った。あっちは談合問題に引っかかってるし、相変わらず赤字続きで株価も上がらないし、今年の株主総会も大荒れだったたからな」

「大企業は古い体制が壊せなくて、身動きが取れなくなるんだ。若い社員なんかプライドばっかり高くて、殿様商売しかできない」

「社長交代って噂もあるし」

「どころか、役員総退陣って可能性もある」

「努力が足りないんだよ、努力が」

そんな会話を創介は酒を飲みながら聞いている。

十年前、会議のたび、親会社から送り込まれた幹部に、何度屈辱的な言葉を投げつけられただろう。ここにいる奴らはみんな同じ悔しさを味わっている。

いつか、きっと。

その思いだけで、ここまでやって来た。

「僕はいずれ、あちらを相葉不動産の子会社にしようと決めています」と、言ったのは木下だ。

周りから笑い声が上がった。

「そこまで言うか」

「僕は本気ですよ」

誰もまともに受け止めていないようだが、木下は真剣な目をしていた。創介はそんな木下が微笑《ほほえ》ましくもあり、頼もしくもあった。

目標を達成したと満足するだけでは現状で止まってしまう。その点、木下はいつももっと先を見ている。今はまだ突拍子もないものだったりするが、こういう人間が会社には必要なのだと思う。

会社が軌道に乗ったのは喜ばしい。しかしそれ以上に、こうして次の世代が育ってくれていることが有り難かった。

ビールから、それぞれ焼酎や日本酒に替わり、酔いもほどよく回り始めた頃、中のひとりが言った。

「社長もそろそろ身を固めたらどうですか」

創介は冷酒を噴きそうになった。

「おいおい、何の話だ」

「社長が独り身じゃ心配でなりません。来年は五十でしょう。このままじゃ老後が寂しいですよ」

「余計なお世話だ」

「身体のことも心配だし。相変わらず酒飲んで煙草吸って、そんなのじゃ身体が持ちませんよ。もう年なんですからちゃんと管理しないと。人間ドックもここのところ入ってないでしょう」

「誰かいないんですか。何なら、私たちが探して来ましょうか。おい、誰か心当たりはないか」

「私のカミさんの友達にひとり独身がいますけど」

「おまえのカミさん、四十過ぎだろう。もっと若いのはいないのか」

「僕の姪《めい》なら」

「いくつだ？」

「二十一です」

「馬鹿か、若過ぎる」

このまま放っておくと、本気で見合いをセッティングされそうな勢いである。

「するよ」

たまりかねたように創介は言った。

彼らが目を丸くして創介に視線を集中させた。

「え、社長、するって、結婚するんですか」

「ああ」

照れ臭さで、つい冷酒を飲み干した。

「そんな人がいたんですか」

「悪かったな」

「何だ、心配して損しました。もしかしたら、社長は独身主義じゃないかなんて」

「勝手に想像するなよ」

「とにかくめでたい。そうとなれば乾杯だ。おねえさん、酒を追加」

それから解散するまで、彼らの冷やかしや祝福に散々はやしたてられることになった。

数日後、創介はある人物と会うため、銀座の料理屋に向かっていた。

十日ほど前、顧問会計事務所が催したパーティーで出会った、緒沢忠弘《ただひろ》という人物だ。

パーティー会場で紹介され、名刺を差し出すと「もしかしたら、相葉重道さんの息子さんではないですか？」と言われて驚いた。

「父をご存知なのですか」

「やっぱりそうでしたか。昔、お父様にお世話になったことがある。お元気でいらっしゃいますか」

「ええ、おかげさまで、何とか」

「そうですか。ああ、私の名刺を」

渡された名刺には、経営コンサルタントと肩書きがついていた。

「お父様によろしくお伝えください」

立ち話は短いものだった。緒沢には次から次と挨拶する者が現れて、創介は一礼してその場を離れた。

それでも印象は強く残った。穏やかな口調の中に強い意志が感じられ、柔和な表情の陰に人を見抜こうとする鋭い視線が感じられた。もう少し話がしたい、と思わせるに十分な迫力を持った人物だった。

昨日、思いがけず、その緒沢から連絡が入った。

「知り合いの店にいいアラが入るんだが、明日どうだろう、お付き合い願えませんか」

ざっくばらんな口調だった。

「喜んで伺います」

迷うことなく、創介は答えた。緒沢ともう一度話ができるのは願ってもない幸運に思えた。

指定された新橋の割烹料理店に入ると、すぐに仲居に案内された。緒沢は奥の小部屋でビールを飲んでいた。

「今日はご招待に与《あずか》り、ありがとうございます」

創介は部屋の前で膝をつき、緊張気味に頭を下げた。

「いやいや、こちらこそ無理を言って申し訳ない。さあ、どうぞ、お入りください」

勧められるまま席に着くと、すぐグラスにビールを注がれた。

「すみません、恐縮です」

「アラはお好きかね」

「それはもう。しかし、贅沢な魚ですからなかなか口にはできません」

「何をおっしゃる、老舗の相葉不動産の若社長が」

創介は首を振った。

「老舗といっても今では名ばかりです。従業員を食べさせるのが精一杯という状態です」

緒沢は軽く頷き、仲居に料理を用意するよう指示した。仲居が出てゆくと、緒沢は正面から創介を見た。

「失礼だと思ったけれど、業績を調べさせてもらいました」

創介はビールを持つ手を止めた。

「君はよく頑張っている。あの状況から、倒産もせず、よく再建のメドをつけたと思う」

「関連会社の人たちや社員に恵まれたおかげです」

仲居が入って来て、創介の前に何品か料理を置き、アラ鍋の支度を始めた。

「ところで、父とはどういうお知り合いだったのでしょう」

「もう、四十年ほど前になるかなぁ」と、緒沢は懐かしむように宙を眺めた。

「銀座の古いアパートを担保物件として手に入れたんだが、ヤクザが絡んでいてね。法外な立ち退き料を要求され、困り果てていた。しかし、それを売らないことにはこちらも資金が回らない。不動産屋に話を持ち込んでも、どこも買い手がつかずに困っていたところを、お父さんが引き受けてくださった」

「そんなことが」

「ヤクザの親分に直談判《じかだんぱん》して話をまとめてくれたんですよ。肝の据わった人だった。おかげで会社を潰さずに済んだ。感謝しています」

意外だった。父は、祖父から受け継いだものを堅実に守り続けることだけを考えている、と思っていた。父にも血気盛んな時代があったのか。

鍋から湯気がたち始める。小部屋にふっくらした出汁《だし》の匂いが広がってゆく。

「緒沢さんは経営コンサルタントをなさっているんですね」

「もともとはファイナンス会社を起こしたんだ。ま、早い話が金貸しだな。今は息子に譲って、引退したからそんな肩書きを付けてるが、洒落みたいなもので、何の役にも立たない」

仲居がアラを取り分けて、ふたりの前に置く。

「お熱いうちにどうぞ」

「私は熱燗《あつかん》に替えるが、君はどうする？」

「私もいただきます」

「そうか、うまい日本酒があるんだ」

緒沢は目を細めて言った。

酒が回るにつれ、緒沢は饒舌になっていった。創介も緊張が解け、会話が弾み、場は和んだ雰囲気に包まれた。

「本当は、お父様にもご一緒していただきたかったんだが、先日の口調では、叶わないように感じたものでね」

「すみません、さすがに外出は無理なんです」

「ああ、やはりそうでしたか。でも、君のような後継者に恵まれて安心だ」

創介は居心地の悪い思いで杯を口にした。

「親不孝ばかりです」

緒沢が顔を向けるのを感じた。

「高校卒業と同時に家を出て、二十年も好き勝手をしていました」

少し驚いたような表情で、緒沢は創介を見つめた。

「十八歳の時、自分の不注意から友達を山で亡くしてしまいました。どうしたら償えるのかわからなくて闇の中をさ迷うような気持ちでした……それもあって、親父の望む生き方だけは、どうしても受け入れられなかったんです」

「その間、どうしていたのかね」

「いろいろです。放浪するように地方を転々としたり、製材所で働いたり、ライターになったり」

「それで、償いの答えは見つかったかね」

「いえ……」

言ったきり、創介は口を噤んだ。

久しぶりに英次の面影が濃く蘇っていた。

もうあれから三十年だ。すべてが遠い出来事になるほどの年月が過ぎても、英次だけは今も鮮明な輪郭を持って胸の中にある。答えなんか見つからない。答えなんか本当にあるのだろうか。

黙りこくった創介を気遣うように緒沢が言った。

「すまないね、思い出したくないことを思い出させてしまった」

「いえ、こちらこそ、つまらない話をしてしまいました」

「男というのは――」そこで緒沢は短く息を継いだ。「もしかしたら、背負っている重荷があるからこそ、生きてゆけるのかもしれないな」

創介は改めて緒沢を見た。

「子供の頃、空襲で逃げ遅れた私を庇って、姉が死んでね」

口元が歪《ゆが》んだように見えたが、緒沢はうまく笑みにすり替えた。

「それから、いつ死んでも構わないと思って生きて来た。姉に申し訳なくて、生き残った自分は恥を晒《さら》しているだけだと思った。しかし今になると、そう思うことで姉に守られて来たような気がするよ」

「はい」と創介は答えた。胸に染みる言葉だった。

もしかしたら、自分たちは今、何かとても大切なものを共有したのだと思えた。

割烹料理店で二時間ほど過ごし、店を出てから「もう一軒、付き合わないか」と誘われた。もちろん創介に異存はない。創介も、もうしばらく緒沢と話がしたかった。

「私のお気に入りの店でね。是非、君にも紹介したい」

連れて行かれた店は花椿通りのビルの五階にあった。

「ここなんだ」と、指されたドアに『ゆうすげ』と出ていた。その名に戸惑いのようなものを感じた時にはもう、ドアが開けられていた。

「いらっしゃいませ」

その声の主を認めた瞬間、創介の足は動かなくなった。

稀　世

あまりに突然現れた創介の姿に、稀世は思わず息を呑んだ。

「どうして……」その混乱はあったものの、今、自分がどんな反応を示すべきかは瞬時に判断した。

「緒沢さん、いらっしゃいませ」とカウンターを出て笑顔で迎え、それから「お久しぶりです」と、創介に頭を下げた。

「おや、知り合いだったのかい?」

緒沢の質問にも、ためらうことなく答えた。

「はい。軽井沢にあった私の実家が相葉さんの別荘に近くて、子供の頃よく一緒に遊んだんです」

「ほう、それは偶然だね」

「お元気そうで何よりです」

「ええ、おかげさまで……」

創介の動揺が手に取るようにわかる。しかし、稀世はあくまで笑顔で接する。

「どうぞ、こちらへ」

稀世は緒沢を席に誘い、隣に創介が腰を下ろした。

「いつものでよろしいですか？」

「ああ、そうしてくれ」

緒沢は国産ウイスキーのお湯割りが定番だ。

「相葉さんは」

「ではビールをいただきます」

「承知しました。イムちゃん、お願いね」

居村が用意を整え始める。

「顔を合わせるのは何年ぶりになるのかい？」

緒沢の問いに、創介が口籠っている。

「三十年以上はたつんじゃないかしら」

稀世が代わりに答えた。十二年前に再会したことは言わなかった。言う必要はないと思えた。

「そんなになるのか。それでよく、お互いがすぐにわかったね」

「相葉さん、あの頃と少しもお変わりになっていないから」

言いながら稀世は創介に視線を滑らせた。

そうは言ったが、十二年前に比べて少し痩せたように見えた。表情から、年齢のせいだけでない疲れのようなものも窺えた。

「どうぞごゆっくりなさっていってください。マミちゃん、お願いね」

前に女の子を付けて、稀世は別の客の前に立った。自分が付いてもいいのだが、さすがに気持ちの揺れを隠し切る自信がなかった。

それでも、意識はふたりにばかり向けられて、別の客と話していてもつい上の空になった。

緒沢はいつもより饒舌で、はしゃいだように創介と会話を交わしている。

ふたりはどんな経緯で知り合ったのだろう。どんな関係になるのだろう。想像しても考えは及ばない。考えても無駄とわかっていながら、あれやこれやと想像をめぐらせずにはいられなかった。

一時間ほどして、ふたりは席を立った。

「あら、もうお帰りですか」

稀世はカウンターから出て、緒沢に近づいた。

「うん、今夜はいい酒だった。すっかり酔っ払ってしまったよ」

緒沢がリラックスした表情で言う。

「すっかりご馳走になってしまいました」

創介が礼儀正しく頭を下げている。

「また、飲もう」

「ええ、是非」

三人でエレベーターに乗り、稀世はビルの前まで見送りに出た。

「相葉くん、よかったら私の車で回るよ」と、緒沢は言ったが、創介は首を横に振った。

「いえ、まだ電車がありますから、こちらで失礼します」

「そうか」

「今夜は本当にありがとうございました」

「こちらこそ楽しかった」

「また、お越しくださいませ」

稀世の言葉に、創介は困惑したように目をしばたたかせながら、頷いた。

創介が銀座の人ごみの中に紛れてゆく。

「車はどこで待ってるのかな」

緒沢に言われ、我に返った。

「外堀《そとぼり》通りに」

ふたりは通りに向かって歩き始めた。

「気持ちのいい男だったな。稀世と知り合いだったというのも何かの縁かもしれない」

「本当にびっくりした。どういうお知り合いなの？」

「たまたまパーティーで紹介されたんだ。彼の父親に昔お世話になったことがあって、ちょっと立ち話をした」

「そう」

「もう少し話がしたくて、鍋に誘ったんだ。思った通り、なかなかの男だった。噂じゃ、相葉不動産も長くはないと言われてたんだが、彼はよく頑張ったよ」

稀世は黙って聞いている。緒沢の言葉の中に、知らない創介の姿を重ねようとしても、うまくいかない。

「どうした」

「え？」

「ぼんやりして」

「そう？」

「もしかしたら相葉くんは、初恋の相手だったんじゃないのかい？」

からかうように緒沢が笑った。

「いやだ」

稀世は苦笑を返し、柔らかく緒沢を肘《ひじ》でつついた。

「本当かな？」

「もしかしたら、妬《や》いてくださってるの？」

今度は緒沢が苦笑した。

「おいおい、そこまでの妄想癖はないよ」

「あら、残念」

「それより、今度温泉にでも行かないか。ここしばらく、どこにも連れて行ってやれなかっただろう」

「ほんと、嬉しい」

答える言葉に嘘はない。それでも、稀世は自分の口調にいつになくわざとらしさが含まれているのを感じて戸惑った。

ハイヤーは大通りで待っていた。素早く運転手が降りて来て、ドアを開ける。

「今夜はありがとうございました。おやすみなさい」

「ああ、おやすみ」

緒沢が乗り込むと、ハイヤーはすぐに赤いテールランプの洪水の中に見えなくなった。

東京に出て来た当初は「もしかしたら」という予感がなかったわけではない。こんな仕事をしていれば、偶然創介が店に来ることもないとはいえない、などと想像したこともある。

もし、会えたら自分はどうするだろう。

それでも十二年という時間が過ぎ、いつか創介への、もっと言えば軽井沢の記憶すらも薄れ、銀座の世界に浸りきるようになっていた。

その間に母を亡くし、自分の店を手に入れ、緒沢という心強い後ろ盾もついた。

今更、と稀世は胸の中で呟く。

今更、こんな形で創介とまた会うなんて――。

それから三日ほどして、店に電話が入った。八時少し前で、混み始めるのはこれからという時である。

「ママに」と、居村がコードレス電話の受話器を持って来た。

「誰から？」

「それが聞いてもお名前をおっしゃらなくて。お断りしますか」

「ううん、いいの」

ある種の予感のようなものが頭をかすめて、稀世は受話器を受け取り、カウンターの隅に移動した。

「もしもし、稀世です」

「相葉です」

案の定、創介からだった。

「申し訳ないが、少し話がしたいんだけど、時間を取ってもらえないかな。店に行こうかと思ったんだけど、やっぱりそれはいけないことのような気がした。今日じゃなくてもいいんだ。いつでも、あなたの都合のよい時にでも」

「今、どちらにいらっしゃるんですか」

「有楽町《ゆうらくちょう》の駅にいる」

「じゃあ、その近くにティールームがあるので」

稀世はやや早口で場所を説明した。

「そこで待っていてくれますか。五分で行きます」

電話を切ると、稀世はコートとバッグを手にして居村の耳元で言った。

「悪いけど、三十分ほど出てくるわ。何かあったら携帯に連絡をちょうだい」

「はい、わかりました」

答える居村の目に怪訝《けげん》さを感じるのは、たぶん気のせいだ。それがわかっていながら、まともに目を合わせられず、稀世は足早に約束のティールームに向かった。

奥まった席で、創介は居心地悪そうに腰を下ろしていた。

「ごめんなさい、お待たせして」

稀世は創介の向かいに座り、コーヒーを注文した。

「いや、こちらこそ申し訳ない。急に電話なんかして、驚いただろう」

「いいんです」

言ってから、稀世は視線を膝に落とした。

同業者があまり使わないティールームをと考え、この店を指定したのだが、やけに照明が明るい。慌てて出て来たので化粧直しもしていない。シミもシワもくすみも、たぶん容赦なく晒されているだろう。創介の目に、自分は今どんなふうに映っているだろう。

もうすぐ五十歳。年をとったと思われるのは仕方ない。それよりも、長く水商売を続けてきた澱《おり》のようなものを感じ取られる方がつらかった。

しかし、稀世はすぐに気を取り直した。それならそれでいいではないか。今更どう思われようと関係ない。自分は間違いなく水商売で生きている女だ。

コーヒーが運ばれて来た頃には、ようやく落ち着きを取り戻していた。

「まさか、また稀世と会うことになるなんて」

稀世と、呼び捨てにされて、ふと強気の思いが躓《つまず》く。

「東京にはいつから？」

「あれからすぐ」

「あれからって、軽井沢の店を俺が取り上げてしまってからか」

「そう」

創介の頬に影が差した。

「やっぱりか。さぞかし俺を恨んでるだろうな」

「ええ、もちろん」

創介が息を止めるのがわかった。

「あの時、堅田さんにわざと自分を殴らせて、それを立ち退きの取引に使うなんて、本当に許せなかった」

「何と言われてもしょうがないと思ってるよ」

「そこまでして追い出そうとするなんて、この人には情というものがないんだって」

「その通りだ」

創介が子供のようにうなだれている。しかしどういうわけか、その姿を見ているうちに、肩から力が抜けてゆくのを感じた。稀世は声を和らげた。

「でも、いいの。もう昔のことだもの。今なら、そうしなければならないくらい創介さんも大変だったんだろうってわかるから」

それからコーヒーを口にした。

「それに本当言うと、上京した理由はそれだけじゃないの。いろんな事情が重なったのよ。今は軽井沢と同じ名前の店も持てたし、こっちに来てよかったと思ってる」

「おかあさんは？」

「上京して二年目に」

「そうか……」

稀世はちらりと腕時計に目をやった。創介は目ざとく気づいたようだった。

「悪かった、仕事中なのに」

「いいの、私が勝手に来たんだから。でも、そろそろ戻らなくちゃ。それで話って？」

「いや、特別に何かあるわけじゃないんだ。ただ、稀世ともう一度会っておきたかっただけだ。出ようか」

「ええ」

創介が勘定を終え、ふたりは歩き始めた。

「緒沢さん、創介さんのことをとても買ってるみたいね」

「まだ、会ったばかりだけれど、気に入ってもらえたようだ。あれからゴルフにも誘われたよ」

「緒沢さんは力のある人よ。きっといろんな面で創介さんのプラスになってくれるはず」

「稀世、緒沢さんとは……いや、こんな立ち入ったことを聞いちゃいけないな」

覚悟していた質問だった。

「緒沢さんは私にとって大切な人。あの人の力添えがなかったら、お店を出すこともできなかった」

それだけで、稀世が緒沢とどんな関係にあるか、創介も察しはついただろう。

でも、構わない。今更、創介に何をどう思われようが自分には関係ない。

銀座の街は人とネオンが重なり合い、光と影が揺らめいている。星の見えない夜空も、痩せた街路樹も、銀座にはよく似合う。

稀世は口調を明るくした。

「創介さん、未来ちゃんがどうしてるか知ってる?」

創介は口籠った。

「そう知らないの。私たち、本当に別々の人生を歩くことになってしまったのね」

隣に立つ創介の体温が、冷気を超えて自分に伝わって来そうな気がして、いたたまれなくなった。

不意にあの南原の別荘でひとつの毛布にくるまりながら、燃え盛る薪《まき》の炎を見ていた自分たちの姿が思い出される。

「ごめんなさい、じゃあ、ここで」

軽く頭を下げて、信号が点滅し始めた横断歩道を、稀世は創介を振り切るように小走りに渡った。

創介

今の自分の気持ちを、創介はうまく理解できずにいた。

懐かしさのような後悔のような、あるいは痛みのような感傷のような、それはある種の衝動に似て、創介を狼狽《ろうばい》させていた。

仕事をしていても、時折、身体から意識が浮遊した。部下の報告が耳を素通りしたり、顧客への相槌《あいづち》を打つタイミングを逃したりした。

あれから稀世のことをずっと考えている自分がいた。

考えてもどうしようもない、とわかっている。それでも気がつくと、稀世のことを考えている。ついこの間会った稀世も、十二年前に会った稀世も、十八歳の稀世も、軽井沢の森の中で走り回っていた子供の頃の稀世も、切り取られたフィルムが雑駁《ざっぱく》に繋ぎ合わされたように、脳裏に映し出されてゆく。

仕事を終えると、足は銀座へと向いていた。

どこかの店に入るわけではない。もちろん『ゆうすげ』に行くわけでもない。稀世が、緒沢との関係を口にしたのは「店には来ないで欲しい」と言いたかったからだ。それくらいはわかる。

それでも行かずにはいられない。

四丁目の交差点を過ぎて、並木通りに折れる、花椿通りに入る。まもなく『ゆうすげ』の入っているビルが見える。明かりのついた看板にちらりと目をやり、前を通り過ぎる。

思いがけず稀世と出くわすのではないか、背後から声を掛けられるのではないか。

そんな子供じみた期待に胸を膨らませている自分に呆れながら、どこかで偶然を願っている。

しかし、たとえ顔を合わすチャンスがあったとしても、稀世は通り一遍の挨拶をするだけだろう。足を止めることなく、会釈と共に通り過ぎてゆくに違いない。

その時、自分がどんな思いを嚙み締めなければならないか。その予測が容易についても、稀世と再会してからというもの、創介は毎日のようにこの辺りをあてもなく歩いていた。

もし、あの一瞬がなかったら――。

自分と稀世はどんな人生を歩んでいただろう。

稀世を東京に呼ぶつもりだった。稀世と一緒にいたかった。稀世が好きだった。

わかっている。稀世は不幸なわけじゃない。水商売は確立された職業だ。さまざまな経緯はあったにしても、今は自分の店を持ち、それなりに成功して、自立した生き方をしている。緒沢という心強い後ろ盾もある。自分の出る幕じゃない。こんなふうに稀世を気にすること自体、自惚《うぬぼ》れと言っていいだろう。

そんなことはわかっている。わかっているのに、同じことを反復してしまう。

もし、あの一瞬がなかったら——。

そして、いても立ってもいられなくなり、銀座へと向かってしまうのだ。

今まで、すべてにおいて冷静さを心掛けて来た。冷酷と呼ばれるのも厭わなかった。何が得で損なのか、物事を判断する基準はいつもそこにあった。

女に対しても、厄介なことは抱えたくないと思って来た。女に度を失うような強い感情に揺さぶられたこともないし、そうなりたいとも思わなかった。割り切った関係で十分だった。色恋沙汰など、面倒なだけだった。

そんな自分が未来子と再会して、初めて落ち着いた生活を手に入れた。未来子と過ごす時間は、どれほど安らぎを与えてくれただろう。自分には縁のないもの、もっと言えば、そんなものが世の中にあることすら忘れていた。

だから、未来子には感謝している。

呟いてから、創介は自分の言葉の持つ傲慢さに奥歯を噛み締めた。

感謝だって。

愛なんて言葉を口にするのは気恥ずかしい。しかし、自分と未来子を繋げているのはそれではないのか。

その時、創介は足を止め、思わず息を呑んだ。すぐ側《そば》を稀世に似た女が通り過ぎて行った。

違った……。

肩から力が抜けてゆく。

そして、創介はますます自分に臍《ほぞ》を噛む。あの時、無茶を通して浅間山のガレ場を登ったことが、四人の人生を変えた。もし、英次の忠告を聞き入れていたら、英次は死なかったし、稀世もまた違う生き方をしていただろう。

すべての責任は自分にある。

だからこそ、家族や稀世と別れて、自分の足で歩いてゆくと決めたのではなかったのか。英次の死を背負って生きると決めたのではなかったのか。

それなのに、俺はいったい何をやってるんだ。

未来子

年末年始は穏やかに過ごした。

杏奈が友人たちとスキーに出掛けてしまい、少し贅沢かと思ったが、未来子は創介と都内のホテルで過ごした。

プールで泳ぎ、スパを利用し、夜景を望みながらラウンジで寛ぎ、朝は雑煮とおせち料理を楽しんだ。去年まで母の介護もあって、新年を祝う余裕もなかったが、今年は創介と共に、身も心もリラックスできたのが何より嬉しい。

大晦日《おおみそか》から三日間過ごしたホテルも、今日が最終日。昼前にはチェックアウトする。

「やっぱり来てよかった」

「ああ、そうだな」

都心にあるとは思えないほど、広々とした庭園が見渡せるレストランで、ふたりは最後の朝食をとっている。周りは自分たちと似たような世代か、それ以上の夫婦だ。たまに子供連れの若い夫婦もいるが、きちんと躾が行き届いているのか騒いだりもしない。静けさに音楽が柔らかく溶け込んで、落ち着いた雰囲気に包まれている。

レストラン中央の、松飾りをアレンジした植物がうまく正月気分を盛り上げていた。

「ゆっくりできた？」

「うん」

年末、創介はかなり忙しかったようで、連絡を取り合うのもままならなかった。会社の業績は順調に伸びているらしいが、そういう時こそ気を抜けないのだろう。放っておくと、正月まで出勤してしまいそうに思えて、未来子は急遽《きゅうきょ》、ホテルを予約したのだ。

「そうだわ、あのゴルフ、創介は行くの？」

創介がフォークを持つ手を止めた。

先日、創介の部屋を訪ねた時、たまたまテーブルの上に置いてあった葉書が目に付いた。コンペの招待状だった。

「同伴者も可って書いてあったでしょう。行くなら、私も連れて行って欲しいな。もちろん無理を言うつもりはないの。でも、創介とゴルフなんて、一度もしたことないんだもの」

しばらく考え、創介は答えた。

「いいよ、一緒に行こう。返事を出しておくよ」

「ほんと」

未来子は思わずはしゃいだ声を上げた。

母が亡くなって肩の荷が下りたせいもある。仕事漬けの毎日を変えようと決心したのもある。創介とふたりで過ごす時間を、今は何よりも優先させたいと思っていた。

同時に、自分たちの関係をそろそろオープンにしてもいい頃だと考え始めていた。殊《こと》更《さら》秘密にして来たわけではないが、積極的にアピールして来たわけでもない。しかし、じきにふたりで暮らし始めるのだから、周りにはそれなりに報《しら》せておくのも必要に思えた。

「じゃあ、早速打ちっぱなしに行って来なくちゃ。パターも新しいのを買おうかな。その時は付き合ってね」

「ああ」

創介は軽く頷き、そのまま窓の外に目をやった。

未来子ははぐらかされたような気持ちで、創介の横顔を眺めた。滞在中も、こんなふうに時々、ぼんやりと宙に目を泳がす瞬間があった。いや、最近、こんな創介を見ることが増えたような気がする。

話を変えてみた。

「ねえ、マンションの方はどう？　適当なのは見つかりそう？」

創介が窓から視線を戻した。

「ああ、ごめん。まだちょっと手が回らなくて」

「前にも言ったけれど、場所は世田谷か目黒にしましょうね。駒沢《こまざわ》公園に近いところ。あの辺りなら交通の便もいいし、環境も整ってるでしょう。あのね、私、いずれは犬を飼いたいの。今は無理だけど、五年後か、ううん十年後でもいいわ、いつか飼いたい。実を言うと犬種も決めてるの、アフガンハウンドかラブラドール。もう少し小型なら、キャバリエかコッカスパニエル。この間、会社近くの六本木のペットショップで子犬を見たんだけど、ものすごく可愛くてすぐにでも連れて帰りたくなっちゃった。創介も見たらきっとイチコロよ。だからね、マンションもペット可のところがいいと思ってるの。それも考えておいてね」

言ってから、未来子はコーヒーを飲む創介の顔を覗き込んだ。

「聞いてる？」

「えっ、聞いてるさ」

創介が慌てたように目をしばたたいた。

「ほんとかしら。じゃあ今、私、何を言ったか言ってみて」

創介はしばらく口籠り、やがて観念したかのように答えた。

「悪かった、ちょっと仕事のことを考えてた」

未来子は呆れてため息をつく。

「ねえ創介、今まで仕事が最優先だったのはしょうがないと思うのよ。私だって同じだもの。でも、これから少しは生活を楽しむ余裕も持ちましょうよ。そんなのじゃストレスがたまる一方よ。いつか身体を壊しちゃう」

創介が苦笑を交えて頷いた。

「そうだな。わかった、そうするよ」

昼前にはチェックアウトし、創介の車で自宅まで送ってもらった。

「じゃあ、また」

軽く手を上げる創介を見送って、未来子は自宅の門をくぐった。

家に着くと、それはそれでホッとする。ホテルでゆったり過ごしたつもりでも、こうして慣れ親しんだ家具や匂いに触れると、やっぱり家がいちばんと思ってしまう。

ボストンバッグから荷物を取り出しながら、結局この三日間、一度もセックスすることはなかったな、と、未来子は肩をすくめながら思い返していた。この日のために選んだランジェリーも、残念ながら日の目を見ることはなかった。

創介と付き合いが始まった頃、互いに激しく求め合った。失くした時間を取り戻すように、背中にぴたりと張り付いた孤独を埋めるように、言葉を交わすよりも饒舌に肉体で語り合った。こうして思い出しても、あの情熱には頰が熱くなってしまう。

だからと言って、決して今の状態を不満に思っているわけではない。籍はまだ入れてないが、気持ちの上では夫婦と同じ、いやそれ以上の信頼で結ばれているという自負がある。

ただ、ほんの少し寂しい。

明日の自分は、今日の自分より確実に一日分老いている。その現実が、未来子に時々、ため息をつかせる。若い頃、五十歳に手が届こうとする女がセックスのことを考えるなんて、想像もしなかった。もっと言えば、人を恋うことも、強い感情に駆られることもないと思っていた。

あの頃の自分に教えてやりたいと思う。

大人になっても、人はいつまでも男と女の部分を捨てられずにいることを。そして、たぶんそれが、一生、人を悩ませてゆくのだということを。

一月末、創介と南房総《みなみぼうそう》のゴルフ場に出掛けた。

東京は身の縮むような寒さというのに、この辺りはポピーや菜の花が咲き誇り、季節を忘れてしまいそうになる。

参加者が五十名を超す大掛かりなコンペだった。業種もさまざまで、主催者の緒沢を中心とした一種の異業種交流の場でもあるようだった。

久しぶりのゴルフは、広々とした芝を歩くだけでも気が晴れた。新しいパターの調子がよく、おかげでスコアも百を切り、気持ちよくホールアウトすることができた。

夕方からクラブハウスで簡単なパーティーが催され、参加者が一堂に会した。創介は周りのメンバーたちと和やかに談笑している。その傍らに、未来子は創介の同伴者として寄り添っている。妻として紹介されたわけではないが、周りは夫婦として見ているようだった。奥さん、と呼ぶ出席者もいて、それもまた悪くない気分だった。仕事では前面に出なければならないことが多い未来子である。こんなふうに一歩下がったポジションにいるのが新鮮でもあった。

ちょうど手にしていたワイングラスが空になり、カウンターに取りに行くと、緒沢と顔を合わせた。スタートの際、簡単に紹介されただけである。未来子は改めて挨拶をした。

「今日はありがとうございました。相葉と一緒に参加させていただいた嶋田未来子です」

「ああ、そうでしたね。楽しんでいただけましたか」

温和な表情で緒沢が答える。

「はい、とても」

「不躾な質問だが、おふたりは結婚されるのかな」

今更隠す必要もないと思えて、未来子は頷いた。

「そのつもりでいます」

「よかった、それを聞いて安心した。いや、相葉くんと会った時、独身だと聞いてちょっと気がかりだったんだ。これから精神的にも肉体的にも難しい年代に入ってゆく。やはり支えになる人がいないとね」

「できるだけそうなりたいと思っています」

「私はね、人生の後半で出会ったパートナーほど、うまくいくと思っているんだ」

くすり、と未来子は笑った。

「実を言うと私たち、子供の頃から知ってるんです。いわば幼馴染みという間柄なんです」

緒沢は、ほぅ、という顔をした。

「そうだったのか」それから思い出したように続けた。

「とすると、あなたも子供の頃には軽井沢にいらしていたのかな」

唐突に軽井沢の名が出て、未来子は戸惑った。

「ええ、その頃は毎年のように」

「先日、私の知人が、相葉くんと軽井沢で知り合いだったことがわかりましてね。もしかしたら、あなたもご存知かな」

「どなたでしょう」

すでに胸の鼓動が速まっていた。

「沖村稀世というんですが」

その瞬間、驚きというより、落胆にも似た感覚が押し寄せた。

「はい、知っています」

「やっぱり」

「稀世ちゃん、今、東京ですか?」

「銀座で『ゆうすげ』という店をやってるんですよ。七丁目の花椿通りを入ったところなんだが、年末に相葉くんをお連れしてね」

「そうだったんですか……」

創介からは何も聞かされていない。

「ああ申し訳ない、すっかりお引き止めしてしまった。どうぞゆっくりしていってください」

「ありがとうございます」

未来子が頭を下げると、待っていたかのようにすぐに取り巻きが緒沢を囲んだ。

未来子はワインを手にしたまま、創介を振り返った。

ここしばらく、創介の様子はいつもと違っていた。もともと仕事を優先させる生き方をしてきた創介である。一緒にいても頭の中は仕事に占領され、上の空になるのもしょっちゅうだった。

それでも、いつもと違うと感じていた。未来子自身、仕事のせいだと自分に言い聞かせて来たが、気持ちのどこかで、それだけではない何かを感じていた。

もしそれが、稀世と再会したことだとしたら。

自分たちはもうすぐ一緒に暮らし始める。それは結婚を意味している。長い付き合いの中で、信頼も絆も深めて来た。今更、稀世と再会したからといって、自分たちの関係が揺らぐはずもない。

そう思いながらも、未来子は薄く水滴のついたワイングラスを握りしめたまま、しばらくその場に立ち尽くしていた。

稀世

暗に「店には来ないで欲しい」と告げたはずである。

それでも店に入ってきた創介を見たとたん、稀世は、本当は少しもそれを望んでいなかった自分を思い知らされていた。

「いらっしゃいませ」

気づかれないよう呼吸を整え、創介を席にいざなった。

「どうぞ、こちらに」

おしぼりを出しながら、稀世はいつも客に対するのと同じ笑顔を向ける。

「何になさいますか」

「スコッチを水割りで」

気のせいか、創介も緊張しているように見える。

「イムちゃん、お願いね」

居村が頷き、それを作り始める。

カウンターを挟んで創介と向き合ったものの、何を話していいのかわからない。先日は話し足りないくらいだったはずなのに、今日はどうにも言葉が見つからない。かといって黙っているわけにもいかず、どうでもいいような話題を口にした。

「今日はいちだんと寒かったですね」

「ああ、本当に」

創介もまたホッとしたように答えた。

「凍った路面で転んで、何人もの人が救急車で運ばれたとか」

「東京じゃ雪が降った年はいつものことだからね。北国の人が聞いたら笑われてしまうだろうけど」

「東京の寒さって特別な気がします。身体の芯まで凍りつくって感じ。風の質が違うみたい。ビル風のせいかしら」

「軽井沢の冬はマイナス十五度以下になる時もあるだろう。いや、もっとか」

「堪《こた》えるという点では東京の寒さの方がつらいかな。たくさん着込んでもなかなか温まらなくて。あら、それって年のせいってことかしら」

稀世が笑うと、それにつられるように創介も目を細めた。それがきっかけとなり、互いの口調もほぐれていった。

「年か、確かにそうだな、気がついたらもう五十になるんだからな」

「いったいいつの間にって思うわ。子供の頃は五十歳になる自分なんて想像もつかなかった」

「その年になれば、分別があって、冷静で、欲なんてものはみんな捨てているとばかり思ってたよ」

「自分が年相応になり切れてないのはわかるけれど」

「中軽の駅前の駄菓子屋のおばさん、覚えてるかい？」

創介に言われて、稀世は大きく頷いた。

「もちろん。夏によくカキ氷を食べに行ったもの。創介さん、蜜が足りないっていつも文句を言って」

「うん、それでよく怒られた。考えてみたら、あのおばさんも、今の俺たちより年下だったんだな」

「ほんと、おばさんなんて呼んで悪かったわ」

「軽井沢のカキ氷はうまかった。天然氷を使ってて」

「そう、だから一気に食べても頭が痛くならないの」

「おかわりして食べたよな、舌を赤やら黄色に染めて……ああ、懐かしいな」

創介にかつての少年の面差しが広がってゆく。

「創介さん、軽井沢には？」

「いや、行ってない。別荘も売ってしまったしね。稀世は？」

「私もぜんぜん。今じゃ新幹線に乗れば一時間ほどで着いてしまうのに」

「そうだな。信じられないぐらい近くなった……でも、俺にはいつまでたっても遠いところだよ。果てしなく、遠い」

稀世は黙った。

創介が今、何を考えているか、手に取るようにわかっていた。

英次の死は、どれほど時間がたっても創介の記憶から消え去ることはない。創介のすべては、英次の死に繋がっている。こうして稀世の目の前で、グラスを口に運ぶ創介がここにいるのさえ、英次の死が根底にある。

小一時間ほどとりとめのない話をして、創介はチェックを済ませた。

居村がクローゼットからコートを取り出している。

「イムちゃん、私のコートも出して。ちょっとお送りして来るから」

「いや、いいよ」

創介が首を振る。

「ほんのそこまでだから」

稀世はコートを羽織り、創介とふたり、店を出た。今夜はネオンがやけに夜空に美しく映えていた。色彩が際立って眩《まぶ》しいほどだ。冬の乾燥した空気のせいばかりではないのかもしれない。

「本当は行かないでおこうと思ってたんだ」

創介がためらいがちに言った。

「私も、きっといらっしゃらないだろうと思ってた」

稀世は慎重に答えた。

「行っちゃいけない。自分は行ける立場にはないって。でも、来てしまった」

「同じよ。待ってはいけない。待つなんて期待を抱いてはいけないって。でも、どこかで待っていた」

言葉にすると、不意に恐怖にも似た感覚に包まれた。

もしかしたら、自分は今、ひどく危うい場所に立っているのかもしれない。これ以上、言葉を重ねると、自分でも気づかなかった胸の内がこぼれおちてしまうかもしれない。

それから駅に着くまで、ふたりは黙ったままだった。

「じゃあ、ここで」

創介が足を止める。

「ええ」と、稀世は頷く。

創介が何か言いたげに唇を動かしたが、言葉にはならなかった。それに気づかないふりをしながら、稀世は創介を見上げた。

「少し、顔色が悪いみたい」

「そうかな」

「仕事、忙しいの？」

「うん、まあね」

離れがたい思いが稀世を惑わせる。

「気をつけて」

「ありがとう。じゃあ、行くよ」

創介の言葉に落胆し、同時に安堵する。

「おやすみなさい」

その後ろ姿を、稀世は改札口を抜けるまで見送った。

店に戻ると、緒沢が来ていた。まるで悪さが見つかったように、稀世は慌てて緒沢の前に立ち「ごめんなさい」と口走っていた。

「何も謝ることはないさ」

緒沢は穏やかな笑みを浮かべている。

「ちょっとお客様のお見送りに行ってたの」

「相葉くんが来ていたんだってね」

居村が言ったのだろう。もちろん悪気があってではないだろうし、告げられて困るようなことでもない。ただ、自分の口から言うべきだったたと、稀世は悔やんだ。

「そうなの、緒沢さんがいらっしゃるなら、お引き止めすればよかった」

「入れ違いだったようだね。イムちゃんが携帯に連絡しようかと言ってくれたんだが、何も呼び戻すほどでもないと思ってね」

「呼んでくだされればよかったのに」

答える自分の声が、少し上擦っている。それを誤魔化《ごまか》そうとつい言葉を重ねてしまう。

その夜、緒沢も居村も呆れるほど稀世は饒舌になっていた。

十一時少し前、いつものように緒沢をハイヤーまで送ると、封筒を渡された。

「来週末、いつもの伊豆の温泉宿を予約しておいた。チケットだよ」

「ほんと、嬉しい」

稀世は声を上げて封筒を受け取り、胸に抱いた。

「久しぶりにゆっくり過ごそう」

「楽しみにしてます」

「じゃあ、その時に」

ハイヤーを見送ると、自分の顔に張り付いた笑顔がひどく作為的に思えて、稀世は頬に手を当てた。

緒沢は何か気づいただろうか。

そう思ってから、自分に言い聞かすように、気づかれる何かなどあるはずもない、と呟いた。

翌週、予定通り温泉に向かった。

華やかな料理が並んだ卓を前に、稀世は緒沢と向き合っていた。ふたりとも丹前に着替え、酒もほどよく回っている。

そんな時、緒沢が口にした言葉に、稀世は思わず箸を止めた。

「本当に？」

「何だ、この間、相葉くんから聞かなかったのか」

「ええ……」

しかし、すぐに気持ちを切り替えた。

「きっと照れてらしたのね。でも、相葉さんと未来ちゃんならお似合いだわ。小さい時からふたりはいつも一緒で仲が良かったの。それで、式はいつ？」

「そろそろとか言ってたな」

「じゃあ、何かお祝いを贈らなくちゃ」

杯を口に運びながら、稀世はさり気なく緒沢から目を逸らした。

内心の動揺を止めることができなかった。

創介と未来子が結婚する――。

「稀世は、未来子さんとも仲がよかったんだってね」

「ええ、とても」

稀世は緒沢の杯に酒を注いだ。

「稀世のことを話したら、未来子さんも驚いていたよ」

「今度、一緒にお店に来てくれたらいいのに。久しぶりに会いたいわ」

「相葉くんに会ったら、私からも言っておこう」

「ええ、ぜひ」

食事を終えると、部屋付きの温泉に入った。庭に面した石造りの湯船で、三畳ほどの大きさがあり、窓を開ければ露天としても楽しめる。ふたりで浸かっても、ここで性的な何をするわけではない。しかし、珍しく緒沢は言った。

「稀世の裸が見たいな」

稀世は顔を向け「いやだ、恥ずかしい」と、苦笑しながら首を振った。

「どうして」

「だって、もう若くないもの。見てもがっかりするだけよ」

「いいから、立って」

いつになく強引な口調だった。湯船から稀世は静かに立ち上がった。湯が薄絹のように身体を滑り落ちてゆく。

緒沢は何も言わず、稀世を見ている。遠くで山鳥の啼《な》く声がする。

「味のある身体になったな」

「どういう意味？」

「人の顔と同じさ。年を取れば、人はそれぞれの顔を持つようになる。美人だとか醜《ぶ》男《おとこ》だとか、そういうのとは関係なしにね。同じように身体にも人生が現れる」

「もう、浸かってもいい？　やっぱり恥ずかしい」

「ああ、悪かったね」

稀世は肩まで湯に沈んだ。

「私の人生も、身体に出ている？」

「もちろんさ」

「どんなふうに？」

「そうだな」

緒沢はゆったりと石にもたれかかった。

「頑《かたく》なさ、とでも言おうか」

思いがけない言葉だった。

「頑なさは、何も悪いことじゃない」

「そうかもしれないけど」

けれど、どこか納得できないものを感じた。だったら他にどんな言い方をされたかったか、と尋ねられても、それはそれでわからない。

「自分がどんな生き方をして来たか、いちばん知らないのは自分だったりするものだよ」

緒沢ははぐらかすように笑った。

その夜、緒沢の愛撫《あいぶ》を受けながら、稀世はいつになく何度も声を上げた。反応というよりも、そうしなければ、気持ちが身体を抜け出してしまうように思えた。緒沢との行為は、いつも安堵をくれたはずである。稀世にとって、たったひとつ確かなもののはずである。それなのに、今は心許《こころもと》ない。もっと抱いて、と稀世は思う。もっと激しく、もっと強く。何も考えられなくして欲しい――。

稀世はそんな自分が怖かった。

遠くで、また山鳥が啼いた。

未来子

「どう?　なかなかいい感じでしょう」

未来子は創介を振り返った。

「そうだな、悪くない」

創介は慎重な眼差しで部屋を眺め回している。

「窓から駒沢公園の緑が一望できるし、駅からもそう遠くないし、2LDKといっても広さは七十平米あるし、築年数は十三年だけど、外観も古びた感じはしないし」

会社の上司から紹介されたマンションである。

もともと『ラ・メール・ジャポン』の社員が購入した物件だが、本社のあるパリに異動になったのをきっかけに、手放すことになったのだ。

それを聞いて、未来子はすぐに下見に行き、一目で気に入った。希望する条件はほぼ満たしている。創介に連絡を取り、今日、こうしてふたりでやって来た。

「構造上のことはわからないけど」

「設計図を見る限りでは間違いないと思う。施工も信用できる建設会社が手がけているから心配ないだろう」

それを聞いて安心する。

「内装に少し手を加えなくちゃね。壁紙を張り替えて、できたらお風呂とキッチンも変えたい。今からかかれば、杏奈が留学した後すぐに入居できるわよね。ベランダに向かって大きなソファを置いて、壁際にはチェストをひとつ。植物もあった方がいいな」

夢はどんどん広がってゆく。未来子は興奮気味に部屋の中を隅々まで見て回った。

その帰り、駒沢公園近くのカフェに寄ると、テラスには犬連れの客がいた。見ているだけで気持ちが和む。いずれ、自分もあんなふうに犬を連れてここに来ようと考える。

「よほどあのマンションが気に入ったみたいだな」

コーヒーを口にして創介が言う。

「もちろんよ。創介はどうだった？」

「悪くないよ。でも、もう少し他にも」

言いかけた創介の言葉を、未来子は慌てて遮った。

「問題がないなら、私は決めたい。もっともっとと言い始めたらキリがないもの」

「そうだな」

頷きはしたが、創介があまり乗り気でないように感じるのは、気の回し過ぎだろうか。

「予算は少しオーバーするけど、実家が売れたら何とかなると思うのよ」

「金のことは心配しなくていいんだ」

創介が真顔になった。

「マンションは俺が買う。足りない分はローンで返すつもりでいる」

「そんな無理しなくても」

創介が自分のための財産も貯蓄も、ほとんど持っていないのは知っている。あるのは今住んでいる古い1LDKのマンションぐらいだ。

「未来子の両親が遺してくれたものを、アテにするようなことはできない」

「でも、この年でローンなんて組めるかしら」

「確かに五十歳となれば難しいだろうけど、仕事柄、銀行にツテがないわけじゃない。何とかするさ。イザという時には生命保険も下りるし」

「いやね、創介ったら縁起でもないこと言わないで。じゃあ、決めましょうよ、ね、決めていいでしょう?」

「ああ、そうだな、そうしよう」

「よかった」

未来子はホッとして息を吐き、すぐに、考えていたもうひとつの件を提案した。

「それでね、杏奈がリヨンに行ってしまう前に、簡単なお披露目をしたいと思ってるんだけど、どうかしら。式とか披露宴とか、そんな大げさなものじゃなくて、創介の家族とうちの家族で一緒に食事をする程度でいいんだけれど」

創介が戸惑いがちな視線を向けるのを感じて、未来子は殊更明るく言った。

「今更、そういうのも気恥ずかしいっていうのはわかるわよ。でも、やっぱりけじめはあった方がいいと思うの。杏奈も安心して留学できるだろうし」

「そうか、確かにそうかもしれないな」

未来子は自分が事を性急に進めているのはわかっていた。しかし、そうしなければ、胸に巣くう不安な影を払拭することができなかった。

稀世との再会を、創介はなぜ一言も口にしないのだろう。

言いたくないのか、言えないのか。

いっそのこと、自分から尋ねてしまえばいいのかもしれない。しかし、それを口にしたとたん、過去が息を吹き返しそうな気がして怖かった。

創介が稀世に好意を抱いていたのは十八の時である。あれから三十年以上の年月が過ぎている。もう五十歳だ。あの頃の恋なんて、人生のお伽噺《とぎばなし》のようなものだ。しかし、この年になったからこそわかる。

過去は決して色褪せない。むしろ年齢を重ねるにつれて、焦点が合わされるように鮮明さを増す。実際、こうして嫉妬と不安にかられている自分が証明しているようなものではないか。

創　介

カウンターの席に着くなり、笑顔と共に稀世は言った。

「このたびは、おめでとうございます」

「え……」

創介は困惑しながら、稀世を見つめ返した。

「未来ちゃんと結婚なさるとか」

稀世の笑顔は変わらない。

「あ、うん、実はそうなんだ」

創介は視線を手元に落とした。

ゴルフコンペで緒沢に未来子を紹介した時から、いつか稀世に知れるとわかっていた。

それをどこかで後ろめたく思いながらも、店に来るのを止《や》められなかった。

「隠すなんて水臭いんだから」

「そういうつもりじゃなかったんだけど……」

「ふふ、照れ臭かったんでしょう」

「まあ、そういうことだ」

「やっぱりふたりはこうなる運命だったのね」

稀世の声は弾んでいる。それを喜ぶべきか、憂うべきか、創介にはわからない。

「本当はもっと早く結ばれてもよかったのに、ずいぶん回り道をしてしまったのね。でも、それだけに幸せも倍増ってことかしら」

「稀世、俺は……」

「久しぶりのおめでたい話だから、私も嬉しくてしょうがないの。何かお祝いしなくちゃ、何がいい？」

「いや、そんなものは」

「何でも言って。私にもそれくらいはさせて欲しい」

「いいんだ、気を遣わないでくれ」

「私なんかからのお祝いじゃ、却って迷惑になるかもしれないけれど」

「そんな意味じゃない」

「どうぞ」

居村から渡されたスコッチの水割りを、稀世は創介の前に置いた。それから短く言葉を添えた。

「でも、この一杯にしておいてくださいね」

グラスを持つ創介の指が止まる。

「早く、未来ちゃんのところに帰ってあげて」

「まだ一緒に暮らしているわけじゃないよ」

「たとえそうだとしても、結婚を間近に控えた人が、こんなところで飲んでちゃいけないわ」

創介は黙った。

「そして、もう来ないで」

稀世の声が少し掠《かす》れている。

「大切なものは壊れやすいの。若い時なら修復する時間はたっぷりあるけれど、私たちはもうそんなに若くない。つまらない誤解がもとで、躓くようなことになっちゃいけない。未来ちゃんがとやかく言う人じゃないのはよくわかってるけど、だからこそ、創介さんが気を回してあげなくちゃ」

創介は何も言えなかった。稀世の言葉はもっともだと思えた。

俺はいったい何のためにここに来ているのか。感傷か、懐かしさか。それとも、子供じみた自己陶酔か。

自分が来ることで、うまくいくことなどひとつもない。緒沢は、決して口に出しはしないだろうが、ひとりで通う創介にいい気持ちはしないはずだ。稀世は戸惑うだけだし、未来子もまた、知れば過去の辛い思いを蘇らせることになるだろう。

来てはいけないと、誓ったはずだった。自分の意志の弱さに呆れながら、稀世と過ごす短い時間に甘えていた。

「悪かった」

創介はまだ半分も飲んでいないグラスを置いた。

「もう、来ないよ」

「ええ、それがいい」

稀世は頷く。その表情に固い決心のようなものが窺える。小さい頃からそうだった。稀世はいつだって、何事も自分で決めるという強さを持っていた。

「イムちゃん、相葉さんのコートを出してあげて」

「えっ、もうお帰りですか」

居村が慌ててクローゼットに向かってゆく。

無言のままコートを羽織り、創介は稀世とふたり店を出た。エレベーターの前でボタンを押すと、すぐにドアが開いた。

「申し訳ありませんが、ここで失礼させていただきます」

稀世が頭を下げる。

「うん」
創介は箱に乗る。
「どうぞ、お幸せに」
稀世の頬がわずかに動いた。笑ったのか歪んだのか、それを確かめようとした時には
もう、遮るようにドアは目の前で閉じられた。
帰る途中、創介は目についた酒場に入り、ひとりで飲んだ。
自分の無様さに後悔が募った。いい年をして分別さえ持てない自分が情けなかった。
感情に流されて、状況を考えられずにいた。
稀世に対して、どんな感情を持つことも、自分には許されない。そんなのは初めから
わかっていたではないか。それなのに、どうして店に通ったりしてしまったのか。店に
は行かないという決心をどうして守れなかったのか。
仕事では、それなりの成果を上げ、いっぱしの経営者のような顔をしていても、やっ
ていることはガキと同じだ。そんな自分を飲みながら嗤《わら》い、嗤いながら恥じた。
マンションに戻ったのは午前一時に近かった。
部屋に入ったとたん、不意に身体の奥からせり上がるような吐き気に襲われ、創介は
慌ててトイレに駆け込んだ。
嘔吐《おうと》するなど久しぶりだった。酒には強く、飲み過ぎてもめったなことでは戻したり
しない。

「やっぱり年か……」

洗面所の鏡に映る自分の顔を眺めながら、創介は改めて五十という年齢を思った。

酔いのせいか顔色がひどく悪い。頬もいつの間にか若い頃の膨らみをすっかり失ってしまった。目尻からこめかみにかけて、何本もの深いシワが広がっている。

男の平均寿命は七十七、八歳。残された時間はあと二十数年といったところだろう。その間に、自分は何ができるのか。仕事に関しては、しなければならないことがまだ山積みに残っている。これから結婚する未来子への責任もある。老いた両親もいる。過去を振り返り、懐古に浸っている余裕などあるはずもない。

そう、俺にそんな暇はないんだ。

呟くと、創介は自分の顔から目をそむけ、洗面所の明かりを消した。

翌日に出社すると、社員と顔を合わすたび言われた。

「社長、どうしたんですか、顔色が悪いですよ」

そのたびに「二日酔いでね」と答えるのもバツが悪かった。実際、朝になっても気分の悪さは治まらず、朝食どころか、胃薬を水で飲み下すのがやっとだった。

午前中の会議も、時折、粘っこい汗が背中を湿らせ、鳩尾《みぞおち》の辺りは鈍痛に似た不快感に包まれた。

それでも会議の内容は、創介の気持ちを明るくするものだった。調布《ちょうふ》駅近くに建つファミリー向けマンションの分譲を、相葉不動産が一手に引き受けることになったのだ。

総戸数は百三十。大きな仕事だった。

この仕事を取って来たのは木下だ。真面目《まじめ》さと粘り強さ、そして親会社に対する意地が、彼をいつか一流の営業マンに育て上げていた。十数年前、軽井沢のビルの立ち退きに同席させた時は、ただおろおろと言われたことをこなすだけだった。あの頃とは別人のようだ。

新聞広告に折込チラシ、ダイレクトメール、それから駅前にモデルルームを設置する。完成は一年後だが、販売戦略としてはすぐに行動に移さなければならない。これから忙しさに明け暮れるようになるが、社員たちの表情は一様に明るく、やる気が漲《みなぎ》っていた。

それから数日して、創介は銀行に出向いた。未来子と暮らす駒沢のマンション購入のための資金の件である。

今、創介が住んでいる1LDKのマンションと、ある程度自由に動かせる金がいくばくかある。銀行は父の代から付き合いがあるということで、懸念するほどの面倒はなく、融資は決まった。十日後には、正式に購入の契約を済ませた。不動産売買はお手のものである。あっさりしたものだ。

その帰り、未来子とふたり、いつもの和食屋で食事をした。

「ねえ、内装は私に任せてもらっていい？」

未来子はすっかり張り切っている。

「ああ、頼むよ」

創介はビールを口にした。むしろ、そうしてもらった方が助かる。調布の仕事で、これからしばらく煩雑さが続くはずだ。

「これだけは譲れないってことがあったら、今のうちに言っておいてね」

「そうだなぁ」

家に対する執着やこだわりはほとんどない。今までも、家には寝るために帰っているようなものである。

「あるとしたら、足を伸ばして入れる風呂があればいいなぁってぐらいかな」

「お風呂ね、わかった、創介が気に入るようなのを選んでおく」

未来子は心底、嬉しそうだった。

そんな表情を見ていると、これでよかったのだと、つくづく思う。これから未来子のことだけを考えよう。幸せにしよう。それがこの十年余り、自分を支えてくれた未来子への恩返しにもなるはずだ。

「どうしたの？　今日はあまり飲まないのね」

半分ほどしか減らないままのグラスに、未来子は目をやった。

「ああ、何だか胃がもたれてね」

「具合でも悪いの？」

「ちょっと疲れているだけさ」

鳩尾の違和感は今も続いている。それに加えて、身体に妙なだるさもある。

「大きな仕事が入ったものね。大丈夫？」

「どうってことないさ」

「でも、もうそれなりの年になったんだから、これを機にお酒を減らすのもいいんじゃない？　ついでに煙草もやめるとか。最近、顔色もよくないし、一時に比べたら痩せたでしょう。ずっと気になってたの」

「そうかなぁ」

「これからの人生を楽しむためにも、身体は大事にしなくちゃ。人間ドックにもぜんぜん行ってないんじゃない？」

「まあな」

誰でもそうだろうが、出来れば足を向けたくない場所である。部下には年に一度の健康診断を義務付けているというのに、自分のことになるとつい後回しになってしまう。

「一度、行った方がいいって。それだけで安心できるから」

「ああ、わかった、そうするよ」

創介は言葉だけは神妙に答えた。

三月に入って最初の日曜日、未来子が希望していたお披露目の食事会を催した。

今更、と、創介にすれば照れ臭さが先に立つが、けじめをつけたいという未来子の思いも理解できないわけではなかった。

それは目白《めじろ》にあるホテルのレストランで行われた。庭に面した個室で、テラスから外に出られるようになっている。柔らかな午後の日差しが窓から差し込んでいた。

集まったのは、創介側は両親と弟一家。未来子の方は兄夫婦と娘の杏奈である。

未来子の兄の音頭でシャンパンで乾杯した後、和やかな食事が始まった。

ここ最近、両家の付き合いは疎遠だったが、互いに子供の頃をよく知っている間柄である。こうして顔を合わせれば昔話に花が咲いた。デザートが並べられる頃には好きに席を移動して、それぞれに話し込んでいた。

父の重道と会うのは久しぶりだった。すっかり足が弱ってしまった父は、今は車椅子の生活だ。創介は父のそばに近づいた。

「父さん、少しテラスに出てみないか」

父は驚いたように目を向け「そうだな」と頷いた。車椅子を押して外に出たが、風はまだ冷たい。

「ちょっと寒いけど」

「いや、気持ちのいい風だ」

桜の枝先がほのかに色づいている。開花にはまだ二週間やそこらは必要だろうが、春はもう手に取れる近さだ。

創介はポケットから煙草を取り出した。

「ちょっと痩せたんじゃないか」

父の言葉に、創介は笑って答えた。

「少しね。でも中年太りよりかはいいだろう」

「煙草も酒もほどほどにしないとな。もう気楽な独り身じゃないんだ」

創介は火をつけようとした煙草を箱に戻した。

「うん、わかってる」

不思議なことに、父に叱られるのはそう悪い気分ではなかった。

遠くに目を馳《は》せながら、父は言った。

「これで私もホッとした。もう、思い残すことは何もない」

「俺、いろいろ心配かけたから」

「おまえにはすまないことをしたと思っているよ」

意外な言葉に、創介は父を振り向いた。父の頬には老いが色濃く滲んでいる。

「家を出てから何ひとつ援助もしてやらず、それでいて会社の再建のためにおまえを無理矢理呼び戻した。親ながら、身勝手だとじゅうじゅう承知している」

「長い間、身勝手をさせてもらったのは俺の方だよ」

「業績をここまで上げるには、どれほどの苦労があったか私にも想像はつく。親としておまえに顔向けできないと思っている」

「それは違うよ」と、創介は首を振った。

「俺を評価してくれるのは嬉しいよ。でも、俺がここまで来られたのは親父の残してくれたもののおかげだ」

「信用だよ。株主も取引先も銀行も、みんな親父が積み重ねてくれた信用があったからこそ、協力してくれたんだ。俺の力なんかタカが知れてる。そんなものだけじゃ潰れてたよ。相葉不動産を守ったのは俺じゃない、親父だ」

父は黙った。その肩がかすかに震えていた。

父に反発し、父を拒み、父の生き方を否定することで、がむしゃらに生きた時代もあった。年月は過ぎ、今ここに、あの頃の父と同じ世代になった自分がいる。この年になって初めてわかる、拘《こだわ》りも蟠《わだかま》りも、結局は捨てるためにあるということに。

「おじさま、そろそろいい？」

顔を覗かせたのは杏奈だ。

「ああ、そうだな、今行くよ」

創介は頷き、父の車椅子に手を掛けた。

「戻ろうか」

「ああ」

父は素早く目元を拭った。

このお披露目会には、最後にひとつイベントが用意されている。未来子への指輪のプレゼントだ。言い出したのは杏奈だった。

「残したもの？」

「ママもきっとすごく喜ぶと思うの。おじさまはわからないかもしれないけど、女ってそういうものなのよ」

指輪など思いもつかなかった。未来子も欲しいなどと言ったことはない。杏奈に言われて、初めて気がついた。しかし、どんな指輪を選んでいいのかわからない。宝石の知識など皆無だ。それも杏奈が付き合ってくれ、一緒に買いに行った。サイズも杏奈から知らされた。

「みなさん、最後にふたりの誓いのセレモニーがあります」

杏奈の呼びかけに、皆それぞれ自分の席に着き、創介と未来子に視線を向けた。

「ママ、前に来て。おじさまも」

「あら、いやだわ、セレモニーって何なの？」

何も知らない未来子が、きょとんとした顔つきで近づいて来た。創介は未来子と向き合い、ポケットから指輪の入ったケースを取り出した。

「え……」

「大したものじゃないけど、気持ちだから。手を出して」

未来子がおずおずと左手を差し出した。その薬指にプラチナにささやかなダイヤがはめ込まれた指輪をさし込んだ。

「創介……」

見上げる未来子の目に、みるみる涙が膨らんでゆく。杏奈の言う通りだった。プレゼントして本当によかった、と、創介は思った。

おめでとう、最初に声を上げたのは杏奈だ。それから家族の拍手が起き、創介と未来子は温かな祝福に包まれた。

三月中旬にはマンションの改装も済み、未来子とふたり、引越しを済ませた。

仕事で忙しい創介に替わって、未来子と杏奈が片付けを引き受けてくれた。未来子は休暇を取り、杏奈と過ごす最後の時間を楽しんでいるようだった。その杏奈も、三月末にはリヨンに旅立って行った。何もかもが穏やかに、そして予定通りに進められていった。

一方、調布のマンション分譲の件は、忙しさがピークを迎えていた。

打ち合わせの後、どうしても酒が入ることが多く、創介も飲む機会が増えていた。鳩尾の違和感と身体のだるさは続いていたが、その程度で休むわけにもいかない。決して部下たちを信頼していないわけではなく、創介自らが出向くことで、少しでも現場がスムーズに動いてくれれば、という思いがあった。

昨夜もかなり飲んでしまった。酒好きの建築会社の専務に付き合わされたからだ。さすがに堪えて、今朝は起き上がるのも一苦労だった。

寝室を出ると、ダイニングテーブルにはすでに朝食が整えられていた。

「おはよう」

キッチンから未来子の声があった。

「ああ、おはよう」

まだ、一緒に暮らすことに慣れていない。こうして食事が用意されているのも、どこからか声がするのも、不思議な気分になってしまう。

キッチンから味噌汁を運んで来た未来子が、創介の顔を見るなり、声を上げた。

「創介、どうしたの。顔色がひどくわるい」

「そうか」

「見てみなさいって」

創介は洗面所に行き、鏡に自分の顔を映してみた。確かに青白く、唇はすっかり色を失っている。

「それ、普通じゃないわ」

背後から未来子が不安げな顔で覗き込んだ。

「飲み過ぎたかな」

さすがに創介も不安になった。

「今日、病院に行って」

「別にそれほどのことじゃ」

「いいから行って」

「やっぱり行かないとまずいかな」

「当たり前でしょ。私もついてゆくから」

「いいよ、ひとりで行けるさ。未来子も仕事があるんだから」

「そんなの、休むわよ」

「子供じゃないんだから大丈夫さ」

「だったら後で電話を入れて。心配だから」

「ああ、わかった」

その日、仕事を半休し、近所の病院に向かった。

そして、医者から告げられた診察の結果は思いがけないものだった。

「肝臓に腫瘍《しゅよう》の疑いがあります」

戸惑いながら、創介は聞き返した。

「腫瘍というとどういう……？　あの、つまり癌《がん》とか、そういうことですか？」

医者の口調は淡々としたものだ。

「いや、疑いがあるということで、決まったわけではありません。それを詳しく調べてもらうためにも、専門病院に診《み》てもらった方がよいと思います。よろしければ紹介します」

「ええ、お願いします」

病院を出て、最初に思ったのは、未来子に何と言おうかということだった。

強そうでいて、脆《もろ》いところがあるのは子供の頃から知っている。まだ決定的な診断が下されたわけではない。そうでない可能性もあるのだから、余計な心配はかけたくない。

創介は携帯電話を取り出した。

「俺だけど」

「どうだった？」

開口一番、未来子は言った。

「飲み過ぎだろうって。少し節制した方がいいって言われた」

「ほんとに、それだけ？」

「うん」

「ああ、よかった」

安堵のため息が伝わって来る。

「でも、念のために専門病院で検査してもらうことにしたよ。人間ドックもぜんぜん行ってなかったから、まあ、いい機会だと思ってね」

「そうよ、それがいいわ。そうしてくれたら私も安心だもの」

とりあえずそれから出社したが、創介を見た社員たちは一様に「休んでください」と声を揃えた。創介にしたら、自分がいなければ、という責任を感じていたが、部下である彼らの仕事ぶりは確かなものだ。もう任せても何の心配もないだろう。

結局、一週間の休みを取った。未来子も休暇を取ると言い張ったが、顔を合わせていると悪いことを口にしてしまいそうで、無理に会社に送り出した。

三日後に、紹介された専門病院で精密検査を受けた。丸一日かかって検査を終え、呼び出されて診察室に入ると、ＭＲＩの写真を前にした医師が、ゆっくりと椅子を回転させた。

「検査の結果、肝臓に腫瘍が認められました」

やはりそうか……。落胆が全身を包み込んだ。

「それで腫瘍というのは、どういうものですか？」

「詳しくは生検で組織を調べる必要がありますが」

思い切って尋ねた。

「癌という場合もありますか？」

「可能性は高いでしょう」

その言葉が身体に重く響いた。創介は自分を落ち着かせながら尋ねた。

「そうなると、手術が必要ですか？」

今、癌の治療は進歩している。

「原発巣のものではないと思われます」

「え……？　というと」

「転移したものの可能性があります。これも詳しく調べなければはっきりしたことは言えませんが、多いケースはスキルス性胃癌の転移です」

「つまりそれは……」

言ったきり、創介は言葉を見つけられなかった。

未来子

「まさか、そんな」

自分の声が、ひどく震えている。

「確かに顔色も悪いし、少し痩せたかもしれないけれど、それぐらい誰にだってあるじゃない」

「症状が出にくいのが、この癌の特徴だそうだ」

がん、という響きが忌まわしく耳に届いた。

「本当にお医者さまがそう言ったの？」

「ああ」

「もし……あくまで、もしもの話よ、もしそうだったとしても、今は医学も進歩してるし、癌なんてもう怖い病気じゃないはずよ。手術すればきっと完治する」

「その説明も受けたよ。俺なりに、いろいろ調べてもみた。けれど、これはタチの悪いものらしい」

未来子の唇が震えだした。

「そんなこと、創介、そんなこと……」

「俺だって、まだ信じられないでいる」

創介は短く息を吐き出した。

「でも、覚悟をつけなきゃいけないんだろうな」

「やめて」

未来子は顔を覆った。

心臓が激しく鼓動している。創介が死ぬ、そんなことがあるはずがない。沸騰するような血液が身体中を巡っている。それでいて芯は冷たく凍っている。

「何かの間違いだってこともあるでしょ。他の病院に行ってみましょうよ。セカンド・オピニオンを求めるのは当たり前だもの。とにかくもう一度、別の病院で徹底的に調べるの。父の友人に医大で教授をしていた人がいるから、その人に連絡を取ってみる」

創介は何か言いたげに唇を動かしかけたが、結局は黙って頷いた。創介もまた、違う診断が下りるのを願っているに違いないのだ。

翌日、未来子は父の古くからの知り合いである教授に連絡を入れた。挨拶もそこそこに事情を説明し、創介の症状を話すと、教授は冷静な口調で専門の病院を紹介してくれた。

検査のために三日間入院した。

その結果の出る一週間を、未来子はほとんど上の空で過ごした。五感は機能を失ったように、何を見ても何を聞いても、身体を素通りして行った。ありえない、と首を振る自分と、もしかしたら、と恐れ戦《おのの》く自分が、ぎりぎりと音をたてながら捩《よじ》れて、息をするのもやっとだった。

　下された診断は同じだった。

「確かに、スキルス性胃癌の進行が見られました」

　説明に同席した未来子は、放心したように機械的に動く医師の唇を見つめていた。

　創介は無表情のまま宙に目を据え、ここにあるものではない何かを見つめている。

「対処療法としていくつか考えられますが、それも含めて、これからどうするか相談しながら、いちばんよい方法を選んでゆきましょう」

　お願いします、と答えたのは、創介だったか自分だったか。

「不安なことがありましたら、何でもおっしゃってください」

　医師の誠実さだけが救いだった。

　絶望としか呼びようのない重苦しさに包まれながら、病院を出てタクシーに乗り込んだ。ふたりともひと言も言葉を発しなかった。ただ、車窓に流れる街の風景を、色彩のない書き割りを見ているように黙って追っていた。考えることができなかった。何を考えればいいのかもわからなかった。頭の中も、胸の中も、麻痺《まひ》したように感覚を失っていた。

　創介は今、寝室で休んでいる。

　未来子はバスルームに籠り、両手で顔を覆って、嗚咽をこらえている。

　泣いているのを創介に知られてはいけない。誰よりも衝撃を受けているのは創介だ。

平静さを装っていても、不安と恐怖に打ちひしがれているのは容易に想像がつく。

いったい、どうしてこんなことになってしまったのか。

進行した癌。残された時間は半年から一年。

そんな診断をどうして受け入れられるだろう。

ただの飲み過ぎだと思っていた。疲れがたまっているだけと思っていた。検査の後は「やっぱり年ね」「無理はできないわね」そんな、どこにでもある夫婦の他愛《たわい》ない笑い話に終わると信じていた。

家族の祝福を受け、幸福な涙に頬を濡《ぬ》らしたのは、ついこの間ではないか。回り道をして、やっと摑んだ幸せだった。母を送り、杏奈も家から出て、創介もようやく会社が軌道に乗ったところで、これからふたり、人生を楽しもうと決心した矢先だった。

それなのに……。

未来子は身体を丸め、バスルームの床で小さくなる。

もっと早く、創介の身体の異変に気づくべきだった。母の介護や杏奈の世話、自分の仕事にかまけて、長い間、創介への気遣いを怠っていた。もっと早く、少しでも早く、体調の変化に気づいていたら、ここまで進行していなかったに違いない。

ああ、どうして見つけることができなかったのだろう。どうして見過ごしてしまったのだろう。

私のせいだ、みんな私のせいだ。

どれくらい泣いていただろう。やがて、未来子はゆっくりと顔を上げた。

いや、創介は強い男だ。病魔なんかに屈するわけがない。きっと克服してくれるはずだ。創介なら奇跡だって起こせる。

私だって諦めない。創介を守ってみせる。必ず治してみせる。そのためなら何でもする。そのためなら、どんなことも厭わない。

だからこそ、しっかりしなくては。ただ悲しんでいるわけにはいかないのだ。創介を助けるために、これからしなければならないことが山のようにある。

インターネットでさまざまな情報を得よう。同じ経験を持つ知り合いに話を聞こう。本も調べよう。いい、と耳にしたものは何でも試してみよう。腕のいい医者がいるなら、海外にだって出掛けよう。私のこれからの時間を、すべて創介のために注ごう。

未来子は固く心に誓って、ようやく頬を濡らす涙を拭った。

翌朝、朝食の用意をしていると、創介が疲れた顔をして現れた。いつもの出社する時のスーツを着ている。未来子は驚いて、ダイニングテーブルを挟んで創介と向かい合った。

「どうしたの」

「ちょっと会社に行って来る。電車はさすがにしんどいから、タクシーを呼んでくれないか」

未来子は呆れて、声を荒らげた。

「何を言ってるの。静かに寝てなきゃ。入院の準備もあるんだし」

　立っているだけでも、創介は辛そうだった。

「わかってる、だから今のうちに、やれることはやっておきたいんだ」

「会社なんてどうでもいいじゃない。今は自分の身体のことだけ考えて。ね、お願いだから」

　創介は大儀そうに、ダイニングの椅子に腰を下ろした。

「未来子の言う通り、入院も治療もちゃんと考えているよ。でも、俺には会社への責任もあるんだ。仕事の引継ぎや、整理しておかないといけない書類もそのままだ」

「そんなもの、そんなものなんて……」

　言葉よりも涙が溢れそうになった。

「未来子も仕事に行っていいから」

　未来子はテーブルに手をついた。

「仕事なんて行けるわけない。私は創介と一緒にいる。一緒に闘う。だから決めたの、仕事は辞める」

　創介が顔を向けた。

「本気なのか」

「私のこれからは、すべて創介の治療にかけるつもりよ」

　しばらく未来子を見つめていた創介だったが、やがて静かに首を振った。

「仕事は辞めちゃいけない」

　未来子は目をしばたたいた。

「どうして」

「俺のことを考えてくれているのは有り難いよ。でも、俺がいなくなった後、することが何もなく、ただぼんやり過ごすような生活はしちゃいけない。ひとりになった未来子を支えてくれるのは仕事だけだ。仕事は続けるべきだ」

　思いがけない言葉だった。どうして一緒に闘おうと言ってくれないのだろう。どうしてそばにいてくれと甘えてくれないのだろう。

「未来子、俺もいろいろ考えた」

「何を……？」

「手術をすれば、もしかしたら少し長く生きられるかもしれない。でもベッドに縛り付けられて生きているだけなんて、俺には価値があると思えない。時間が限られたのなら、その残された時間にやらねばならないことをやれる自分でいたい。だから、手術は受けない」

「そんな……」

　まるで突き放されたような気がした。

「とにかく、俺は今から会社にゆく。タクシーを呼んでくれ」

　創介の頑なな表情から視線を外し、未来子は空《うつ》ろな気持ちで受話器を手にした。

十分後、チャイムが鳴り、タクシーの運転手が到着を報せた。

「じゃあ、行って来る」

自分の中で崩れそうになるものを必死にこらえながら、未来子は創介の後ろ姿を見つめていた。

創介

「社長、それ、どういうことですか」

創介は部下たちに目をやった。

「つまり、実質的に取締役社長から降りるということだ」

会議室に集まった幹部たちは言葉を失って、創介を見つめている。

「治療が終われば、また戻って来られるんでしょう。何も辞めなくても」

ひとりが言った。

「そうですよ、調布のマンション販売もこれからだって時に」

「私たちは復帰を待ってます」

創介は部下の顔をゆっくりと見回した。

「先のことはわからない。復帰もいつになるか見当のつかない状態だ。こんな時だからこそ、曖昧な形でポジションを空席にしておくのは賢明な方法ではないと思うんだ」

命の期限を区切られたことは言わなかった。言えば話は簡単につくだろうが、余計な混乱と同情を招きたくなかった。肝臓を悪くした、治療に専念したい、とだけ告げた。

「無責任だと非難されるのは覚悟の上だ。本当に申し訳ないと思っている。自分の身体の管理ができないというだけで、経営者失格だ。後のことはよろしく頼む。みんなが決めたことに対しては、俺はすべて同意する」

創介の有無を言わせぬ静かだが強い口調に、部下たちはもう何も言わなかった。

会議を終えて社長室に戻り、しばらくぼんやりしていると、ドアがノックされた。入ってきたのは木下だ。

「止めても無駄だぞ」

先制して創介は言った。

「わかってます。社長は一度決めたら、テコでも動かない性格ですから。それぐらい長い付き合いで知ってます」

創介はわずかに口元を緩めた。

「だったら何だ」

「お礼が言いたくて」

「お礼？」

「私を育ててくれたお礼です。何も知らないただの小僧だった私に、社長は営業マンとしての基礎を叩き込んでくれました。今、自分があるのは社長のおかげだと思っています」

「買い被《かぶ》り過ぎだよ」

「どうしたらご恩返しができるか、ずっと考えてました」

創介は首を振った。

「そんなものは考えなくていい」

「でも」

「だったら、今度は木下が若い奴らを一流の営業マンに育てることだ。恩は返すものじゃない、受け継いでゆくものだ」

それから短く付け加えた。

「俺もそうやって育てられたんだ」

「社長……」

木下を見つめながら、いい顔になったな、と創介は思った。入社した頃は人の好さばかりが先に立っていたが、今は意志の強さが窺える。同時に、優しさも失っていない。社員たちからの信頼も厚い。こういう幹部がいてくれることが、相葉不動産の財産なのだ。

「後は頼んだぞ」

木下は少年のように、唇を真一文字に引き締め「はい」と大きく頷いた。

ひとりになって、机の中の整理を終えた。不要な書類やメモはシュレッダーにかけ、必要なものはわかりやすく分類し、机の上に置いた。私物は紙袋ひとつに納まった。

創介は胸ポケットから煙草を取り出した。

煙草が身体に悪いのはわかっている。命の期限を区切られた自分が、今更、健康に気を遣うのも笑ってしまうが、未来子の前では吸えない。これを最後にしようと、火を点けた。

三服ほど吸うと、鳩尾の辺りに不快感が広がった。それが喉元へとこみ上げて来て、慌てて口元を押さえながらトイレに駆け込んだ。

便器の中に顔を突っ込むと、粘り気のある塊が、ごぼごぼと音を立てて溢れ出た。便器の中に、赤茶けた嘔吐物が見えた——。

帰り、弟の慎也に連絡を入れ、オフィスに顔を出した。

「悪いな、忙しいのに」

「いいんだ、兄貴が俺の会社に来るなんて、初めてだよな」

応接室から海が見える。汐留《しおどめ》のビルの一室だ。

「いい眺めだな」

「だろう。古いビルだけど、この眺めが気に入ってさ」

それから慎也はわずかに眉を顰めた。

「顔色が悪いな」

「そうか」

「どこか悪いのか？」

「まあな。それより、仕事が順調そうで何よりだ」

「おかげさまで何とかね」

「ITは時代の花形だからな」

「そんなのは一部の企業だけさ。うちなんて従業員三十人足らずの小さな会社だからね。でもまあ、堅実にやってるよ」

「それが何よりさ」

コーヒーが運ばれて来た。しかし、胃がどうにも受け付けそうになく、手にしたカップをそのまま戻した。

「親父とお袋を慎也に押し付けたままで、申し訳なく思ってるよ」

言うと、慎也は困惑したように苦笑した。

「そんなの当たり前だろ。兄貴には潰れかかった相葉不動産を押し付けたんだから」

「頼みがあるんだ」

改まった創介の口調に、慎也は怪訝な顔つきでカップを持つ手を止めた。

「未来子のことを頼みたいんだ。あいつは両親ともに亡くなっているし、兄さんも転勤がちだ。近くに知り合いもない。いざという時、力になってやって欲しいんだ」

「どうしたんだよ」

「まあな」

「いいけど、その『いざ』って何だ」

戸惑うように言ってから、慎也の頬に濃い影が差した。

「何かあったのか?」

「スキルス性胃癌の診断を受けた。すでに肝臓に転移している」

慎也は呆けたように創介を見つめた。

「長くて一年だそうだ」

「兄貴……」

「頼まれてくれないか。そうしてもらえたら、俺も安心してあっちに行ける」

慎也は黙ったままだった。突然そんなことを言われても実感はないだろう。自分もそうだった。死を宣告されても、どこか他人事のような気がしていた。けれども、病状は刻々と進行している。さっきの嘔吐がそれを証明している。

「そのこと、未来子さんは知ってるのか?」

声が強張《こわば》っている。

「ああ、一緒に診断結果を聞いたからね。でも、今となったらそれがよかったのかわからない。未来子も相当参っててね」

「そうか……」

また、慎也は黙り込んだ。

「それから、親父とお袋には当分黙っておいてくれ。さすがに、息子に先立たれるのはつらいだろうから」

「何かの間違いってことはないのか」

創介は首を横に振り、短く答えた。

「ない」

慎也が奥歯を噛み締めている。小さい頃もそうだった。兄弟喧嘩で組み敷くと、負けず嫌いの慎也はよくそうやって悔しさを呑み込んでいた。

「わかった。あとのことは心配ない。すべて俺に任せておいてくれ」

「それを聞いて安心した」

「他に、できることはないのか。できることがあるなら何でも言ってくれ」

「そうだな、だったら慎也、おまえは元気で長生きしてくれ」

慎也はまた奥歯を噛み締めた。

その夜、ホテルに泊まった。

ひとりになる時間がどうしても欲しかった。電話で未来子に告げると不安な声があった。もしかしたら、創介が絶望のあまり自殺するのではないかと懸念しているのかもしれない。

「心配ないさ、明日の昼前には戻るから」

「本当に？」

「間違いない、約束する」

「わかった」

今にも泣き出しそうな声が耳につらかった。

ホテルのベッドで仰向《あおむ》けになり、創介は天井を見つめた。

「俺は死ぬのか」

声に出して言ってみた。

この世からいなくなる。消滅する。

不安と恐怖が一挙に胸に圧《の》し掛かってきた。

死にたくない。まだ生きていたい。

しかし、答えは決まっている。もう死は変えようのない現実としてそこまで来ている。

涙が溢れ、こめかみを伝わり落ちていった。

創介は顔を両手で覆い、声を押し殺した。

今更、欲しいものなど何もなかった。それでも、望むことはひとつある。

最後まで男でいたかった。みっともない姿を晒すような真似《まね》だけはしたくなかった。

くだらない男の見栄《みえ》だとわかっている。それでも、残された時間を支えてくれるのは、それしかないように思えた。

どのぐらい泣き続けていたのだろう。自分が起きているのか、眠りの中にいるのか、疲れ果てて自覚がなくなっていた。その時、目の前に英次の顔が現れた。

不安げに俺の顔を覗き込んで、無理に笑顔を作ろうとしている。

この英次の表情……。そうだ、浅間山の火山館だ。

「山荘まで戻って助けを呼んでくる」

そう言った時の英次の顔だ。俺を安心させようと必死だった。

行かしてはいけない。行けば英次は死んでしまう。

「英次、行くな」

声に出して叫んだ時、目が覚めた。

スーツを着たまま眠っていた。ワイシャツが汗でぐっしょりと濡れている。だるさが抜けない身体で、ベッドから起き上がり、ジャケットを脱いだ。

英次、教えてくれ。

死は怖くなかったか。死の直前、おまえは何を考えていた。怯えて、今の俺のように泣きじゃくっていたのか。死が悔しくなかったか。俺を恨んだか。自分の運命を嘆いたか。

俺があんな怪我《けが》をしなかったら、おまえは死なずに済んだ。

俺が英次を殺したのだ。その俺が、こんな無様な姿で自分の死と直面している。

創介は溢れる涙を拭おうともせず、宙を見据えた。

英次、こんな俺をおまえは嗤うか。

稀世

東京の夏にはいつまでたっても慣れない。

駅を出て『ゆうすげ』へと歩きながら、稀世は首筋にまとわりつく汗にため息をついた。

三年ほど前に汐留にビル群が連なってから、蒸し暑さはいっそう烈《はげ》しく、重くなったように思う。海風が遮られてしまった銀座は、陽《ひ》が落ちても、息が苦しくなるほど熱気が籠ったままだ。

今夜は八時過ぎに、店に緒沢が来る予定になっている。取引先の大切な客を連れてゆくから、と、夕方に電話があった。

普段の接待では、もっと大きな箱の、若い女の子が付く店へ行くのだが、本当に大切な客は必ず『ゆうすげ』へ呼ぶ。緒沢と稀世の関係が知れても構わない、心から信頼を置いた相手だけである。それだけに、稀世も心して迎えるようにしている。

いつもより早めに店に入り、念入りに花を活け、開店の準備を整えた。すでにアルバイトの女の子もカウンターに入っている。

八時少し前、ドアが開いた。

「いらっしゃいませ」

振り向くと、女性がひとりで入って来た。

それが誰なのか、すぐにはわからなかった。一歩、二歩と女性が近づいて、記憶が次第に輪郭を濃くし、稀世は思わず声を上げた。

「未来ちゃん」

「こんばんは」

稀世は慌ててカウンターを出た。

「びっくりした」

「突然、ごめんなさい」

「ううん、大歓迎よ。よくここがわかったわね」

「以前、緒沢さんとゴルフでお会いした時、伺ったの」

「そうなの。さあ、どうぞ」

稀世は席を勧めたが、未来子は申し訳なさそうに首を振った。

「急に来て、無理なお願いなんだけど、少し外に出られない？」

じきに緒沢がやって来る。店を空けるわけにはいかない。それでも断れなかった。未来子の表情に、尋常ではない様子が窺えたからだ。何かよほどのことがあるに違いないと思えた。

「わかった、ちょっと待って」

稀世は居村を振り向いた。

「イムちゃん、悪いけどちょっと出てくるからバッグをお願い」

「でも、ママ」

バッグを差し出しながら、居村が困惑の目を向けた。もうじき緒沢が来る、と言いたいのはわかっている。

「すぐ戻るから。じゃ行きましょう、未来ちゃん」

居村の視線を振り切るように店を出て、ふたりで近くの喫茶店に入った。

この店は、夕刻には同伴の待ち合わせによく使われる。いつもはきらびやかな出立《いた》ちのホステスと客とで混雑するが、時間帯のせいか、席は半分ほどしか埋まっていなかった。

あまり目立たぬ奥まった席で向かい合い、コーヒーを注文した。

こうして改めて見ると、未来子がかつてに較《くら》べ、ずいぶん痩せたことに気がついた。頬には濃い影が差し、目の下には疲れが薄黒く広がっていた。もともと華やかな容貌で、スタイルもセンスもよかった。それなりに年はとったが、年齢とは違う、何か別のものに生気を奪われているように見えた。

掛ける言葉が見つからず、稀世はこの場を繕うように言った。

「未来ちゃん、創介さんと結婚したんでしょう、おめでとう」

「ええ、ありがとう……」

頷くと同時に、未来子は顔を覆った。

「未来ちゃん……」

驚いて、次の言葉が出ない。

未来子の髪が揺れ、肩が震え、やがて指の隙間から静かな嗚咽が漏れて来た。

「どうしたの、未来ちゃん。何かあったの？」

覗き込むように稀世は尋ねた。

「創介、死ぬの」

聞き違えたと思った。

「今、何て？」

未来子はバッグからハンカチを取り出し、涙を押さえた。

「ごめんなさい、取り乱しちゃって」

「未来ちゃん、今、言ったこと」

未来子は少し落ち着きを取り戻したらしく、ようやく顔を上げた。

「気がついた時にはもう手遅れだったの。来年の春は迎えられないだろうって」

「そんな」

後は言葉にならない。指先が冷たく強張ってゆく。

「私のせいなの、いちばん近くにいる私が早く気づくべきだったのに見過ごしてしまったの」

「ほんとなの、それほんとの話なの？」

稀世は身を乗り出すように、テーブルに手をついた。

「ええ」

それでもまだ信じられない。最後に会った時も確かに少し痩せていたが、そんな気配などまったく感じられなかった。

創介が死ぬ……。

まさか、そんなことが。

「進行の速い癌で、診てもらった時にはもう転移もあって、手の施しようがないって」

「何か治療法はないの？　本当にもう手遅れなの？」

「私もいろいろ手を尽くしてみたけど、結局はどうしようもないと思い知らされるだけだった。それに創介は延命治療を拒否したの」

「どうして」

「ベッドに縛り付けられたまま終わるのは嫌だと言って」

その時、バッグの中で携帯電話が鳴り出した。ほとんど無意識に、稀世は手にした。すぐに居村の焦った声が飛び込んで来た。

「ママ、緒沢さんがお見えになりました」

「悪いけど、しばらくお願い」

「でも、ママがいないと」

「お願いだから」

電話を切ると、目の前に未来子の疲れと悲しみに覆われた顔があった。

「ごめんなさい、仕事があるのに」

「いいのよ、それより今の話」

「ええ……私は、たとえ少ない可能性でもやるだけやってみたらどうかって勧めたの。だって、少しでも長く生きられれば、その間に新しい治療薬が開発されるかもしれない。だから何度も説得したけれど、創介の気持ちは変わらなかった」

思考が曖昧になった。頭の中が、薄く靄《もや》に包まれたようにまとまりがつかない。

「創介は受け入れたいって言った、自分なりに死を受け入れたいって」

稀世は膝に目を落とした。

創介らしいと思った。同時に、その創介らしさが悔しかった。

「稀世ちゃん、お願いがあるの」

未来子の言葉に、稀世は顔を上げ、大きく頷いた。

「何でも言って、私にできることがあるなら何でもする」

「創介に会ってやって」

「え……」

「創介もそれを望んでいる」

「創介さんが言ったの？　その……私に会いたいって」

「ううん、創介は何も言ってない。私を気遣ってくれているのよ。そんなことを言ったら、私が傷つくって。でも、私にはわかるの、本当は稀世ちゃんに会いたがっているのは」

「そんなこと……」

稀世は目を伏せた。最後の気まずい別れを思い出していた。「もう来ないで」「もう、来ないよ」そう言って、互いに背を向け合った。

「正直言うと、最初は嫌だった。もっと言えば、会わせたくなかった。どうして稀世ちゃんなのって、私がいるじゃないって。でもね、もういいの。そんな小さなことに拘っている自分が情けなくなったの。嫉妬なんて生きてる者のエゴだわ。創介にはもう限られた時間しかないんだから」

「未来ちゃん……」

「私は、自分のいちばんつらい時期を創介に支えてもらった。創介がいてくれたおかげで、どんなに救われたかわからない。今度は、私が創介にしてあげる番なの。創介が望むことを、生きているうちにひとつでも多く叶えてあげること。今の私にできるのはそれだけなの」

未来子はバッグを探り、一枚のメモ用紙を取り出した。

「創介は今、多摩にあるホスピスに入ってる。住所はここよ」

そのメモを手にするのが怖かった。そのとたん、すべてが現実になってしまいそうな気がした。

「行ってあげて」

　未来子が席から立ち去っても、稀世はしばらくその場を動けずにいた。何を考えるわけでもなかった。頭の中は靄のようなものに包まれていて、ただ呆けたように、ダウンライトが映って揺れるコーヒーを眺めていた。

　どれくらいそうしていたのだろう。携帯電話のコールにようやく我に返った。

「もしもし」

「ああ、ママ、やっと出てくれた。さっきから何度も掛けたんですよ」

「ごめんなさい、気がつかなかった。緒沢さんは？」

「今、帰られたところです」

「そう」

「あの、僕が言うのも何ですけど、緒沢さんにちょっと連絡しておいた方がいいと思います」

「怒ってらした？」

「いえ、そんな様子には見えませんでしたけど」

「そうね、わかった。そうしておく。それから、申し訳ないけど今夜はこのまま帰らせて」

「何かあったんですか？」

「ちょっと疲れちゃって。ごめんなさい、あとのことはよろしくね」

「わかりました」

居村の電話を切ると、稀世はすぐに緒沢の携帯に掛けた。

「はい」

いつもより、いくらか硬い緒沢の声が耳に届いた。

「私、稀世です。今夜は留守にしてすみませんでした」

「よほど大切な用事だったようだね」

自分との約束を放り出してしまうほどの、と、暗に言っているのはわかる。

稀世は、緒沢を納得させるだけの言い訳を口にしようとした。それが緒沢に対する礼儀でもあるはずだ。しかし、考えても思いつかなかった。と言うより、考える気力がなかった。

稀世からの言葉を、緒沢は電話の向こうでしばらく待っているようだった。しかし、何も返って来ないとわかったのだろう。「まあ、いいさ」と、多少投げ遣りな口調で呟いた。

「本当に、申し訳ありませんでした」

稀世はただ、謝りの言葉を繰り返すしかなかった。

翌日、未来子から教えられたホスピスに向かった。

死期の迫りつつある創介に会うのはたまらなく怖かった。それでも会いたい。この日で創介を見なければ、まだ現実とは思えなかった。

多摩にある施設は、木々と花々と、澄んだ空気に囲まれていた。空の色は濃く、雲は近い。蟬《せみ》の声もどこかのんびりしていて、心地よく耳に届いた。

受付係も看護師も医師も、白衣は着用せず、淡いブルーのポロシャツに濃紺のズボンをはいていた。表情は柔らかく、むしろ楽しげにすら見えた。部屋番号を聞いて、稀世はエレベーターホールへと向かった。

病院と似ているが、病院ではない。かつて看護師をしていたからこそわかる。ここには血の匂いも、闘いの慌しさもない。生命の向こう側を映し出しているような、穏やかな透明さに包まれている。

部屋に行くと、窓際にあるソファで創介は本を読んでいた。

窓から差し込む日差しに、シルエットが白く浮かび上がっている。すぐに声を掛けられず、足を止めたまま佇《たたず》んでいると、創介がゆっくり顔を向けた。

「ああ、稀世か」

驚くでもなく、まるで訪れを知っていたかのような穏やかな声だった。稀世は笑顔で創介に近づいた。さりげなさを装ったつもりだが、やはり緊張していた。

「こんにちは」

「来てくれたんだ」

創介がソファから立ち上がり、相好《そうごう》を崩した。

痩せているし、顔色もいいとは言えなかったが、困ったように笑うその表情に変わりはなかった。ダンガリーシャツとチノパンという格好もあるが、生きる時間が限られたようにはとても見えなかった。

「これ」

稀世は手にした花束を差し出した。

「ゆうすげだね」

「たまたまお花屋さんで見つけたの」

「きれいだ」

「活けて来るね。花瓶も持って来たから」

洗面所に行き、それを挿して再び部屋に戻った。ベッド脇のテーブルに置くと、温かみのある黄色が部屋に馴染んだ。

「いいな」

創介が目を細めて眺めている。

「今頃、軽井沢のあちこちで咲いてるはず」

「そうだね」

稀世は窓に近づいた。

「ここ何となく似てるわ、軽井沢に」

「うん、俺も来た時、そう思ったよ。だから、最後の場所はここにしようと決めたんだ」

「そう」

最後の場所、最後の――。

「どうぞ、座って」

稀世は創介に促されるまま、ソファに腰を下ろした。

「今朝、未来子から電話をもらったよ。会ったんだってね」

「ええ、昨夜《ゆうべ》わざわざお店に来てくれたの」

「じゃあ、俺がどういう状態かも、もちろん聞いたと思うけど」

さすがにまともに目を合わせられず、稀世は視線を手元に落とした。

「こういうのって、聞かされた方も困るだろうし、俺も何て言っていいのかわからないよ。でも、ここに来てから気持ちも落ち着いた。来る前は、ホスピスなんて死にかけの人間の吹き溜《だ》まりみたいな気がしてたけど、今は来てよかったと思ってる」

「明るくて、気持ちのいいところね。正直言うと、私もちょっと意外だった」

「いろんな人がいるんだ。健康だったら、きっと一生関わることがなかったような人たちだ。それでいて、同じものを共有しているという連帯感があるから、話してると面白い」

「よかった」

言ってから、自分の言葉が無神経だったのではないかと慌てた。創介が何と言おうと、よかったなどと言える状況ではないはずだ。

「馬鹿だな、そんなことといちいち気にしなくてもいいんだよ」

すべてを見透かしているかのように創介は言った。

「気遣ってくれるのは有り難いけど、言葉を選びすぎると、本当に言いたいことからどんどん離れてしまうだろう。そんなの時間がもったいないだけだ。普通に話してくれて構わないんだ。俺もその方が気が楽だから」

労《いたわ》られているのが自分の方であることに戸惑いながら、稀世は頷く。

「わかったわ、そうする」

「未来子に言ったんだ、わざわざ稀世に連絡することはなかったのにって」

「どうして？」

「だって、稀世も困るだろう」

「そんなことない。聞かされてなかったら、きっとものすごく悔やまれた」

「未来子だって、いい気分じゃないだろうし」

「未来ちゃん、何か言ってた？」

「いや、逆に、私はそんな了見の狭い女じゃないって、怒られたよ」

「未来ちゃんらしい」

稀世は思わず口元をほころばせた。

「ああ、ほんとに彼女らしい。それで、俺は甘えさせてもらうことにしたんだ。しばらくの間だから大目に見てもらおうってね。後で悪口を言われるのは覚悟してるよ」

そう言って、創介は笑った。

しばらく、ふたりで他愛ない話をした。それから部屋を出て、喫茶室に行き、コーヒーを飲んだ。外は暑かったが、少し散歩もした。

時間が瀞《とろ》に入ったように、ゆったりと流れてゆく。それに合わせたように、喋《しゃべ》る速度も歩く速度も、もっと言えば呼吸さえも遅くなる。時間がこんなふうに過ぎるなんて、今まで知らなかった。

自分を包むこの穏やかさを、稀世は不思議な気持ちで受け止めていた。怖れることなど何もないように思えた。自分たちがどこから来て、どこに行くのか、そんな葛藤に胸の中を粟立《あわだ》てるより、ここに創介とふたりで存在する、この一瞬ですべて満ち足りているような気がした。

四時少し前に、施設を後にした。

駅に着いて、電車を待つ間に、稀世は未来子に電話を入れた。

「私。今から帰るところよ」

「創介、どうだった?」

「元気だった、驚くぐらい」

「よかった、稀世ちゃんに行ってもらって」

「ありがとう、未来ちゃん」

「どうしてお礼なんか。それを言うなら私の方よ。よかったら、これからも行ってやって。日中、私は仕事があって、なかなか顔を出せないの。稀世ちゃんが行ってくれたら安心だから」

「いいの？」

「当たり前じゃない」

未来子が胸の中で、本当は何を考えているのか。そんなことに気を回すのは、もっと先にしようと思った。言葉の裏側にどんな感情を抱えていても、未来子も自分も、今、いちばん大切にしたいものが一緒であるのは間違いない。だったら、それでいいではないか。

その日から、稀世は毎日のように、創介を見舞うようになった。

痛み止めを服用しているせいで食欲がないと聞き、少しでも手が伸びるよう季節の果物や評判のデザートを携えた。ホスピスは行動も自由だが、食べ物に関してもあまり制限されてはいない。

昼過ぎから夕方まで、もちろん未来子が来る夜や週末は別だが、ほとんどふたりで過ごした。部屋で、喫茶室で、庭で――午後の日差しを受けながら、風の音を聴きながら、流れてゆく雲を眺めながら――子供の頃の思い出、かつて創介が暮らした沖縄や広島や大阪での出来事などを、とりとめもなく語り合った。

もっと違うことを話さなければならないのではないか。そんなふうにも思えたが、ではそれが何なのかと考えても思いつかなかった。創介もまた、そういう話を望んでいる様子はなかった。

創介を見ていると、時々、胸の内側を鷲摑《わしづか》みにされるような苦しさに襲われる。もっと動揺をぶつけてくれていいのに。怖れや悲しさや悔しさを率直に訴えてくれていいのに。

しかし、創介はいつも穏やかな笑顔で話を締め括る。そんな創介を見ていると、労られているのは自分の方だという気になってくる。

それでも時折、創介はふと、思いついたようにこんなことを言った。

「稀世は、若い頃と今と、何がいちばん違うと思う？」

「何かしら、難しい」

「俺は思うんだ。若い頃はとにかく答えが欲しかった。答えがない生き方なんて、不安でできなかった」

「じゃあ今は？」

「答えなんかないってわかったよ。もっと言えば、答えなんか求めるから不安になるんだ。ただ、生きればいい。生きられるうちは、それだけでいい」

今日もまた一日が過ぎる。約束された時が近づいてくる。

創介だけでなく、誰もがいつか必ず果たさなければならない約束である。しかし、永遠に果たさなくてもよいように、人は錯覚する。

「秋が近づいて来たなあ」

創介が空を見上げて呟く。

「ほんと」

稀世は頷く。

こうしてふたりで過ごす意味は、きっと時がたってからわかるのだろう。

緒沢が店に現れたのは半月ほどしてからだ。

「この間は、本当に申し訳ありませんでした」

稀世は緊張気味に頭を下げた。

「いいさ、時にはそういうこともある」

穏やかな口調に、稀世は胸を撫《な》で下ろした。

その夜、いつもと変わらぬ様子で緒沢は機嫌よく飲み、女の子や居村と雑談を交わしていた。

帰り際、稀世はハイヤーを待たせた場所まで緒沢を見送りに出た。

「京都の旅館に予約を取ったよ」

外堀通りが近づいた頃、不意に緒沢が言った。

「夏ももう終わりだから、鱧《はも》が食いたくてね。来週の火曜から二泊三日だ。近いうちにチケットを届けよう」

「あの」

「どうした」

緒沢が顔を向ける。

「申し訳ありません。京都にはご一緒できません」

答える声が少し震えた。

「何故？」

「……知り合いが入院してるんです。今は出来る限り、そばにいてあげたいんです」

「相葉くんだね」

緒沢の声が静かに返って来た。

「ご存知だったんですか」

「噂は早いよ。手遅れと聞いたが」

「はい……」

「若いのに気の毒だ。気持ちのいい男だったのに」

稀世は黙る。

「稀世は、相葉くんのそばにいたいのか」

「はい」

「もう長くはないとわかっていながら」

唇を噛む。

「それが、私と稀世の間にどういう結果をもたらすか、承知の上で言ってるんだね」

すぐには返事が出来なかった。

「私は稀世を大事に思って来た。稀世も同じ思いでいてくれるとばかり思っていたが、私のひとり勝手だったのかな」

「いいえ、私も同じ気持ちです。緒沢さんからいただいたご恩は一生かかっても返せないものだと思っています」

「恩か」

緒沢は苦く笑って、息を吐き出した。

「去る者は追わない。それが私のやり方だ」

「わかっています」

「そうか、では、好きにすればいい」

緒沢はあっさり言うと、稀世を一瞥《いちべつ》もせず、ハイヤーに乗り込んだ。

「ありがとうございました」

稀世は頭《こうべ》を垂れたまま、しばらく顔を上げられなかった。

緒沢にはどれほど力になってもらっただろう。『ゆうすげ』の客は、大半が緒沢の紹介だ。競争の激しい銀座で、こんな小さな店を何とか続けて来られたのも、緒沢の後ろ盾があってのことである。その緒沢が手を引けば、いずれ店がどんな状況になるか、たやすく想像はついた。

周りはどんなふうに見ていたかは知らないが、緒沢とは、決して金だけで繋がっていた関係ではない。母を失ってから、孤独の闇の中を手探りするように生きていた稀世にとって、緒沢の存在だけが拠り所だった。長く忘れていた、そしてもう一生手に入らないと諦めていた、誰かに自分のすべてを委《ゆだ》ねるという安堵感。それは何よりも稀世の気持ちを安定させてくれた。

その大らかな愛情を一身に受けながら、身勝手にも断ち切ったのは自分である。稀世はまだ顔を上げられないでいる。

緒沢は二度と店には来ないだろう。緒沢がそういう男であることは、稀世がいちばん知っていた。

「浅間山に登りたいんだ」

九月に入って間もない頃、創介が言った。

稀世は何と答えていいかわからない。創介がそれを言い出した気持ちはわかる。望みをひとつでも叶えてあげたいという思いもある。しかし現実問題として、登山などできるのか、不安の方が先に立った。

「今の俺の体力じゃ難しいことはわかってる。でも、先延ばしして実行できるものでもないからな。行けるところまででいい、どうしても行きたいんだ」

創介の表情に強い決意が窺えた。

「思い残したことを考え始めたらキリがなくなってしまう。だから俺はみんな諦めようと決めた。でも、この我儘《わがまま》だけは通したい、通させて欲しい」

約束されたその時を、身を任せるように静かに待つしかないことの残酷さを、稀世は改めて思い知らされていた。どんな時も、生きようとしなければ、人は生きられない。

創介の願いをとどめることは誰にもできない。稀世にも、未来子にも、医者にも、刻々と進行する病状にも。

「行きましょう、浅間山に」

創介の望みは、稀世の望みでもあるのだから。

未来子

「稀世ちゃん、一緒に行ってやって。看護師の経験がある稀世ちゃんが付いていてくれるなら、何の心配もいらないもの」

電話口で、未来子は言った。

「未来ちゃんは？」

「私は東京で待ってる」

「でも……」

創介から「浅間山に登りたい」と聞かされてから未来子は決めていた。ふたりで行かせよう。創介は決して口には出さないが、それを望んでいるはずだ。

「だって、私と稀世ちゃんの間に挟まれても、創介は困るだけでしょう」

苦笑を交えて言うと、しばらく稀世は黙り、やがて呟くように言った。

「そんなのいやじゃない？」

「創介が元気だったらね。でも、今、私が望んでいるのは、創介に好きなことをさせてあげたい、それだけだから」

「本当にいいの？」

「私はこっちで待ってる。そうしたいの。だって、待つ人間がいなかったら、創介は帰る気にならないかもしれない。どうしても帰って来て欲しいの。弟さんや、ご両親とも、最後の別れをちゃんとしてもらいたいから」

「そう、わかったわ」

「お医者様の許可は取ったし、登山の用意もしておくから」

「ええ」

「創介をお願いね」

電話を切って、未来子はソファに身を沈めた。それから息を吐き、自分の胸の中を掻《か》き回しているものが鎮まるのを待った。

嫉妬と呼べれば簡単かもしれない。しかし、そうでないのは、この隠しようのない後ろめたさが語っている。

あの時……未来子は考える。

もしあの時、稀世と創介を会わせていたら。

創介と付き合い始めてしばらくたってから、創介が尋ねたことがあった。

「稀世が今、どうしてるか、知ってるか？」

未来子は即座に答えた。

「いいえ、知らない」

「そうか」

「ずっと音信不通で、どこにいるかもわからない」

それは嘘だ。

本当は知っていた。年賀状程度だが、稀世とはつながりを持っていた。軽井沢を出て、上京したのも知っていた。転居の通知も届いていた。しかし、未来子は言わなかった。何も言わないまま、すべてを処分した。

あの時、稀世の所在を知っていると言えば、たぶん三人で顔を合わせることになっただろう。そうしない方が不自然だったはずである。

しかし、どうしてもふたりを会わせたくなかった。会えば、未来子の望まない方向に動き始めるような気がした。十八の時、気がつくと、創介の気持ちが稀世に向けられていたように。

返事を出さずにいるうちに、やがて稀世からの連絡も絶えてしまった。その時、これで本当に稀世の消息を知らなくなったのだと、心から安堵した。

自分はいつも、愛というものに対する不安を拭いきれずにいたように思う。

いちばん欲しいものは、自分を素通りして、誰か別の人間の手中に納まってしまう。努力など何の意味も持たず、気がつくと、ひとり取り残されている。あの孤独と焦燥感を味わうことに、未来子は怯えていた。

それは幼い頃、泣きたいほど望んでも姉の瞳子から母の関心を自分に向けられなかった絶望感と繋がっていた。どれだけ大人になっても、結婚して子供を儲《もう》けても、あの幼い未来子が身体の隅で蹲っていた。そんな未来子にとって、稀世はいつしか姉の瞳子に重なり、自分の幸福を守るためには、どうしてもあって欲しくない存在になっていった。

そして、こうも考えてしまう。

もし、創介が自分とではなく、稀世と人生を共にしていたら、こんな結果は招かなかったかもしれない。稀世ならもっと早く、創介の身体の変化を感じ取り、手遅れにはならなかったかもしれない。

人を愛することが、何よりもその人の幸福を願うことであるなら、自分は、自分の幸福しか頭になかった。創介というより、創介を失うことで、手に入らなくなる自分の幸福のことばかりを考えていた。

私はどこで間違えてしまったのだろう。

人生をどこまで引き返せば、愛し方を思い出すことができるのだろう。

未来子は毎日、仕事を終えた後、多摩に通っている。

仕事は出来る限り定時で切り上げるようにしているが、時には、どうしても抜けられず遅くなる。そんな時は電話で話す。もっと遅くなる時はメールを送る。創介は処方された睡眠薬を飲んで十時には眠りについてしまう。

週末は朝から夜まで創介と一緒に過ごす。今日も未来子は朝早くに自宅を出て、ホスピスに向かった。いつもより荷物が多いのは、登山用具を持って来たからだ。

「悪かったね、重かったろう」

「ううん、ちっとも」

早速それらをテーブルや床に広げた。

「着替えにレインウェアに帽子でしょ、タオルと懐中電灯。そうそうお店の人に熊除《くまよ》け鈴も勧められたから買っておいた」

「へえ」

「熊と遭遇したら大変でしょ」

「それだけは勘弁して欲しいよ」

「心配なのは登山靴かな。ちゃんと足に合えばいいけど。ちょっと履いてみて」

「そうだな」

創介がスリッパを脱いだ。

細い指が目に入る。人間は足の指まで痩せてしまうものらしい。玄関に、創介の大きな革靴と自分のパンプスが並ぶのが嬉しかった。幸福はそんなささいな場所にもちりばめられていた。

創介が登山靴に足を滑り込ませた。

「どう?」

「ソックスを重ねて履けば大丈夫さ」

「よかった。とりあえず言われたものは揃えたけど、足りないものはない?」

「山荘にもいろいろあるらしいから」

「そう、じゃあこれで準備完了ね」

広げた荷物を再びリュックに詰めていると、ソファに座る創介が言った。

「ごめんな、未来子」

未来子は手を止めて振り向いた。

「どうしたの?」

「俺の我儘を聞き入れてくれて」

「バカね、そんなこと」

「自分でも身勝手な男だと思うよ」

「そんなふうに考えないで」

未来子は創介に近づき、床に膝をついて、その膝に手を載せた。

「私のことは気にしないで。創介には、やりたいことをみんなやって欲しいの」

創介が黙ったまま頷く。

「私はね、創介がいてくれたから今まで頑張れた。もし創介と出会わなかったら、いったいどうやって生きたんだろうって、怖くなるくらい。出会えてよかった、本当にそう思ってる」

「俺も同じさ、未来子と出会えた幸運を感謝してるよ」

「病気を知った時は、神様を恨んだわ。でも、もう恨むのはやめようって決めたの。だって、会わせてくれたのも神様なんだもの」

創介の膝に頬を載せると、柔らかなぬくもりが伝わって来た。

「あったかい……」

ふわりと、創介の手が頭に載せられた。

私を何度も抱き寄せた、愛《いと》しい創介の手。

涙がこみ上げた。泣いてはいけない、創介を悲しませてしまう。唇を堅く結んでも、涙は頬を伝わり、創介の膝を濡らしてゆく。

「未来子、ごめんな。最後まで守ってやれずに」

創介の声が翳った。

「ううん、今までたくさんたくさん幸せを貰った。抱えきれないくらい、たくさん」

どうしようもないことが世の中にはある。どんなにあがいても、どんなに泣き叫んでも、どうしようもないこと。しかし時に、その中にこそ真実が宿る。

「必ず帰って来てね。私はここで待ってるから、必ず」

「帰って来るさ」

「そして……今度は、向こうで私を待っていてね」

創介は一瞬、言葉を途切れさせた。

すぐには意味が摑めなかったらしい。それでもやがて、納得したように答えた。

「ああ、待ってるよ。ただ、ゆっくり来いよ、出来るだけゆっくり。決して急ぐことはないからな」

涙はとめどなく溢れる。

悲しみを超えた、まるで契りを交わすような涙があることを、未来子は初めて知った。

稀　世

並木通りで、いつもは会釈程度しか挨拶しない大箱店のママから「あら『ゆうすげ』のママ、お元気？」と、笑顔で声を掛けられた。

「おかげさまで」と、稀世も笑顔を返したが、相手の目には好奇心がありありと窺える。

緒沢が『ゆうすげ』から手を引いたことを、もう知っているのだろう。銀座は狭い。噂は一晩で店々に広がってゆく。覚悟はしていた。それぐらいの覚悟がなければ、銀座で店など持てるはずもない。

その夜、客は少なかった。

看板の灯りを落として、居村と共に後片付けをしながら、稀世は言った。

「じゃあ、明日はお休みをもらうけど、よろしくね」

営業日に休むのは気がひけるが、登山客の多い週末は避け、出発は火曜日にした。未来子は東京駅まで創介を送り迎えするため、半休を取ると聞いている。

「軽井沢は今頃、気持ちいいでしょうねえ」

居村には、故郷に帰るとだけ言ってある。

「ごめんなさいね、勝手言って」

「いいんですよ、気にしないでゆっくり骨休めしてきてください」

「それから」と、稀世は少し口籠った。

「イムちゃん、もうわかってると思うけど、緒沢さんのこと」

「あ、はい」

居村は困ったように頷いた。

「だからね、『ゆうすげ』もこれからどうなるか、正直言ってわからないの。私はひとりひとりのお客様に、誠心誠意おもてなししてきたつもりだけれど、この世界は人と人との繋がりで回っているでしょう。緒沢さんがいらっしゃらなくなった店に、顔を出しにくくなるお客様も多いと思うのよ」

居村は神妙な顔つきで頷いている。

「それでね、いざという時のために、イムちゃんにも身の振り方を考えてもらっておいた方がいいんじゃないかと思うの」

「ママ、店を閉めるつもりなんですか」

居村は驚いたように何度か瞬きした。

「ううん、私は最後まで頑張るわ。お店を可愛がってくださるお客様がいてくれる限り、何としても続けようって思ってる」

「ママには感謝しています」

唐突に言われ、稀世は居村の顔を見直した。

「いつも、俺だけじゃなく、女房や子供のことまで気にかけてもらって、有り難いと思ってます」

稀世は苦笑した。

「言ってるでしょう、私が好きでやってるんだから」

「ママは、俺たち家族にとって恩人なんです」

「いやね、そんな大袈裟《おおげさ》な」

「大変かもしれないけど、やれるとこまでやりましょうよ」

居村の目は真っ直ぐ稀世に向けられている。

「緒沢さん絡みのお客様は確かに多いです。でも、ママの人柄に惚れて通ってくださってるお客様だってたくさんいます。俺も頑張ります。俺はママと一緒に仕事をしたいんです。やれるところまでやって、それでどうしようもなくなったら、その時はその時でまた考えましょうよ」

居村の言葉が心底、嬉しかった。母を亡くしてから、身内と呼べる人間はひとりもいない。しかし、こんな身近に自分を考えてくれる人間がいたことに、稀世は心から感謝したかった。

「イムちゃん、ありがとう」

答える声が、少し湿っていた。

翌日、約束の二時ちょうど、八重洲《やえす》の改札口前に創介と未来子が姿を現した。

昨日も、稀世はホスピスに行っている。あの中では比較的元気に感じられても、エネルギーに満ちた雑踏の中では、その憔悴ぶりは明らかだった。遣り切れなさに胸が塞がれそうになり、稀世は慌てて笑顔で手を振った。

「ここよ」

創介と未来子が稀世の前にやって来た。

「待たせたかい？」

創介が尋ねる。

「いいえ、私も今来たところ」

創介はリュックを左肩に掛けている。重いのではないかと気になるが、手を出しても自分で持つと言い張るのはわかっている。

「じゃあ、稀世ちゃん、創介をよろしくね」

未来子の言葉に稀世は頷いた。

「はい。明日の夜には必ず戻るから」

それから、稀世は未来子と改めて目を合わせた。

今、私たちの間に通い合っているもの、それを何と呼べばいいのだろう。

かつて未来子は、自分とは別世界に住んでいた。夏だけ軽井沢に避暑に来る東京のお嬢さん。大学教授を父親に持ち、持ち物や装いや、口調から身のこなし方まで洗練されていて、田舎者の自分とはあまりにも違っていた。

未来子と仲がよかったのは間違いない。それでも、未来子に対する憧れが、時折、劣等感という形で稀世を意地悪く刺激した。

あれから長い月日が過ぎ、ふたりはまったく別の生き方をしてきた。もう会うこともないだろうと思っていた。

そんな自分と未来子が、今、こんなにも近づいている。大切な人を、相手に委ねることさえ厭わないほどに。もっと言えば、私たちは手を固く結び合い、愛しい人を見送るためには何でもしようという強い決意を共有している。

「行ってきます」

稀世が言うと、未来子はもう一度稀世に目を向け、静かに頷いた。

新幹線のシートに腰を下ろすと、創介は大儀そうに息を吐いた。ホスピスから出るのは久しぶりなので、もう疲れが出てしまったのかもしれない。

「大丈夫？」

「さっき薬を飲んだんだ」

「だったら眠って。近くなったら起こすから」

「悪いな」

「気にしないの」

到着まで一時間余り。駅に着いてから山荘までタクシーで行く。今夜は山荘に泊まり、明日の午前中に登山する。その時は山荘の主人にガイドとして一緒に登ってもらうことになっている。手筈《てはず》はすでに整っている。

稀世は創介の横顔を眺めた。

顎も頬もすっかり肉が削《そ》げてしまった。ここのところ急激に食欲も落ちているようだ。この登山でますます体力をなくしてしまったら……そんな不安が頭をかすめてゆく。

しかし、創介が望んでいるのは命の時間を延ばすことではない。周りの人間の望みと混同してはいけない。だからこそ、こうして一緒に軽井沢に向かうことになったのだ。

それでも、少しでも長く生きて欲しいと思う。生きてゆく者の身勝手な願いだとしても、それを祈らずにはいられない。

少し眠ったせいか、軽井沢に下り立った頃には、創介もいくらか元気を取り戻していた。タクシーで山荘に到着した頃には、うっすらと夕暮れの気配が広がり、創介は驚いたように声を上げた。

「ずいぶん変わったなぁ」

かつて四人で泊まった山荘は、木造の寄宿舎を連想するような建物だったが、今は明るい印象の外観になっている。質のいい温泉が出るので、登山だけでなく、湯を楽しむために訪れる客も多いと聞いている。

ただ、右手の登山口に見える鳥居は昔のままで、ふと幻影のように、あの時、意気揚々とそれをくぐった四人の姿が蘇った。

玄関に入ると、奥さんが出迎えてくれた。

「いらっしゃいませ」

「お世話になります」

カウンターで記帳しながら、創介が尋ねた。

「前に山荘のご主人だった方は？」

「ああ、義父《ちち》ですね。三年前に亡くなったんですよ」

「そうなんですか。じゃあ跡は息子さんが？」

「はい、私は嫁です。お客さんは前にもこちらにいらっしゃったことがあるんですか？」

「ええ、ずいぶん前の話です。あの時は本当にお世話になりました」

「義父は根っからの山男でしたから」

記帳を済ませ、部屋に向かった。

八畳ほどの和室である。窓の近くまで木々が迫っている。東京ではまだ残暑が厳しいというのに、ここではもう葉先が鮮やかに色づいている。

創介は部屋の隅にリュックを置くと、窓の前に立ち、暮れゆく山の風景を眺めた。夕方になって急に気温が落ちたらしく、遠くに見える小諸の町が霧に淡く沈んでいる。西の空は朱に染まり、少しずつ群青へと色を変えてゆく。

創介は無口になっていた。体調のせいではなく、創介は自分の内側で多くを語り合っているようだった。

稀世はそんな創介を見つめている。

今から三十二年前、創介も未来子も英次も、そして稀世も、自分たちが歩もうとしている前途を意気揚々と受け入れていた。不安はあっても、それは期待と同義語だった。

今でも思い出す。創介はジャーナリストに、未来子は教師に、英次は庭師になると言っていた。稀世だけがまだ決めかねていたが、それでも、こんな人生を歩むとは想像もしていなかった。

もし、あの事故がなかったら、自分たち四人はどんな人生を送っていただろう。

答えなどないとわかっていながら、またそれを繰り返してしまう。

そして、そこにはいつも悔いが、影絵のようにぴたりと貼り付いている。どう生きようと、英次に対する後ろめたさが捨てきれず、立ち止まっては振り返る、それを繰り返してきた。

しかし、今はもうない。悔いは、時の流れにいつしか埋もれていった。痛みとしての感覚は残っていても、それはどこか懐かしさに似ていた。

稀世はようやくわかる。長い時間をかけて、自分は、たぶん創介も、きっと未来子も、ようやくそれぞれに人生を受け入れられるようになったのだ。

食堂での夕食は、創介は三分の一ほどしか手をつけなかったが、温泉に浸かって身体が休まったのか、ビールを少し口にした。

頬にわずかに赤みが差し、冗談も言い、笑い声も上げた。周りのテーブルには、数組のグループがいる。自分たちはどんなカップルに映っているのか、それを考えると、少し面映《おもは》ゆかった。

八時過ぎには部屋に戻って布団を敷き、創介が床につくのを確認してから、稀世は温泉に向かった。湯は濃い鉄色をしている。硫黄《いおう》の香りが鼻の奥にまで届く。湯に浸りながら息を吐く。湯気で窓ガラスが曇っている。

今から自分たちが過ごす夜のことを、稀世は考えていた。自分の中に欲するものがあった。それは性的な欲求というより、もっと素朴な感覚だった。創介と触れ合いたい。吐息や肌のぬくもり、その瞳もその唇もその指先も、ひとつひとつを記憶に刻み込んでおきたかった。

身勝手な望みだとわかっている。創介は命と向き合っている。ここに来るのさえ、限られた時間を削っているのだ。

健康とは何て残酷なのだろう、肉体とは何と臆面もないのだろう、と稀世は自分を恥じる。

部屋に戻ると、創介は眠っていた。落胆するより、むしろほっとして、稀世は隣に敷いた布団の中に身を滑り込ませた。

うとうとしかけた頃、気配を感じて目を開けた。

「どうかした？」

身体を起こすと、くぐもった声が返って来た。

「ごめん、起こしてしまったね。ちょっと寒くて。さすがに夜は冷え込むね」

体調のことでなくてほっとした。

「ヒーターを入れるね」

稀世は布団から出て、部屋の隅にあるヒーターのスイッチを押した。すぐにファンが温風を吹き出した。

「じきに温まるから」

言いながら振り返ると、創介と目が合った。

暗闇の中で、それだけが別の生き物のように濡れていた。そこに意思を感じた。生きていることを感じさせる目だった。

どれだけ見つめ合っていたのか、果てしない時間のようにも、一瞬のようにも思えた。

やがて、引き寄せられるように、稀世は創介に近づいた。

創介の腕が伸び、指先が稀世の頰に触れる。

創介が稀世を見る。稀世もまた、創介を見つめ返す。創介が求めているものと、自分が求めているものが同じであることを感じる。

長いくちづけを交わした後、稀世は身を包んでいたものを取り去った。気持ちは落ち着いていた。創介はじっとその様子を見ている。

ふたりは布団の上に横たわった。創介の指がひとつひとつを確認するように稀世の身体に触れてゆく。髪に、額に、首筋に、乳房に。

稀世もまた創介に触れた。痩せてしまった身体を創介が見せたくないのはわかっていた。それでもシャツの中に手を入れ、その背に触れた。浮き出た肩甲骨や尖った背骨が、手のひらに悲しい感触をもたらしたが、温《ぬく》もりは生きている証だった。

そして後は、自分たち以外の何者も入り込むことができないよう、息を潜めるように身体を密着させた。それだけで、すべてが満ち足りた。

十八の時、戸惑い、ためらい、けれどもひたすらに求め合った、あの幼いふたりが、確かに今、ここにいる。

「人って何てあたたかいんだろう」

創介の掠れた呟きが耳に流れ込んで来る。

答えたくても、言葉を口にすれば、きっと嗚咽になってしまう。

「さよならは言わないよ。稀世にはもう言ったから、十八の時に」

創介の身体が小刻みに震えている。その背に回した指に力を込める。この身体の奥にある魂までも抱きしめる。

カーテンの隙間から、朽ち葉色の月がふたりを見ていた。

未来子

ソファにもたれ、ベランダの向こうに浮かぶ朽ち葉色の月を、未来子はひとり眺めていた。

何を考えているわけではない。むしろ、何も考えないようにしていた。孤独ではあったが、それは寂しさと違って未来子を追い詰めるようなこともない。

目を閉じると、古いフィルムが廻《まわ》り始めるように、十八歳の四人の姿が映し出されてゆく。

自分の若さを何の疑いもなく受け入れていたあの頃。

しかし、どこかで窮屈さも感じていた。若さが疎《うと》ましくもあった。無邪気さを装いながら、自分を隠す術《すべ》も身につけていた。欲しいものと、手に入れられるものが別のところにあるジレンマも知っていた。

その息苦しさに、早く大人になりたい、と何度思っただろう。けれども、大人の自分はあまりに遠く、想像すらつかなかった。大人はそれほど彼方《かなた》にあった。

けれども、なってみてわかる。

未来に向かって真っ直ぐ伸びていると思っていた時間は、うねったり捩れたりしながら人生をぐるぐる回っている。そして今、十八歳の自分のすぐ隣に、五十歳の自分がいる。

電話が鳴り、未来子は受話器に手を伸ばした。

「もしもし」

「あ、ママ、私」

リヨンで暮らす杏奈からだった。

「あら、めずらしいわね」

電話代節約のために、大概はメールで連絡してくる。

「おじさまの具合はどうかなって」

「大丈夫、順調だから心配しないで」

だいたいの病状は伝えてあるが、それ以上は告げてない。杏奈には、心に負担を感じることなく学生生活を送って欲しいという、創介の思いからだ。

「だったら、いいけど」

杏奈の語尾が曖昧になった。

「どうしたの、何かあったの？」

「あのね、やっぱりサラとうまくいかないの」

学生寮でルームメイトとなったサラについては、メールでも何度か書いて来た。フランス人の彼女には、日本に対する偏見と思い込みがあるのだという。

未来子が留学していた頃も、同じようなことがあった。世代が替わっても、事情にそう変化はないらしい。

「日本人が、ブランド店に大挙して押し寄せる姿ぐらいみっともないものはない、ってバカにするの」

「まあ、確かにそれはあるわね。それで杏奈は何て答えたの？」

「日本はそれだけフランスの地場産業発展に貢献しているって思うべきだって」

「フランス語で？」

「辞書を引きながらだけど」

「サラは何て？」

「そういう日本人の美意識は間違ってるって」

「きついわね」

「だから言ってやったの、道路に犬のウンチをそのままにしてゆくのは、フランス人の美意識なのかって」

「白熱ね」

「それで大喧嘩になっちゃって、昨日からぜんぜん口をきいてないの」

杏奈のため息が耳に届く。

「いっそのこと、ルームメイトを解消したら」

「それはしない」

杏奈はきっぱりと言った。

「どうして？」

「そんなことしたら、サラには何もわかってもらえないもの。サラと理解し合いたいの、日本のことというより、まずは私のこと。私だってサラを理解したい。サラってね、口は悪いけど、優しいところもあるの。週末は、移民の子供たちに勉強を教えるボランティアに参加してるの」

「杏奈はサラが好きなのね」

「まあね」

少し照れ臭そうな声が返ってきた。

「じゃあ理解しあえるまで、たくさんぶつかって、喧嘩して、議論すればいいじゃない」

「ものすごく時間がかかりそう」

「大切なものは、何だって時間がかかるのよ」

「そうか」

いい子に育ってくれたと、未来子は思う。

愛されることばかり望むのではなく、愛することも知っている。未来子が何十年も見つけられずにいたものを、杏奈はさらりと身につけている。

電話を切って、窓の外を見ると、月は少し西に傾いていた。夜が更けたせいか、色がいっそう深まっている。美しくて、少し悲しい。わずかに欠けた姿も、今の自分の心に沁《し》みる。

きっと稀世もこの月を見ているに違いない、と未来子は思った。

稀世

空は澄んでいた。

筋雲が薄く何本か伸び、火山口からわずかに昇る噴煙と溶け合っている。空気は秋の匂いを孕《はら》んでとろりと柔らかい。

出発は、自分たちのペースを考えて、他の登山客がすべて出発した後の、午前九時にした。

人気のなくなった玄関に腰を下ろし、稀世と創介は登山靴を履いた。

「ストックを用意しましたから」

登山の装備を整えた山荘の主人が現れ、創介に差し出した。

「助かります。お借りします」

若い頃、富士山で強力《ごうりき》のアルバイトをしていたという主人は、見るからに山男らしい締まった身体をしている。浅間山には子供の頃から数え切れないほど登っていて、目をつぶってでも登山ルートを間違えることはないという。

目的地は長坂の途中にある崖であること、それから創介の病状についても、すでに伝えてある。無理はさせないつもりだが、途中、何が起こるかわからない。その不安に対しては「いざという時には担いで下りますから」という、心強い言葉をもらっている。

「三十二年前の十一月……」

創介が呟くように言い、ゆっくりと主人を振り返った。

「四人で登山したんです。その中のひとりが長坂の途中にある崖から落ちて死にました」

「三十二年前というと、私が五歳の頃ですね」

しばらく考え込むように黙り、やがて主人は言った。

「まだ幼かったですが、確かにそんなことがあったと記憶しています」

「そうですか」

「あれは遅い初雪が降った朝で……バッシュを」

「え？」

「男性のひとりがバッシュを履いていた」

「そうです、バッシュだった」

「雪が降っていたので、そのことを親父が心配して何か言ったような。私は親父の後ろで見ていたので、その光景をおぼろげに憶《おぼ》えています。亡くなったのはその方ですね」

「ええ、私を助けるために」

創介は唇を固く結び、後は言葉を失った。

登山道を三人は登り始めた。創介を挟んで、先頭を主人、最後尾に稀世がついた。

「ゆっくり登りましょう。苦しくなったらいつでも言ってください」

主人の言葉に、ふたりは頷いた。

創介は両手にストックを持ち、一歩一歩、足元を確認するように歩いている。まだ勾配はさほどきつくないが、石と岩が連なり、気を抜くと躓きそうになる。

登山道は明るかった。広葉樹が枝を広げ、幾重にも重なった葉の隙間から太陽の光が零《こぼ》れ落ちている。時に紅葉に反射して、光がさまざまに変わる。

やがて石橋が見えて来た。流れる川は濃い黄土色だ。あの時、四人が驚きの声を上げたのを思い出す。

(すげえ色だな)

(ほんと、こんな色の川、初めて見た)

ちらつく雪が頬を濡らしても、それさえ心地よく感じるほど、初めての登山に四人とも高揚していた。

その時、創介の呼吸が荒くなっているのに、稀世は気づいた。

朝食にはほとんど手をつけられなかった。体調に加え、登り始めは身体が慣れない分、余計にこたえるだろう。

「少し休みましょうか」

稀世は創介の背に声を掛けた。

「いや、大丈夫さ」

創介が首を振る。

主人が足を止めて、振り返った。

「いえ、休みましょう。無理はしないで、ゆっくり登りましょう」

「でも」

「いいじゃないですか。浅間山は逃げません。何千年も何万年も前から、ここにあるんですから」

創介はわずかに笑って頷くと、近くの石に腰を下ろした。

ずいぶんと顔色が悪い。痛み止めのモルヒネは欠かせないものだが、体力を著しく消耗する。創介はたぶん相当量を飲んでいるはずだ。

ポットから熱い茶をカップに注ぎ、稀世は創介と主人に手渡した。それから世間話のつもりで尋ねた。

「ご主人はずっと山荘に？」

「いえ、一時は離れてました。と言うか、親父の跡を継ぎたくなくて、サラリーマンになったんです」

「そうなんですか」

「でも、やっぱりうまくいかなくて。頑張ってはみたんですが、人にも都会にも、どうしても馴染めませんでした。結局サラリーマンは辞めたんですけど、でも、すぐに親父のところに帰るのも格好悪いような気がして、スキーのインストラクターや山のガイド、強力のアルバイトをしながら、暮らしてたんです」

「戻って来られたきっかけは？」

「結婚することになって、とりあえず女房を紹介しようと、連れて久しぶりに帰ったんですよ。その時、ちょっと時間があったんで浅間山に登ってみたんです。そうしたら何ていうか、ものすごく気持ちが楽になったんです。透明になってゆくような、不思議な感覚でした。結局、生まれ育ったここが自分に合っているってことなんでしょうね。それで戻ることに決めたんです」

「おとうさん、喜ばれたでしょう」

「さあ、どうだか。そんなこと改めて親父と話したりしなかったですから。無口で偏屈なところのある親父でした。もしかしたら、死んでからの方が、よく話しているかもしれません。墓は小諸にあるんですけど、親父は山にいると俺は思っています。登るたびに、親父といろんな話をするんです」

「俺も」と、創介が呟いた。

「英次は――英次っていうのが死んだ友人なんですが、あいつもここにいるような気がします」

主人が創介に顔を向けた。

「さっき、あなたを助けるために、と、おっしゃいましたよね」

創介が頷く。

「前掛山で突風に煽られた拍子に滑落して、私が足を骨折してしまったんです。火山館まで、英次の肩を借りて何とか下りて来られたんですけど、それ以上は無理でした。それで、英次がひとり、山荘まで助けを呼びに行ったんです。その途中の事故でした」

(創介、俺の肩につかまれ)

(歩けるって言ってるだろう)

(いいから、つかまれよ)

「そうだったんですか……申し訳ありません、つらい出来事を思い出させてしまって」

「いや、いいんです。思い出しているわけじゃないんです。三十二年前のあの日から、一瞬たりとも忘れたことはありませんから」

(友達のひとりが、先に山荘に下りて来たはずなんです)

(いいや、誰も来ていないが)

(そんなわけありません。火山館から助けを呼びに行くって……)

(あのバスケットシューズを履いてた子か)

(はい、そうです)

（どれくらい前だ）

（もう五時間ぐらい前になります）

（五時間だって！）

十五分ほど休憩して、再び歩き始めた。

足を一歩進めるたびに、遥かな時間を超えて、記憶が呼び戻されてゆく。

確かに覚えている、丸太の橋を渡ったことも、そこここにある大きな岩に圧倒されたことも、足裏に響く土の感触も。

一ノ鳥居に到着するまで二度ほど休憩をとった。しかし、創介の疲れは相当のものだった。ストックに助けられながらも、段差のある場所では、石に足を乗せるのもやっとという様子だ。

「創介さん、もうここで」

「いや、大丈夫だ」

言いたいことを察したかのように、創介が稀世の言葉を遮る。

それから、先手を打つように主人に頭を下げた。

「すみません、迷惑を掛けてしまって。でも、まだ行けますから」

「いいんですよ、気にしないでご自分のペースで歩いてください」

主人も本当は、稀世と同じことを言いたいはずである。どう見ても、創介にこれ以上の登山は無理と思えた。しかしある種憑《つ》かれたような創介の眼差しに、圧倒されているようでもあった。

「でも、歩けなくなった時は、遠慮なく言ってください。私がガイドを引き受けた以上、責任を持って目的地までお連れしますから」

ようやく不動滝が見えて来た。岩肌を水が滑り落ちて来る。水飛沫《みずしぶき》が秋の日差しに反射して白く光っている。これもあの時と同じだった。まるで時間が止まったようだった。

(東京に来いよ)

(東京に行ってどうするの？)

(そしたら、もっと会えるだろ)

(俺、おまえのじいちゃんの跡を継ぎたいと思ってるんだ。それで、いつかは稀世と一緒になりたい)

(私も行くってば。私も創介と一緒に登ってくるから)

さまざまな四人の声が蘇り、同時に、稀世の脳裏に過去が映し出されてゆく。

母と祖父に愛されて過ごした幼い日々。軽井沢を遊びまわった無邪気なあの頃。英次の死に打ちのめされたあの瞬間。看護師として勤めた病院での忙しい毎日と、柏原との出会いと別れ。

信子に店を任され慣れない接客に四苦八苦したことも、堅田と心を通い合わせたことも、東京に出てきたことも、母の死も、緒沢との関わりも、自分の店を持ったことも、そして創介との再会も、今となれば、すべてが繋がっているとわかる。

人生に悔いがないと言えば嘘になる。

それでも、今ここに創介と共にいることを思うと、これでよかったのだと、自分は決して間違えた人生を歩いて来たわけではないのだと、心から思える。

創介は今、何を思って歩いているのだろう。自分に対する呵責《かしやく》の気持ちを、この瞬間まで胸に抱えて生きて来た。そうして、もうすぐ英次のいる場所へ旅立とうとしている。

人は必ず死ぬ。それだけは、どんなことがあっても守られる約束だとわかっている。

それでも、人は悲しみに慣れることができない。去る者も、去られる者も、途方に暮れてその時を待つしかない。残される記憶だけを寄辺《よるべ》にして――。

長坂の崖に到着したのは、結局出発から四時間ほどもたった、午後一時過ぎだった。

道幅が急に狭くなり、右側に切り落としたような深い谷底が見える。

「ここですね」

「ええ、そうです」

主人の言葉に頷くと、創介は力尽きたように土に膝をついた。

「英次……」

その名が、口から零れ落ちる。

「英次、来たぞ」

稀世はただ、創介の震える背を見つめている。

過ぎ去った時間が、一瞬に変わるこの時。

「英次、話したいことがたくさんあるんだ」

浅間山の風に吹かれて、創介の搾り出すように発したわずかな言葉が、谷底へ静かに流れて行った。

創　介

どのくらい時間がたったのだろう。

「疲れたでしょう、もう下山しましょう」

気遣う稀世の声に、創介は我に返った。

黙ったまま頷いて、稀世の手を借りながらゆっくり立ち上がる。稀世とストックに支えられても、身体に力が入らず、前のめりに倒れそうになった。

「相葉さん、ここからは僕が背負います」

登りでは創介の意志を尊重して、主人は決して「背負う」とは言わなかった。しかし今の声には、拒否は許さないという強い責任感が含まれていた。

自力で下りたかった。無様な姿を晒すぐらいなら、ここで命が尽きても構わないと思った。しかし却って、主人にも稀世にも迷惑をかけてしまうことになるだろう。

「すみません、お願いします」

創介はぐったりと身体を主人の背に預けた。

あの時もそうだった。

火山館から大学の山岳部の人たちに背負われて、この道を下った。まさか英次が滑落したなどとは考えもせず、その人の背の温もりの中で助けられた安堵感に浸っていた。

そして、今また、俺は人に助けられている。

俺は英次に守られ、未来子に支えられ、稀世に安らぎを与えられている。だが、俺は自分が大切に思う人たちに、いったい何を与えることができただろう。

迫り来る死よりも、俺は自分の人生を振り返る方を怖れている。もし、そこに救いようのない軽薄な足跡しかなかったとしても、英次、それでもおまえは許してくれるか。

創介、待ってるぞ。

不意に、英次の声が聞こえたような気がした。

創介は言葉を返そうとしたが、身体が震え出し、やがて声にならない嗚咽に変わっていった。

稀　世

それから二カ月余りが過ぎた。

凍える風がベランダの窓を震わせる夕方、店に出掛ける準備をしていると、携帯電話が鳴り出した。画面には未来子の名前が浮かんでいた。

それを見た瞬間、稀世は理解していた。

「もしもし」

「私よ」

「ええ」

「今」

「そう」

「みんなに囲まれて、とても安らかに」

「よかった」

「ありがとう」

「お礼を言うのは私の方よ。未来ちゃん、ありがとう」

電話を切って窓に目を向けると、すっかり葉を落とした街路樹が、夕暮れの日差しの中でひっそりと揺れていた。

通夜と告別式は家族だけで行われ、年が明けてから、改めて相葉不動産の社葬が催されるという。

もちろん家族葬に行きたいなどという思いはない。そんな場所に顔を出せる立場でないのはよくわかっているし、何より稀世自身、創介との別れは、ひとりで静かに目を閉じれば十分だと思っていた。

いつも通りに店に出て、いつも通りに振る舞った。

遅い時間に、ここしばらく顔を出していなかった客が、少し申し訳なさそうな顔でドアの向こうから姿を現した。

「ちょっとご無沙汰しちゃったなぁ」

「いらっしゃいませ。お待ちしていました」

稀世が熱いおしぼりを差し出す間に、居村が素早く酒の用意を整える。

「さっきまで忘年会だったんだけど、最後にひとりでゆっくり飲みたくてね。となると、やっぱり『ゆうすげ』しかないんだな」

緒沢の紹介で常連になってくれた客だった。もう来店することはないだろうと諦めていた。

「気が向いた時に、いつでもいらしてくださいませ。お待ちしています」

嬉しかった。ひとりでも、客が戻って来てくれたのが励みになった。自分は余計なことを考えず、ただひたすら、客が心地よく過ごせる時間を作ることに没頭すればいいのだと改めて思った。

年が明けて、郵便受けに届いた年賀状の束の中に、今は佐久で堅田の家族と共に暮らす信子からのものがあった。

『稀世ちゃん、どうしてますか。私はおかげさまで年を取った今の方が元気みたいです。今年は志保ちゃんと海外旅行に出掛けようなんて話をしてるぐらい。一度、会いたいもんだわ』

志保からの年賀状も、活気に溢れた文面が書かれていた。

『信子ねえさんと、今年もいろいろ楽しむ予定です。年をとって、女友達の有り難さをしみじみ感じているところ。また「ゆうすげ」に顔を出すわね。今度は信子ねえさんも連れてゆくわ』

世話になったふたりが、こうして元気で暮らしてくれていることが、素直に嬉しかった。

一月の半ば、創介の社葬が行われた。

間際まで迷ったが、結局、焼香だけさせてもらおうと決めた。高輪《たかなわ》にある寺で、稀世は一般客に混ざって列に並び、祭壇の前に進んだ。

写真の創介が笑っている。いい顔だな、と思った。未来子が選んだのだろう。未来子が好きな創介の顔は、稀世の好きな創介の顔でもあった。

親族席に座る未来子と遠くから目が合った。稀世がわずかに口元を緩めると、未来子もまた同じようにかすかな笑みを浮かべ、頷き合った。それで十分だった。未来子の言いたいことも、稀世の思いも、ちゃんと通じ合っているのを互いに知っていた。

本堂を出ると、取り巻きと一緒にこちらに向かってくる緒沢の姿が目に入った。

稀世は思わず立ち竦んで、頭を下げた。

そのまま行き過ぎるかと思ったが、緒沢は稀世の前で足を止めた。

「相葉くんのことは、私も本当に残念だったよ」

緒沢は言った。皮肉な響きなどあるはずもなかった。緒沢はそういう男だった。

そのまま稀世の前を行き過ぎ、緒沢は本堂へと向かって行く。その後ろ姿を見送ってから、稀世は寺を出て、空を仰いだ。

東京の冬の空は美しい。北から流れてくる澄んだ風に、すべてが一掃されてゆく。

稀世は呟いた。

「創介さん、今、英次と何を話してる？」

エピローグ

ストーブの中で、薪が崩れた。

稀世は耐熱ガラスの窓を開けて、一本くべる。炎はすぐに勢いを増し、床のクッションに座る未来子の頬に反射する。

「火っていいわね」

未来子が呟いた。

「胸の内にしまってあるものを、みんな話してしまいたくなる」

それからゆっくり稀世に顔を向けた。

「ねえ、稀世ちゃんはどれくらい考えた？　もし、あの一瞬がなかったらって」

「そうね、生きて来た年月と同じだけ」

「みんなそうなのね」

「いつも四人でいたような気がする、あの日からずっと」

「創介はいつも自分を責めてた。英次くんを死なせたのは自分だって。創介のせいだけじゃないのに。もっと前に登る予定だったのを、あの日に決めたのは私なんだもの」

未来子が唇を嚙み締める。

「ううん、登るのに賛成したのは私。それに私、あの時、早くって言ってしまったの。火山館から助けを呼びに行く英次に、早くって。だから私のせいでもあるの」

それから、ふたりはしばらく宙に視線を泳がせた。風が出てきたのか、窓ガラスがかすかに震えている。どこか悲しげな響きに聞こえる。

稀世は自分の手元を見つめた。

「私たちが取り返しのつかないことをしてしまったのは確かよ。英次に対する罪の意識は、これからも消えることはないと思う。でもね、最近思うの。英次はきっと誰も恨んでないんじゃないかって」

未来子がわずかに首を傾《かし》げた。

「私の都合のいい解釈かもしれないけど、それよりきっと、怪我をした創介のために、山荘まで助けを呼びに行けなかったことを悔やんでいるんじゃないかって思うの。英次は、そういう男の子だった」

未来子が頷く。

「そうね、英次くんならそうかもしれない。創介も、それがわかってるから尚更、辛かったんだと思う」

今日の夕方、軽井沢駅に到着した未来子とロッジに来て、ふたりで食事の用意をした。それを食べながら、ワインを飲んだ。話は尽きなかった。

食事を終えると、テーブルの上はそのままにして、ストーブの前に移動し、寛いだ格好で、再び語り合った。

「まだ飲めるでしょう」

未来子は立ち上がって、キッチンからもう一本、ワインを持って来た。

「ええ」

稀世は冷蔵庫に行き、チーズとドライフルーツを用意する。

「創介、私と一緒にいて、幸せだったのかな」

未来子がグラスを手にしたまま、独り言のように呟いた。

「そんなこと考えてたの？」

「今となると、わからなくなってしまう。創介の幸せは、もっと別のところにあったのかもしれないって」

「別のところって？」

「たとえば、稀世ちゃんと一緒だったら」

稀世はその言葉を遮った。

「ねえ、未来ちゃんは創介さんと一緒にいて幸せだった？」

「ええ、とても」

「だったら、創介さんも幸せだったはずよ」

「そうかな」

稀世は未来子のグラスにワインを注いだ。

「そうに決まってるじゃない」

夜は深まり、ロッジの窓の向こうは暗い。

ワインはもう二本も空いてしまったが、酔いはあまり回っていない。部屋は床暖房と薪ストーブで暖まり、外が冬だというのを忘れてしまいそうになる。

「創介が亡くなってから、そろそろ一年よ。来週は一周忌の法事があるの」

「早いものね。もう落ち着いた？」

「ひとりにようやく慣れて来たところ。まだ、創介のものはそのままにしてあるの。部屋もクローゼットも靴箱も。無理に忘れようとする方が不自然な気がして」

「創介さんのご両親は？」

さすがに未来子は目を伏せた。

「ふたりともすっかり小さくなってしまったわ。私も自分のことで精いっぱいだったし、どう接していいのかわからなくて……でも、慎也さんがいてくれたから。今は慎也さんが両親を支えてくれてるの。私もどんなに助けられたかわからない。すごく感謝してる」

稀世は頷く。

未来子の周りに、こうして力強い身内がいてくれることに、心から安堵する。

「仕事は順調？」

「おかげさまで。創介から言われた通り、続けてよかったと思ってる。仕事があったから、この一年を何とか乗り越えられたようなもの」

「よかった」

「稀世ちゃん、お店の方は？」

「大丈夫、私もちゃんと続けてるから。ちょっと難しい時期もあったんだけど、心強いバーテンダーがいてくれるから助かってる」

稀世の言葉に未来子が頬を緩める。

「私と稀世ちゃんって、他人からすれば、理解できない関係でしょうね」

「たぶんね」

「あんなに、稀世ちゃんと創介を会わさないよう、気を回していた時もあったのに。身勝手だって笑われるかもしれないけれど、病気になった創介の心の中に、稀世ちゃんがいるってわかった時、何て言えばいいのかうまく説明がつかないんだけど、どこかホッとしたの。稀世ちゃんと一緒に創介を見送れるんだ、そうしていいんだって。もしこれが別の誰かだったら、こんな思いは持てなかったと思うけど」

それから、未来子はふと表情を和らげた。

「そして今、創介を思い出しながら私たちはこうして一緒にワインを飲んでいる。創介が生きていたら、何て言うかしらね」

稀世はしばらく考えた。

「女は強い、かな」

「女は怖い、かもね」

ふたりは顔を見合わせて笑い合った。

「稀世ちゃん、何て馬鹿なって思わないで欲しいんだけど」

未来子がためらいがちに言った。

「なあに、どうしたの？」

グラスを持つ手を止めて、稀世は未来子に顔を向けた。

「創介、本当は私と稀世ちゃん、どっちが好きだったんだと思う？」

稀世は言葉に詰まった。

「わかってる、今更そんな子供じみたこと考えてもしょうがないって。でも、やっぱりちょっと気になるの」

未来子の口調は明るい。それでも、稀世は何と答えていいのかわからない。

「十八の頃、創介は稀世ちゃんが好きだった。でも、再会してからの創介は私に優しかった。それに嘘はなかったと思うの。でも、稀世ちゃんの方が好きだったから、私に黙って『ゆうすげ』に行っていたのよね」

「思うんだけど」

稀世は慎重に言葉を選んだ。

「創介さんの生きた人生には未来ちゃん、そして、生きられなかった人生には私……それじゃいけない？」

「生きた人生と、生きられなかった人生か」

「そう」

「何だか、ずるいな、創介ったら」

「創介さんに会えてよかった。未来ちゃんも英次も、私の人生に欠かすことのできない存在だったと、今よくわかるの」

「私も同じ。ううん、みんな同じよ。創介も英次くんも、きっとそう思っているに違いない」

それから、ふたりはわずかに目を潤ませながらワインを飲み干した。

ふと顔を上げると、テラスの向こうに広がる空が少し色づいている。

「明けて来たわ」

稀世の言葉に、未来子も目を向けた。

陽は刻々と東から姿を現し、空を、風を、木々を、そして浅間山を映し出してゆく。

ふたりはストールを羽織ってテラスに出た。

研ぎ澄まされた空気がふたりを包み込む。辺りはしんとした静けさに満ちている。吐く息は白く、耳も鼻も赤くなったが、それは心地よい冷たさだった。

朝焼けが稜線《りょうせん》を赤く縁取っている。雄大な浅間山の姿が目の前に広がってゆく。

「きれい」

「ほんと」

「いつかまた、登れるかしら」

「ええ、きっと登りましょう、創介さんと英次に会いに」

白い息を吐きながら、ふたりは浅間山を見つめ続けた。

解説――今日も山から物語は始まる

谷口けい

『もし、あの一瞬が無かったら――』

この物語は、32年の時を越えて、答えのないこの問いにさ迷いながら生きる、創介《そうすけ》・未来子《みきこ》・稀世《きよ》という主人公たちの運命の糸を、絡ませたりほぐしたりしながら展開していく。

浅間山《あさまやま》での遭難事故、というショッキングな事件とともに物語のキッカケは始まるが、一瞬のキッカケは誰にでもそれぞれあって、誰もが少なからず直面するであろう人生の壁、という存在は、特別なものではなく、読む者にも同じ問いを投げかけてくる。

自分はどこから来て、どこへ行くのか。

自分は、いったい何者なんだろう。

あの時、もし違う判断をしていたら。

問い続けることで、人生に本当に必要な何かが見えてくるのだろうか。それとも、過去はベールで覆ってしまったほうが幸せなのだろうか。何年経《た》っても、答えなんて見つからない。人生に正解の答えなんてなくて、結局、自分で作り上げていくしかない。

そんなふうに、自分で勝手に納得しながらこの物語を読んでいる自分がいた。

物語の舞台となった浅間山。

山は正直で、ごまかしがきかない。美しさと厳しさの両方を併せ持ち、そしてどんな山も、自分より大きく、温かく包み込んでくれる。山と対面したら、自分のなかの迷いは消えて、何かの答えがもしかしたら見えてくるかもしれない。

浅間山登山は、18歳だった主人公たちにとって、大きな冒険だった。その冒険行を、私は否定しない。でも、山にはルールはないけれど、約束事がある。

生きて帰ってくること。


私自身、何故《なぜ》山に登るようになったのか、実際のところは自分でも分からない。山の近くで育ったわけでもなく、周りに山好きな人たちがいたわけでもなかったと思う。

初めての山との出会いは、物語の中だったのかもしれない。それでも、鮮明に覚えている一瞬が、私にもある。小学校2年生の夏休みに、父親と登った磐梯山《ばんだいさん》の頂上近くで、雲が自分の目の高さにあったのだ。

もうちょっとで雲に手が届く！

その一瞬が、その後の私の人生に少なからず影響しているのだろうか。

普段、空高くにぷかぷか浮かんでいる雲の上にも世界があるなんて、知らなかった。まだ赤ん坊だった弟に、雲の上の世界の話をした（もちろん本人は覚えていないだろうけど)。おまえだって、雲の上に行けるんだよ。そんなへんてこな話を姉にされて、かわいそうな弟は雲を見ては泣くようになってしまったのだけれど、私の空想と冒険の世界は、山との出会いによってどんどん広がっていった。

中学生の頃は、本棚から山岳小説を見付けだしては読んでいた。そこにある山々は、私の想像の中ではすぐそばにあったけれど、現実にははるか遠くの存在だった。

高校生になって、念願のワンダーフォーゲル部(山岳部はなかった)に入り、大きなザックと寝袋、登山靴などを揃《そろ》えて気持ちが高揚した。しかし現実の山は辛《つら》く、男の子たちに付いて行くのも精一杯で、更には集団行動と先輩との関係がうまくいかず、そこは自分の居場所ではないということに気付かされて終わった。

山は、私にとっての鏡かもしれない。

隠すことのできない自分の中にある弱さと、計り知れない自分の可能性をも見せつけられる。山は、恐《こわ》くて、辛くて、純粋で温かい。だからこそ、ごまかしはきかないけれど、本気の気持ちには応えてくれるんじゃないだろうか。

結局、尽きない山の魅力に惹《ひ》かれて、私は山に登り続けている。

初めての大冒険は、アラスカのデナリ(マッキンリー6194mの現地名/北米大陸最高峰)だった。幾人もの命を奪った強風、ブリザード、凍傷、高山病などという、初めて対面する脅威がいくつもあった。

それと同時に、強くて温かい岳人たちとの出会いと、波乱万丈の末に辿《たど》り着いた頂上には果てしなく広がる世界という景色があった。大自然を前に、そこに存在する自分は限りなくちっぽけであったけれど、その先にある自分の可能性は、果てしないかもしれないと、二つの大切な気付きを与えてくれた、大きな山だった。

以来、私は幾度となく、ヒマラヤを始めとする世界の山々に出掛けている。やりたいのは、自分にしかできない冒険、もしくは、自分にだから出来る冒険。

エベレスト（８８４８ｍ）や、マナスル（８１６３ｍ）という大きな山にも登らせてもらったけれど、世界の屋根と呼ばれるヒマラヤ山脈を形成しているのは、数限りない山々だ。そこには未知の領域がまだまだある。未知との遭遇は、小さな山でも、大きな冒険になる。

誰もやったことのない登攀《とうはん》や、誰も足を踏み込んだことのない地は、つまり情報が何もない未知の領域。そこへ足を踏み込むからには、自分の持てる１００％の力を注ぎ込まなければ、生死にかかわるかもしれない。起こりうる様々な状況をイメージして出掛けても、想定外の事件に必ずといっていいほど直面する。その『一瞬』と、自分はどう対峙《たいじ》するのか。

その対峙のしかたで、また、各々の人生の道筋ができるのだろう。

同じ山にはめったに行かない私だが、アラスカのデナリには、その後も何度か戻っている。何故か惹かれる山だ。この山には、喜び・悲しみ・笑い・悔しさなど、様々な感情の最も強いところを引き出されているかもしれない。

この山から還《かえ》って来なかった大切な友人のせいで、やっぱり私はまたここに行く。

彼らを奪ったその『一瞬』が、どんなものであったのかは誰も知らない。

死は怖くなかったか。

死が悔しくなかったか。

自分の運命を嘆いたか。

物語の中の、創介の英次《えいじ》への問いと同じものを、私も何度問いかけたことだろう。しかし、そこにも答えはない。

飽くことのない美しさと、厳しさとを備えたデナリが、変わらぬ姿でそこにあるだけだ。


真剣に山と関わって来た、私のまだまだ短い歩みの中で、それでも幾度となく生と死と直面させられた。幾人かの大切な山の友人は、出掛けた山から還って来なかった。山での死は、決して美しくなんかない。無念だ。しかし、彼らの生きた時空は間違いなく、迷いなく、美しいと思う。

そんな彼らの美しさと無念さに触れる度に、やっぱり私は山へ行く。

彼らがどんなにドキドキしながら雪や岩を攀《よ》じったか、どんなに素晴らしい景色を我がものにしたのか、私も少しは知っているし、もっと知りたいからだ。そして、生きている自分を実感する。

死に触れる度に、生を尊く思う。

こんなの、こんな人生、いいのかどうかも分からないけれど、生の素晴らしさと大切さを実感できる自分で良かったと、つくづく思う。

生きられなかった人生の分まで、私は欲張りに生きたいな。全ての一瞬一瞬を、逃したくないって思うのだ。


山には、正解という答えがない。ゴールというラインも時間もない。だから、難しいけど面白い。これって、人生と同じでしょ？　決めるのは全て自分。だから一人一人の、かけがえのない人生があって面白い。

この物語の中で、創介・未来子・稀世はそれぞれに、答えのない問いを繰り返す。誰でも、自分の人生は、これでいいのかと不安になる時がある。でも結局、「答えなんかない。答えなんか求めるから不安になるんだ。」という創介の言葉。

より多くの葛藤があるほど、自分の人生を受け入れるのに時間がかかるのかもしれない。

正しい生き方なんて、そんなの分からない。自分が生きた後に、より深い足跡が刻まれていれば、その一瞬を誰よりも強く踏みしめて生きたってことの証《あかし》になる。

そんな自分の思いを、この本との出会いが改めて確認させてくれた気がする。

そして今日もまた、私は遥《はる》かなる白い峰に思いを馳《は》せて、山道具を並べ、準備をする。冷たく澄んだ、冬の東京の空の下で。

（たにぐち・けい　登山家）

本書は、二〇〇七年七月、毎日新聞社より単行本として、
二〇一一年三月、新潮社より文庫として刊行された。

初出
『毎日新聞』夕刊　二〇〇六年一月四日〜十二月二十八日

唯川恵の本

肩ごしの恋人

女であることを最大の武器に生きる「るり子」と、恋にのめりこむことが怖い「萌」。対照的なふたりの生き方を通して模索する女の幸せとは……。第126回直木賞受賞作。

集英社文庫

唯川恵の本

愛に似たもの

幸せを求めただけなのに、何かが少しずつずれてゆく。欲や優越感、嫉妬が呼び込む、思わぬ人生の落とし穴。女心のあやと毒を描く、8人の女たちの物語。第21回柴田錬三郎賞受賞作。

集英社文庫

唯川恵の本

瑠璃《るり》でもなく、玻璃《はり》でもなく

結婚に憧れながら、同じ会社の朔也と不倫を続けるＯＬの美月。望んで結婚したけれど、生活に不満を感じている朔也の妻の英利子。恋愛と結婚の本音をリアルに描く長編。

集英社文庫

唯川恵の本

今夜は心だけ抱いて

47歳バツイチの柊子と幼い頃に別れた17歳の娘、美羽。久しぶりに再会した二人は、事故で心と体が入れ替る。青春時代に戻った柊子と、大人の世界に放り込まれた美羽の運命は？

集英社文庫

唯川恵の本

手のひらの砂漠

夫の暴力に苦しみ、シェルターに逃げ込んだ可穂子。離婚を経て、少しずつ自立を果たそうと模索していたが、元夫・雄二の執拗な追跡の手が迫ってくる……。衝撃のサスペンス長編。

集英社文庫

唯川恵の本

雨心中

八王子の養護施設で育ち、社会に出てからも同じ家に暮らす周也と芳子。恋とも家族愛とも似て非なるその関係は、思いもよらぬ方向へ――。業を背負った男女の繋がりを描く傑作長編。

唯川恵の本

みちづれの猫

離婚して傷ついた時、肉親を亡くした時、家庭ある男を愛してしまった時……。ふり返ればいつもそばに猫がいた。猫に救われてきた女性たちの姿を描く全7編。心ふるえる短編集。

集英社文庫

S 集英社文庫

一瞬《いっしゅん》でいい

2023年12月25日　第1刷　　定価はカバーに表示してあります。

著　者　唯川《ゆいかわ》　恵《けい》

発行者　樋口尚也

発行所　株式会社　集英社
東京都千代田区一ツ橋2-5-10　〒101-8050
電話　【編集部】03-3230-6095
【読者係】03-3230-6080
【販売部】03-3230-6393(書店専用)

印　刷　図書印刷株式会社

製　本　図書印刷株式会社

フォーマットデザイン　アリヤマデザインストア　　マークデザイン　居山浩二

ISBN978-4-08-744598-5 C0193